EUROPAVERLAG

FEDERICA DE CESCO
DER ENGLISCHE LIEBHABER

Roman

EUROPAVERLAG

3. Auflage 2018

© 2018 Europa Verlag GmbH & Co. KG, München
Hauptmann & Kompanie Werbeagentur, Zürich,
unter Verwendung eines Fotos von © Collaboration JS/arcangel
Redaktion: Ilka Heinemann
Layout & Satz: BuchHaus Robert Gigler, München
Druck: Pustet, Regensburg
ISBN 978-3-95890-080-6
Alle Rechte vorbehalten.

www.europa-verlag.com

Wie immer für Kazuyuki

Und für Ilka

PROLOG

Ich lege mich gerne früh zu Bett, dann ist der Tag schneller vorbei. Tina liegt neben meinen Füßen, auf ihrer Decke, die nach altem Hund riecht. Ich liebe es, ihr kleines warmes Leben neben mir zu spüren. Wache ich mitten in der Nacht auf, brauche ich nur meinen Atem mit ihrem Atem in Einklang zu bringen, es beruhigt mich mehr als Tabletten. Und so war es auch gestern Abend, an dem mir die Müdigkeit sofort die Augen schloss. Ich schlief und träumte vom untergegangenen Münster. Es ist schon lange nicht mehr vorgekommen. Und es war kein schöner Traum.

Ich war wieder jung und mit dem Fahrrad unterwegs. Der Zweite Weltkrieg stand vor dem Ende, und unsere Stadt war vernichtet. Es gab nichts mehr zu zerstören. An manchen Stellen ließ sich kaum noch feststellen, wo die Straßen verliefen. Ich musste vorsichtig sein, denn in den Trümmern lauerten Gefahren. Blindgänger, die nicht explodiert waren. Hier und da gab es auch kleinere Sekundärexplosionen von Gas und Benzin. Und im Traum durchlebte ich den Luftangriff vom 28. Oktober 1944 erneut. Das Datum werde ich, wie so viele Münsteraner, nie vergessen. Der Luftangriff hatte nur eine halbe Stunde gedauert und doch so viel zerstört. Die Bomben hatten in verschiedenen Kirchen eingeschlagen und das Rathaus in Brand gesetzt. Hinter den Mauern schwelten die Feuer noch stundenlang, wie die Glut in einem Ofen.

Außer blauem Qualm, der nach Verbranntem roch, war vom Prinzipalmarkt aus davon nichts zu sehen. Aber das Feuer fraß sich von innen durch das Mauerwerk, und am frühen Abend stürzte der gotische Rathausgiebel ein und schlug mit voller Wucht auf das Steinpflaster. Ich wurde Augenzeugin, als es geschah. Und davon träumte ich jetzt.

Ich schob mein Fahrrad durch den Schutt, den Blick auf die Trümmer früherer Zerstörungen und auf Pfützen aus den zerplatzten Wasserleitungen gerichtet, als ich in kurzer Entfernung ein Getöse hörte. Ich drehte mich in die gleiche Richtung und sah, wie sich an dem Rathaus die ersten Steinbrocken lösten. Was ich dann vernahm, war eher ein Knarren als ein Dröhnen. Es war, als ob die ganze Fassade seufzte. Der prachtvoll geschwungene Giebel bewegte sich, wie ein verletztes Lebewesen sich bewegen mag, bevor es zusammenbricht. Im Traum geschah es wie im Zeitlupentempo. Und alles war still. In Wirklichkeit hatte es einen gewaltigen Lärm gegeben, und ich hatte mich gerade noch rechtzeitig auf der anderen Straßenseite in Sicherheit bringen können. Das Getöse machte mich gehörlos, Mund und Nasenlöcher füllten sich mit Staub. Ich keuchte und schnappte nach Luft. Mein Haar, meine Kleider waren grau überpudert. Etwas weiter standen ein paar alte Männer wie graue Statuen, fassungslos und gelähmt. Neben mir weinte eine Frau. Ihr Schluchzen ging mir durch Mark und Bein. Unsere Blicke trafen sich in stummer Qual. Sprechen konnten wir nicht.

Die Erinnerung hatte mich geweckt. Und noch halb im Schlummer stellte ich mir eine Frage. Warum mussten alte, ehrwürdige Gebäude für unsere Verbrechen büßen? Gebäude sind unschuldig und hilflos. Sie tragen eine Geschichte in sich, die Geschichte der Stadt und die Geschichte ihrer Erbauer. Von den Handwerkern auch, die jeden Stein mit meisterhafter Hingabe gemeißelt hatten, ein Werk für ihr ganzes Leben und weit darüber hinaus. Und jetzt, in wenigen Sekunden, war dieses Werk zunichtegemacht. Und mir war, als ob ich das Leid der alten Steine in meinem eigenen Fleisch spürte. Und ich erinnerte mich auch, dass ich den Eltern nicht erzählt hatte, wie das Rathaus fiel. Ich hatte es einfach nicht übers Herz gebracht. Sie haben es später natürlich erfahren, aber nicht von mir.

1. KAPITEL

Der Anruf kam mitten während der Party, als Charlotte mit ein paar Leuten von der Filmcrew bei sich zu Hause das Ende der Dreharbeiten zu »Blut auf dem Teller« feierte, einem Dokumentarfilm über einen Schlachthof. Charlotte provozierte gerne, aber die Dreharbeiten waren strapaziös gewesen, und letzten Endes waren alle froh, dass sie es hinter sich hatten. Jetzt musste der Film noch geschnitten und vertont werden, dann war er endgültig fertig. Blieb nur noch zu hoffen, dass er etwas Geld einbrachte.

Jedenfalls waren jetzt alle wieder in Berlin, tranken Bier und tanzten, während »The Time of my Life« in voller Lautstärke durch die offenen Fenster schallte. Charlotte hatte das Telefon nicht gehört. Stefan kam leicht schwankend zu ihr, den Apparat in der einen, den Hörer in der anderen Hand.

»Für dich.«

Charlotte drückte den Hörer an ihr Ohr und verstand mühsam die Worte. Eine Schwester Soundso rief aus dem Pflegeheim in Münster an und entschuldigte sich für die späte Störung.

»Ihrer Mutter geht es nicht gut, sie möchte Sie sehen.«

Charlotte unterdrückte die Frage: Ist es dringend? Krebs wächst langsam und beständig, ein unaufhaltsames Abbröckeln des Lebens, bis sich alles beschleunigt und unversehens das Ende kommt. Charlotte war längst darauf gefasst.

»Wir wissen nicht, wie lange sie noch ansprechbar ist«, sagte die Schwester.
Charlotte seufzte.
»Danke, dass Sie mich benachrichtigt haben. Ich komme, so schnell ich kann.«
Sie legte den Hörer auf. Stefan blickte sie fragend an.
»Ich muss nach Münster«, sagte Charlotte.
»Deine Mutter?«
Charlotte nickte.
»Sie wollte nie, dass ich sie im Heim besuche. Auch nicht, seit sie die Diagnose hat. Wenn sie mich jetzt zu sich bestellt, sieht es wirklich mies für sie aus.«
Sie blickte auf die Uhr und seufzte. Halb eins.
»Ich glaube, ich gehe ins Bett, sonst merken die Schwestern, dass ich bekifft bin.«

Charlotte stieg am nächsten Morgen um sieben in den Zug, döste vor sich hin und dachte an die Mutter. Wann hatten sie sich zum letzten Mal gesehen? Das musste vor etwa zwei Jahren gewesen sein. Sie sahen einander nur selten. Ihre Beziehung zeichnete sich nicht durch besondere Herzlichkeit und Nähe aus. Gelegentlich telefonierten sie miteinander, dann erzählte Charlotte ein bisschen von ihrer Arbeit als Filmerin und ihrem Leben in Berlin. Das interessierte die alte Frau.

Die Mutter hörte zu, sprach jedoch wenig. Was außer vom Fortgang ihrer Erkrankung hatte sie selbst schon zu erzählen? Auch als sie noch gesund gewesen war und noch zu Hause gewohnt hatte, war nichts Besonderes in ihrem Leben geschehen, aber sie hatte es ja nicht anders gewollt. Anna Teresia Henke war am liebsten in ihren Möbeln, bei ihren Sachen gewesen. Sie hatte sich an einen festen Stundenplan gehalten: viermal täglich raus, mit Tina. Der Park hatte ja gleich um die Ecke gelegen. Und dazwischen hatte es genug im Haushalt zu tun gegeben oder im Fernsehen zu betrachten. Der Tumor hatte sich mit ersten Symptomen bemerkbar gemacht, sie hatte Bauchschmerzen, schlechte Verdauung und keinen Appetit gehabt. Aber sie hatte es zunächst auf die leichte Schulter genommen, war noch nicht zum Arzt gegangen. Immer nur müde? Keine Lust auf nichts? Ein Mangel an Vitaminen, an Eisen oder an was sonst noch was. Sie würde schon wieder auf die Beine kommen!

Anna war nie nachlässig gekleidet, nie nachlässig frisiert gewesen. Ihre Haut war blass und zerknittert, und die altmodische Brille hatte getönte Gläser, sodass Charlotte sich nicht an ihre Augenfarbe erinnern konnte. Braun? Grün? Annas Besonderheit war, dass sie immer Lippenstift trug, sogar wenn sie im Bett lag. Und stets das gleiche leuchtende Korallenrot. Früher war sie unterhaltsam und witzig gewesen, in letzter Zeit kaum noch. Und ihr schroffer Humor war nicht immer leicht verdaulich. Schön an ihr war ihr helles, jugendliches Lachen, das zwar selten kam, aber sehr herzlich war. Von Natur aus war sie aufgeschlossen für alles Neue und niemals voreingenommen. Aber mit den Jahren hatte sie sich immer mehr von der Welt zurückgezogen. »Reisen? Ich lasse meinen Hund nicht allein. Yoga? In meinem Alter krieche ich nicht mehr auf dem Boden herum! Kaffeeklatsch mit Freundinnen? Immer das gleiche Blabla!« Charlotte hatte dabei den Eindruck, dass sie sich verstellte, dass bei ihr Sprechen und Handeln, Fühlen und Wahrnehmen verschiedene Wege gingen. Man kam nicht an sie heran.

Anna hatte immer einen Hund gehabt, immer schwarzgrau, und immer ein Terrier. Ihr letzter hieß Tina. Vor drei Monaten hatte sie ihn einschläfern lassen müssen. Seitdem ging es mit ihr rapide bergab. Was hielt sie noch am Leben? Sie hatte ja längst die Diagnose.

Anna war nie verheiratet gewesen. Charlotte wurde 1947, knapp nach Kriegsende, geboren und war – wie man damals naserümpfend sagte – ein uneheliches Kind. Dazu kam, dass ihr Vater ein englischer Offizier war, ein Angehöriger der Besatzungsmacht.

Das hatte sich natürlich herumgesprochen. Für Charlotte kein guter Start ins Leben. Sie hatte intensiv darunter gelitten. Seit frühester Kindheit musste sie vieles einstecken, und es hatte sie nachhaltig geprägt. Und der Vater selbst? Attraktiver Typ, sympathisch, aber undurchschaubar, keineswegs die Sorte Mann, den Charlotte sich in Bezug auf ihre Mutter vorgestellt hatte. Jeremy Fraser hatte zweifellos Klasse, gesellschaftlich jedenfalls, aber Charlotte wusste nicht, ob sie ihn ablehnen oder akzeptieren sollte. Er hatte gut deutsch gesprochen. Und er musste etwas in ihr berührt haben. Denn als er nicht mehr lebte, hatte sie eine Zeit lang einen stets wiederkehrenden Traum: Ihr Vater hatte einen kleinen Koffer in der Hand und stieg in einen Zug. Der Hintergrund war beleuchtet, der Zug rauchig und schwarz. Charlotte wollte zu ihm, bewegte hektisch die Beine, kam aber nie vom Fleck. Und die Lokomotive pfiff, Charlotte hatte das schrille Pfeifen noch in den Ohren. Und dann fuhr der Zug ab und entfernte sich. Ein mustergültiges Traumerlebnis, sagte Charlotte zu sich, ein Fressen für C.G. Jung. Aber dahinter war nichts Gutes, da war ein seelischer Knacks.

Charlotte hatte nie den Mund gehalten. Solange sie denken konnte, hatte sie ihrer Mutter Fragen gestellt. Viel war dabei nie herausgekommen. Anna hatte kaum die Möglichkeit eines Austausches zugelassen, geschweige denn eines aufklärenden Gespräches. Der englische Vater war einfach weg, in die Vergangenheit abgerutscht. In Annas Wohnung hatte es nicht einmal ein Foto gegeben. Aber Charlotte hatte stets das Gefühl gehabt, als blicke die Mutter ständig nach einem Bild, das nicht auf der Kommode stand oder an der Wand hing, sondern sich nur in ihrer Erinnerung zeigte. Im Laufe der Jahre hatte sie den Eindruck gewonnen, dass Anna sich weigerte, die Vergangenheit mit ihrer Tochter zu teilen. Nach dem Motto: Die Vergangenheit gehört mir, und du hast gefälligst draußen zu bleiben. Aber du kannst sagen, was du willst, ich gehöre dazu, dachte Charlotte. Zu deiner Vergangenheit, zu deiner Geschichte. Aber sie wurde nie mit einbezogen.

Der Zug – der wahrhaftige Zug, nicht der Traumzug – traf mit erträglicher Verspätung in Münster ein. Es regnete in Strömen. Ein trister Sonntag im April 1988. Von der Omi kannte Charlotte ein Sprichwort: »In Münster regnet es, oder es läuten die Glocken. Wenn beides zusammentrifft, ist Sonntag.« Charlotte hätte an das Sprichwort denken sollen. Sie hatte keinen Schirm dabei, und alle Geschäfte waren zu. Sie zog ihre Kapuze über den Kopf und wartete übel gelaunt auf den Bus.

Münster war eine erzkatholische Stadt, das Pflegeheim wurde von Diakonissen geleitet. Sie trugen zwar immer noch ihre traditionellen weißen Hauben, aber ihre Kleider waren insgesamt etwas kürzer als in früheren Zeiten und dunkelblau statt schwarz. Eine Schwester Gertruda, pathologisch blass und berufsmäßig hilfreich, führte Charlotte in die dritte Etage. Im Aufzug seufzte sie abgrundtief.

»Ihre Mutter ist dem Herrgott schon nahe.«

Sie ließ den Satz bedeutungsvoll in der Schwebe. Sie gingen durch einen abscheulich langen Gang, die Schwester klopfte diskret an eine Tür, steckte den Kopf durch den Spalt und hauchte: »Frau Henke, Ihre Tochter ist da.«

So nahe beim Herrgott war Anna nun auch wieder nicht. Sie saß in einen Morgenmantel gewickelt in einem Ohrensessel. Man hatte sie mit Kissen hochgestützt. Ihre Füße steckten in karierten Männerpantoffeln. Sie hatte eine Infusion am Arm und schien vor sich hin zu dösen.

Charlotte räusperte sich.

»Tag, Mutti. Darf ich hereinkommen?«

Die alte Frau schreckte aus ihrem Dämmerzustand.

»Ja, ja, komm nur!«, rief sie ziemlich laut, worauf sie einen Hustenanfall bekam. Ein Wasserglas stand neben ihr auf dem Nachttisch. Charlotte nahm das Glas und hielt es an Annas Lippen.

»Ruhig, Mutti ... schön langsam trinken!«

Anna schluckte das Wasser. Charlotte hörte das Knarren in ihrer Brust. Ihr verwischter Lippenstift hinterließ einen roten Halbmond auf dem Rand. Charlotte betrachtete sie. Wie sah sie jetzt aus? Eigentlich nicht viel anders als früher, aber sie hatte deutlich abgenommen. Sie konnte ja kaum noch etwas zu sich nehmen. Die Wangenknochen ihres leicht slawischen Gesichts zeichneten sich stark ab, und sie trug ihr weißes Haar jetzt kurz, was ihr gut stand.

Sie hatte das Glas ausgetrunken und nickte ihrer Tochter zu.

»Danke, dass du gekommen bist. Ich hatte es eigentlich nicht erwartet.«

»So. Und warum nicht?«

»Weil man ja nie genau weiß, wo du gerade bist. Du treibst dich ja dauernd in der Weltgeschichte herum. Zum Glück haben sie dich schließlich doch noch in Berlin erwischt. Wer war der Typ, mit dem Schwester Gertruda gesprochen hat?«

»Stefan. Und nenne ihn gefälligst nicht den Typ. Wir leben zusammen.«

»Ist er nett?«

Charlotte bewahrte ihre Geduld.

»Wäre er nicht nett, hätte ich ihn längst vor die Tür gesetzt.«

»Da bin ich ja beruhigt. Und wo warst du die Tage davor?«

»Gar nicht weit. In der Nähe von Bremen. Wir haben in einem Schlachthof gefilmt.«

»Und wer hatte diese Schnapsidee?«

»Ich, wer denn sonst? Mir ging es darum, die Zuschauer mit der Brutalität des Tötens am Laufband zu konfrontieren.«

»Und wie war es?«

»Ein Missverständnis von Anfang an! Ich wollte einen Schock auslösen. Der Produzent, dieses Arschloch, fand das Thema herrlich morbide. Immerhin hat er das Geld springen lassen. Wir starteten also mit den Dreharbeiten. Aber die Schlachter wünschten uns auf den Blocksberg. Wir wurden auf Schritt und Tritt bewacht, durften nicht drehen, wo wir wollten. Es sei denn, heimlich. Und da sind wir ziemlich gewieft. Am Ende zeigen wir alles: die Tötung mit Stromschlägen oder mit Bolzenschüssen, die Qualen des Tieres, wenn der erste Schuss danebengeht. Und danach die ausgeweideten Leiber am Fleischhaken, der Dampf, das frische Blut auf unseren Schutzanzügen. Ich rieche auch jetzt noch die Gedärme voller Scheiße! Ich wasche mir die Haare, ich dusche, ich werde den Gestank nicht los!«

Anna schien sofort zu verstehen, was sie meinte.

»Ja, ja, der Geruch ist schon ziemlich aufdringlich.«

»Ich esse nie wieder Fleisch.«

»Keine Leberwurst mehr? Keine Zunge in Sülze?« Annas Stimme hörte sich ironisch an. Charlotte war konsterniert.

»Wie kannst du so zynisch sein! Wo du doch immer einen Hund hattest.«

Anna verzog keine Miene.

»Das ist etwas anderes. Ein Hund ist ein Haustier, kein Nutztier. Was ich eigentlich sagen will: Das ist bei Menschen nicht viel anders. Mit dem Unterschied, dass die Menschen auf Tischen liegen.«

Charlotte hielt überrumpelt inne.

»Wie kommst du darauf?«

»Weil ich im Institut für Rechtsmedizin Obduktionen protokolliert habe.«

»Das kann man doch überhaupt nicht vergleichen!«

»Und wieso nicht? Wir sind auch Säugetiere. Natürlich muss man sich an den Anblick gewöhnen. An den Geruch auch.«

»Du bist wirklich nicht zartbesaitet.«

»Konnte ich mir nicht leisten. Ich habe Medizin studiert, im zweiten Semester. Da kam der Krieg. Wir brauchten Geld, und Linchen war ja in Amsterdam und spielte die Verlegersgattin, von der war nichts zu erwarten.« Linchen war Annas ältere Schwester. Und während Anna ihr Leben lang zupackend gewesen war, hatte Linchen es stets verstanden, ihre angeblich so fragile Gesundheit zur Schau zu tragen und andere für sich arbeiten zu lassen. Ihr Erscheinungsbild war dabei stets gepflegt und geradezu madonnenhaft, was auf gewisse Männer anziehend wirkte. Nach ein paar glücklichen Jahren in Lausanne lebte sie heute wieder in Amsterdam, immer noch elegant, immer noch perfekt zurechtgemacht, auch wenn sie nur über die Straße zum Bäcker ging. Und bestens versorgt von ihrem Sohn, der nach Hendriks frühem Unfalltod den höchst defizitären Verlag mit amerikanischer Spannungsliteratur wieder hochgepäppelt hatte.

»Hast du Nachricht von Johan?«, fragte Charlotte.

»Oh ja! Seine Frau will sich scheiden lassen! Donatella lebt bei ihren Eltern in Milano, die Kinder hat sie mitgenommen. Und Johan sitzt bei seiner Mutter und lamentiert.«

Anna verzog die Lippen zu einem Lächeln. Schadenfreude, dachte Charlotte und bemerkte: »Johan war schon als Kind ein Jammerlappen.«

»Doch nur, weil er eifersüchtig war. Ich hatte einen Beruf und brachte dir Spielsachen mit, die Johan nicht haben konnte. Linchen hatte ja kein eigenes Geld, weil ihr Mann ihr monatelang oft nichts schickte. Ich musste dich ein bisschen verwöhnen! Wo ich doch schon den ganzen Tag außer Haus war. Hinzu kam, dass die Nachbarn über dich tuschelten.«

»Na ja«, sagte Charlotte kalt. »Ich war ja vom Heiligen Geist gezeugt!«

»Ich weiß, was man über mich sagte.« Annas Stimme hörte sich plötzlich scharf an. »Nein, keine Notzucht im Straßengraben! Wie oft habe ich dir einschärfen müssen, dich gegen das Gerede zu wehren! Dein Vater war englischer Offizier und hatte sich in mich verliebt. Als ich ihn traf, war ich unterernährt, hatte fahle Haut und Fieberblasen. Aber ich hatte natürliche Locken! Keine Dauerwelle, um Gottes willen nicht! Und grüne Augen. Jetzt sind sie grau.«

»Deine Haare? Die sind doch weiß!«

»Nicht die Haare: die Augen. Daran merke ich, dass ich bald hopsgehe. Und sieh dir doch nur meinen Hals an!«

Annas Hals war tatsächlich so dünn wie ein Kinderhals, die Schlüsselbeine traten stark hervor. Deshalb schien ihr Kopf viel zu schwer. Er wackelte sogar ein wenig. Charlotte wollte etwas Beruhigendes sagen, aber ihr fiel nichts ein. Inzwischen verschluckte sich Anna an der eigenen Spucke. Ein Hustenanfall schüttelte sie. Charlotte suchte hastig ein Taschentuch, und Anna spuckte zähen Schleim. Charlotte hielt ihr das Glas Wasser unter die Nase. Anna trank gierig und lehnte sich schwer atmend zurück.

»Ist mein Lippenstift verschmiert?«

»Warte, ich ziehe ihn dir nach«, sagte Charlotte.

Anna tastete nach ihrem Taschenspiegel, der in Reichweite auf dem Nachttisch lag. Sie betrachtete sich prüfend und nickte zufrieden.

»Danke, jetzt bin ich wieder vorzeigbar.«

Charlotte lächelte verkrampft.

»Hübsch siehst du aus.«

»Quatsch«, erwiderte Anna. »Ich weiß, wie ich aussehe. Dem Krebs ist es wurscht, ob ich ›Rouge Baiser‹ trage. Aber mir nicht.«

Sie tastete ungeschickt nach ihrer Infusion.

»Sitzt die noch? Scheint so. Und jetzt hör gut zu. Ich habe alles vorbereitet. Du fährst mit dem Bus Nummer elf zu meiner Wohnung. Der Mietvertrag läuft bis Ende September, ich konnte nicht früher kündigen. Du schellst bei der Nachbarin. Ilse Meichler, du kennst sie ja. Ilse wird dir die Haustür öffnen und den Wohnungsschlüssel geben. Den Schlüssel kannst du behalten. Du wirst ihn noch brauchen.«

»Soll ich dir etwas aus der Wohnung holen?«

»Nein, ich habe hier alles, was ich brauche. Also, du gehst in mein Schlafzimmer. Auf dem rechten Nachttisch steht ein Schmuckkästchen mit einem Ring und einer Uhr. Die sind von deinem Vater, er hatte sie mir beide geschenkt. Und da ist auch die Hutnadel mit dem blauen Vögelchen. Die hat deine Omi immer getragen. Entsinnst du dich noch?«

Charlotte schüttelte den Kopf.

»Keine Ahnung mehr!«

»Der Schmuck ist für dich. Und nimm auch sonst noch mit, was du haben willst. Mir ist das jetzt egal. Der ganze Kram in der Vitrine, meinetwegen. Oben in der Schublade. Da liegen auch meine Tagebücher. Die sind für dich, daraus kannst du einige Schlüsse ziehen. Und falls du keine Lust hast, sie zu lesen, schmeiße sie in den Müll.«

»Du hast Tagebuch geschrieben?«, wunderte sich Charlotte. »Davon weiß ich nichts!«

»Damit habe ich erst angefangen, nachdem ich beim Arzt war. Ein netter Arzt übrigens, der mir sofort den Befund lieferte. Ohne Schnickschnack und sachlich wie ein Wetterbericht. Die Speiseröhre. Ein Flugschein in die ewige Seligkeit. Ich bedankte mich für seine Ehrlichkeit, und er sagte: ›Ich traue Ihnen zu, dass Sie das einstecken können.‹ Er schlug eine Therapie vor, erklärte mir prozentual Erfolg und Risiko, und am Ende ließ ich mich überzeugen. ›Na gut, versuchen wir es mal.‹ Die Therapie zerrte an meinen Kräften, wie du ja weißt. Bald wurden meine Glieder bleischwer. Ich konnte kaum noch meinen Hintern aus dem Sessel ziehen. Zwei- oder dreimal am Tag ging ich mit Tina ums Haus, mehr war für uns beide nicht drin. Sie war ja auch nicht mehr die Jüngste. Alte Frau, alter Hund. Zu jenem Zeitpunkt begann ich zu schreiben. Und eigentlich waren es keine richtigen Tagebücher. Ich habe sie nur so genannt. Ich wollte unsere Geschichte aufschreiben, meine und Jeremys – damit du endlich verstehst, was damals geschehen ist. Bald werde ich ja darüber nichts mehr erzählen können. So, und jetzt verschwinde, hole den Schmuck und halte ihn in Ehre. Lieber mit warmen als mit kalten Händen geben, solange es noch geht. Ich sollte ja sowieso nicht mehr da sein. Dass ich hier noch liege, ist deine Schuld.«

»Mutti, fang nicht wieder davon an!«

»Nein. Und es würde auch zu nichts führen, darüber zu reden. Außerdem bin ich müde. Geh jetzt endlich, ich will zu Bett.«

Charlotte streichelte ihre Hand mit den dicken blauen Adern. Stäche man hinein, dachte sie, würde gleich Blut hinausspritzen.

»Ich danke dir, Mutti.«

»Nichts zu danken.«

Von einem Atemzug zum anderen schien sich Annas Gesicht in einem Nebel aufzulösen. Ein feuchter Schimmer überzog ihre Haut, und die Wangenknochen wurden spitz. Es war keine Einbildung, Charlotte bemerkte ihre beschlagenen Brillengläser. Doch auf einmal bewegten sich Annas Lippen.

»Eine Zeit lang war es so schwer zu ertragen ... so schwer, wenn du nur wüsstest! Endlich habe ich es hinter mir. Ach, ich bin ja so froh, dass ich bald über den Berg bin.«

Ihre Stimme versagte. Es war, als ob sie vor Charlottes Augen in einen Zustand versank, in dem alles weit weg war und unfassbar. Charlotte war beunruhigt. Konnte sie die Mutter guten Gewissens alleine lassen?

Während sie noch überlegte, ging die Tür auf: Schwester Gertruda. Sie blickte zuerst besorgt auf die alte Frau, dann tadelnd auf die Besucherin.

»Oje, Frau Henke, Sie sind ja ganz erschöpft!«

Anna vernahm ihre Stimme und war plötzlich wieder ganz wach.

»Ich sehe meine Tochter nicht oft. Wir hatten uns dies und das zu erzählen.«

Das jedoch machte auf die Schwester keinen Eindruck.

»Kommen Sie, Frau Henke, Sie sollten sich hinlegen.« Sie nahm Anna behutsam die Brille ab, griff ihr unter die Arme und hob sie routiniert aus dem Sessel. Sie ließ Charlotte unmissverständlich spüren, dass ihre Gegenwart nicht mehr erwünscht war. Also gut.

Charlotte schlüpfte in ihren Parka.

»Tschüss, Mutti!«

»Mach's gut, Mädelein«, murmelte die alte Frau. Charlotte verspürte eine Gänsehaut. Viele Jahrzehnte lang hatte sie diesen

Namen nicht mehr gehört. Es war ihr Kosename von früher. Sie zog den Reißverschluss hoch und merkte auf einmal, dass ihre Hände zitterten. Inzwischen saß Anna auf dem Bett, hob abwesend lächelnd das Gesicht zu ihr empor. Ihre Augen glitten über die junge Frau hinweg, als ob sie diese nicht mehr wahrnahmen, und waren – tatsächlich – grau verschleiert, wie Vogelaugen.

2. KAPITEL

Da es nicht mehr regnete, ging sie zu Fuß. Es machte Charlotte nichts aus, dass der Weg ziemlich weit war. Sie brauchte frische Luft.

Das Haus stand in einem guten Viertel, mit Blick auf einen kleinen Park. Es stammte aus den Fünfzigerjahren, war aber kürzlich renoviert und rosa gestrichen worden, was Charlotte als geschmacklos empfand. Immerhin hatte man sich nach etlichen Bausünden endlich Mühe gegeben, das Stadtbild etwas zu verschönern.

Charlotte betrachtete die Namensschilder. Hier! L. und I. Meichler. Sie drückte auf den Knopf.

Eine Frauenstimme tönte durch die Lautsprechanlage.

»Ja?«

Charlotte nannte ihren Namen, die Haustür sprang surrend auf. Das Treppenhaus war gut gepflegt, neben dem Fenster standen Grünpflanzen. Im dritten Stockwerk erwartete sie Ilse Meichler und begrüßte sie mit festem Händedruck.

»Schön, dass du dich wieder mal blicken lässt. Du hast immer viel zu tun, sagt Anna. Lass dich anschauen! Gut siehst du aus!«

»Danke, Frau Meichler«, sagte Charlotte, wie es sich's gehörte.

Ilse trug zu braunen Hosen und braunem Pullover eine altmodische Perlenbrosche. Sie sah bieder aus, aber nicht kleinkariert. Sie wühlte beim Sprechen in einem bestickten Handtäschchen. »Wo habe ich den Schlüssel? Ah, hier ist er!«

Sie führte Charlotte zu der Tür gegenüber, steckte den Schlüssel ins Schloss und öffnete. Alles war dunkel. Die Rollladen waren zu, und es roch nach eingeschlossener Luft.

»Es ist meine Schuld«, murmelte sie. »Ich hätte gestern lüften sollen.«

Sie zog die Rollladen hoch, riss die Balkontür auf. Feuchte Luft drang in die Wohnung.

»So! Jetzt kann man endlich atmen. Schade, dass Anna nicht mehr hier ist. Ich vermisse sie sehr. Sie erzählte immer von dir. Sie war so stolz auf dich ...«

»Sie hat mich jahrelang unterstützt.« Charlotte sagte lieber die Wahrheit. »Das Filmgeschäft ist hart. Auf einmal das große Geld und dann monatelang – nichts. Man muss sich das Geld selbst einteilen. Und bis man das gelernt hat ...«

»Na ja«, Ilse relativierte. »Sie hatte ja auch eine gute Rente ...«

Sie hat sich jeden Bissen vom Mund abgespart, dachte Charlotte. Nicht mal in den Urlaub ist sie gefahren. Aber sie behielt ihre Gedanken für sich.

Ilse sprach weiter. »Sie ließ sich immer mehr gehen. Ihre Krankheit und dann die Sache mit dem Hund. Ein Glück, dass sie einen Platz in dem Pflegeheim bekommen hat.«

»Ich wollte ihr ja dabei helfen«, sagte Charlotte. »Ich hätte ihr das eine oder andere abnehmen können. Nichts zu machen! Sie hat sich immer dagegen gesträubt. Vielleicht hätte ich mehr darauf beharren sollen. Aber sie wollte alles selbst in die Hand nehmen.«

»So war sie eben. Na ja, es ist ja alles gut gegangen. Sie hat im richtigen Moment die richtige Entscheidung getroffen. Ist sie noch immer klar bei Verstand?«

»Vollkommen.«

Ilse seufzte.

»Ich weiß nicht, ob wir sie beneiden sollten. Bei alldem, was sie mitmachen muss ...«

»Ich weiß es auch nicht.«

Sie tauschten einen langen Blick, bevor Ilse sagte:

»So, und jetzt sieh dich um und nimm mit, was du willst. Wann soll die Wohnung geräumt werden?«

»Im September. Aber das ist nichts für mich! Wenn es so weit ist, soll sich Johan darum kümmern.«

»Warum ausgerechnet Johan?«

Charlotte schluckte.

»Weil ... weil er kein so enges Verhältnis zu ihr hatte. Mir schlägt das alles auf den Magen.«

»Ich verstehe. Wie geht es ihm?«

»Schlecht. Seine Frau hat ihn verlassen.«

»Die hübsche Italienerin? Wie schade! Aber das kommt ja heute oft vor. Sieh mal, Ludwig und ich sind seit vierzig Jahren verheiratet und machen uns gegenseitig das Leben nicht schwer. So, und jetzt lasse ich dich. Wenn du fertig bist, vergiss nicht, die Balkontür zu schließen.«

Sie ging, und jetzt wurde alles still. Charlotte holte tief Atem und ging über den Flur. Die Tür zum Schlafzimmer war nur angelehnt. Charlotte machte Licht. Die kleine Schachtel, genau unter der Nachttischlampe, schien auf sie zu warten. Charlotte hob behutsam den Deckel und sah als Erstes den Ring. Eine Chevalière, wie sie sofort feststellte, also ein Ring von der Sorte, die früher als Siegelring oder als Statussymbol getragen wurde. Dieser war aus massivem Gold und trug ein heraldisches Emblem, drei Disteln unter zwei Degen, die sich kreuzten. Es war eindeutig ein Ring für Männer. Solange sie denken konnte, hatte ihre Mutter den Schmuck getragen. Charlotte mochte keinen Schmuck, aber der Ring war schön. Sie schob ihn über den linken Ringfinger, und war freudig überrascht, dass er passte und ihr sogar gut stand. Als Nächstes besah sie sich die Uhr, die von Blancpain war, ein ganz flaches Modell mit römischem Zifferblatt. Die Uhr mit ihrem schmalen Armband war auch aus Gold, hatte aber nichts Protziges an sich, sie war einfach nur schlicht und schön. Und da war auch noch die Hutnadel ihrer Großmutter Ida, ungefähr in der Länge ihres kleinen Fingers. Das Vögelchen war aus altem Silber, mit Flügeln aus blauer Glasur. Hübsch, dachte Charlotte. Aber wer trägt heutzutage noch einen Hut? Der Schmuck bildete einen sonderbaren Gegensatz zu dem anspruchslosen Zimmer. Das Bett in der Ecke, an der Wand der zweitürige Kleiderschrank. Ein Stuhl, ein Bügelbrett – fertig. Keine Spur von Gemütlichkeit, ganz zu schweigen von dem hässlichen Wäschekorb und dem Drahtbügel am Schrank, an dem noch ein alter Morgenrock baumelte. In allen Dingen lag eine ansteckende Traurigkeit. Nur der Schmuck glänzte und schien zu sagen: »Nimm mich mit!« Charlotte steckte das Schächtelchen in ihre Tasche.

Wieder im Wohnzimmer, nahm sie amüsiert zur Kenntnis, dass ihre Mutter eine fragwürdige Vorliebe für Schleiflack hatte. Früher war ihr das nie aufgefallen. Aber sie lebte in ihrer eigenen Fantasiewelt und hatte sich ja nie für solche Sachen interessiert. Fast alle Möbel stammten aus den frühen Sechzigerjahren, außer zwei dick gepolsterten Sesseln und einem Sofa mit abgenutzter Sofadecke. Charlotte konnte sich die Mutter gut auf diesem Sofa vorstellen, die Beine hochgelegt und vor dem Fernseher.

Sie sah sich um. Die Vitrine, von der Anna gesprochen hatte, stand auf einer Kommode mit Spitzendeckchen, offenbar selbst gehäkelt. Ein Geschenk der Nachbarin? Sah ganz danach aus. Ferner erblickte Charlotte in der Vitrine einige schöne Römergläser, dunkelblau mit goldenem Dekor, wie Tante Linchen sie auch noch hatte. Es war, als ob alte Erinnerungen in das schimmernde böhmische Glas eingedrungen wären. Und was noch? Außer einigen kitschigen und womöglich wertvollen Figuren aus Meißner Porzellan sah sie Schalen aus Milchglas und verschiedene Vasen. Schöne Sachen für Menschen von früher, aber nichts für Charlotte.

Der Spiegel der Vitrine strahlte das matte Licht zurück, das aus der Deckenbeleuchtung auf einen verdorrten Rosenstrauß fiel. Er lag, noch in Zellophan eingewickelt, neben einer großen Kristallvase. Die langstieligen dunkelroten Rosen waren seit Methusalems Zeiten vertrocknet und schwärzlich verfärbt. Bei dem Anblick wurde es Charlotte fast übel. »Himmel, immer noch dieser Strauß!« Freilich fehlten etliche Blumen, und Charlotte erinnerte sich, dass sie selbst einen Teil davon entsorgt hatte. In den Müll und fertig! Aber die Rosen waren ja einmal frisch gewesen.

Unvermittelt überkam Charlotte ein seltsames Gefühl; es war, als ob ein Luftzug, sanft und eindringlich wie ein Flügelschlag, ihre Wange streifte. Wenn sie die Mutter besuchte, hatte sie eigentlich nie einen Blick in die Vitrine geworfen. Wozu auch? Jedenfalls erinnerte sie sich nicht, dass ihr die Blumen irgendwann mal aufgefallen wären. Vielleicht ganz einfach deswegen, weil man einen vertrockneten Rosenstrauß nicht in einer Vitrine vermutet. Aber jetzt, ganz alleine in diesem Wohnzimmer, hatte sie etwas aufgespürt, etwas, das sie wohl wahrnehmen, aber nicht deuten konnte. Etwas eigentümlich Lebendiges, ein unsichtbares Schaukeln in der Luft, wie Wellenringe im Wasser. Einbildung? Charlotte war unsicher. In diesen kleinbürgerlichen vier Wänden erzählte ihr die Luft eine Geschichte, die noch in der Schwebe hing. Hier war ihr Lebenselement, ihre Umgebung. Sie erzählte von Ereignissen, die Charlotte nur teilweise kannte, aber bisweilen als Fragmente im Traum erlebte. Und sich dann beim Aufwachen wünschte, sie endlich mal in ihrer ganzen Tragweite verstehen zu können.

Charlotte empfand sich selbst als nüchternen Menschen. Sie schüttelte sich wie unter einem Regenguss, kehrte in eine Wirklichkeit zurück, die nachvollziehbar und konkret war. »Nimm mit, was du willst«, hatte die Mutter gesagt, und Ilse Meichler hatte die Worte wiederholt. Ja, aber was sollte sie denn mitnehmen? Der große persische Teppich mit den kräftigen Pflanzenfarben hätte ihr schon gefallen, aber wie sollte sie mit einer Teppichrolle auf den Schultern in den Zug steigen?

Was Charlotte am meisten interessierte, waren die Tagebücher. Oben in der Schublade, hatte Anna gesagt. Charlotte sah sich um. Die Vitrine stand auf einer Kommode mit etlichen Schubladen. Charlotte zog einige auf, sah nur Krimskrams, bis sie vier Schuhschachteln entdeckte, voller Notizhefte, Briefe, Telegramme, Tonbänder und Zahlscheine aus den Fünfzigerjahren. Aus einem angerissenen braunen Umschlag quollen alte Fotografien. Das erste vergilbte Bild, das sie in die Finger bekam, zeigte zwei mollige Damen mit verkniffenen Gesichtern unter Hüten groß wie Fahrradreifen. In ihrer Mitte stand ein blonder Junge in Schuluniform. Charlotte drehte das Bild um und las: Tante Berta und Tante Amanda mit Manfred im Schlossgarten. Und ein Datum: 1921.

Tante Berta war kurz nach Kriegsende gestorben, aber Tante Amanda hatte Charlotte noch gekannt. Sie war ab und zu aus Osnabrück, wo sie wohnte, zu Besuch gekommen. Eine nette alte Dame mit einem Gesicht wie aus Pudding, die täglich ein Stück Kuchen aß.

Der Junge in Schuluniform war Onkel Manfred, der später in Russland gefallen war. Die Mutter sprach nie von ihm und Tante Linchen nur selten, und dann nur so, als ob sie eine heiße Kartoffel in den Mund nahm. Charlotte fragte sich manchmal, was dieser Jüngling – das sagte man doch früher – wohl angestellt haben mochte, bevor er in Russland explodierte? Er sah nahezu beängstigend brav aus.

Während sie auf den Umschlag mit den Bildern starrte, überlegte Charlotte, was sie von dem ganzen Zeug mitnehmen sollte. Nur die Tagebücher? Aber die Tonbänder machten sie neugierig, die Briefe und die Fotos auch. Sie zog den Reißverschluss ihres Rucksacks weit auf und stopfte alle vier Schachteln hinein. Dann, einer plötzlichen Eingebung folgend, öffnete sie die Vitrine, zog behutsam eine einzige Rose aus dem Strauß, eine, die noch ihre ursprüngliche Form bewahrt hatte. Sie schnitt die Blüte ab, wickelte sie sorgfältig in ein Taschentuch, damit sie unbeschadet die Reise überstand. Dann schloss sie die Balkontür und zog die Rollläden herunter. Ein letzter Rundgang durch die Wohnung: Alles war, wie sie es vorgefunden hatte. An der Tür blieb sie einen Atemzug lang stehen. Die ganze Wohnung schien nur aus Augen zu bestehen, und alle diese Augen beobachteten sie. Wieder überlief sie eine Gänsehaut.

»Tschüss!«, sagte sie leise, bevor sie sorgfältig die Tür hinter sich abschloss. Dann schellte sie bei der Nachbarin. Sofort waren Ilses Schritte zu hören. Sie öffnete und tupfte sich mit einer Serviette den Mund ab.

»Entschuldige, aber Ludwig und ich essen früh zu Abend. Hast du etwas gefunden?«

»Den Schmuck«, sagte Charlotte. »Und alte Briefe und Fotos. Sonst nichts.«

»Schade«, sagte Ilse. »Es sind einige wertvolle Sachen dabei. Willst du nicht hereinkommen? Ich mache dir gerne eine Stulle.«

Eine Stulle. So nannte man hierzulande ein Butterbrot. Mit Leberwurst? Charlotte kam es hoch. Sie bedankte sich und lehnte ab.

»Mein Zug geht in zwanzig Minuten. Sonst muss ich eine Stunde warten, bis der nächste fährt.«

»Na, dann beeil dich mal! Und mach dir keine Sorgen. Ich kümmere mich um Anna.«

Ilse drückte ihr kräftig die Hand, winkte kurz mit ihrer Serviette und schloss die Tür.

Charlotte erwischte gerade noch den Bus, stieg im letzten Augenblick atemlos in den Zug und kam um Mitternacht in Berlin an. Ein Taxi brachte sie auf schnellstem Weg nach Hause. Stefan hatte auf sie gewartet.

»Du siehst ja todmüde aus. Möchtest du etwas essen?«

Charlotte ließ sich auf einen Stuhl fallen.

»Danke, etwas Warmes könnte ich wohl vertragen.«

Stefan hantierte schon in der Küche.

»Nun, wie geht es ihr?«

»Nicht besonders.«

Stefan brauchte keine weiteren Erklärungen. Er brachte Brot und Butter auf den Tisch und wartete vor dem Herd, bis die Kartoffelsuppe aufgewärmt war. Dann setzte er sich ihr gegenüber, und Charlotte zeigte ihm den Schmuck.

»Sie wollte, dass ich noch mehr Sachen mitnehme, aber was soll ich mit dem Zeug?«

»Der Ring ist sehr schön«, meinte Stefan.

»Nicht wahr? Er ist von meinem Daddy, aber wie für mich gemacht!«

»Dann pass auf, dass du ihn nicht in einer Damentoilette liegen lässt.«

»Und was soll ich mit der Hutnadel?«

»Aufbewahren. Als Erinnerung.«

»Von mir aus. Es kann ja sein, dass sie für Omi eine Bedeutung hatte.«

Charlotte schlürfte lustlos die Suppe. Inzwischen versuchte Stefan die Armbanduhr aufzuziehen.

»Sie geht nicht mehr.«

»Ich werde sie zum Uhrmacher bringen.«

Stefan blätterte in Annas Tagebüchern.

»Was für eine Schrift!«

»Sie war Linkshänderin.«

»Ich kann das kaum lesen. Was schreibt sie denn so?«

»Keine Ahnung. Ich war so kaputt, dass ich fast auf der ganzen Fahrt nur geschlafen habe.«

»Noch etwas Suppe?«

»Ich kann nichts essen. Mein ganzer Magen ist verkrampft.« Charlotte schob ihren Teller zurück. »Ich muss ständig an sie denken. Sie wird ja nur noch künstlich ernährt.«

»Redet sie über ihren Zustand?«

»Absolut sachlich. Sie sagt, es ist ja bald vorbei. Ich habe sogar den Eindruck, dass sie sich freut. Kannst du das verstehen?«
»Irgendwie schon.«
»Mich hat es umgehauen. Weil ich nichts für sie tun konnte, überhaupt nichts. Und weil es sie im Grunde nicht interessierte. Weil sie sterben will und alles andere ihr schnuppe ist. Und das finde ich wirklich belastend.«

3. KAPITEL

Anna Teresia Henke starb am 16. August 1988. Ilse rief an, um es Charlotte zu sagen.

Die Nachricht kam für sie nicht überraschend. Als sie das letzte Mal angerufen hatte, war die Stimme ihrer Mutter nur noch ein Flüstern gewesen, sie hatte sinnlose Worte gestammelt und Charlotte kaum wiedererkannt.

Charlotte hatte wehmütig gedacht, dass die Mutter nun niemanden mehr brauchte, weder die Lebenden noch das Leben als solches. Der Tod war ihr näher gewesen, sie hatte ihn herbeigesehnt, wie einen tröstenden Freund. Und jetzt war ihr Wunsch in Erfüllung gegangen.

Sie rief Johan an. Und war erleichtert, als er sagte, dass er kommen würde.

Die Bestattung fand drei Tage später auf dem Friedhof von Hiltrup statt. Charlotte wollte mit dem Wagen fahren, aber sie wusste auch, wie langwierig die Kontrollen an den deutsch-deutschen Grenzen sein konnten. Also beschloss sie, schon am Vortag loszufahren und in einer kleinen Pension in Münster zu übernachten.

Der Morgen der Beerdigung war nass und kühl, mit einem fernen Hauch von blauem Himmel. Der ganze Sommer war verregnet gewesen. Auch jetzt sprühte leichter Nieselregen auf die Bäume, und es war für die Jahreszeit unangenehm kühl. Anna war in der kleinen Friedhofskapelle aufgebahrt, aber der Sarg war schon geschlossen. Es war ein Sarg aus einfachem Tannenholz, ein Sarg für arme Leute. Der Beamte von der Gemeindeverwaltung verlangte nur eine Unterschrift, bevor er Charlotte die Sterbeurkunde aushändigte.

Charlotte setzte sich eine Weile vor den Sarg und verlor sich in ihren Gedanken. Die Mutter hatte kein Testament hinterlassen, aber als Frau mit Prinzipien hatte sie im Vorfeld alles organisiert. Sie hatte ihre Beerdigung im Voraus bezahlt und für zehn Jahre die Friedhofsgebühren beglichen. Was danach kam, war ihr egal.

Am Grab waren außer dem Beamten und dem Pastor nur das Ehepaar Meichler und die Diakonissen anwesend, die Anna gepflegt hatten. Johan war noch nicht eingetroffen. Charlotte fragte sich, ob er es sich letzten Endes doch anders überlegt hatte. Es gab eine knapp gehaltene Leichenpredigt, dann wurde der Sarg in das offene Grab hinuntergelassen. Der Pastor sprach die üblichen Gebete, die Diakonissen bewegten die Lippen und murmelten »Amen« im Chor. Charlotte stand etwas abseits und fror. Sie hatte einen zu dünnen Mantel an. Darunter trug sie Schwarz, nicht weil sie zu einer Beerdigung ging, sondern weil es – sozusagen – ihr Markenzeichen war: schwarzer Pulli, schwarze Shorts und schwarze Strumpfhose. Dazu passende Stiefel. An ihrer Schulter baumelte ein überdimensionaler Beutel aus schwarzem Knautschleder.

Zum Schluss wurde dem Pastor eine Schaufel gereicht, und er streute eine Handvoll Erde auf den Sarg. Jeder Anwesende tat es ihm nach. Charlotte fand das Geräusch der prasselnden Erde auf dem Sarg abscheulich.

Dann wurde das Grab zugeschaufelt. Charlotte tauschte ein paar nichtssagende Worte mit dem Pastor und dankte den Diakonissen, wie es sich gehörte, mit einer Spende für das Pflegeheim. Ilse Meichler umarmte sie mitfühlend, und ihr unscheinbar freundlicher Mann schüttelte ihr die Hand. Beide sprachen eine

Weile über ihre langjährige Freundschaft mit Anna, bevor sie sich ziemlich eilig verabschiedeten. Sie wollten den Bus nicht verpassen. Charlotte blieb alleine, sah zu, wie das Grab zugeschaufelt wurde. Sie fror innerlich und kam sich verloren vor. Offenbar hatte Johan sie im Stich gelassen. Das sieht ihm ähnlich, dachte Charlotte.

»Leb wohl, Mutti«, sagte sie leise. »Sei mir nicht böse, aber ich friere. Ich setze mich etwas ins Warme.«

Sie stapfte über den deprimierenden Leichenacker, als sie Johan aus einem Taxi vor dem Eingangstor steigen sah. Er kam mit hastigen Schritten auf sie zu.

»Tut mir leid! Der Zug hatte Verspätung!«

Charlotte betrachtete ihn verwundert. Solange sie sich erinnern konnte, war Johan ein linkischer Typ gewesen, einer, der frühzeitig Bauch angesetzt hatte und bedächtig sprach. Jetzt stand ein gut gebauter Mann vor ihr, mit breiten Schultern. Er trug einen Trenchcoat, darunter schwarze Hose und schwarzen Pullover. Dazu einen Seidenschal in dezentem Grau und eine Schirmmütze.

»Du siehst richtig gut aus!«, bemerkte Charlotte. »Wie hast du das gemacht?«

»Krafttraining dreimal in der Woche und schwimmen. Aber ich trinke zu viel. Donatella hat mir immer nur ein Glas Rotwein zum Essen erlaubt. Jetzt strenge ich mich nicht mehr an, ich habe keine Lust mehr. Wozu, für wen?«

»Ach, komm«, sagte Charlotte. »Die Welt ist voller schöner Frauen.«

Johans Gesicht sackte nach unten. Es sah aus, als hätte er plötzlich wieder sein Doppelkinn.

»Aber es gibt nur eine Donatella.«

»Johan, sei kein Masochist. Sie wird schon wieder zurückkommen.«

Johan seufzte und meinte dann, als ob er es erst jetzt zur Kenntnis nähme: »Du hast dich aber auch verändert.«

Charlottes Haar war schwarz gefärbt, die Augen mit Kajal umrandet und der Lippenstift pflaumenrot.

»Das kommt dir nur so vor, weil wir uns ziemlich lange nicht mehr gesehen haben, nur deswegen.«

Johan nickte und sparte sich weitere Kommentare. Bei einer jungen Frau hätte ihn diese Aufmachung nicht sonderlich gestört. Aber Charlottes kantiges Gesicht mit den hohen Wangenknochen zeigte bereits die harten Linien einer Vierzigjährigen.

Sie kehrte mit Johan zum Grab zurück. Einige Männer waren dabei, mit ihren Spaten die Erde zu zerstampfen. Johan nahm seine Mütze ab, und Charlotte bemerkte, dass er nicht den Fehler machte, sein schütteres Haar auf die falsche Seite zu kämmen. Einer der Friedhofswärter reichte Johan einen Spaten mit etwas Erde, die er auf das Grab verstreute. Danach schwiegen beide eine Weile, bevor Charlotte hörbar Atem holte.

»Endstation«, sagte sie.

Sie sahen sich an. Es war ein seltener Augenblick des Einvernehmens.

»Und wie geht es weiter?«, fragte er. »Muss noch irgendwas unterschrieben werden?«

»Ich habe schon alles erledigt. Willst du die Sterbeurkunde?«

»Ja, das wäre gut. Die ist für Linchen.«

»Ich schicke dir eine Fotokopie.«

Charlotte fügte sinnend hinzu: »Ich werde keine Chrysanthemen auf ihr Grab stellen. Die hat sie nie gemocht.«

»Welche Blumen mochte sie denn?«

Charlotte spürte einen leichten Schmerz in der Brust, ein Hauch von Schmerz nur, der sofort verging.

»Sie mochte Rosen.«

»Ich werde Rosen in Auftrag geben.«

»Rote Rosen«, sagte Charlotte. »Nimm ein Dutzend! Und langstielige. Die werden ihr gefallen.«

»Muss es denn gleich ein Dutzend sein?«

»Komm, sei kein Geizkragen!«

»Ich hoffe nur, dass sie nicht geklaut werden«, murmelte Johan.

»Wollen wir zusammen Mittag essen?«, schlug Charlotte vor. »Ich bin mit dem Auto hier und will vor der Rückfahrt noch etwas zu mir nehmen. Auf der Transitautobahn bekomme ich ja nichts zu essen.«

»Ausgezeichnet! Ich habe auch noch nichts im Magen!«

»Kennst du ein Lokal in der Nähe? Aber lieber keinen Italiener, sei so gut.« Johan sprach mit resigniertem, traurigem Gesicht. »Nicht, dass ich keine Spaghetti mehr mag, aber die italienische Küche ist Lebensfreude. Und die habe ich verloren.« Er sah sie unglücklich an. »Vielleicht verstehst du mich nicht.«

»Doch«, erwiderte Charlotte. »Ich verstehe dich gut. Wir kennen uns ja schon so lange, wir sind ja gar nicht so verschieden«, setzte sie freundlich hinzu, obwohl sie es nie so empfunden hatte.

4. KAPITEL

Sie verließen den Friedhof und fanden ein paar Straßen weiter einen gutbürgerlichen deutschen Gasthof, wo Charlottes Erscheinung für missbilligende Seitenblicke sorgte. Doch sobald sie hochmütig zurückstarrte, wandten sich alle Augen von ihr ab, als habe sie sich von einer Sekunde zur anderen in Luft aufgelöst.

»Du fällst auf«, raunte Johan ihr zu.

Charlotte zog geringschätzig die Schultern hoch.

»Münster!«

Johan bestellte zwei Erbsensuppen. Danach einen Gemüseteller für Charlotte und Rinderbraten mit Bratkartoffeln und Rotkohl für sich selbst. Charlotte trank Cola, Johann wollte ein Bier. Nach der Bestellung warf Charlotte ein Päckchen Zigaretten auf den Tisch, und Johan zog den Aschenbecher in Reichweite. Sie zündeten sich ihre Zigaretten an, und Johan fragte: »Wie lange lebst du schon in Berlin?«

»Seit 21 Jahren. Ich habe sofort gewusst, dass es mir dort gefallen würde.«

»Was hast du all die Jahre in Berlin gemacht?«

»Ich habe dort die Filmakademie besucht. Es war eine wilde Zeit. Neben dem Studium habe ich die verrücktesten Sachen gemacht.«

Johan, auf beide Ellbogen gestützt, sah sie fragend an. Charlotte grinste.

»Performances, Happenings. Das war damals trendy. Einmal zum Beispiel zog ich mich splitternackt aus, beschmierte mich mit roter und blauer Farbe und lag einfach da, am Straßenrand. Ich hatte ein kleines Schild neben mir, auf dem geschrieben stand: ›Tod durch Niederschlag‹. Leute, die solche Protestaktionen verstanden, warfen Münzen auf die Untertasse oder sogar ein paar Scheine. Andere glaubten, da läge eine Leiche, hielten sich fern oder riefen die Polizei. Ich erklärte den Bullen, das sei eine Demonstration gegen die atomare Nachrüstung.«

»Haben sie dich mitgenommen?«

»Die haben nur einen Blick auf meinen Ausweis geworfen und haben mich liegen lassen. Womöglich waren sie sogar einverstanden. Berlin war ja voller Performer. Wir zeigten durch unsere Aktionen, dass nicht nur der Atompilz unsere Vernichtung sein konnte, sondern auch unsere Passivität. Wir wollten dagegen ankämpfen. Für uns konnte keine Aktion peinlich oder obszön genug sein, um die Leute aufzurütteln. Später habe ich einen Kurzfilm gedreht über das, was wir machten. Der Film bekam eine Auszeichnung. Ich entdeckte, dass die Filmsprache eine andere ist, aber ebenso wirksam. Ich stelle Fragen, existenzielle Fragen. Aber meine Filme bieten keine Lösungen an. Warum soll ausgerechnet ich eine Lösung anbieten? Ich habe ja nicht einmal eine Lösung für mich selbst.«

»Was filmst du denn?«

»Ich zeige das Leben als ultimative Realität. Meine Arbeit beruht auf der dialektischen Spannung zwischen Kunst und Kritik. In dieser Beziehung hat man es leicht in Berlin. Die Berliner sind offener, unkomplizierter. Aber am Ende zählt, wie überall auf der Welt, ob man einen Namen in der Filmszene hat oder nicht. Mich kennt man inzwischen.«

Der Kellner brachte das Essen. Zunächst die Erbsensuppe, dann den Hauptgang. Die Portionen waren reichlich. Charlotte aß gierig und ohne Tischmanieren, Johan langsam und bedächtig, wobei er von den mühsamen Jahren erzählte, in denen er versucht hatte, den maroden Verlag über Wasser zu halten. »Mein Vater starb mit fünfzig. Er wurde von einer Straßenbahn überfahren. Du kennst ja die Geschichte. Und was er in all diesen Jahren publiziert hatte, war elitäres Zeug, das kein Mensch mehr lesen wollte. Ich ließ amerikanische Spannungsromane kommen und gab sie meiner Mutter zu lesen.«

Charlotte hielt ihre Gabel auf halben Weg in der Luft.

»Linchen?«

»Ja, sie kann gut Englisch. Wie übrigens deine Mutter ja auch. Sie waren ja auf dem gleichen Gymnasium. Und wenn Linchen ein Roman gefiel, war ich ziemlich sicher, dass er anderen Frauen auch gefallen würde. Ich kaufte die Rechte ein und ließ das Buch in holländische Sprache übersetzen. Und es wurde fast immer ein Erfolg! Die alten Freunde meines Vaters waren entsetzt, weil ich sein verlegerisches Erbe mit Trivialliteratur verleugnete. Mir war das schnuppe. Es ging mir nur darum, dass wir wieder schwarze Zahlen schrieben.«

Charlotte lachte stoßweise.

»Linchen als Verlagslektorin, ich kann es nicht glauben!«

Der Kellner räumte die Teller ab. Sie bestellten Kaffee. Charlotte schob sich eine Zigarette in den Mund, und Johan gab ihr Feuer.

»Und Donatella?«

Johan brauchte ziemlich lange, bis er antwortete. Es behagte ihm nicht, dass sich jemand an sein Innerstes heranmachte. Charlotte fand das auch richtig und wartete geduldig, bis er sprach.

»Am Anfang waren wir sehr glücklich. Sie hatte sich gut an Amsterdam gewöhnt. Aber allmählich merkten wir, wie verschieden wir waren. Jeden Tag ein bisschen mehr. Donatella bekam wieder Heimweh nach Italien. Ich versuchte sie festzuhalten, und sie wollte weg. Ob die Kinder es merkten? Sie waren ja noch klein. Aber wir waren längst kein richtiges Paar mehr, und vielleicht hatte jemand zu Donatella gesagt: Entscheide dich jetzt, sonst ist es zu

spät. Eine Scheidung? Nicht sofort, der Kinder wegen. Aber wir trennten uns. Heute arbeitet Donatella wieder bei Mondadori. Und ich hoffe immer noch, dass wir wieder zueinanderfinden. Ich will einfach daran glauben.«
»Vielleicht hilft das«, sagte Charlotte nüchtern. Johans Offenheit hatte ihr Herz berührt. Aber sie wollte nicht sentimental werden.
Ein kurzes Schweigen folgte, bevor Johan fragte: »Und du, lebst du allein?«
Die Worte kamen zögernd, es wäre besser gewesen, nicht zu fragen. Aber Charlotte blieb ganz friedlich.
»Nein, es gibt jemanden.«
»Und dieser Jemand, was macht er?«
»Er ist Tontechniker. Wir arbeiten und leben zusammen. Wir verstehen uns gut. Ich meine damit, dass Stefan *mich* versteht, und das will etwas heißen. Mich versteht ja sonst keiner.«
Sie zog ihren Lippenstift aus der Tasche und malte sich den Mund an.
Johan wechselte das Thema.
»Und was ist mit Annas Wohnung?«
»Die muss bis Ende September geräumt werden. Die Küche ist in einem schrecklichen Zustand und sollte renoviert werden. Könntest du dich vielleicht darum kümmern?«
»Warum?«
»Weil ich mich nicht in der Lage dazu fühle. In der Wohnung sind nur noch mumifizierte Erinnerungen. Gespenster in allen Ecken. Und ich bin noch nicht immun genug gegen die Vergangenheit ... gegen die Vergangenheit meiner Mutter, will ich sagen.«
Johan überlegte kurz, bevor er nickte.
»Also gut. Ich werde mir ein verlängertes Wochenende nehmen. Immerhin lenkt es mich ab. Zu Hause ohne Donatella drehe ich durch.«
»Schlaftabletten? Whisky? Marihuana?«

»Nichts von alldem. Nur belgisches Bier. Aber eine Flasche nach der anderen.«
»Bier macht fett.«
»Von mir aus. Sag, willst du etwas aus der Wohnung behalten?«
»Mutter hat mir Daddys Ring gegeben.« Sie hielt Johan den Finger hin, damit er ihn sehen konnte. »Und auch seine Armbanduhr. Aber die ist beim Uhrmacher. Und ich habe ihre Tagebücher und vier Schuhschachteln voller alter Briefe, Tonbänder und Fotos. Das ist alles. Ich habe zu Hause keinen Platz.«
»Besaß sie noch wertvolle Sachen?«
»Einige. Die gehören jetzt dir.«
»Hat sie noch Geld auf der Bank?«
»Ich habe ihre Kontonummer und die Vollmacht. Ich werde dir eine Entschädigung zahlen. Den Rest teilen wir uns. Und dann löse ich das Konto auf.«

Charlotte sprach mit der Zigarette im Mundwinkel. Eigentlich mochte sie Johan, weil er gelassen blieb, genau wie sie selbst unaufgeregt war. Die Mutter war tot. Wenn sie etwas dazu sagen konnte, wäre das nur Wiederholung, Abgedroschenes. Der Tod war ein endgültiger Schlusspunkt, und Trauer war kein Alltagsgefühl, Trauer brachte Herzklopfen, Erschrecken und nützte doch nichts. Wohin Trauer führen konnte, hatte Charlotte schon früher erlebt. Besser war, einfach nach Plan zu funktionieren.

Johan betrachtete sie nachdenklich.
»Hattet ihr eigentlich Krach miteinander?«
»Krach? Das kann man so nicht nennen. Aber zeitweise konnten wir uns nicht riechen.«
»Was war denn zwischen euch?«
»Die richtige Frage wäre: Warum hat sie mich auf die Welt gebracht? Dabei hatte sie im Institut für Rechtsmedizin gearbeitet und kannte die richtigen Leute. Sie hätte die Sache schnell in Ordnung bringen können.«
»Du meinst, eine Abtreibung?«

»Was denn sonst?«
»Aber dann wärst du ja nicht am Leben!«
»Ursache und Wirkung.« Charlotte sprach ohne sichtbares Gefühl. »Mein englischer Erzeuger sagte später, er hätte nicht gewusst, dass ich unterwegs war. Und es sei auch nicht seine Schuld gewesen, dass er abkommandiert wurde. Und inzwischen weinte sich das deutsche Fräulein die Augen aus dem Kopf.«
»Hast du ihm nicht geglaubt?«
»Nur eine faule Ausrede, habe ich am Anfang gedacht.«
»Und später?«
»Später sind mir einige Zweifel gekommen.«
»Hast du viel darunter gelitten, dass er nicht da war?«
Sie lachte kurz und bitter auf.
»Hast du überhaupt eine Ahnung, was das hieß, ein Besatzungskind zu sein? Mein Vater war weg, hatte meine Mutter mit dickem Bauch sitzen lassen. Als ich in die Schule kam – und es war eine reine Mädchenschule –, musste meine Mutter es ja notgedrungen der Schulleitung beibringen. Und sofort begann das Spießrutenlaufen. Die süßsauren Mienen der Lehrinnen, die Beleidigungen der Mitschülerinnen, die ja fast alle aus Familien kamen, wo man sich zehn Jahre zuvor noch mit erhobenem Arm begrüßt hatte. Heil Hitler, ich hätte gerne Heringssalat! Die Demütigungen, das Abgrenzen. Man zog mich an den Haaren, machte meine Sachen kaputt. Ich wehrte mich natürlich. Ich war das meistgefürchtete Mädchen in der Klasse, weil man wusste, dass ich losschlug, wenn man mir zu nahe kam. Manche Schülerinnen redeten überhaupt nicht mit mir. Wenn ich sie ansprach, drehten sie den Kopf zur anderen Seite. Hau bloß ab, deine Mutter ist eine Britenschlampe, und du bist ein Kind der Schande, pfui Teufel! Ich dachte immer wieder, warum hat meine Mutter mir das angetan?«

Charlotte hatte sich in Rage geredet. »Nicht so laut«, murmelte Johan mit einem bedeutsamen Seitenblick. Zwei Damen, offenbar ganz Ohr, saßen wie Bildsäulen am Nebentisch. Charlotte starrte sie arrogant an. Sofort wandten sich die Damen ihrem Essen zu, führten im synchronen Rhythmus ihre Gabeln vom Mund zum Teller.

»Blöde Kühe«, sagte Charlotte so laut, dass sie es hören konnten. Johan wäre am liebsten im Erdboden versunken. Doch Charlotte hatte bereits die Stimme gesenkt.

»Zu Hause ging es ja noch. Die Familie war, sagen wir mal … großzügig. Ihr wusstet ja alle, wer mein Vater war. Notgedrungen. Aber ihr hieltet den Mund. Außerdem wart ihr ja auf das Geld meiner Mutter angewiesen. Man beißt nicht die Hand, die das Futter austeilt, das weiß sogar jeder Köter. Aber ich spürte, dass irgendwas nicht in Ordnung war. Du wurdest anders behandelt.«

»Im Grunde konnte ich ja mit dir wenig anfangen«, sagte Johan »Ich bin 1940 geboren, du warst ja sieben Jahre jünger als ich. Ich las schon Bücher, als du noch mit Bauklötzen spieltest. Ich wunderte mich nur, dass du keinen Vater hattest.«

»Deine Mutter hat mich täglich spüren lassen, dass ich weniger wert war als du. Und sie ging sehr subtil vor, weißt du. Zwei Löffel Kartoffelbrei weniger für mich, ein Butterbrot mit Aufschnitt, aber ohne Tomatenscheiben – du hattest drei! Solche Dinge eben. Sie strickte dir Handschuhe, aber nicht für mich! Niemals! Auch nicht, wenn Eisblumen an den Scheiben klebten. Sie stopfte deine Socken, meine nicht. Das übernahm die Omi. Und du glaubst, dass ein Kind es nicht merkt? Ich führte gründlich Buch in meinem Kopf, das kann ich dir versichern! Ungerechtigkeit ertrage ich nicht. Du gehörtest eben zur Familie. Ich nicht. Oder zumindest nicht ganz. Kinder spüren solche Sachen. Die Omi, ja, die Omi war lieb. Aber sie war schon krank, und Großvater behandelte mich wie Luft.«

»Das macht mich aber sehr betroffen«, sagte Johan steif. »Ich habe von alldem nichts gemerkt.«

»Ich gebe dir ja auch keine Schuld. Es war eben so.«

»Und dein Vater? Wann hast du ihn zum ersten Mal gesehen?«

Charlotte stützte die Ellbogen auf den Tisch und qualmte ihm ins Gesicht.

»Anna hat alles unternommen, um seine Adresse ausfindig zu machen. Sie hat sämtliche Register gezogen, die deutsche Botschaft in London eingeschaltet. Kurzum, die ganze Welt verrückt gemacht. Und dann, Jahre später, meldete er sich endlich, spendierte uns eine Reise nach London und wollte alles wiedergutmachen. Ja, aber in der Zwischenzeit hat er sich von seiner ersten Frau scheiden lassen, die nächste geheiratet und drei Söhne gezeugt. Anna hingegen hat die ganze Zeit nur geschuftet. In London hat er ihr dann versprochen, dass er sich einen Anwalt nehmen wollte und die zweite Tussi bald los sein würde. Soll eine vornehme Ziege gewesen sein. Ich dachte, Mensch, Anna, bist du naiv! Ein Scheidungsverfahren kann sich über Jahre hinziehen.«

»Hattest du kein gutes Verhältnis zu ihm?«

»Ich misstraute ihm, verstehst du? Nach alldem, was wir durchgemacht hatten. Anna wollte, dass er seine Vaterschaft anerkannte. Es war nur eine Formsache, aber sie bestand darauf. Und da muss ich zugeben, dass er sich korrekt verhielt und das Verfahren schnell in die Wege leitete.«

»Und jetzt trägst du seinen Namen?«

»Fraser klingt doch besser als Henke, oder? Allerdings konnte keiner erwarten, dass ich sofort in seine Arme sprang. Ich reagiere nicht auf Knopfdruck. Aber auf die Dauer, vielleicht …«

»Wie meinst du das?«, hakte Johan nach, als sie schwieg.

Charlotte fuhr leicht zusammen und drückte ihre Zigarette aus.

»Pech auf der ganzen Linie«, sagte sie knapp.

»Wann ist dein Vater eigentlich gestorben?«

»1972. Angeblich an einer Herzthrombose. Aber irgendetwas war faul an der Sache.«

»Wie kommst du darauf?«

»Ach, ich weiß nicht. Nur so ein Gefühl. Und nach dieser Geschichte …«

Johan sah in ihr steinernes Gesicht. Sie machte sich natürlich ihre Gedanken. Sie sah müde und zutiefst verbittert aus. Vielleicht hatte ihr Vater nicht verstanden, was sie in ihrer Kindheit erdulden musste. Oder es gar nicht erst versucht zu verstehen, dachte Johan. Und zweifellos war noch etwas anderes hinzugekommen, etwas Wesentliches, wovon sie nicht sprechen wollte.

»War das ein Grund«, fragte er vorsichtig, »warum Anna sich das Leben nehmen wollte?«

Umso mehr wunderte er sich, dass Charlotte ganz sachlich antwortete.

»Das war gleich danach. Ich wollte sie nach den Weihnachtstagen besuchen. Sie machte nicht auf. Die Nachbarn hatten zum Glück einen Schlüssel, also konnte ich in die Wohnung. Und da lag sie in ihrem Blut. Das Wohnzimmer sah aus wie ein Schlachthof. Ich verband ihr die Wunden und rief den Notarzt. Man brachte sie ins Krankenhaus, und ich wischte die Schweinerei auf. Es war knapp, sie hatte schon eine Menge Blut verloren.«

»Und Anna?«

»Danach … nach dieser Sache … war sie eigentlich friedlich. Nicht normal, aber friedlich. Bis sie vor knapp zwei Jahren diese Krebsdiagnose bekam. Es sah alles erst gar nicht so übel aus, die Chemotherapie schlug an. Doch dann stellte man fest, dass sie Metastasen hatte – und Anna weigerte sich, sich weiter behandeln zu lassen. Wozu?, sagte sie. Als dann auch noch ihr Terrier starb, ging sie schließlich ins Pflegeheim, zu den Diakonissen. Sie organisierte alles selbst, und später wollte sie auch nicht, dass ich sie im Heim besuchte. Ich sollte sie so in Erinnerung behalten, wie sie früher war. Mir leuchtete das schon ein, und solange es ging, respektierte ich auch ihren Wunsch. Aber am Ende musste ich mich ja um sie kümmern.«

»Tja, in unserer Familie hat jeder seine Schrulle«, meinte Johan. Er trank seinen Kaffee aus und sah auf die Uhr.

»Es wird Zeit, dass ich gehe. Ich muss in Köln umsteigen und will nicht zu spät zu Hause sein. Wir haben morgen Verlagskonferenz. Darf ich dich einladen?«

»Mit Vergnügen. Aber du kannst schon gehen, ich will vorher noch einen Tee.«

Johan rief den Kellner und zahlte. Draußen regnete es noch immer in Strömen. Während er seinen Mantel anzog, blieb Charlotte sitzen.

Sie holte Annas Wohnungsschlüssel aus ihrer Handtasche und ließ den Schlüsselring an ihrem Finger baumeln.

»Hier, den kannst du gleich mitnehmen. Ich gehe nicht mehr hin. Was soll ich da?«

Johan nahm ohne Weiteres den Schlüssel.

»Ich werde mit Linchen kommen. Es kann sein, dass sie die eine oder andere Sache haben will. Vielleicht möchte ja auch Ilse etwas zur Erinnerung behalten. Der Rest geht zum Trödler oder wird entsorgt. Danach werde ich die Handwerker bestellen.«

»Ich bin heilfroh, dass du mir das abnimmst«, sagte Charlotte. »Um ganz ehrlich zu sein, ich habe das alles satt.«

»Ich eigentlich auch.«

»Pass immerhin auf, dass Donatella, falls sie doch noch zurückkommt, keinen versoffenen Kerl mit Bierbauch vorfindet.«

»Danke für den Hinweis! Ich werde ihn beherzigen.«

Er ging, und sie winkte ihm kurz nach. Es brachte nichts, mit ihm über die Vergangenheit zu reden. Sie hatte schon zu viel gesagt. Und sie konnte ihm auch nichts nachtragen. Wie kann sich jemand für Beleidigungen schuldig fühlen, dachte Charlotte, wenn er nicht begriffen hat, dass es Beleidigungen waren? Johan hatte jetzt sein eigenes Leben, und sie war ja heilfroh, dass er ihr Linchen vom Hals hielt! Und am Ende hatte er mit dieser Geschichte recht wenig zu tun. Es war ihre Geschichte, die sie in den vier Schuhschachteln suchen musste. Annas Welt war nicht die ihre, sie war später gekommen. Ihre Wahrnehmung war eine ganz andere. Aber wenn sie die Geschichte von Anfang an durchlas, fand sie vielleicht die Verbindung zwischen Annas »Mädelein« und der Frau, die sie heute war. Irgendwie war ja aus der einen die andere geworden.

5. KAPITEL

Charlotte war im zerbombten Münster unter ungünstigen Vorzeichen aufgewachsen, die Auswirkungen ihrer zweifelhaften gesellschaftlichen Stellung hatten sich so fest in ihrem Unterbewusstsein verhakt, dass ihr späteres Weltbild wesentlich durch sie geformt wurde. Zuerst waren es Kinoaufführungen, die ihr einen Erlebnisbereich aufschlossen, von dem sie in ihrer revoltierenden Jugend nichts geahnt hatte, den sie aber bald ständig suchte. Die Mutter zahlte ihr die Ausbildung an der Filmakademie. Das Filmgeschäft war hart, und Charlotte bildete sich nicht ein, von vornherein alles zu können. Aber ihr ausgeprägtes Ego half ihr, sich Respekt zu verschaffen. Sie wandte sich beizeiten dem Dokumentarfilm zu. Da hatte sie die Sache besser im Griff.

Als sie nach Berlin kam, wohnte Charlotte eine Zeit lang in einer WG. Später fand sie eine kleine, heruntergekommene Dachwohnung. »Ich bin sehr gerne allein, ich will nicht abgelenkt werden«, sagte sie provokativ, wenn jemand danach fragte. Die Wahrheit war, dass das Alleinsein ihr schwerfiel und es eine Zeit gab, da sie x-beliebige Typen mit zu sich nahm. Leute, die nicht zu ihr passten. Dass diese es nicht lange bei ihr aushielten, war für sie eigentlich kein bedrückendes Problem, aber es machte sie verdrossen. Das änderte sich, als sie bei einem der Filmprojekte Stefan Segal kennenlernte. Er war Tontechniker und hatte ein ruhiges, humorvolles

Wesen. Vor allem aber störte er sich nicht an Charlottes Geltungsbedürfnis. Acht Tage Aufnahmen in Sizilien waren der Beginn ihrer Liebesbeziehung – eine jener Beziehungen, die jedem Menschen einmal in seinem Leben zuteilwerden sollten als Wink eines ausnahmsweise gut gelaunten Schicksals. Und bald zog Stefan in Charlottes Dachwohnung ein. Sieben Jahre später lebten sie immer noch zusammen, konnten nach wie vor miteinander schlafen, kochen und debattieren. In Anbetracht der Umstände eine bemerkenswerte Leistung. Sie hatten es geschafft, in ihrer gemeinsamen Arbeit Ehrgeiz und Gefühl zu verbinden, sodass sich jeder wohlfühlte. Sie konnten noch immer zusammen über Sachen lachen, die andere nur mäßig oder überhaupt nicht komisch fanden. Und sie waren immer füreinander da. Wenn der eine an etwas dachte, das gemacht werden sollte, sah er den anderen schon handeln. Sie formulierten nicht, was sie sagen wollten, in Form von Wörtern: Sie sahen sich an, und alles war gesagt.

Die Arbeit beim Film verlangte viel Energie, aber das gehörte dazu, ebenso wie trinken und kiffen. Sie gingen viel aus, hatten einen großen Freundeskreis, schlugen sich die Nächte um die Ohren.

Kurz vor Annas Tod hatte Charlotte beschlossen, ihre marode Dachwohnung zu renovieren. Die Hausverwaltung hatte es ihr erlaubt. Die Wände wurden frisch gestrichen, eine neue Küche wurde eingebaut. Das Badezimmer bekam sonnige gelbe Fliesen. Charlotte und Stefan suchten sich Möbel aus, die besser ihrem Geschmack entsprachen. Und erst als alles fertig war, nahmen sie sich endlich die Zeit, den Inhalt der Schuhschachteln durchzusehen, die Charlotte aus Münster mitgebracht hatte. Ein ganzes Sammelsurium: alte Notizhefte, Tonbänder, Bankbelege und vergilbte Briefe, mit Bindfäden zu Päckchen verschnürt. Manche waren derart verblasst, dass sie fast unleserlich waren. Dazu vier dicht beschriebene Schulhefte. Und zerrissene Umschläge voller Schwarz-Weiß-Fotografien. Einige Porträts waren im »Foto-Kunstatelier

Georg Salzmann« entstanden. Sie wiesen eine bräunliche Färbung auf, als hätte man sie an eine Flamme gehalten. Die Personen posierten mit viel Selbstdarstellung, zeigten eine steife, verkniffene Miene. Die Kinder blickten etwas beduselt und hielten den Mund leicht offen. Wahrscheinlich hatte man sie so oft ermahnt, stillzuhalten, dass sie schon halb schliefen. Es waren auch Schnappschüsse da, mit alten Agfa- oder Kodak-Apparaten aufgenommen und dementsprechend unscharf. Fotos vergangener Sommertage in einer Welt, die nicht heil war, aber so aussehen sollte.

Stefan nahm ein Bild in die Hand.

»Wer ist das?«

Die Aufnahme zeigte eine junge Frau in einer Schneelandschaft. Sie stand auf Skiern, stützte sich auf ihre Stöcke und lachte. Sie trug Keilhosen, eine helle Windjacke und dicke Fausthandschuhe. Perfekte Figur, dunkelgelocktes Haar, ein strahlendes Lachen.

»Deine Mutter?«, fragte er.

Charlotte drehte das Bild um, das beschriftet war. »Anna in Garmisch. Februar 1936.« Auf dem nächsten Bild waren Frauen zu sehen, die ein Achter-Ruderboot ins Wasser zogen. Fast alle hatten kurze Beine, birnenförmige Pos und schwabbelige Oberschenkel. Ihre Turnhosen und Leibchen sahen aus wie zerknautschte Unterwäsche. Anna erkannte man sofort an ihren wuscheligen Locken, an ihrem scharf geschnittenen Profil. Ihre Arme waren lang und kräftig, ihre Oberschenkel straff wie die einer Tänzerin, ihre Brüste unter dem Leibchen klein und hoch.

»Sie sah verdammt gut aus«, sagte Stefan. »Und ich finde sogar, dass du ihr gleichst ...«

»Ach, meinst du?«

»Meine ich. Und ich würde sogar sagen ...«

Er stockte und reichte Charlotte wortlos ein weiteres Bild. Auch wieder Anna, diesmal vor einem Cabriolet mit zurückgeklapptem Dach. Ein eleganter Schlitten, an dem beiderseits der

Motorhaube Hakenkreuz-Wimpel befestigt waren. Anna trug eine weite Hose, dazu eine Hemdbluse. Der kleine Hut mit Steckfeder stand ihr gut. Die Hände in den Hosentaschen, lehnte sie lachend an dem Cabriolet inmitten einer Anzahl junger Leute, die SA-Uniformen samt Hakenkreuz-Armbinde trugen.

Charlotte legte die Fotografie zurück, als hätte sie sich die Finger verbrannt. Stefan und sie tauschten einen konsternierten Blick.

»Scheiße, das fehlt gerade noch!«, murmelte Stefan und rieb sich das Kinn.

Er war der Sohn wohlhabender Aachener Juden, der allerdings seit seiner Bar-Mizwa keinen Fuß mehr in die Synagoge gesetzt hatte und seit seinem Studium mit den Eltern verkracht war. Denn ihr hoffnungsvoller Sprössling sollte Rechtswissenschaft studieren und sich in der väterlichen Anwaltskanzlei erfolgreich profilieren. Aber Stefan ging mit sanfter Sturheit seinen eigenen Weg. Er wollte weder in fremden Eheproblemen wühlen noch ergreifende Storys von entführten Kindern hören. Er wollte auch keine dubiosen Typen bei Geschäftsterminen beraten, sie durch Paragrafentricks vor dem – vermutlich wohlverdienten – Knast retten und anschließend viel Geld kassieren. Nein, danke! Das kam für ihn nicht infrage. Er wollte einen Beruf, der mit dem Filmemachen zu tun hatte. Die Eltern fanden das überhaupt nicht lustig. Man zerstritt sich endgültig, und Stefan wurde ruckzuck enterbt.

Und nun starrten beide betroffen auf ein Foto, das sie nicht im Traum erwartet hätten, hier zu finden. Charlotte war wie vor den Kopf geschlagen.

»Oh, verdammt! Zuerst flirtet sie mit Nazi-Heinis, dann mit einem englischen Besatzungsoffizier.«

Stefan versuchte, sie zu beschwichtigen.

»Du bist konsterniert, weil es sich um deine Mutter handelt.«

»Sie war eine Nazitussi!«

»Und das wundert dich? In der Hitlerzeit? Du weißt ja nicht, was in ihrem Kopf vorging.«

Charlotte verzog das Gesicht.

»Wenn sie Nazi war, will ich mit ihrem Schmuck nichts zu tun haben!«

Stefan entschärfte locker ihre moralischen Skrupel.

»Du meinst, dass er nicht koscher ist?«

»Sollte ich das Zeug nicht lieber in die Spree schmeißen?«

Stefan grinste.

»Wenn es dein Gewissen erleichtert. Aber denke daran, dass der Goldwert gegenwärtig steigt. Und übrigens ist der Schmuck nicht von ihr, sondern von deinem Vater.«

In Charlottes Kopf hatte sich bereits ein Bild geformt, sie blendete das Bild wieder aus.

»Also gut, vorläufig trage ich beides, Ring und Uhr.«

»Dein Vater wird es dir hoch anrechnen.«

Charlotte blieb ihm die Antwort schuldig. Sie wühlte in einer der Schachteln, eine Anzahl Umschläge kam zum Vorschein, die meisten mit dem Stempel »Feldpost« versehen.

»Oh, die sind von Onkel Manfred«, sagte Charlotte. »Den habe ich nie kennengelernt. Er fiel 1943 in Russland, als ich noch nicht auf der Welt war. Mutter erzählte, dass die Eltern entsetzlich gelitten haben. Ihr einziger Sohn!«

»Das kann ich mir vorstellen. Was schreibt er denn?«

Charlotte faltete behutsam einen dünnen Bogen Papier auseinander, der fast zerriss, als sie ihn in die Finger nahm.

Liebe Mutter,
nun habe ich also meine Grundausbildung in Köln angetreten. Der Wehrdienst macht mir Freude, ich habe fröhliche Kameraden, und mir gefällt es hier recht gut, vornehmlich, wenn wir Ausgang haben. Damit ich im Vergnügungszentrum Köln einigermaßen Eindruck machen kann, ist es unbedingt erforderlich, dass ich ein neues Hutband trage. Selbiges erwarte ich am 4. Februar gegen 18 Uhr und gegen Erstattung der nachweislichen Kosten.

Die neuen Halbschuhe, die Du mir geschickt hast, passen hervorragend. Ich werde also kräftig mein Tanzbein schwingen. Allerdings wären einige Taschentücher willkommen. Um die Nase zu putzen, gebrauche ich bis dahin nur noch die Finger.

Da die Lebensmittel hier in Köln sehr teuer sind, wäre ich Vater sehr dankbar, wenn er mir – natürlich gegen Bezahlung – folgende Würste und Speckseiten besorgen könnte: Thüringer Leberwurst, Zungen- oder Blutwurst, schön durchwachsenen Speck und Ähnliches mehr. Das wünscht sich Euer dankbarer Sohn Manfred.

»Den finde ich nett«, sagte Stefan. »Ein Lebenskünstler, ziemlich affig, aber mit Selbstironie.«

Charlotte nickte.

»Komisch, dass man zu Hause kaum von ihm geredet hat. Fiel durch Zufall sein Name – peinliches Schweigen. Aber das ist mir erst später aufgefallen. Und er hat mich auch eigentlich nie besonders interessiert.«

»Sind noch mehr Briefe von ihm da?«

»Ja, einige. Aber warte, hier sind die Briefe von Linchen an ihren Mann.«

Charlotte faltete einen der Briefe auseinander und glättete ihn mit der Hand.

»Tolle Schrift!«, meinte Stefan. »Akkurat, wie gestochen. Wer schreibt heutzutage noch so? Aber wieso sind diese Briefe bei Anna gelandet?«

»Weil sie ihm den ganzen Tag schrieb und die Briefe nicht abschickte. Das hat Mutti mir erzählt. Es war wohl ihre Art, ihm nahe zu sein.«

»Jetzt verstehe ich.«

»Ich nicht ganz. Ich finde es ziemlich kurios. Mal sehen, was sie schreibt ...«

Charlotte begann laut vorzulesen.

6. KAPITEL

Mein lieber Hendrik,
nun bin ich also schon eine Weile bei der Familie, und wenngleich ich
Dich vermisse, ist es doch richtig, dass ich hergefahren bin, um vor
allem Mutter zu unterstützen. Auch musst Du erst wieder Fuß fassen
im Buchgeschäft. Es ist viel besser, dass wir nicht da sind. Du brauchst
Deine ganze Kraft für den Verlag und Dich selbst, und Johan und ich
würden Dir nur unnötig zur Last fallen.
Was nun die Lage hier angeht: Vater lebt teilnahmslos vor sich hin.
Er kann nicht mehr am Gericht tätig sein, weil er Tuberkulose hat.
Außerdem wurde das Gebäude schwer beschädigt. Seit Kriegsende
bezieht er eine kleine Invalidenrente. Aber nicht genug! Wir leben von
dem, was Anna verdient. Sie arbeitet bei der »Brücke«. Natürlich
kümmert sie sich auch um den Haushalt, aber frag mich nicht, wie!
Bei ihr muss alles schnell gehen, und was nicht fertig wird, bleibt
liegen. Sie bügelt auch nicht sorgfältig. Bei mir sind die Sachen immer
akkurat gebügelt. Ich war ja Modistin im Hutatelier Tannenbaum.
Nora, die Frau des Inhabers, hatte immer nur lobende Worte für mich.
Sie war Mutters beste Freundin, bis sie eines Tages mit ihrer Familie
abgeholt wurde. Seitdem haben wir nichts mehr von ihnen gehört.
Nachdem meine Familie im Krieg ausgebombt wurde und
vorübergehend nach Telgte gezogen ist, leben wir nun wieder in einer
kleinen Wohnung in Münster. Wir bekommen Lebensmittelkarten,

aber die Rationen sind viel zu klein, wir haben ständig Hunger. Manchmal gehen wir zu den Bauern aufs Land und kaufen Eier und Vollmilch. Die Bauern sind nicht immer freundlich, aber mir geben sie immer Milch. Wir leben von der Hand in den Mund, von dem, was Anna verdient. Zum Glück ist Johan sehr artig. Er ist viel erkältet, weil in Münster die Luft sehr feucht ist. Trotzdem lasse ich ihn draußen mit anderen Kindern spielen. Er spricht ja gut Deutsch, auch wenn sich die Kinder über seine Aussprache lustig machen.

Meinen Eltern geht es nicht gut. Beide sind krank und fühlen sich sehr schwach. Auch um Annas Tochter Charlotte muss ich mich kümmern, ihre Mutter ist ja tagsüber immer bei der Arbeit. Es schwebt kein guter Stern über diesem Kind. Ich glaube, es weiß selbst, dass es besser gewesen wäre, nie auf die Welt gekommen zu sein. Wie konnte sich Anna auch mit einem verheirateten englischen Offizier einlassen und Schande über die ganze Familie bringen! Sie hat dabei halt mal wieder nur an sich gedacht.

Mein Liebling, ich schreibe Dir täglich, schicke die Briefe aber vorläufig nicht ab. Auf die Post ist kein Verlass. Ich hoffe, wir sind bald wieder vereint!

In innigster Liebe, Dein Linchen

Charlotte hatte eine Stinkwut.

»Diese scheinheilige Zicke! Ich fasse es nicht! Und Hendrik? Was hat er sich wohl dabei gedacht? Dass meine Mutter eine Nutte war?«

Stefan war begabt, Aufregungen locker zu entschärfen. Vielleicht wäre aus ihm doch ein guter Anwalt geworden.

»Beruhige dich. Hendrik war ja mit Linchen verheiratet. Er musste doch wissen, dass sie sich gerne aufs hohe Ross setzte.«

Charlotte schob die zerknitterten Briefe in ihre Umschläge zurück. Stefan bemerkte, dass ihre Hände leicht zitterten.

»Eigentlich geht es mir in erster Linie um meinen Daddy. Ich kann es nicht ertragen, dass Linchen ihn beleidigt.«

»Sie kannte ihn ja gar nicht. Sie hat einfach nur drauflos moralisiert. Du hast doch wohl nicht den Eindruck, dass sie besonders scharfsinnig war?«
»Ich nenne es trotzdem Verleumdung!«
»Dagegen ist nichts einzuwenden.« Charlotte putzte sich geräuschvoll die Nase.
»Ihre Briefe bringen mich zur Weißglut. Ich möchte sie alle am liebsten zerreißen.«
»Warte noch damit. Lesen wir mal zuerst Annas Aufzeichnungen.«
»Also gut. Wer liest vor?«
»Abwechselnd. Wer fängt an? Du oder ich?«
»Ich«, sagte Charlotte. »Aber ich brauche zuerst ein Glas Wasser. Oh verdammt, diese bescheuerte Schrift!«

7. KAPITEL

Ich hatte mir schon lange vorgenommen, eines Tages über Jeremy Fraser zu schreiben. Aber ich redete mir immer wieder ein, dass ich anderes zu tun hatte, dass es mir an innerer Ruhe fehlte. Ich musste an Krebs erkranken und mir bewusst sein, dass ich ja nicht mehr lange auf dieser Welt sein würde, bis ich mir sagte: jetzt oder nie! Ich musste endlich aufhören, mich ständig vor der Entscheidung zu drücken. Denn in Wirklichkeit hatte ich Angst. Angst vor der Vergangenheit und ihren Gespenstern, Angst vor meinen Erinnerungen und ganz besonders vor mir selbst. Denn Jeremys Geschichte ist auch meine eigene Geschichte.

Unsere Geschichte liegt weit zurück, und doch stelle ich fest, dass ich noch immer zu wenig Distanz habe. Weil ich auf mein Leben wie auf etwas Zerstückeltes, Unvollendetes blicke und die Dunkelheit sich bereits über mich senkt. Aber die Dunkelheit, aus der ich komme, ist eine tiefere Dunkelheit: die Dunkelheit des Hasses. Ich habe die Geschehnisse des Zweiten Weltkrieges miterlebt. Und heute weiß ich: Wir alle waren mitschuldig an jener Tragödie, die uns rückblickend als zusammenhangslose Kette von Leid und Verlust erschien und die wir erst später als unvermeidbare Kausalität des menschlichen Lebens erkannten. Gewiss, das Böse siegte, die Mörder mordeten, und die Grausamkeit forderte Sühne, aber das ist unser Los auf Erden, das Los jener unfertigen Kreatur, die wir sind und noch lange sein werden. Solche Gedanken kann ich nicht mit der Schreibmaschine schreiben.

Wie ich Jeremy damals sagte: Es würde mich an meine Arbeit im Institut für Rechtsmedizin erinnern, an blutige Gedärme und zersägte Knochen. Nein, nein, ich schreibe mit der Hand. Und weil ich Linkshänderin bin, schreibe ich mit dem Herzen. Das ist immerhin etwas.

Zwischen Schlaf und Wachsein habe ich Bilder gesehen, zufällig eingefangen, die durch meinen Kopf kamen und gingen. Eine Art innerliches Fotoalbum. Manche dieser Bilder waren nutzlos, ihnen haftete kein Sinn an. Aber da waren noch andere Bilder, und in diesen Bildern kam Jeremy vor. Das waren die Bilder, die ich betrachtete und von denen ich schreiben möchte.

Eigentlich konnten meine Familie und ich froh sein, dass wir noch während des Krieges nach Telgte gezogen waren. Zumindest hatten wir ein Dach über dem Kopf. Und auch nach dem Ende des Zweiten Weltkrieges hatten wir es besser als so manche andere. Der Ofen brannte, und es gab Wasser und Strom. Aber die Verantwortung für die Familie lastete einzig auf meinen Schultern. Mutter war bereits krank, Vater invalide, und Linchen war bei Hendrik in Amsterdam, von wo sie larmoyante Briefe schrieb. Sie hatte allen Grund dazu: Hendrik war ja während des Krieges wegen angeblicher kommunistischer Umtriebe in Haft gewesen. Die Zeit im Gefängnis hatte seine Gesundheit nachhaltig beschädigt. Er litt unter Zahnfleischbluten, Parodontitis nannten wir es im Institut. Er verlor einen Zahn nach dem anderen und hatte kein Geld für ein Gebiss. Zudem hatte er eine Menge Schulden.

Inzwischen musste ich dringend Geld verdienen. Aber wie? Auch ich war arbeitslos, wie so viele. Das Institut für Rechtsmedizin war zerbombt worden. Irgendwann brachte ich in Erfahrung, dass die Engländer Dolmetscher suchten. Ein Großteil der deutschen Soldaten hatte das Kriegsende in Gefangenschaft erlebt. In ganz Deutschland waren es mehr als elf Millionen, die nach und nach entlassen wurden. Auf dem Gelände der ehemaligen Polizeischule an der Grevener Straße befanden sich nun die britischen *Colchester Barracks*. Hier hatte man ein Hauptentlassungslager für die Heimkehrer eingerichtet, in dem wöchentlich 4000 bis 6000 ehemalige Wehrmachtssoldaten ihre Freiheit wiedererhielten. Das Lager verfügte über einen eigenen Gleisanschluss. Die Heimkehrer stiegen in großen Gruppen aus dem Zug. Ständig herrschte Gedränge, und vor dem Tor warteten mit bangen Herzen die Angehörigen – Frauen und Kinder und alte Leute. Aber unter den ehemaligen Gefangenen war auch eine Anzahl befreiter Zwangsarbeiter, die sich der Diebstähle, Plünderungen und Vergewaltigungen schuldig gemacht hatten. Es war auch wiederholt vorgekommen, dass sich Mitglieder der SS oder hohe Offiziere, die einiges auf dem Kerbholz hatten, unter die Soldaten mischten, um ungeschoren davonzukommen. Die Briten mussten jeden einzelnen Mann einem Verhör unterziehen und registrieren, manchmal auch den Suchdienst einschalten, um sozusagen die Spreu vom Weizen zu trennen. Das ergab insofern Schwierigkeiten, weil viele Engländer unzureichend Deutsch sprachen. Ich meldete mich also und sah mich von einem Tag zum anderen von den drängendsten Existenzsorgen befreit.

Ich wurde schlecht, aber pünktlich bezahlt, jeweils am Samstag. Auf diese Weise konnte ich immerhin die Familie über Wasser halten. Täglich fuhr ich von Telgte mit dem Fahrrad nach Münster und kam abends todmüde zurück. Die Straßen waren voller Schlaglöcher, der Asphalt aufgeplatzt. Der Weg entlang des Kanals war schlammig, weil der Herbst mit starken Regengüssen eingesetzt hatte. Ich musste eine alte Brücke überqueren, dann ging es weiter über aufgeweichte Wiesen. Und am nächsten Morgen legte ich die gleiche Distanz in entgegengesetzter Richtung wieder zurück. Dazu kamen die Gefahren: eine Frau, alleine unterwegs, konnte ausgeraubt, vergewaltigt oder sogar ermordet werden. Aber ich musste es in Kauf nehmen. Welche Wahl hatte ich denn sonst?

Die Registrierungen fanden in dürftig eingerichteten Büros statt. Ich kam in einen ungeheizten Raum, dessen hauptsächliches Möbelstück ein Tisch von beachtlicher Größe war – voller Kratzer, aber sorgfältig poliert. In der Mitte eine Schreibunterlage für den Kommandanten, und auf jeder Seite Papiere, in Stößen gehäuft. Einige Metallstühle mit Sitzen aus Tuch waren für die Vernehmungsoffiziere bestimmt. Zwei große Aktenschränke, ebenfalls aus Metall, mit beschrifteten Pappschildern auf jeder Schublade, nahmen die Seitenwände ein. Beiderseits über dem Drehstuhl des Kommandanten hingen zwei Fotografien: das englische Königspaar und der neu ernannte Premierminister Clement Attlee. Wo zuvor das Bild des Führers gehangen hatte, war an der Wand ein großer heller Fleck.

Die hier arbeitenden Offiziere waren ausgesucht ruhige Leute, die selten die Stimme erhoben. Sie zeigten eine selbstsichere Autorität, jedoch ohne Harm oder Hochmut, was nur einschüchternd und unwirksam gewesen wäre. Die Soldaten, die einzeln hereingeführt wurden, hatten genug mitgemacht, und offiziell war der Krieg ja zu Ende. Außerdem stand ihre Entlassung bevor, und jene, die sich nichts vorzuwerfen hatten, waren in froher Stimmung. Andere waren am äußersten Ende ihrer Kräfte. Und manche hatten den verschwommenen Blick von Erwachenden, die sich nur zögernd und verwirrt der Wirklichkeit stellten. Ich hatte diesen Blick oft bei Menschen beobachtet, die gewisse Dinge zu früh und aus der Nähe erlebt hatten und Monate oder sogar Jahre brauchen würden, um das Trauma zu verarbeiten.

Der Kommandant, ein Mann von bereits stattlichem Alter, war meistens der Einzige, der in seinem Drehstuhl saß. Sein Stellvertreter und die Vernehmungsoffiziere standen, und ich stand auch, stundenlang. Ich übersetzte ohne Gefühl, sachlich, verlor keinen Gedanken an meine müden Beine, meine geschwollenen Füße.

Ich teilte meine Arbeit mit Herrn Kuropka, einem humorvollen alten Herrn, einst deutscher Konsul in Hongkong, das damals noch englische Kolonie war. Er sprach ein wundervolles kultiviertes Englisch, ganz im Gegensatz zu den einfachen Sätzen, die man uns in der Schule beigebracht hatte. Aber Herrn Kuropka konnte nicht zu viel zugemutet werden. Er litt an den Spätfolgen einer Tuberkulose, und ich musste oft für ihn einspringen.

Vor dem Krieg fuhr ich mit Leidenschaft Ski. Ich liebte Schnee und Wind auf meinem Gesicht. Die Keilhosen standen mir gut, das sagte sogar mein Bruder. Ich war auch im Ruderverein gewesen und hatte dreimal in der Woche trainiert. Das hatte mich ausdauernd und zäh gemacht. Aber der gänzliche Mangel an aufbauender Nahrung zehrte an meinen Kräften. Zum Glück besserte sich das ein wenig, weil die Dolmetscher in die Offiziersmesse zugelassen waren. Wir rauchten manchmal eine Zigarette mit den Männern und erhielten das gleiche Mittagessen wie sie. Ein nennenswertes Privileg! Aber aus naheliegenden Gründen nahmen wir wenig an den allgemeinen Gesprächen teil.

Da ich eine offizielle Funktion ausübte, musste ich, so gut es ging, auf mein Aussehen achten. Mein einziges noch halbwegs vorzeigbares Kleidungsstück war ein graues Schneiderkostüm. Dazu trug ich abwechselnd zwei hochgeschlossene Blusen. Trug ich die eine, wusch und bügelte mir Mutter die andere. Sie arbeitete, wie es damals üblich war, mit einem Kohlebügeleisen. Ich besaß nur einen kleinen Handspiegel, um meine Frisur in Ordnung zu bringen, das Haar am Hinterkopf mit zwei Spangen zu befestigen. Ich war 27 Jahre alt, aber meine Haut sah fahl und welk aus. Ich bemerkte die harten Linien um meinen Mund, die eingesunkenen Augen.

Bei Kälte zog ich den alten Mantel meiner Mutter über. Ich war froh, dass ich ihn hatte. Er war zu lang für mich, unangenehm schwer und hinderlich beim Radfahren. Aber er hielt mich schön warm. Trotzdem wurde ich krank. Und ich würde mich mein Leben lang an diesen November 1945 erinnern.

8. KAPITEL

Heiserkeit, Husten, hohe Temperatur waren für mich kein Grund, zu Hause zu bleiben. Wir brauchten das Geld. Ich nahm einige Lumpen als Taschentücher mit, fuhr wie gewohnt zur Arbeit. Ich unterdrückte den Husten, soweit es möglich war, bat während des Übersetzens lediglich um ein Glas Wasser.

Am nächsten Tag hatte ich Fieber. Eine völlig banale Grippe. Ich fuhr trotzdem zur Arbeit und hoffte, früher wieder nach Hause gehen zu können. Aber ausgerechnet an dem Tag war Herr Kuropka nicht anwesend. Mein Kopf fühlte sich dumpf an. Die Augen fielen mir zu, sogar das Zuhören strengte mich an. Die Sätze mit der gewohnten Korrektheit zu formulieren fiel mir von Mal zu Mal schwerer, aber pflichtbewusst würgte ich ein Wort nach dem anderen hinaus.

An jenem miserablen Morgen erschienen zwei britische Offiziere. Ich sah sie zum ersten Mal. Sie brachten Unterlagen für den Lagerkommandanten. Während sie miteinander ins Gespräch vertieft waren, döste ich vor mich hin, froh, dass ich eine Zeit lang den Mund halten konnte. Plötzlich hörte ich, wie einer der beiden Offiziere sagte: »Man bringe doch der Lady einen Stuhl!«

Ich sah den Offizier an, mit leeren Augen. Ich brauchte einige Sekunden, um zu begreifen, dass seine Worte mir galten. Der Befehl wurde sofort ausgeführt. Ein Soldat salutierte, holte einen

Stuhl, stellte ihn neben mich. Der Offizier, ein Captain, bedeutete mir durch eine Handbewegung, mich zu setzen. Ich dankte ihm benommen. Mit steifem Rücken, die Hände im Schoß, saß ich nun und bemühte mich verbissen um eine korrekte Haltung. Die Offiziere standen wieder redend beieinander. Der Captain rauchte eine Zigarette. Ich beobachtete ihn verstohlen. Ein hochgewachsener Mann, breitschultrig, leicht gebräunt, mit schwarzem Haar und dunklen Augen. Das Gesicht war markant, mit einer geraden Nase, einem kräftigem Kiefer und kantigem Kinn. Er trug einen Schnurrbart, was ihm gut stand. Dann und wann hielt er seine Zigarette über den Aschenbecher, streifte mich mit einem Blick, der dann von mir aus weiterglitt und sich wieder der Unterhaltung zuwandte. Ich blickte jedes Mal rasch zur Seite, war bestrebt, auf dem Stuhl in keiner Weise aufzufallen. Ich wollte gar nicht vorhanden sein, wollte selbst zum Stuhl werden. Nach einer Weile beendeten die Männer ihr Gespräch und traten auseinander. Bevor der Captain das Büro verließ, nickte er mir kurz zu. Ich erwiderte automatisch seinen Gruß, angetan von seiner Höflichkeit. Und dann war er weg, und ich versuchte ihn zu vergessen.

Ich verbrachte die Nacht in einem unruhigen Dämmerschlaf. Wirre Bilder zogen durch meinen Kopf. Mir war schrecklich heiß, und am Morgen hatte ich hohes Fieber. Mutter wollte, dass ich zu Hause blieb, aber ich sagte Nein. Wir waren ja auf das Geld angewiesen. Ich konnte es mir einfach nicht leisten, krank zu sein.

Mein Taschenspiegel sagte mir, dass ich schrecklich aussah, blass, mit geröteten Wangen und verklebtem Haar. Ich kämmte mich, so gut es ging, und redete mir ein, dass es vollkommen unwichtig war, ob meine Frisur saß oder nicht. Danach machte ich mich auf den Weg und erschien pünktlich zur Arbeit. Ich hatte schweißfeuchte Achselhöhlen und war so müde, dass ich mich am liebsten auf den Boden gelegt hätte. Zum Glück war Herr Kuropka wieder da. Er formulierte die Worte nach, wenn das Fieber in meinen Schläfen klopfte und ich verblödet stecken blieb.

An dem Tag, an dem es mir so schlecht ging, bemerkte ich den freundlichen Captain am Tisch neben dem Lagerkommandanten. Aber diesmal nahm er keine Notiz von mir. Erst als Herr Kuropka und ich nach dem Essen in der Offiziersmesse noch eine Weile am Tisch saßen, trat er grüßend zu uns und stellte sich als Jeremy Fraser vor. Unsere Namen kannte er bereits. Zu mir sagte er: »Sie sehen müde aus.«

Es war eine Feststellung, keine Frage.

»Ja, ich habe Fieber«, gestand ich. Und fügte schnell hinzu: »Aber das macht nichts.«

»Sie sollten sich einen Tag freinehmen.«

»Ich kann die Arbeit nicht Herrn Kuropka überlassen.«

»Doch, das könnten Sie eigentlich«, sagte dieser. »Sie sollten sich schonen.«

»Sie kriegen einen Tag frei«, sagte der Captain. »Sonst werden sie ernstlich krank. Wir können unsere Dolmetscher nicht entbehren.« Und mit einem Augenzwinkern setzte er hinzu: »Wir finden ja keine anderen.«

»Wir sind ohnehin die besten«, sagte Herr Kuropka.

Beide lachten.

Ich entgegnete stumpfsinnig: »Ich danke Ihnen. Mir ist wirklich elend zumute.«

Der Captain ließ mich nicht aus den Augen.

»Wo wohnen Sie?«

»Bei meinen Eltern. In Telgte.«

»Wie kommen Sie dorthin?«

»Mit dem Fahrrad.«

»Holen Sie Ihren Mantel aus dem Büro. Ich bringe Sie nach Hause.«

Innerlich spürte ich, wie ich vor irgendetwas weglief. Ein Gefühl, das ich nicht formulieren konnte. »Sie brauchen sich diese Mühe nicht zu machen«, sagte ich. »Ich kenne die Strecke gut.«

»Heute werden Sie sich verfahren«, sagte der Captain.

»Und in den Kanal rutschen«, ergänzte Herr Kuropka. »Ich würde Sie ungerne missen.«

Widerwillig gab ich nach. Ich konnte mit ihnen nicht debattieren, das Fieber machte mich schlapp. Als ich aufstand, um meinen Mantel zu holen, wurde mir schwindlig. Ich hielt mich an der Stuhllehne fest.

»Was mache ich mit dem Fahrrad?«

»Ich habe ein Militärfahrzeug. Wir werden es aufladen.«

Ich holte meinen Mantel, wickelte mir einen langen Schal um den Hals. Der Captain half mir in den Wagen, holte das Fahrrad und hob es auf die Ladefläche. Ich wartete teilnahmslos, spürte Schüttelfrost, klapperte mit den Zähnen. Ich sagte nichts, wandte nicht einmal den Kopf, als er die Tür öffnete und sich ans Steuer setzte. Auch er blieb stumm, ließ den Motor an und setzte den Jeep in Gang. Die Soldaten salutierten, als wir die Sperre der Colchester Barracks passierten. Wir bogen um eine Ecke, fuhren über den aufgeplatzten Asphalt. Die Sonne stand bereits tief. Nebeldünste zogen an Ruinen vorbei, die ein orangefarbenes Flimmern umhüllte, als ob es sich nicht um genau definierte Formen handelte, sondern um Formen, die das Licht schuf und wieder verlor.

Ich hatte die Hände in die Taschen meines Mantels gesteckt, schwieg hartnäckig und starrte vor mich hin. Nur verschwommen nahm ich wahr, dass ich mich in einem Wagen der englischen Besatzungsmacht befand. Aber das gleichmäßige Brummen des Motors verbreitete Sicherheit.

Der Captain hatte noch kein Wort gesprochen. Im sinkenden Licht war sein Profil unbeweglich. Seine langen, schlanken Hände lagen entspannt auf dem Steuerrad. Er fuhr vorsichtig, mit eingeschalteten Scheinwerfern, weil der Nebel sich verdichtete. Und auf einmal rührte und bewegte sich etwas in mir selbst. Ich empfand ein starkes Gefühl von Geborgenheit. Als ob mein Geist, bisher geschützt im abwehrend gespannten Körper, sich zögernd hinauswagte. Ach, nur so dazusitzen, still sein zu können und nichts zu wollen! Es tat so unendlich gut.

Seit Jahren war es nicht mehr vorgekommen, dass man sich meiner angenommen hatte.

Während ich dies schreibe, denke ich an Jeremy. Es ist, als wäre er wieder da und als sprächen wir miteinander. Und wie einst gibt es keine Frage, die er unbeantwortet lässt.

»Wann haben wir uns kennengelernt, Jeremy? Erinnerst du dich?«

»Das war in den Colchester Barracks, in jenem kalten Winter 1945, als du krank wurdest. Als ich dich nach Hause brachte und wir anfingen, uns dies und jenes zu erzählen.«

»Ja. Und vielleicht auch, als ich entdeckte, dass ich dir vertrauen konnte.«

»Und was hast du dir gedacht, Liebste?«

»Ich war nicht darauf vorbereitet, verstehst du? Wie konntest du mich hübsch finden! Mein einziges Kostüm war zerknittert. Und ich trug einen Mantel von Mutter, der zu groß und viel zu schwer für mich war.«

»Und keine Mütze.«

»Stimmt. Außerdem hatte ich schmutzige Haare. Shampoo war nicht aufzutreiben. Ich wusch mir die Haare mit Kernseife. Wenn es Kernseife gab.«

»Und dennoch warst du eine schöne Frau. Das ist es, was mir auffiel. Dass du trotz allem eine schöne Frau warst.«

»Ich hatte Fieber. Und ich war bockig und misstrauisch. Ich konnte mich noch immer nicht an den Gedanken gewöhnen, dass der Krieg aus war, ich meine, ganz und gar. Dass es keinen Fliegeralarm mehr geben würde, weder bei Tag noch bei Nacht. Später, natürlich, habe ich nachgedacht. Ich habe verstanden, dass keiner von uns ohne Schuld war. Und dass Menschenleben nicht zählen, wenn die Geschichte rabiat wird. Der größte Zorn der Ameisen nützt nichts, wenn sie der Stiefel zerdrückt. Und weißt du was? Ich finde das beschämend!«

»Wenn wir das Böse bekämpfen wollen, sollten wir nicht klagen. Sonst kommen wir als Menschen nicht weiter. Allein, wir dürfen nichts vergessen. Wenn wir nichts vergessen und trotzdem ein ehrsames Leben führen, haben wir das Unsrige getan.«

»Es ist sehr schön, was du da sagst.«

»Es ist ein Versuch, unserem Leben einen Sinn zu geben. Aber es ist spät, Liebste. Du solltest schlafen.«

»Du hast recht. Wenn ich nicht schlafe, bin ich morgen ganz dumm.«

Der vernünftige Teil meiner selbst weiß, dass Jeremy in Wirklichkeit nicht da ist, dass ich nur seine Stimme in meinem Kopf höre. Und ich kenne die Antworten im Voraus, weil ich sie so oft auf den Tonbändern gehört habe, dass sie mir noch heute vertraut sind.

»Und noch etwas, Jeremy. Ich habe dir versprochen, dass ich es nicht ein zweites Mal versuchen werde. Weil ich weiß, dass es dir nicht gefallen würde. Und somit muss ich durchhalten. Willst du mir ein wenig dabei helfen? Manchmal wird mir das Ganze zu viel.«

»Du weißt doch, dass ich immer für dich da bin, Liebste.«

Der Arzt kommt jede Woche und will wissen, ob ich noch essen kann. Ja, aber nur Reisschleim oder weich gekochte Nudeln. Zum Glück kann ich noch denken, aber auch nicht mehr so wie früher. Die Therapie macht mich duselig, mein Gehirn schaltet auf Produktionsrückgang, da ist nichts mehr zu machen. Am meisten betroffen ist das Kurzzeitgedächtnis. Mir fällt aber auf, dass die Ereignisse von früher noch immer präsent in meinem Kopf sind. Während ich schreibe, liegt die ganze im Gedächtnis bewahrte Zeit wie ein Fotoalbum vor mir. Und ich möchte mir diese Bilder genauer ansehen, möchte das, was ich bereits hinter mir habe, noch einmal erleben. Selbst auf die Gefahr hin, dass ich heulen muss. Ich habe jahrelang nicht geheult, jetzt kommen mir ständig die Tränen. Kürzlich kam ich mir so idiotisch vor, dass ich es dem Arzt mitgeteilt habe. Er sagte, das sei nicht weiter verwunderlich und käme oft vor. Krankheit und Alter decken eine Verletzlichkeit auf, die wir vorher nicht wahrgenommen haben. Wir werden labil und flennen bei jeder Gemütsbewegung. Na, prachtvoll. Hätte ich damals Schluss machen können, wäre mir dieser dusselige Zustand erspart geblieben. Leider ging die Sache daneben. Ich bin noch da, in einer Tränenpfütze.

Warum musste Charlotte ausgerechnet an jenem Tag vorbeikommen? Charlotte kam eigentlich nur, wenn sie Geld brauchte. Ich gab es ihr ja, wenn ich konnte; ich hatte mir geschworen, dass ich es tun würde. Drogen nimmt sie heute nicht mehr – zum Glück. Sie schmeißt auch keine Steine mehr. Die Studentenbewegung hat sich zersplittert und pulverisiert. Auf dem revolutionären Weg, auf der Flucht vor dem Wasserwerfer, hat sich Charlotte an der Berliner Mauer die Nase eingeschlagen. Sie hat ihr Hämatom mit Salbe eingerieben – und ich meine es wörtlich – und bald darauf ein Studium an der Filmakademie begonnen. Ihre Begründung: Die wirkliche Revolution findet mit der Kamera statt. Na, exzellent! In dieser Stimmung hat Charlotte auf einige bekiffte Nächte verzichtet und sich zielstrebig auf das konzentriert, was sie machen wollte. Ihr Abschlussfilm gewann sogar einen Preis. Heute ist sie eine gute Filmemacherin. Ich bin heilfroh, dass sie ihr Leben endlich im Griff hat. Sie ist ja hochintelligent und begabt, das habe ich von Anfang an gewusst. Bis dahin war es allerdings ein langer Weg.

Ich habe nahezu mein ganzes Leben in Münster verbracht. Das habe ich nicht geplant, es hat sich einfach so ergeben. Von meinem Fenster aus sehe ich die Kirchtürme, ein vertrauter Anblick. Münster ist ja voll von Kirchen. Alle Glocken läuten stets zur gleichen Zeit, aber alle haben ihren eigenen Klang. Einst hatte Mutter mir beigebracht, mithilfe der Mnemotechnik die Klänge zu unterscheiden.

»Grotebohn, Grotebohn.
Die mag ich nicht, die mag ich nicht.
Gib sie mir man her, gib sie mir man her.«

Den Spruch kannte später auch Charlotte. Aber als sie 1947 geboren wurde, lag Münster noch in Trümmern. Der Wiederaufbau nahm über zehn Jahre in Anspruch. Mein Mädelein hat auf Trümmergrundstücken gespielt, unter Mauerresten und schief hängenden Betonblöcken, zwischen Schuttbergen, Kellerlöchern und Kratern voller zerplatzter Rohre, in denen womöglich noch Blindgänger lauerten. Kinder kommen unbeschadet überall durch. Ihre entspannte Unbeschwertheit umgibt sie wie mit einem schützenden Vakuum. Sie straucheln nicht, sie brechen sich auch nicht das Bein. Im schlimmsten Fall holen sie sich eine Beule.

Jetzt sind die zerstörten Kirchen und Gebäude in alter Pracht neu aufgebaut, vermitteln die Illusion einer Beständigkeit. Ein frisches Bühnenbild für das zwangsläufig kampfeslustige Theater der Zukunft. Manchmal frage ich mich, wozu eigentlich diese sinnlose Mühe? Denn spätestens in einem Jahrhundert wird sich das Gedöns wiederholen.

Das Abc des Krieges schreibt systematisch vor, wie man den Feind kleinzukriegen hat. Dazu gehört, dass man ihm den Lebensraum nimmt. Jeremy hatte mir eine Karte der Alliierten gezeigt, auf der die Bombenziele nach strategischer Bedeutung gekennzeichnet waren: kleine Bomben, mittlere Bomben, große Bomben. Nicht nur die Munitionslager und die Fabriken, sondern auch der Dom und die Altstadt waren – zwecks Demoralisierung des Feindes – den Alliierten ein paar größere Bomben wert gewesen.

Oft kommt es vor, dass ich im Café oder auf der Straße die Leute meines Alters anschaue. Sie haben den Horror miterlebt, aber er steht ihnen nicht mehr im Gesicht geschrieben. Die Macht der Resilienz. Aber bei Kindern ist das etwas anderes. Ihre Seele ist wie in Tüchern eingewickelt, die das Erlebte an der Schwelle des Begreifens dämpfen. Gleichzeitig ist ihre Vorstellungskraft enorm und anfällig für die Suggestion. Mädeleins Kindheit war von Anfang an keine normale gewesen. Aber solange Mutter lebte, ging alles gut. Zu Weihnachten schmückte Mutter den Baum für sie, zu Ostern gab es bunte Eier. Spielsachen? Im Nachkriegsdeutschland? Vielleicht ein Märchenbuch aus zweiter Hand, Buntstifte und ein Heft mit Abziehbildern. Damals lernten die Kinder frühzeitig, wie man das Wort »bescheiden« buchstabiert. Inzwischen pachtete Vater einen kleinen Schrebergarten, pflanzte Gemüse und verschiedene Beerensorten und war mit seiner Gärtnerei täglich beschäftigt, was allen sehr lieb war. Sonst war er ja zu nichts zu gebrauchen. Am Abend saß er wortkarg und rauchend am Küchentisch und las Bücher aus dem Lesezirkel. Mutter und ich nannten ihn hinter seinen Rücken abwertend »der Alte«. Mädelein, natürlich, sagte Opa zu ihm.

Das Leben hätte so weitergehen können, wenn Mutter nicht erkrankt wäre. Lungenkrebs. Und wer sollte sie pflegen? Sich um Mädelein kümmern? Ich war dazu nicht in der Lage, ich musste ja Geld verdienen. Nachdem ich bei den Engländern gekündigt hatte, machte ich dieses und jenes – immer Teilzeit- oder Aushilfearbeiten –, bevor ich 1949 eine Festanstellung in der Verwaltung der »Brücke« ergatterte. Ein reiner Glücksfall! Die Brücke war das, was man heute ein »Kulturzentrum« nennen würde, und war 1946 von den Siegermächten gegründet worden. Es gab sie in mehreren deutschen Städten. Zweck der Sache war, den Deutschen die in diesem Land arg ramponierte Demokratie wieder nahezubringen.

Da ich nun den ganzen Tag beschäftigt war, bat ich Linchen, nach Münster zu kommen und Mutter zu pflegen. Sie kam dann auch und brachte ihren Sohn mit, der eine Zeit lang hier zur Schule ging. Ihr Mann hatte sie ohne Weiteres ziehen lassen. Sein neu gegründeter Verlag stand noch in den roten Zahlen, machte jedoch langsam Gewinn. Er arbeitete von morgens bis abends, aber er hatte sich endlich ein Gebiss leisten können. Und gleich danach eine Geliebte, wie ich später erfahren sollte. In dem ganzen Schlamassel war er wohl insgeheim froh, dass er seinen ehelichen Klotz am Bein los war.

Linchen und Johan blieben bis 1952 in Münster. Linchen betreute die Kranke und kochte, und wenn wir Glück hatten, war das Essen rechtzeitig fertig. Linchen arbeitete im Schneckentempo und beklagte sich darüber, dass sie zu wenig Haushaltsgeld hatte. Sie bat auch Hendrik unablässig um Geld, damit sie sich mal »etwas Schönes leisten« konnte. Er schrieb zurück, dass er ja selbst von der Hand in den Mund lebte. Ich vermute, dass er es vorzog, sein überschüssiges Geld – falls überhaupt vorhanden – mit seiner Geliebten auszugeben.

Inzwischen hatten wir eine Schwerkranke, einen knurrigen Alten und zwei Kinder unterschiedlichen Alters in der Wohnung, und die Stimmung war alles andere als harmonisch. Es gab Gerangel und Geschrei. Johan war bereits im dritten Schuljahr. Ein kleiner Naseweis, der nicht mit einer Zweijährigen spielen wollte und immer wieder neugierige Fragen stellte: Woher kam Mädelein eigentlich? Und wo war ihr Vater? Linchen hatte ihm frühzeitig beigebracht, dass man verheiratet sein musste, um ein Kind zu haben. Unterdessen ging es mit Mutter langsam, aber stetig bergab. Sie hatte entsetzlich unter Manfreds Tod gelitten und sich nie wieder ganz davon erholt. Ihr Immunsystem war geschwächt. Müdigkeit, Schweißausbrüche, Hustenanfälle. Die Krankheit, die in ihrem Körper langsam, aber unaufhaltsam voranschritt, nahm ihr allmählich jede Kraft. Sie war eine hochgewachsene, elegante Frau gewesen, eine dominierende Erscheinung mit einem ungewöhnlich festen Charakter. Nun war sie mager und apathisch. Ihre Haut spannte sich über die Wangen, die immer spitzer hervortraten. Johan und Mädelein waren entsetzt, wenn sie literweise braunes

Wasser in eine Schüssel erbrach. Wieso trug sie so viel Wasser in ihrem abgemagerten Körper? Ein unangenehmer, saurer Geruch strömte aus dem Bett. Sie war rot, nass geschwitzt, das Haar verklebt. Sooft es ging, schickten wir die Kinder zu den Altemöllers, den Nachbarn aus dem vierten Stock. Wir wollten nicht, dass sie manche Vorkommnisse mitbekamen.

Mädelein wurde fünf und erlebte, wie es Mutter immer schlechter ging. Wenn sie konnte, schlich sie in Großmutters Zimmer, setzte sich still an ihr Bett oder reichte ihr den Spucknapf. Die Omi öffnete kaum die Augen, aber sobald Mädelein kam, lächelte sie ein wenig, und wenn sie gehen wollte, streckte sie die dünne Hand nach ihr aus. Folglich rührte sich die Kleine nicht, stundenlang, bis Linchen sie wegholte. Die Omi war immer sehr gut zu ihr gewesen. Sie hatte ihr Grimms Märchen vorgelesen oder ihr beigebracht, kleine Puppen aus Papier auszuschneiden. Mädelein kolorierte mit Buntstiften Papier-Kleidchen, die sie an die Puppen heftete. Das machte ihr eine Zeit lang Spaß. Ich war glücklich, dass sie beschäftigt war. Ich konnte mich ja nicht um sie kümmern.

Als Mutter starb, wollte ein böser Zufall, dass Linchen eine Besorgung machte und Mädelein an diesem Morgen alleine bei ihr war. Als Linchen wieder da war und in das Zimmer der Kranken schaute, hing die Omi halb aus dem Bett. Ihr Kopf war seitwärts verdreht und die weit offenen Augen schienen Mädelein anzublicken, die an der Wand kauerte, bleich und krampfhaft zitternd. Ihre trockenen Augen waren starr auf die Augen der Omi gerichtet. Sie war wie in Trance.

Ein Schatten blieb über meinem Kind zurück. Sie hatte unversehens Schrecken und Tod erlebt; das hinterlässt Spuren. Mädelein war immer vernünftig gewesen, jetzt wurde sie plötzlich sehr ichbezogen. Sie stampfte mit dem Fuß, wenn sie nicht sofort ihren Willen bekam. Sie stopfte bei Tisch gierig das Essen in sich hinein und verglich peinlich genau die Portionen, die jeder bekam. Linchen hatte ständig etwas an ihr zu meckern, aber ich nahm sie in

Schutz. Was sollte ich auch anderes tun? Sie war ja den ganzen Tag sich selbst überlassen. Ich hätte mich besser um sie kümmern sollen, ja – aber wie? Was würde aus uns werden, wenn ich das Geld nicht pünktlich auf den Tisch legte?

Als dann auch noch Vater ein paar Monate später an Lungenentzündung starb, sah Linchen die Zeit gekommen, Münster definitiv den Rücken zu kehren. Johan war dabei, die holländische Sprache ganz zu verlernen. Sie wollte auch wieder bei Hendrik sein, der allmählich etwas mehr Geld verdiente und endlich eine anständige Wohnung gefunden hatte. Ob sie über seine Geliebte im Bilde war? Ich kann es bis heute nicht sagen. Sie hat nie ein Wort darüber verloren. Was aus Mädelein wurde, war Linchen mehr oder weniger egal. In ihren Augen hätte sie eigentlich nicht vorhanden sein sollen.

Mädelein kam ein Jahr später in die Volksschule. Weil sie keinen Vater hatte und ich arbeiten musste, war sie ein sogenanntes »Schlüsselkind«. Von dieser bedauernswerten Sorte gab es viele in der Nachkriegszeit. Waren keine Großeltern oder Nachbarn da, die sich um sie kümmern konnten, trugen sie ein Band um den Hals, an dem ein Schlüssel hing, damit sie in die Wohnung konnten, aber in der Wohnung wartete niemand auf sie. Ich hatte morgens für Charlotte vorgekocht, und sie verzehrte ihr Essen allein am Küchentisch. Danach musste sie ihre Schularbeiten machen und sich irgendwie den Nachmittag über beschäftigen. Und so kam es, dass sie bereits im zweiten Schuljahr täglich in der Autowerkstatt gegenüber dem Haus erschien und interessiert zusah, wie Reifen gewechselt und Motoren repariert wurden. Herr Schröder, der Inhaber, schickte sie nicht fort. Ihm war aufgefallen, dass sie jeden Arbeitsvorgang genau beobachtete. Er hatte mir zugesichert, dass er sich um Mädelein kümmern würde. Kam sie aus der Schule, fragte er sie, wie es im Unterricht war. Er gab ihr eine Brauselimonade, und seine Frau machte ihr eine Stulle. Mädelein machte die Hausaufgaben in einer Ecke der Werkstatt auf dem Boden, und da sie nicht dumm war, kam sie auf diese Weise durch und wechselte mit zehn auf die Marienschule, ein Mädchengymnasium. Hier hatte sie von Anfang an Probleme. Verschlossen, wie Halbwüchsige eben sind, erzählte sie kaum Einzelheiten. Allerdings erfuhr ich von der Schulleiterin, die mich in ihr Büro zitierte, dass Charlotte heimlich auf der Toilette rauchte, dass sie störrisch und vorlaut war und sich wie ein Junge benahm, indem sie auf dem Schulhof immer wieder in Streit geriet mit den Mitschülerinnen und dabei auch hangreiflich wurde. Ich nahm ihr auch das nicht übel. Sie war ein uneheliches Kind – in einer Schule der Fünfziger- und Sechzigerjahre kein Zuckerschlecken.

Charlotte hatte eine schnelle Auffassungsgabe. Sie war wach und interessiert und brachte eine Zeit lang gute Zeugnisse nach Hause. Trotzdem begann sie irgendwann, den Unterricht zu schwänzen. Sie hatte von den bigotten Lehrerinnen und den scheinheiligen Mitschülerinnen, die ihr deutlich zu verstehen gaben, dass sie nicht dazugehörte, einfach die Nase voll.

Ich schlug ihr mehrmals vor, die Schule zu wechseln, doch sie wollte nichts davon wissen. Sie hatte filmreife Wutausbrüche. Die Schule schmeißen und abhauen würde sie, das kleinkarierte Münster verlassen!

Und sie schmiss nach der zehnten Klasse tatsächlich die Schule hin – aber sie blieb in Münster, sie hatte ja kein Geld, um wegzugehen. Aber nur zwei Monate später war sie das erste Mädchen in der Stadt, das eine Lehre als Karosseriebauerin begann. Herr Schröder hatte ihr gleich nach den Ferien einen Lehrvertrag angeboten!

Er hatte längst beobachtet, dass Charlotte technisch hoch begabt war und viel Fingerspitzengefühl besaß. Herr Schröder war sehr stolz auf sie. Die *Westfälischen Nachrichten* schickten sogar einen Reporter. Ihr Bild kam in die Zeitung. Charlotte war eine kleine Sensation. Es gab – vorwiegend männliche – Kunden, die ihren Wagen nur ihretwegen bei Herrn Schröder zur Reparatur brachten.

Das Auftauchen des Reporters hatte noch einen Nebeneffekt: Charlotte hatte beobachtet, wie er arbeitete, und kaufte sich von ihrem ersten Lohn einen Fotoapparat. In ihrer Freizeit streifte sie fortan durch Münster und machte Aufnahmen. Sie träumte von einer eigenen Dunkelkammer, in der sie ihre Bilder selbst entwickeln konnte. In jener Zeit war sie ausgeglichen, freundlich, voller Zukunftspläne. Doch dann erlitt Herr Schröder einen Herzinfarkt, wurde arbeitsunfähig, und ein Nachfolger übernahm den Betrieb. Und dieser Nachfolger war der Meinung, dass ein Mädchen in einer Autowerkstatt nichts zu suchen hatte. In Charlotte sah er ein störendes Element und wollte sie loswerden. Er kritisierte alles, was sie machte. Es kam zu einem skandalösen Zwischenfall, als er sie vor allen Mechanikern als »uneheliches Balg« bezeichnete. Die Keule traf sie aus heiterem Himmel und schmiss sie an die eiskalte Wand der Vorurteile. Charlotte rannte aus der Werkstatt, irrte stundenlang durch Münster und kam erst spät in der Nacht nach Hause, als ich bereits die Polizei gerufen hatte. Sie war am Boden zerstört. Mir ging es nicht besser. Ich hatte mir eingebildet, dass meine Tochter einen festen Platz in der Gesellschaft haben könnte! Ein verhängnisvoller Irrtum! Aber dann konnte ich sie davon überzeugen, dass sie mit der Schule weitermachen musste. Hörst du, Charlotte? Bloß nicht den Kopf hängen lassen, weitermachen, jetzt erst recht! Wir finden schon eine andere Schule. Ich war auf das Schlimmste gefasst, und mir fiel fast die Kinnlade herunter, als sie Ja sagte. Sie sagte tatsächlich Ja, aus Trotz, Zorn und Verzweiflung.

Ich machte mich auf die Suche nach einem neuen Gymnasium und fand auch endlich eines, das in einer anderen Gegend lag und zudem einen technischen Zweig hatte. Charlotte interessierte sich ja für alles Technische, und ich hoffte, dass sie sich hier aus diesem Grunde wohler fühlen würde als auf der reinen Mädchenschule. Ich sprach mit Herrn Seidel, dem Schuldirektor, über das, was Charlotte mitgemacht hatte. Er ließ sich alles ganz genau erzählen. Und manchmal geraten wir an jene unbefangene Güte, die vielleicht nur eine Verschiebung im genormten menschlichen Verhalten ist. Jedenfalls war Herr Seidel bereit, für Charlotte eine Ausnahme zu machen. Sie durfte am Unterricht teilnehmen, vorerst allerdings nur probeweise. Charlotte kam in eine Klasse, in der sie freundlich aufgenommen wurde. Der Technik-Unterricht interessierte sie, und kein einziges Mal fiel sie durch schlechtes Betragen auf. Sie schuldete es sich selbst, Herrn Seidel nicht zu enttäuschen, was ihn immerhin in Erstaunen versetzte und ich ihr hoch anrechnete. Und weil sie einen langen Schulweg hatte und täglich in aller Frühe aus dem Bett musste, besorgte ich ihr ein Fahrrad. Und eine Zeit lang ging alles gut.

9. KAPITEL

Ich habe von Charlotte erzählt, mich hundertmal zurückerinnert. Und jetzt gehe ich weiter zurück, erinnere mich an Jeremy, der mich damals nach Hause fuhr, weil ich Fieber hatte und nicht mehr aus den Augen gucken konnte. Und ich entsinne mich, dass wir beide in dem Jeep zunächst schwiegen. Diese Stille entsprach den sonderbaren Umständen des Krieges, die uns gelehrt hatten, zu allem Fremden auf Distanz zu gehen. Und ich entsinne mich auch, dass Jeremy es war, der als Erster das Schweigen brach, und zwar mit den Worten: »Wir haben schwere Zeiten erlebt.«
»Wie alle«, nickte ich.
Er sah mich von der Seite an.
»Haben Sie Angehörige verloren?«
»Ja, meinen Bruder Manfred.«
»Ich hätte nicht fragen sollen. Es tut mir leid.«
War die Welt wirklich so, wie sie dem äußeren Auge erscheint? Ich versteifte mich.
»Es braucht Ihnen nicht leidzutun.«
Wieder Schweigen. Dann sagte er: »Im Krieg hätten wir einander nicht näherkommen dürfen. Und in jedem Krieg gibt es Gewinner und Verlierer.«
Dagegen hatte ich nichts vorzubringen. Es war eine Tatsache und Punkt.

»Wir sind die Verlierer.«

»*Right, Lady*. Aber jetzt ist der Krieg vorbei. Und eigentlich gibt es keinen Grund, dass ich Sie nicht nach Hause bringe, wenn Sie krank sind.«

Er hatte eine besondere Art zu sprechen. Es machte den Anschein, als ob sich in seinen Worten eine besondere Art von Ironie verbarg, eine Ironie, die melancholisch war, aber nicht wehtat.

Inzwischen fuhren wir am Kanal entlang. Auf beiden Seiten der Böschung hingen reglos die Zweige der verkrüppelten Weiden. Dahinter zeigten sich im steigenden Nebel die ersten Häuser von Telgte. Einige dieser Häuser waren zerstört, aber die meisten waren unversehrt. Die Bewohner – einfache Leute – schienen dem Frieden nicht ganz zu trauen. Viele Fenster waren noch mit Brettern vernagelt. Zwischen den Ritzen schimmerte trübes Licht.

»Hier«, sagte ich, »hier entlang.«

Ich wies ihm den Weg. Wir bogen um eine Ecke, dann um die nächste, und er hielt vor dem Haus, das ich ihm zeigte. Jeremy stieg aus und öffnete mir die Wagentür. Ich stieg aus, fühlte mich fast zu schwach zum Stehen. Jeremy ging um den Wagen herum, hob das Fahrrad von der Ladefläche und stellte es vor mich hin.

»Ruhen Sie sich aus«, sagte er.

»Ja, das werde ich tun. Ich danke Ihnen«, setzte ich hinzu.

Er lächelte.

»Reiner Eigennutz!«

Er zwinkerte mir zu. Unwillkürlich erwiderte ich sein Lächeln.

»Ich danke Ihnen trotzdem.«

»Es war mir ein Vergnügen, *Lady*.«

Er winkte, stapfte durch den Schneematsch zu seinem Jeep und schlug die Tür zu. Die Scheinwerfer blinkten auf, und er fuhr davon. Ich zog meinen Schlüssel aus der Tasche und ging ins Haus.

Mutter kam mir entgegen, als ich am Eingang meine dreckigen Schuhe abklopfte.

»So früh?«, fragte sie verwundert.

»Man hat mich nach Hause gebracht. Ich bin krank.«

Ich legte mich ins Bett, unter die eiskalten Laken. Ich fror erbärmlich. Mutter brachte mir einen Teller mit Kartoffelsuppe und einigen kleinen Speckwürfeln. Dankbar löffelte ich die Suppe. Und allmählich spürte ich, wie ich mich entspannte. Als ob ich die ganze Zeit eine schwere Last getragen hatte, die mir endlich von den Schultern genommen worden war. Die Augen fielen mir zu. Und kaum hatte mir Mutter eine Wärmflasche ins Bett geschoben, schlief ich auch schon ein. Ich verbrachte den ganzen nächsten Tag im Bett. Eigentlich hätte ich meine Grippe länger auskurieren sollen, aber dazu fehlte mir die innere Ruhe. Zu sehr fürchtete ich, meinen Job zu riskieren, wenn ich noch länger zu Hause blieb. Immerhin war das Fieber gesunken. Und als ich mich nach zwei Tagen mit dem Rad auf den Weg machte, konnte ich noch kein Bäumchen ausreißen, hatte jedoch das Schlimmste überstanden.

Der Tag war für mich sehr lang. Herr Kuropka freute sich natürlich, dass er wieder die Arbeit mit mir teilen konnte.

Ich hatte, ohne dass es mir richtig bewusst wurde, die ganze Zeit gehofft, Captain Fraser wiederzusehen. Aber er kam nicht. Und ich wagte niemanden zu fragen, auch Herrn Kuropka nicht, warum er nicht da war. Lieber hätte ich mir die Zunge abgebissen.

Es vergingen drei Tage, bis ich ihn wieder zu Gesicht bekam. Endlich betrat er das Büro. Bei seinem Anblick fuhr ich leicht zusammen. Unter meinem Kragen stieg mir eine kleine heiße Welle den Hals entlang. Mir war zuvor nicht aufgefallen, wie groß er eigentlich war. Ich hatte sofort den Eindruck, dass seine hohe Gestalt den Raum kleiner erscheinen ließ. Und wieder überkam mich auf unerklärliche Weise ein Gefühl von Nähe und Geborgenheit. Ich wusste nicht, ob er selbst dieses Gefühl verursachte, aber es war mit ihm gekommen, und es machte mich froh.

Er sprach zunächst eine Weile mit den Offizieren, bevor er mich freundlich begrüßte.

»*Hello, Lady!* Sie sehen heute besser aus.«

»Ja, danke. Ich fühle mich wieder gut.«

Ein Soldat kam auf ihn zu und salutierte. Beide wechselten ein paar Worte, gingen dann zusammen hinaus und blieben weg. Ich sah Fraser erst nach Dienstschluss wieder, gerade als ich in meinen Mantel schlüpfte. Er trat auf mich zu und half mir in den Mantel, bevor er sagte: »Setzen Sie eine Mütze auf. Es wird kalt.«

»Ich brauche keine«, antwortete ich, etwas trotzig.

Ich sagte ihm nicht die Wahrheit – nämlich, dass ich weder Mütze noch Handschuhe besaß.

Mutter hatte zwar gesagt, dass sie einen alten Pullover auftrennen wollte, um aus der Wolle eine Mütze für mich zu stricken. Aber sie musste Zeit dazu finden, und die Mütze – na ja, ich war bisher auch ohne ausgekommen. Inzwischen war die Temperatur unter den Gefrierpunkt gesunken. Wir hatten schon Eisblumen an den Fenstern. War ich mit dem Rad unterwegs, heulte und pfiff mir der Wind um die Ohren. Ich wickelte mir meinen Schal um den Kopf. Aber nach zehn Minuten konnte ich in der Regel den Fahrradlenker nicht mehr halten. Die Hände wurden bis zu den Gelenken völlig gefühllos. Der Frost drang bis zu den Schultern. Ich zog die Ärmel meines Mantels so tief herunter, wie es nur ging, damit ich die Handflächen bedecken konnte. Das half nur wenig. Ich musste oft anhalten, weil die Ärmel immer wieder hochrutschten. Und wenn ich die Füße nicht bewegte, wurden sie zu gelähmten Stümpfen. Mutter besaß noch ein paar alte Handschuhe. Sie stopfte die Löcher, und ich hatte zumindest warme Hände.

Wieder vergingen Tage, während derer ich den Captain nicht zu Gesicht bekam. Ich verlor allmählich die Hoffnung, dass ich ihn jemals wiedersehen würde. Es konnte durchaus sein, dass er Münster verlassen hatte. Es kam oft vor, dass die Offiziere versetzt wurden. Er war nett zu mir gewesen, aus Eigennutz, hatte er gesagt. Ich war mir plötzlich nicht mehr ganz sicher, ob er es vielleicht nicht doch als Scherz gemeint hatte. Dolmetscher waren Mangelware nach dem Krieg, und ich hatte inzwischen Erfahrung. Die Briten waren erstaunlicherweise gütig und hilfsbereit, aber es war doch eine Überheblichkeit in ihnen, eine Art schnoddriger Zynismus. Sie können sich Arroganz auch leisten, dachte ich bitter, sie haben uns ja besiegt.

Ich beschloss, nicht mehr an ihn zu denken, und brachte es mit meinem starken Willen sogar fertig.

Und plötzlich war der Captain wieder da. Ich stieß auf der Treppe fast mit ihm zusammen. Fast zwei Wochen waren vergangen, und doch hatte ich das seltsame Gefühl, dass unsere letzte Begegnung in einem gleitenden Moment stattgefunden hatte, ohne jene Zwischenräume, in denen sich ein Großteil unseres Lebens abspielt. Die Zeit war verschwunden, ausgelöscht durch seine Anwesenheit. Und alles war gut.

»Hallo!«, sagte er, ohne Einleitung. »Ich habe Ihnen etwas mitgebracht.«

Er reichte mir ein kleines Paket, in schönem Papier eingewickelt. Ich schlug das Papier auseinander. Ich konnte mich nicht erinnern, wann ich das letzte Mal ein Geschenk erhalten hatte.

Zum Vorschein kam eine rote Strickmütze mit zwei kleinen Troddeln an jeder Seite.

»Es gab keine andere Farbe«, sagte Jeremy Fraser.

»Oh!«, rief ich. »Die darf ich aber nicht annehmen!«

»Warum denn nicht? Sie brauchen eine Mütze. Befehl der Besatzungsmacht! Und übrigens: Rot steht Ihnen gut.«

Ich stülpte mir langsam die Mütze über den Kopf.

Er sah mich an und lächelte.

»Rotkäppchen«, sagte er.

»Sie kennen Grimms Märchen?«

»Ich kenne sie. Zum Beispiel: Hänsel und Gretel gingen in den dunklen Wald …«

Ich lachte unwillkürlich auf. Er lachte auch. Wir standen uns auf dem Treppenabsatz gegenüber und hörten unsere Worte wie von

Schauspielern gesprochen. Damals war ich jung und dachte natürlich nicht so weit, aber heute bin ich überzeugt, dass wir in unserem Wesen vorbestimmt sind und nichts anderes als die Menschen werden konnten, die wir waren, und die Kluft zwischen uns – den soeben schmerzreich beendeten Zweiten Weltkrieg und die Feindschaft unserer Völker – ignorieren wollten. Aber so einfach ging das natürlich nicht.

Einige englische Soldaten kamen durch die Tür und drängten sich polternd und lärmend an uns vorbei. Rasch nahm ich die Mütze ab. Ich wollte nicht Zielscheibe aller Blicke sein. Jeremy schien das zu verstehen. Still und entspannt sah er auf mich herunter, bis sich alle entfernt hatten und Ruhe eintrat. Und dann – von einem Atemzug zum anderen – war mir, als ob die Welt in weite Ferne rückte und er und ich alleine waren, abgesondert in einem seltsamen Traum.

»Vielleicht haben Sie recht«, brach ich das Schweigen. »Ich brauche wirklich eine Mütze.«

10. KAPITEL

Der Captain erschien in dieser Zeit fast täglich, spazierte von einem Vernehmungsbüro ins andere. Die Verhöre waren immer sehr gründlich. Nicht selten kam es vor, dass die Heimkehrer gut sechs oder acht Stunden – manchmal noch länger – im Vorzimmer warten mussten. Für gewöhnlich stand Fraser etwas abseits, die Hände auf dem Rücken, stellte wenige Fragen, beobachtete aber sehr genau jeden Mann. Und wenn er selbst eine Frage stellte, war es auf Deutsch. Mir fiel bald auf, wie präzise diese Fragen formuliert waren. Ich konnte mir nicht vorstellen, dass ihm einer dieser Männer jemals zuvor über den Weg gelaufen war, und doch schien er über jeden einzelnen gut informiert. Wie er mir Jahre später sagen würde: »Ich bin es gewohnt, meine Ohren zu spitzen, und solange ich da war, lief der Laden.« Ich wusste natürlich noch nicht, wer er war, obwohl Herr Kuropka einige Andeutungen machte und ich es mir später selbst zusammenreimen konnte, ich war ja nicht auf den Kopf gefallen. Wie dem auch sei, die hier versammelten Offiziere wussten es natürlich und legten offensichtlich Wert auf seine Meinung. Oft kam es vor, dass nach einem kurzen Wortwechsel mit Fraser der Lagerkommandant ein Zeichen gab. Dann waren sofort die Soldaten zur Stelle und führten den Mann ab. Es gab auch eiskalte Lügner, die gekonnt die Realität verfälschten. Immer wieder dieselbe Leier, sie hätten von nichts gewusst und so weiter. Doch durch verdächtige Wiederholungen versetzten sie sogar mich in die Lage, unmerkliche Veränderungen in ihren Aussagen wahrzunehmen. Andere wehrten sich mit Drohungen und unflätigen Schimpfworten, die weder Herr Kuropka noch ich uns die Mühe machten zu übersetzen. Ich ließ mich nicht von meiner Arbeit ablenken. Ich hatte längst gelernt, mich vor unliebsamen Empfindungen zu schützen.

Eines Tages, nach Dienstschluss, lud mich Jeremy zu einer Tasse Tee in die Offiziersmesse ein. Ich kauerte gerade vor meinem Fahrrad und war dabei, die Reifen aufzupumpen, bevor ich mich auf den Heimweg machte.

»Sie waren den ganzen Tag auf den Beinen und haben eine Stärkung nötig.«

Ich suchte einen guten Grund, um Nein zu sagen. »Es wird früh dunkel. Die Wege sind vereist.«

»Wenn es Ihnen nichts ausmacht, werde ich Sie danach wieder nach Hause fahren. Sie haben doch nichts dagegen?«

»Wozu haben Sie mir eigentlich eine Mütze geschenkt?«

»*Touché*«, sagte er und lachte. »Kommen Sie!«

In der Offiziersmesse saßen die Männer in Gruppen um die Tische. Die Luft war blau vor Zigarettenqualm. Jeremy fand einen Tisch, der noch frei war. Er hieß mich Platz nehmen und kam einige Minuten später mit einem Tablett zurück, auf dem zwei gefüllte Tassen standen. Dazu Milch in einem kleinen Kännchen und etwas Zucker. Und zwei Scheiben Korinthenstuten.

Wann hatte ich zum letzten Mal Stuten gegessen? Ich konnte mich nicht erinnern.

»Sie können ruhig etwas zunehmen«, sagte Jeremy.

Leichter gesagt als getan. Es gab ja nichts zu essen. Überall herrschte Hunger. Ich begann innerlich zu zittern, und Traurigkeit ergriff mich, ohne dass ich wusste, woher diese Traurigkeit kam.

»Sie zittern ja«, bemerkte Fraser. »Ist Ihnen kalt?«

»Ich habe kalte Hände.«

»Die Öfen heizen schlecht. Trinken Sie Ihren Tee mit viel Zucker, das wird Ihnen guttun.«

Ich trank langsam den heißen Tee, ließ mir den Stuten schmecken. Der Captain beobachtete mich unentwegt. Und bei jedem Bissen, bei jedem Schluck nickte er unmerklich mit dem Kopf. Und wieder wurde ich von der Einsicht überwältigt, dass sich vor mir das Ende eines langen Weges zeigte. Eines Tages, jawohl, eines Tages würde alles wieder genauso wie früher sein. Alles? Nein, nicht wirklich alles. Und es war notwendig, dass es nicht so war. Die Welt hatte sich verändert. Vielleicht war die Welt erwachsen geworden. Oder auch nicht. Vielleicht würde die Welt niemals erwachsen sein.

»Ließen es die Umstände zu«, sagte Jeremy, »wäre es mir jetzt ein Vergnügen, Sie in ein gutes Restaurant zum Essen einzuladen.«

»In Münster wurden alle Restaurants zerstört«, sagte ich. »Aber irgendwo soll es noch ein Schwarzmarktrestaurant geben. Ich kenne es allerdings nicht.«

Er antwortete nicht sogleich, sondern bot mir eine Zigarette an, eine dieser guten englischen Zigaretten. Er reichte mir Feuer, das Streichholz mit dem Kelch seiner Hände umschließend, um die kleine Flamme zu schützen. Dann steckte er eine für sich selbst an. Ich hatte lange nicht mehr geraucht. Der würzige Duft erinnerte mich an meine viel zu kurze Studentenzeit, brachte das weite Feld der Erinnerungen in Bewegung. Aber ich wollte nach vorne sehen. Nie zurück. Das war gesünder.

Inzwischen holte Jeremy in wortloser Beiläufigkeit eine Brieftasche hervor, zog ein Foto heraus und reichte es mir. Es war eine Schwarz-Weiß-Aufnahme. Ich hatte diese Art von Bildern schon gesehen. Engländer und Amerikaner hatten während und kurz nach der Einnahme der Stadt das Geschehen festgehalten. Die Bilder waren von Militär-Fotografen aufgenommen worden, die den Vormarsch der Alliierten dokumentierten.

Ich sah mir das Foto an.

»Wo ist das? Am Albertsloher Weg? Beim Hafenplatz? Da steht noch ein Verschiebekran, scheint mir.«

»Nein. Das Foto wurde 1940 auf der Isle of Dogs, im Osten von London, einige Tage nach dem *Black Saturday* aufgenommen. Die großen Lagerhäuser, die Werften, die Frachtschiffe, alles brannte ...«

Ich blickte noch immer auf das Foto. Mir war bekannt, dass die deutsche Luftwaffenstaffel auf Befehl von Hermann Göring London und andere britische Städte viele Male bombardiert hatte. Aber ich wusste nichts vom Ausmaß der Zerstörungen.

»So schlimm wie hier?«

»Schlimmer, würde ich sagen. Die Deutschen haben Tausende von Brandbomben abgeworfen. Wir hatten seit Anfang des Krieges einen Luftangriff nach dem anderen. Hitler wollte die britischen Städte in einem Flammenmeer vernichten und hat es auch teilweise geschafft. Die Luftwaffe hat ab August 1940 in 57 Nächten ohne Unterbrechung bombardiert. Die Menschen suchten Zuflucht in den Gängen der U-Bahn. Es gab Hunderttausende von Toten und Verletzten.«

»Und Ihre Eltern?«, fragte ich.

»Wir wohnten am Russell Square, in der Nähe der Londoner Universität. Der ganze Bezirk wurde zerstört. Meine Eltern zogen sich nach Greenwich zurück. Das liegt etwas außerhalb, und wir hatten dort ein kleines Gut.«

Wieder folgte ein Schweigen. An diese Schweigepause entsinne ich mich noch heute. Sie war unerträglich und musste trotzdem sein. Nach einer Weile sagte ich: »Im Grunde die gleiche Geschichte.«

»Im Grunde ja. Und jetzt stehen wir beide da, wo wir eigentlich nicht stehen sollten.«

Wir sahen uns in die Augen. Zwischen uns der Zigarettenrauch, wie ein blauer Nebel. Es war eine Art von Blick, der vieles in uns berührte. Die Tatsache, dass wir das Gleiche erlebt hatten, brachte uns auf sonderbare Weise näher. Heute weiß ich, dass wir beide uns bereits entschlossen hatten, das Thema nicht weiter zu ergründen. Das heißt, wir beide empfanden mehr, als Worte ausdrücken können. Unsere Gefühle waren störend, um nicht zu sagen verstörend, darüber waren wir uns im Klaren. Und sie stürzten uns in ein emotionales Schlamassel, das sich allmählich unserer Kontrolle entzog. Ich erlebte es mit Verwirrung und wechselte absurderweise das Thema.

»Sie sprechen gut Deutsch.«

Er lächelte plötzlich.

»Sie bringen mich zum Staunen. Als ob Sie erst jetzt bemerkten, dass ich gut Deutsch spreche.«

»Wo haben Sie Deutsch gelernt?«

»Stellen Sie sich vor«, sagte er »ich habe sogar deutsche Verwandte. Ein Großonkel von mir kam beruflich nach Würzburg und hat eine Deutsche geheiratet. Die Nachkommen leben heute noch dort. Meine Frau stört sich daran. Sie bringt für die Deutschen wenig Sympathie auf. Ich kann es ihr nicht verübeln. Andererseits kann ich meine deutschen Verwandten nicht aus der Welt schaffen, nur um Laura eine Freude zu machen. Wenn das hier vorbei ist, werde ich sie besuchen.«

Er hatte von seiner Frau gesprochen. Ein Hauch von Schmerz zog durch mich hindurch. Ich musste mich an diesen Schmerz gewöhnen. Ganz allmählich, Stunde für Stunde ein bisschen, würde es mir wohl gelingen. Aber jetzt war es das erste Mal. Ich ließ den Schmerz vorbeiziehen und sagte: »Wie lange sind Sie schon verheiratet?«

»Zwölf Jahre. Ich habe einen kleinen Sohn.«

Er zog ein anderes Foto aus seiner Brieftasche und reichte es mir.

»Er heißt Frank.«

»Hübsches kleines Kerlchen. Aber er ähnelt Ihnen nicht.«

»Nein. Er kommt ganz nach meiner Frau.«

Ich dachte, weiter darüber zu sprechen erübrigt sich.

»Und Ihr Vater?«

»Die Familie meines Vaters stammt ursprünglich aus Wales, obwohl wir seit zwei Generationen in Greenwich leben. Die Waliser sind ein besonderer Menschenschlag.«

»Inwiefern?«

»Sie sind Individualisten. Nicht alle natürlich, aber viele. Mein Vater lehrt in Cambridge Mathematik. Er wurde für seine astronomischen Berechnungen ausgezeichnet. Nun, er ist auf einem Landgut aufgewachsen, er liebt Hunde und Pferde und ist ein wundervoller Reiter. Aber er ist kein Menschenfreund. Er sagt, die Natur mag die Menschen nicht. Die Natur sieht zu, wie die Menschen leben und wie die Menschen vergehen. Die Menschen denken nur daran, ihr Land oder ihr Vermögen zu vergrößern, und bringen sich gegenseitig um. Aber am Ende wird die Natur die Menschen umbringen. Und er findet das absolut richtig.«

»Und Ihre Mutter?«

»Meine Mutter ist ganz anders. Sie entstammt einer Offiziersfamilie, und in ihren Augen kam für mich nur die Offizierskarriere infrage. Ich habe meine Jugend in verschiedenen Internaten verbracht, in denen ich einen Vorgeschmack von dem bekam, was mich später an der Offiziersakademie erwartete. Nun, ich habe es ohne allzu großen Schaden hinter mich gebracht. In Wirklichkeit kam mir die Sache weit weniger entgegen, als meine Mutter es sich vorgestellt hatte. Eigentlich interessierte ich mich mehr für die technischen Wissenschaften. Aber das eine schließt ja das andere nicht aus.«

Er hatte mir ein bisschen von sich selbst erzählt. Viel war es nicht, aber ich konnte daraus schon einige Schlüsse ziehen. Der Vater hatte eigene Interessen gehabt. Im Internat hatte es dem Jungen nicht gefallen. Und die ehrgeizige Mutter hatte schon früh die Weichen für ihn gestellt. Aber er kam wohl mehr nach seinem Vater. Und außerdem machte er den Eindruck, als ob er mit seiner

Frau nicht sehr glücklich war, aber ich konnte mich täuschen. Und mehr zu wissen, war für mich nicht wünschenswert.

»Der Stuten ist gut«, sagte ich unverbindlich.

»Es kann sein, dass wir hier nicht die richtigen Zutaten haben.«

»Vor dem Krieg«, sagte ich, »hat Mutter jeden Samstag Kuchen gebacken. Mokkatorte, Sahnetorte, Buttercremetorte, Schokoladentorte, Streuselkuchen. Wir sind mit Kuchen aufgewachsen.«

Er schüttelte lachend den Kopf.

»Oh, hören Sie auf! Mir fallen unsere *Five o'Clock Teas* ein! Scones, Gurkensandwichs, Zuckergebäck, Früchtekuchen, Zitronentorte … Und zehn Sorten Tee. Wir waren ja so sorglos und verschwenderisch, es gab so viel von allem.«

»Und wie sorgfältig wir unsere Tische deckten: Handbestickte Tischdecken und Serviettten, Silber, Meißner Porzellan, böhmisches Kristall. Meine Tante Berta besaß etwa hundert Sammeltassen. Lud sie uns zu Kaffee und Kuchen ein, kamen immer wieder solche auf den Tisch, die wir vorher noch nie gesehen hatten.«

»Es gibt so viel Verlust«, sagte Fraser. »Aber es kommt eine Zeit, in der wir die Dinge nicht mehr so sehen, wie sie wirklich waren. In der Erinnerung sehen wir sie viel schöner. Darin sind wir alle gleich. Und eigentlich sind wir nicht für den Krieg gemacht. Überleben kann schrecklich sein.«

Ich biss mir hart auf die Lippen.

»Noch schrecklicher als Sterben? Sagen Sie es mir ruhig, ich kann es verstehen.«

Er sah mich nachdenklich an.

»Für gewisse Menschen, ja. Wenn sie endlich erwachen und sich schuldig fühlen und ihre Geisteskraft nicht hinreicht, um sie vor Erinnerungen zu schützen, die sie lieber vergessen würden.«

Ich hielt die Tasse mit beiden Händen, als ob ich mich an ihr festklammern wollte.

»Ich kenne dieses Gefühl. Sehen Sie, man hatte uns eingeredet, dass der Krieg unser Land stärker, freier, mächtiger machen würde.

Eine Niederlage wurde einfach nie in Betracht gezogen. Keiner hat geglaubt, dass Deutschland den Krieg verlieren würde. Wirklich keiner. Wir glaubten noch an den Sieg, als bereits Millionen von Menschen umgebracht oder auf der Flucht waren. Der Krieg hat uns alles genommen – den Wohlstand, die Freiheit, die Ehre. Deutschland wurde zu Brei geschlagen, zum zweiten Mal. Und wir alle sind schuld. Nicht nur jene, die diesen schnurrbärtigen Hysteriker gewählt haben, die an ihn geglaubt haben wie an die Jungfrau Maria. Alle. Auch ich. Zumindest eine Zeit lang. Denn ich bin eine Querdenkerin, wie meine Mutter. Hitler besuchte Münster, wie er andere deutsche Städte besuchte, und sie hatte ihn gesehen. Warum sie ihn von Anfang an nicht gemocht hatte? Aus einem unglaublichen Grund: Sie sagte, dass Reithosen ihm nicht standen, weil er zu kurze Beine hatte. ›Er ist kein Mann für feine Damen‹, sagte sie.«

Fraser lächelte unmerklich.

»Das Argument ist ungewöhnlich, aber ich lasse es gelten. Und zweifellos hat Ihre Mutter einen starken Charakter.«

»Man kann sie nicht hereinlegen. Sie bewahrt ihren gesunden Menschenverstand.«

»Ein kostbares Gut«, erwiderte der Captain ernst. »Geht es nach dem Willen pervertierter Politiker, reißt man die Bürger über Schreckensnachrichten, Arbeitslosenquoten und steigende Inflationsraten in eine Phase der Regression, zurück in ein Zeitalter der Vernichtung.«

Ich redete mich allmählich in Fahrt.

»Ach ja, und in welchem Zeitalter ist bloß die Vernunft stecken geblieben? Wir waren alle eingesperrt, auch wenn wir die Mauern nicht sahen. Wir wurden ja gefragt, ob wir den Krieg wollten oder nicht. Und es waren Entscheidungen aus freiem Willen, die uns die Freiheit geraubt haben. Jahrelang hat man uns diese fixen Ideen eingetrichtert. Irgendwann hatten wir dann kein Gefühl mehr für das, was richtig war und was falsch. Das will ich nie wieder! Ach, der Krieg ist ein Narrentheater!«

»*Right, Lady*«, sagte der englische Captain. »Wir dürfen uns nicht zum Narren machen lassen. Und wenn wir es nicht fertigbringen, sollten wir … eine Art und Weise erfinden, dass wir es können. Zum Beispiel, indem wir uns ins Gedächtnis rufen, dass der Diktator kein Mann für feine Damen war. Was ich eigentlich damit sagen will: Wir sollten fähig sein, die Dinge aus der Distanz zu sehen. Sonst wird es noch Jahre dauern, bis der Krieg ein Ende nimmt. Ich meine, der Krieg in uns drinnen. Sie verstehen, nicht wahr?«

11. KAPITEL

Was hatte der englische Captain gesagt? »Wir müssen lernen, die Dinge aus der Distanz zu sehen.« Und in der Art, wie er en passant die Worte meiner Mutter zitierte, lag eine verdeckte Billigung ihrer Beherztheit. Gleichwohl gab es eine Sache in mir, die mich beunruhigte. Ich wollte diese Sache loswerden, sie abschütteln wie einen durchnässten Mantel. Und es gab nur einen Menschen, der mir vielleicht zuhören würde. Aber ich hatte Angst. Gewiss würde Fraser mir keine Vorwürfe machen, dafür war er viel zu abgeklärt, er würde nur bekümmert aussehen, als ob er etwas verloren hätte. Und mir danach aus dem Weg gehen. Ich bildete mir ein, dass er mir den Widerspruch zwischen meiner Stellung in den Colchester Barracks und dem, was man mir aus der Nazizeit vorwerfen könnte, übel nehmen würde. Meine Vernunft lebte ihr eigenes Leben weiter, aber in meinem Gemüt herrschten abwechselnd Feigheit und Entschlossenheit. Ich stand wie unter einem Zwang. Und ich wartete auf eine passende Gelegenheit, wieder mit ihm zu sprechen.

Es waren kurze, kalte Dezembertage. Schon mittags war der Himmel schiefergrau. Ein paar Tage lang hatte es ununterbrochen geschneit. Und jetzt lagen die Wege unter einer dichten Schneekruste. Mit dem Rad zu fahren war lebensgefährlich. Nicht nur, dass ich mir Hals und Beine brechen konnte, sondern ich musste auch den Mund öffnen, um zu atmen. Und da die Luft nicht durch die Nase erwärmt wurde, schlug sie eiskalt in die Lungen. In dieser Zeit konnte ich mit Herrn Günecke fahren, der täglich mit seinem Lastwagen Kies für die Bauarbeiten nach Münster brachte und auf dem Rückweg den Trümmerschutt entsorgte. Er hielt dann jedes Mal vor den Colchester Barracks und nahm mich wieder mit. Er war ein freundlicher Mann. Ich zahlte ihm eine Kleinigkeit.

Eines Abends jedoch wartete ich vergeblich. Herr Günecke erzählte mir am nächsten Morgen, dass die Bremsflüssigkeit gefroren war und er über eine Stunde gebraucht hatte, um den Wagen wieder fahrtüchtig zu machen. Jedenfalls stand ich draußen, stampfte mit den Füßen und rieb mir die froststarren Hände. Es wurde schnell dunkel. Die Offiziere verließen ihre Büros, die Kriegsheimkehrer suchten ihre Unterkünfte auf und wurden bis zum nächsten Morgen von englischen Soldaten bewacht. Man würde ihnen eine warme Suppe austeilen, und es gab Decken für alle.

Was nun? Womöglich blieb mir nichts anderes übrig, als die Nacht bei den Soldaten zu verbringen. Eine unangenehme Perspektive als einzige Frau unter mehreren Hundert Männern! Lieber würde ich auf einem Stuhl in der Offiziersmesse oder im Büro schlafen. Vielleicht erlaubte man mir dazubleiben. Ich wusste sonst nicht, wohin ich gehen könnte. Und wie sollte ich meine Eltern benachrichtigen? Sie würden das Schlimmste befürchten. Während meine Verzweiflung mit jeder Minute wuchs, hörte ich plötzlich Schritte hinter mir, und eine vertraute Stimme sagte: »*Hello, Lady!* Haben Sie ein Taxi bestellt?«

Ich war völlig überrumpelt. Der Captain hatte beiläufig erwähnt, dass er einige Tage fort sein würde. Das war von Anfang an so gewesen. Er verschwand und tauchte dann unverhofft wieder auf. Oft sah ich ihn nicht, wenn er kam, und dann stand er unvermittelt hinter mir. Wie auch an diesem Abend. Ich starrte ihn an wie den sprichwörtlichen rettenden Engel. Und plötzlich war mir, als hätte ich nie gewartet. Keine Minute lang, überhaupt nicht. Mit einem Mal existierte die Angst nicht mehr, auch nicht der Ärger.

Nichts. Nur das Wissen, dass jetzt alles wieder gut war. Ich erklärte etwas atemlos, dass der Lastwagen, mit dem ich täglich hin und her fuhr, längst hätte da sein sollen.

»Herr Günecke wird ein Problem haben. Sonst ist er immer pünktlich.«

Fraser nahm meinen Arm.

»Sie sollten sich keine Sorgen machen. Ihr Taxi ist ja gerade gekommen.«

Ich stapfte neben ihm auf den Jeep zu. Vor Kälte konnte ich kaum die Füße bewegen. Er hielt mir die Tür auf. Ich kauerte schlotternd auf dem Vordersitz, während Fraser die kristallisierte Eisschicht auf der Windschutzscheibe loskratzte. Bevor er in den Wagen stieg, bückte er sich und zog einen Gegenstand aus der Versenkung neben dem Fahrersitz hervor. Es war eine Thermosflasche. Er schüttelte sie und grinste.

»Nur noch ein Viertel voll.« Er schraubte die Flasche auf und reichte sie mir.

»Sie sind durchgefroren. Trinken Sie!«

Ich trank, verschluckte mich und hustete. »Entschuldigung«, stöhnte ich. »Ich bin Whisky nicht mehr gewohnt.«

»Noch einen Schluck, versuchen Sie es! Sie sollen keinen Schaden nehmen.«

Ich tat, was er sagte. Und je mehr ich trank, desto mehr hatte ich das Gefühl, dass eine behagliche Wärme durch meinen Körper rieselte.

»Es tut aber gut, so etwas«, sagte ich und gab ihm die Flasche zurück. Er lachte und nahm auch einen Schluck, bevor er den Wagen in Gang setzte. Ich mochte die Art, wie Fraser seinen Jeep zu fahren verstand, gewandt und sicher. Das Militärauto schien auf dem vereisten Weg zu haften. Frasers Hände lagen entspannt auf dem Lenkrad. Die Scheibenwischer bewegten sich surrend, und ich hielt die Augen wie hypnotisiert auf die gelben Strahlen der Scheinwerfer gerichtet, die über den Schnee tanzten. Der Motor dröhnte stetig und kraftvoll, und nach einer Weile wurde es warm im Wagen. Wir sprachen nicht viel. Zwischen uns war plötzlich Befangenheit. Und ich merkte, dass diese Befangenheit von mir ausging. Ich muss die Sache anpacken, dachte ich, jetzt oder nie. Ich wollte mich lösen von diesem Schuldgefühl, das nicht nur im Vorüberziehen sichtbar geworden war, sondern sich in den vergangenen Tagen krass gezeigt hatte. Ob ich ihn dadurch verlieren würde? Ich musste das Risiko eingehen. Am Ende war das Ganze ja nur die Beschreibung einer allgemeinen Sachlage.

Ich fasste mir ein Herz und sagte: »Bitte, halten Sie für einen Augenblick an! Tun Sie mir den Gefallen! Ja, gleich hier!«

Er fuhr wortlos an den Rand des Weges, hielt vor einer Schneewehe, die im Licht der Scheinwerfer glitzerte.

»Wir müssen reden«, stieß ich hervor. »Es ist nur … ein bisschen mühsamer als ich es mir vorgestellt hatte …«

Er wandte sich mir zu.

»Ich glaube, Sie sind sehr traurig, Lady«, sagte er sanft.

Ich nickte vor mich hin.

»Es gab da Dinge in meiner Jugend, auf die ich gehört habe, vielleicht allzu sehr gehört. Verstehen Sie?«

»Vollkommen.«

Ich knetete meine Hände.

»Diese Dinge werden Ihnen vielleicht nicht gefallen.«

»Das macht nichts, glaube ich. Haben Sie Angst, sie mir zu erzählen?«

»Es ist nicht eigentlich Angst. Ich bin eher … verwundert.«

»Worüber?«

»Dass Sie mich so gut verstehen.«

»Ich verstehe Sie bestens.«

»Schön. Muss ich etwas zur Lage damals im Deutschen Reich sagen? Sie kennen ja die Fakten.«

»Vermutlich besser als Sie, Lady.«

Noch heute – mehr als vierzig Jahre später – entsinne ich mich an alles sehr genau. Es tut mir im Herzen weh, an diese Zeit zu denken, geschweige denn, davon zu schreiben. Genug – die allgemeine Vergangenheit kann ich nicht ändern, ich will nur die meine unter die Lupe nehmen. Längst vergangene Bilder ziehen durch meinen Kopf, lenken meine schreibende Hand. In Gedanken kann ich jedes einzelne Bild so lange betrachten, wie ich will, oder auch ein paar Seiten überschlagen. Früher habe ich mich immer genau an eine Chronologie gehalten, heute macht es mir nichts aus, wenn Vergangenes und Gegenwärtiges sich mischen. Was war, kann wieder sein, aber nur, weil ich es will. Ich treffe eine Auslese. Der Rest kann mir gestohlen bleiben.

Und nun verweile ich bei diesem ganz bestimmten Bild. Alles ist da, vor meinem inneren Auge: der schiefergraue Dortmund-Ems-Kanal, die flüchtende Mondsichel, das leichte Schneerieseln schräg über dem Weg. Ein englischer Militärwagen steht unter den Weiden, die Scheinwerfer ausgeschaltet, fast unsichtbar. Im Dunkeln sprechen ein Mann und eine Frau leise zueinander. Es ist möglich, dass sie frieren. Aber sie bewegen sich nicht. Die ruhigen Hände des Mannes liegen auf dem Steuerrad. Die Frau hat ihre Hände in den Manteltaschen vergraben. Sie ist blass, sie ist mager. Sie friert und sie hat Hunger, sie hätte von morgens bis abends nur essen können. Aber sie benimmt sich, als mache es ihr nichts aus. Sie lehnt sich zurück.

»Geben Sie mir bitte eine Zigarette.«

Der Mann hält ihr das Päckchen hin, gibt ihr Feuer. Sein Profil leuchtet im Licht der kleinen Flamme auf. Sie fühlt die Größe und Wärme seines Körpers wie einen Schutzschild, der sie vor der Außenwelt bewahrt. Vor der Furcht, vor dem Hass, vor dem Zynismus und der Bitterkeit, vor den Neigungen und Meinungen der Masse und vor allem, was ersonnen wurde, um die menschliche Seele in Ketten zu legen.

Sie führt ihre Zigarette zum Mund, nimmt einen tiefen Zug und beginnt zu erzählen.

12. KAPITEL

»Nestbeschmutzer« nannte man jene, die damals versuchten, die Wahrheit zu verbreiten, nämlich, dass wir Deutschen sechs Millionen Juden ermordet hatten. Die Mehrheit der Deutschen wollte es nicht glauben, wollte es nicht wahrhaben oder wollte es nicht wissen. Man flüsterte es hier und da hinter vorgehaltener Hand. Das Verbreiten von falschen Nachrichten war ja strafbar gewesen. Und es war auffallend, in welchem Maße es Dinge gab, über die man nicht sprach, und wie sehr diese Dinge den Leuten zuwider waren. Es war die kollektive Verweigerung, die Wirklichkeit anzuerkennen. Und jetzt wurde diese Wirklichkeit ans Licht geholt. Die Berichte, die Fotos. Die Vorstellungskraft der Deutschen verschloss sich vor diesem Grauen. Und genau das war die Schwierigkeit. Sie konnten die Wahrheit noch nicht nachempfinden. Sie waren viel zu sehr damit beschäftigt zu überleben. Die Suche nach Essen, nach warmen Kleidern, nach Heizmitteln und Medikamenten bestimmte ihr tägliches Leben. Das, was in den Köpfen geschah, waren fortdauernde Erschütterungen, das gnadenlose Ausmerzen vertrauter Gewissheiten. Sie waren es gewohnt, pflichtbewusst ihre Arbeit zu tun, wie die Gesetze, die sie anerkannt hatten, es vorschrieben. Und nun galten die Gesetze nicht mehr, und sie standen vor dem Nichts. Sogar Wagners Opern hatten einen schlechten Beigeschmack. Für Siegfried mochte es einfacher gewesen sein, den

Lindwurm zu besiegen, als den Menschen, die das Chaos auf dem Gewissen hatten, noch etwas Ehrenhaftes zuzutrauen.

Ohne Zweifel ging es den meisten Leuten hundsmiserabel. Jeder von uns hatte ein schlechtes Gewissen, jeder von uns musste das Geschehene alleine verarbeiten. Natürlich gab es auch solche, die aus den Umständen Profit zogen. Aber die meisten waren weder die Unschuldigen noch die Bösen, sie taten dies und das und spielten ihre Rolle, wie es der Allgemeinheit entsprach. »Ich möchte denjenigen erleben«, hatte Herr Kuropka gesagt, »der stark genug war, unter bestimmten Bedingungen stets moralisch einwandfrei zu handeln.«

Auch ich hatte nichts gewusst. Bei uns zu Hause hatte kein Mensch etwas gewusst. Auch Manfred nicht? In seinen Briefen stand nie ein Wort, das uns seltsam vorgekommen wäre, weder vieldeutig noch nebulös. Schweigepflicht? Darüber wollte ich lieber nicht nachdenken. Und wenn Mutter nass geschwitzt auf dem Bett saß und weinte, hielt ich ihre Hand und beherrschte mich. Denn in den Colchester Barracks war uns von Anfang an klarer Wein eingeschenkt worden. Und eine Zeit lang boten wir – die Deutschen, die dort arbeiteten – ein beschämendes Bild. Wir schlichen aneinander vorbei, konnten uns nicht in die Augen sehen. Nein, nein, wie hatte es so weit kommen können? Wie hatte eine der größten aufgeklärten Nationen dieser Welt, die Heimat begnadeter Dichter und Musiker, wie hatten Millionen unbescholtene Bürger, darunter Wissenschaftler, Musiker und Künstler aller Art, ihre Mitmenschen in Viehwaggons pferchen und systematisch vergasen können? Die ganze Welt sah mit Entsetzen auf uns. Gab es noch etwas, woran wir uns halten konnten? Gab es jemanden, auf den wir hören konnten, ohne dem perversen Lockruf einer großen Vereinfachung erneut zu erliegen?

Ich schwieg.

Wir schwiegen, bis Fraser sagte: »Unser Geheimdienst funktioniert recht gut. Wir hatten auch Luftaufnahmen. Niemand kann uns vorwerfen, wir hätten aus allen Teilen Deutschlands nicht sofort ein erstklassiges Bildmaterial geliefert. Unsere Abteilung war schon vor Kriegsende darüber unterrichtet, was in den Lagern vor sich ging. Und gleich nach der Kapitulation haben wir diese Lager mit eigenen Augen gesehen. Und was wir dort vorgefunden haben, wird uns ein Leben lang verfolgen. Soll ich Ihnen sagen, wie ich mich fühlte? Als ob ich nachts auf den Klippen stünde und unter mir die gewaltigen Tiefen spürte, die ich nur ahnen konnte. Ich empfand eine existenzielle, nahezu abergläubische Angst. Weil ich wusste, dass auch ich, als Mensch, gegen diese Tiefen in mir nicht gefeit war.«

Ich senkte den Kopf, ich konnte ihn nicht ansehen. Aber ich hörte dicht neben mir seine gleichmäßige, erbarmungslose Stimme.

»Als wir in die Lager kamen, hatten wir Ärzte und Krankenschwestern bei uns. Somit konnten wir einige Menschen retten. Nicht sehr viele. In den Baracken haben wir noch warme Leichen gefunden. Und auch Menschen, die nur noch ein paar Minuten leben würden. Ich hielt ihre Hand. Sterbende sind froh, wenn sie nicht alleine sind. Mehr muss ich darüber nicht erzählen. Inzwischen wissen Sie ja auch Bescheid, Anna. Sie haben die Fotografien gesehen. Ich weiß, Sie möchten sie lieber vergessen. Und auch mir tut es nicht gut, mich daran zu erinnern.«

Meine Zähne klapperten. Ich holte tief Luft, blies in meine eiskalten Hände. Er sah mich überrascht an: »Aber Sie frieren ja! Entschuldigen Sie, ich habe nicht mehr daran gedacht.«

Rasch steckte ich die Hände in die Manteltaschen zurück.

»Oh, davon lasse ich mich nicht umwerfen.«

»Aber ich friere auch!«, protestierte er und brachte mich ein wenig aus der Fassung. Er drehte den Zündschlüssel, der Motor sprang an. Die Scheinwerfer spiegelten sich im Wasser des Kanals wie flirrende Lichtkreise.

»Nur einen Augenblick! Gleich wird es wärmer.«

Warum fror ich so? Vielleicht nur, weil es wirklich kalt war. Vielleicht auch, weil ich zu jenen gehörte, die ihren Anteil an der kollektiven Schuld spürten und nicht wussten, wie sie das ertragen konnten. Gerne hätte ich weiter alles verdrängt, wie es die meisten Deutschen taten. Verdrängen und weiterleben, damit man nicht verrückt wurde. Aber die Wahrheit ist wie Wasser, und Wasser sucht seinen Weg durch Erde und Beton. Der Wahrheit kann niemand Einhalt gebieten. Man muss sich ihr stellen. Ich flüsterte einen Namen: »Nora Tannenbaum.«

»Wer ist Nora Tannenbaum?«, fragte der Captain.

»Die Jugendfreundin meiner Mutter. Sie kannten sich seit vierzig Jahren, sie hatten zusammen die Schulbank gedrückt und mochten sich wirklich sehr. Als junge Mädchen ließen sie sich sogar dieselben Kleider schneidern. Als meine Mutter mir das später erzählte, fand ich das lächerlich. Noras Eltern, Gertrud und Georg Tannenbaum, führten seit zwei Generationen ein elegantes Hutgeschäft am Prinzipalmarkt. Linchen hatte bei ihnen ihre Lehre als Modistin gemacht. Die Eltern wohnten noch im gleichen Haus, aber mittlerweile führten Nora und ihre Schwester Esther das Geschäft. Esther war Witwe. Nora unverheiratet. Esther war eine gute Geschäftsfrau, Nora überhaupt nicht. Sie empfing die Kunden, und alle mochten sie, weil sie elegant und lustig war, stets mit einem liebenswürdigen Witz auf den Lippen. Dass Ida und Nora sich einmal in der Woche in einem Café trafen, Sahne- oder Mokkatorte bestellten, gehörte unveränderlich zu ihrem Leben. Sie hatten sich immer etwas zu erzählen, steckten die Köpfe zusammen und lachten wie einst als Schulmädchen. Sie hatten ihre kleinen Geheimnisse, ihre Schlüsselworte. So, dachte ich, sollten Frauen in ihrem Alter nicht sein. Ich war eben, was man ›vernünftig‹ nennt. Meine Mutter war es nicht immer.«

Ich hob mit zitternden Fingern die Zigarette, atmete den Rauch ein, füllte damit meine Lungen. Er wartete still, ließ mir alle Zeit, die ich brauchte.

Ich atmete den Rauch wieder aus.

»Nora Tannenbaum und ihre Familie«, sagte ich, »gehörten zu den sechs Millionen Juden, die ermordet wurden.«

13. KAPITEL

Ich bin Jahrgang 1918. Hitler wurde 1933 Reichskanzler, da war ich fünfzehn Jahre alt. Heute bin ich erschüttert, wie kritiklos und gutgläubig ich war. Aber es ging ja fast allen so. Man hatte uns nicht zur Kritik erzogen. Maul halten, die Richtlinien befolgen! Dazu hatte das Dritte Reich eine unfehlbare Methode des Verschweigens und Vernebelns unbequemer Meldungen entwickelt. Schmissige Reden, Kundgebungen, Paraden bei Fackelbeleuchtung und bei Sonnenschein beschleunigten den Verzicht auf eigenes Nachdenken, weckten den Drang, sich eins zu fühlen mit der Masse. Wer kennt nicht das Gefühl, verzaubert in der Gemeinschaft zu leben? Ich und das Volk, das Volk und ich. Ach, wie erbaulich, wie beneidenswert! Das Deutsche Reich erschien in jedem Fall großartig, stark und gerecht. Man hämmerte es den Leuten ein. Immer und immer wieder, bis sich auch die politisch Lauwarmen entflammten. Korruption, Rechtslosigkeit und Schieberei sollten abgeschafft werden. Deutschland sollte wieder mächtig werden, das mächtigste Land Europas, wenn nicht der ganzen Welt. Waren wir nicht das »Volk ohne Raum«? Mehr Raum also, und wenn man uns nicht mehr Raum gab, musste er sich genommen werden! Wir sahen, wie neue Straßen gebaut wurden, wie Hochöfen qualmten, Industrien gegründet wurden. Geld. Macht. Und noch mehr Macht. Und Banner und Fahnen und Adler und Hakenkreuze, und das Volk und die vielen Uniformen. Die Hitlerjugend marschierte, die Studenten marschierten, die Hausfrauen marschierten und trugen die Kleinkinder, die kleine Fahnen schwenkten. Lustige, plakative Farben, schwarz, weiß und rot. Zehntausende freuten sich. Ich marschierte auch, Arm in Arm mit Freunden aus dem Gymnasium. Wir waren ausgelassen und fröhlich. Alles war neu und aufregend und voller Energie! Dies war unsere Zeit, das Hier und Jetzt, und wir gehörten dazu. Die stampfenden Stiefel der SS und der SA erschütterten den Boden, rhythmisch und beharrlich wie ein Tanz, schenkten uns eine Zukunftsvision, die andersartig, kraftvoll und unbesiegbar war.

Begeisterung steckt an. Nur wenige widersetzten sich. Ich denke an Mutter, die den Führer nicht ausstehen konnte. »Unser Adolf« war ihr unsympathisch, ganz einfach als Mann nicht attraktiv. Sie verweigerte den Hitlergruß: es wäre doch blanker Unsinn, zu jeder Zeit »Heil Hitler!« zu rufen. Sie sagte Guten Morgen oder Guten Abend, wie früher. Wurden Hitlers Reden durch Lautsprecher übertragen, schloss sie alle Fenster und sagte: »Warum schreit sich der Kerl die Lungen aus dem Leib? Würde er besonnen sprechen, würde man ihn doch genauso gut verstehen.«

Vater war entsetzt.

»Um Himmels willen, Ida, sei vorsichtig. Nenne unseren Führer bitte nicht ›den Kerl‹. Vor den Leuten schon gar nicht. Stell dir vor, du wirst denunziert.«

Doch Mutter winkte ironisch ab.

»Majestätsbeleidigung? Ach, Unsinn! Ich bin nur eine unbedeutende Frau. Wer macht sich schon die Mühe, mich anzuzeigen?«

In Mutters Haltung lag ebenso viel Herausforderung wie Konsequenz. Mir gefiel beides sehr. Aber was Vater sagte, war auch richtig. Es stimmte, dass man sich gegenseitig bespitzelte. Wir konnten ja sogar den Nachbarn nicht trauen. Ihr Argwohn war spürbar, wenn wir uns im Treppenhaus begegneten. Nun, sie mochten die gleichen Gründe haben, uns aus dem Weg zu gehen. Man konnte es eben nie wissen.

Aber noch war ich unbeschwert.

Auch die Nürnberger Gesetze von 1935 öffneten mir nicht die Augen. 1938 – man sprach vom Krieg, aber mit Begeisterung und Jubel. Ich war im Bund Deutscher Mädel gewesen, und nun war ich im Turnverein. Tägliche Leibesübungen förderten Kraft und Gesundheit. Ich mochte Hitler nicht, ich fand, er hatte ein dummes Gesicht, sehr brutal, und dann diese Art, jedes Wort auszusprechen, als sei er ein Schauspieler auf der Bühne! Glaubte er wirklich an das, was er über die Köpfe der Massen hinwegschmetterte? Ich wurde aus ihm nicht klug. Außerdem fand ich es absurd, dass so ein kurzbeiniger Mann – Mutter hatte schon recht – und schwarzhaarig noch dazu, permanent das Hohelied der deutschen Herrenrasse sang. Sein Stab bestand aus Adelsleuten, er umgab sich mit blonden, hochgewachsenen und muskulösen Offizieren. Als was erschienen sie ihm eigentlich? Als abstrakte Idealfiguren? Als spießbürgerliche Schwulen-Träume? Worauf hatte er es eigentlich abgesehen? Bereitete es ihm genussreiche Augenblicke, seine devote Herrenrasse zu willfährigen, fügsamen Schafen zu degradieren?

Aber die Frauen liebten ihn. Denn vor dem Dritten Reich galten Frauen, die Sport trieben, als unästhetisch und unweiblich. Man machte ihnen weis, dass ihr Körperbau dazu ungeeignet war oder – noch idiotischer – dass sich bei den Erschütterungen beim Sport ihre Gebärmutter lösen konnte. Das amüsierte mich. Im Geist sah ich immerzu die Gebärmutter aus ihrer Hose rutschen – flutsch! Jetzt endlich konnten Frauen laufen, springen, Speer werfen, Gewicht heben. Eine neue Generation von Mädchen wuchs heran, durchtrainiert, abgehärtet und fröhlich. Wie schlanke nordische Prinzen sahen sie aus, diese Turnerinnen und Schwimmerinnen, die ich in den Wochenschauen bewunderte! Alle Frauen sollten gesund sein, gesunde Kinder auf die Welt bringen. Sehr lobenswert – aber warum war das im Interesse des Führers? Aus reiner Menschenliebe? Aber nicht doch! Und man ließ es uns ohne

Umschweife wissen: »Deutsche Frauen, habt Kinder, der Führer braucht Soldaten.« Aha. Da lag also der Hase im Pfeffer!

Ob die schönen Kunstturnerinnen und die fröhlich kichernden Hausfrauen, die auf dem Sportplatz ausgelassen Völkerball spielten, sich darüber im Klaren waren? Ich fand es schrecklich, dass sie freudig bereit waren, Kinder zu gebären, sie liebevoll und stolz großzuziehen, nur damit sie später im Dienste des Führers an der Front abgeknallt wurden.

Aber immerhin – die Frauen fühlten sich ernst genommen. Mein Idol war die Filmemacherin Leni Riefenstahl. Eine schmalhüftige, elegante Frau, die Hosen mit der Nonchalance eines Mannes trug. Sie war eine dominierende Erscheinung, energisch und federnd wie eine Athletin. Mit ihrem Propagandafilm »Triumph des Willens« hatte sie Hitler verherrlicht, und dieser war entzückt gewesen. 1936 veranstaltete Deutschland die Olympischen Spiele in Berlin. Leni Riefenstahl wurde beauftragt, diesem Anlass ein filmisches Denkmal setzen. Unbegrenzte Mittel standen ihr zur Verfügung. Sie konnte machen, was sie wollte: ein Flugzeug verlangen – schon stand es für sie bereit. Sie konnte Truppeneinheiten nach ihrer Pfeife tanzen lassen: »Los, meine Herren, die ganze Sequenz noch einmal!« – und alle marschierten im Takt.

Was mir auch gefiel, war, dass viel Geld in die Sportvereine floss. Früher war Sport eine elitäre Betätigung für gut Betuchte gewesen. Und jetzt sprach man auf einmal vom »Volkssport«. Jeder, der Interesse dafür aufbrachte, konnte fast kostenlos in den Ruderverein gehen, Ski fahren und Leichtathletik treiben. Ich hatte einen starken Bewegungsdrang, und Sport bedeutete mir viel.

Mit meiner Schwester Linchen, der sanftmütigen, eleganten und langweiligen Linchen, hatte ich nichts gemeinsam. Ich sah auch ganz anders aus. War biegsam, muskulös und gebräunt, der neuen Zeit entsprechend. Ich hatte dunkles Haar wie Linchen, aber meines war nie akkurat frisiert, sondern gelockt und schwer zu bändigen. Linchen hatte weiche Gesichtszüge, eine hohe Stirn mit herzförmigem Haaransatz und schön geformten Wangenkochen. Aber sie hatte hässliche Zähne und lächelte nur mit geschlossenen Lippen, was ihr einen verdrossenen Ausdruck gab. Meine Zähne waren schön, ich lachte viel und gerne. Und bis zum Abitur genoss ich meine Jugend. Ich traf mich mit Freunden aus der Schulzeit. Wir machten Ausflüge, wanderten, tanzten. Ich trug Lippenstift. Es kam zu Küssen und zu Umarmungen, bisweilen zu mehr.

Und immer im Hintergrund die Propaganda. Nein, wir würden nicht mehr lange das »Volk ohne Raum« sein! Bald würde es Arbeit geben für alle, eine siegreiche Wehrmacht, und eine strahlende Zukunft in einem mächtigen Reich. Man schenkte uns eine neue Vision der Freiheit, umso verwerflicher, weil die Freiheit, anders zu denken, dahin war und wir es nicht merkten. Oder nicht früh genug.

Man machte uns zu Eseln, und wir sangen begeisterte Lieder. Gedacht haben wir wirklich nicht viel.

Denn leider wollte man uns den Raum nicht geben. Folglich mussten wir ihn holen. Und das ging nur mit Waffengewalt.

Aber noch herrschte Schonzeit. Noch blieb das Grauen gedämpft, die dunkle Nebelwand fern. Noch waren die schrecklichen Worte: »Wollt ihr den totalen Krieg?«, nicht ausgesprochen.

Ich lebte in einer Diktatur. Es wurde allmählich augenfällig. Aber ich wollte es nicht wahrhaben. An Dingen, die mir missfielen, sah ich vorbei. Und Mutters Schimpftiraden gegen Hitler gehörten – sozusagen – zum Familientisch, zwischen Suppe und Hauptgericht.

»Will Hitler, dass wir ihn lieben? Ja, dann soll er zunächst mal uns lieben! Aber für ihn sind wir nur Mittel zum Zweck. Er und seine vermaledeiten Gleichgesinnten haben keinerlei Skrupel. Allen, die nicht nach ihrer Pfeife tanzen, geht es an den Kragen!«

Wenn sie loslegte, zog Vater den Kopf ein wie unter einem Regenguss.

»Ida, tu mir den Gefallen, sag das nicht so laut!«

Aber Mutter ließ sich nicht einschüchtern: »Ich habe mein Leben lang gesagt, was ich zu sagen habe. Damit werde ich jetzt bestimmt nicht aufhören.«

Sie war eine tapfere Frau. Eine der tapfersten, die ich je gekannt habe. Nur gegen Manfred, ihren eigenen, innig geliebten Sohn, da war sie machtlos ...
Und inzwischen setzte die Bedrohung ein. Als ob eine monströse Kneifzange nach uns griff. Sogar den Schulkindern wurde eingepaukt, dass ein Krieg gerecht und notwendig war. Und man würde ihn natürlich gewinnen. Etwas anderes kam überhaupt nicht infrage.

Mein Wunsch, Ärztin zu werden, ging nicht in Erfüllung. Vater entwickelte eine Tuberkulose und musste seine Tätigkeit am Gericht aufgeben und von seiner spärlichen Rente leben. Der bevorstehende Krieg erforderte Einschränkungen, meine Eltern hielten ihr weniges Geld zusammen. Kein Studium also! Ich fügte mich den Umständen, es ging ja nicht anders. Dafür lernte ich Stenografie und Schreibmaschine. Eine junge Dame, die das konnte, wurde Sekretärin. Das war doch nett. Aus persönlichem Interesse verbesserte ich meine Englischkenntnisse, wenigstens eine kleine Herausforderung brauchte ich ja. Und deswegen bin ich jetzt hier. Weil ich Englisch spreche.

Wann begann ich, die Dinge zu sehen, wie sie waren? Es geschah nicht von heute auf morgen. Maßgeblich dabei waren die Briefe meines Bruders, der in die Wehrmacht eingetreten war. Mein Verstand war irritiert. Was störte mich an Manfreds Ansichten? War darin überhaupt etwas Störendes? Oder bildete ich es mir nur ein? Er schrieb, was er dachte, vollkommen aufrichtig. Wer war hier blind? Und wer war sehend? Wann kam der entscheidende Brief, der mir die Augen öffnete? Mir ist tatsächlich entgangen, wann ich ... wann ich aufwachte, die Illusion nicht mehr als Teil der Wirklichkeit sah. Und wann ich auf einmal begriff, was mit Manfred geschehen war. Mein Bruder, so amüsant, so herzlich, der so gerne ausging und tanzte oder zu Hause mit uns am Kaffeetisch saß, der fröhlich pfeifend Mutter beim Geschirrspülen half, mit mir Kreuzworträtsel löste und Linchen Lockenwickler drehte. Er war Gerichtsbeamter, vorläufig nur Kanzlist, strebte die gleiche Laufbahn wie mein Vater an. Er war erst ein paar Monate bei der Wehrmacht, und schon kannte ich ihn kaum wieder. Was war aus ihm geworden? Ein kühler Besserwisser, mit einem seltsamen Sinn für überheblichen Humor. Wer oder was hatte ihn so gemacht? Und weil ich stur war, wollte ich auf keinen Fall, dass man das Gleiche auch mit mir machte. Nein, nein, das funktionierte bei mir nicht! Und plötzlich musste ich an Mutter denken und an ihre ketzerischen Sprüche. Auch sie hatte nicht angebissen. Und womöglich gab es viele, die nicht angebissen hatten, ich kannte sie nur nicht. Denn jeder behielt seine Ansichten für sich. Vorsichtshalber. Die Nachbarn im Treppenhaus, nicht wahr? Und die Fahrgäste in der Straßenbahn, die Kollegen im Büro, die Professoren, die Beamten, die Lehrlinge und die Gemüsehändlerin um die Ecke ...

So weit war es also mit uns gekommen. Und als ich das begriffen hatte, war mir auf einmal, als ob ich mich zum ersten Mal ganz nah im Spiegel betrachtete, und rechts war links und links war rechts. Alles war das Gleiche und doch völlig verändert. Ich sah die Illusion im Spiegel und zertrümmerte sie mit der Faust. Der Spiegel zerbrach, die Illusion lag in Scherben. Das war knapp ein Jahr vor Kriegsende, bevor das Schlimmste über uns ans Tageslicht kam und die Welt vor Entsetzen den Atem anhielt.

»*Just in time, Lady*«, sagte der englische Captain gelassen, und setzte den Wagen wieder in Gang.

14. KAPITEL

Ich war eine Deutsche, umgeben von anderen Deutschen, und unser Leben war durch hässliche Taten zerstört. Wir hatten an einen Führer geglaubt, der uns den Sieg der Herrenrasse predigte und sechs Millionen Juden in den Tod geschickt hatte. Jetzt mussten wir dafür einstehen. Wir hatten die Begriffe »Freiheit« und »Demokratie« entstellt, sie ihrer ursprünglichen Bedeutung beraubt. Gewiss, nach der Finsternis würde es wieder Tag werden. Aber hinter uns lag unsere Zivilisation in Asche. Das hatten wir verdient, weil wir einen Pakt mit dem Teufel eingegangen waren. Jetzt fanden wir kaum Worte für das, was geschehen war. Denn wie auch immer wir uns zu rechtfertigen versuchten, wir waren nicht die Opfer: Wir waren die besiegten Täter. Das machte den Unterschied aus. Für uns wurde keine Trauer getragen.

Die nüchterne Wahrheit hörte niemand gerne. Aber sie musste ausgesprochen werden. Denn von jetzt an wurden wir zur Rechenschaft gezogen.

Wie oft waren in den Colchester Barracks Kriegshandlungen, Morden und Vernichten zum allgemeinen Diskussionsthema geworden? Wie oft habe ich mich zu Emotionslosigkeit und Sachlichkeit gezwungen? Ich habe nicht Buch geführt, aber ich würde sagen: in Schmerz und Fassungslosigkeit nahezu jedes Mal, wenn darüber gesprochen wurde. Ich konnte ja nichts daran ändern, dass ich eine Deutsche war. Ich musste mir gefallen lassen, was man über uns sagte. Weil das Schuldgefühl auch in mir steckte, Teil meines Körpers geworden war, zäh wie der Protozoen-Schleim meiner Zellen. Ob es den anderen auch so ging, kann ich nicht sagen. Ich für meinen Teil machte mir nichts vor.

Und ich erinnere mich: Ein paar Tage nachdem ich dem Captain so viel von mir erzählt hatte, ging ich nach Dienstschluss in das kleine Büro, das Herr Kuropka und ich uns teilten. Ich setzte gerade meine rote Mütze auf, als Fraser plötzlich hereinkam und mir freundlich zulächelte.

»Hübsch«, sagte er.

Es war Ende Januar und noch bitterkalt. Ich zog die Mütze über die Ohren, wandte mein Gesicht von dem Taschenspiegel ab und sah ihn an.

»Finden Sie?«

»Notgedrungen. Ich habe sie Ihnen ja geschenkt.«

Wir lachten beide, und er setzte hinzu: »Und übrigens, mit wem würden Sie heute lieber fahren? Mit Ihrem Herrn Günecke oder mit mir?«

»Mit Herrn Günecke natürlich«, sagte ich so, dass er es verstand. Und wir lachten noch mehr.

»Dann wird er wohl untröstlich sein«, sagte der Captain. »Ich bin heute früher zurück und habe ein wenig Zeit. Also, darf ich Sie nach Telgte bringen?«

Ich sagte: »Möchten Sie das denn?«

»Ich wüsste sonst nicht«, erwiderte er, »was ich mit meiner Zeit anfangen sollte.«

Diese Fahrt ist mir aus verschiedenen Gründen in Erinnerung geblieben. Im Alter geht man vom Leben weg, und somit erlangt man eine zweite Sicht auf das Geschehene, bei der einige der früheren Ereignisse gelöscht werden. Aber nicht alle; und diese bleiben haften wie vereinzelte Flocken an den entlaubten Büschen. Ich entsinne mich gut, wie der Wind den Schnee schräg über den

Weg trieb. Ich entsinne mich auch an das Schimmern der Mondsichel, bevor sie der Nebel verbarg. Auf der Schneefläche lag ein Hauch von Dämmerlicht, sodass wir die vereinzelten Spuren der Fahrzeuge, die den Weg nach Telgte wiesen, recht gut erkennen konnten.

»Die Temperatur sinkt«, sagte ich. »Der Schnee ist körniger geworden.«

»Können Sie zu Hause heizen?«

»Ja, wir haben zum Glück einen Ofen.«

Als wir die Stelle erreichten, an der wir kürzlich angehalten hatten, fuhr er wie selbstverständlich an den Wegrand, ließ jedoch den Motor laufen, damit es im Wagen warm blieb. Unter den Weiden war alles dunkel. Die Strömung trug langsam ihre klirrenden Eismuster vorbei. Wir schwiegen zunächst, und ich blickte stur auf das Wasser, bis der Captain mir das Gesicht zuwandte.

»Sie haben mir einiges von sich erzählt. Und es mag Ihnen aufgefallen sein, dass ich Ihnen keine der üblichen Fragen gestellt habe. Zum Beispiel, ob Sie verheiratet sind. Das rührt daher, dass wir Informationen über unsere Mitarbeiter einholen und ich Zugang zu Ihrer Personalakte hatte.«

Eigentlich war ich verärgert. Aber ich wollte nicht, dass er es merkte, und erwiderte leichthin: »So, so! Dann erübrigen sich ja die Fragen. Wenn Sie schon alles über mich wussten …«

Er schüttelte den Kopf.

»Sorry. Ich weiß immer noch zu wenig über Sie. Und finden Sie es nicht seltsam, dass hier offenbar der einzige Platz ist, wo wir ein wenig Zeit haben, um einander in Ruhe kennenzulernen?«

»Ach, sollten wir einander näher kennen? Täuschen Sie sich da nicht?«

»Ich täusche mich nicht. Aber nach der Arbeit geht es nicht, und ich will auch nicht zu oft mit Ihnen in der Offiziersmesse reden. Es könnte Sie in ein schlechtes Licht setzen. Stört es Sie, wenn ich das sage?«

»Nicht im Mindesten. Sie haben recht. Und für Sie wäre es auch nicht gut. Sie müssen untadelig bleiben.«

»Na, untadelig? Wie meinen Sie das?«

»Nichts darf sichtbar sein, das ist es, was ich untadelig nenne.«

Er lachte sehr. Dann wurde er wieder ernst.

»Schwierigkeiten bin ich eigentlich gewohnt. Aber wir sind uns auf einer sehr ungleichen Basis begegnet. Wir können uns ja nicht einmal bei unseren Vornamen nennen, aus Angst, dass die Leute falsch von uns denken.«

»Auch nicht, wenn wir alleine sind?«, fragte ich.

Er antwortete amüsiert.

»Es spricht eigentlich nichts dagegen.«

»Ausgezeichnet. Dann nenne ich Sie Jeremy und Sie mich Anna. Aber niemals im Dienst.«

»An und für sich eine gute Idee. Wir dürfen uns dann nur nicht versprechen. Sonst sind wir beide nicht mehr – wie haben Sie es formuliert? – untadelig.«

Wir lachten und wurden im gleichen Atemzug wieder ernst. Wir berührten uns nicht, blickten auf das träge Wasser hinaus, damit wir uns nicht mit den Augen begegneten. Nach einer Weile zitierte er halblaut und scheinbar ohne Zusammenhang: »Es scheinen die alten Weiden so grau ...«

»Hast du gewusst«, fragte ich, »dass Goethe unter den Nationalsozialisten nicht mehr ›hoffähig‹ war?«

»Aha«, Jeremy schmunzelte. »Er fiel also in Ungnade. Etwas anderes musste her. Denn eine Diktatur, die etwas auf sich hält, kommt nicht ohne Mythologie aus. Und deshalb wurden plötzlich die Germanenstämme interessant. Nach der prachtvoll inszenierten Götterdämmerung (ich mag übrigens Wagner nach wie vor sehr gerne) kam – logischerweise – die Morgenröte, alias das Dritte Reich. Und Siegfried war der Schutzgott. Aber Goethe? Vorsicht! Goethe stand auf allzu vertrautem Fuß mit dem alten Pan, und der passte Hitler nicht in den Kram. Zu unberechenbar. Bevor man die Welt erobert, muss man alles im Griff haben. Aber Goethe sagt klipp und klar, dass manche Dinge, einmal entfesselt, unkontrollierbar sind. Dass in jedem Lebewesen jene urtümliche, gewalttätige Energie wirkt, die auch die Bäume wachsen lässt. Dass Menschenblut wie das Harz ist, das aus der Rinde tropft. Und es wäre fahrlässig zu glauben, dass man solche Energien in die ideologische Soße tauchen kann. Also, Finger weg von Goethe. So einfach ist das.«

Ich sah ihn forschend an.

»Wie kommt es, dass du so gut Bescheid weißt?«

Sein Ausdruck veränderte sich kaum, aber es war, als ob ein kleines Lächeln um seinen Mundwinkel zuckte.

»*Well*, ich sagte dir bereits, dass mein Vater aus Wales stammt. Die Walliser mögen die Religion nicht, denken jedoch, dass etwas in der Natur lebt, das heilig ist, obgleich sie es nicht ›Gott‹ nennen würden. Goethe hatte die gleiche Art, die Welt zu verstehen. Sie widerlegte auch nicht seine wissenschaftlichen Erkenntnisse. Deswegen ist mir Goethe vertraut.«

Ich sagte: »Aber was Goethe verstanden hat, versteht jedes Kind. Las mir die Großmutter früher ein Märchen vor, fand ich es völlig normal, dass Tiere sprechen konnten. Kinder fragen nie: Was hat uns die Natur zu sagen? Hört sie uns zu? Erwachsenen geht dieses Verständnis verloren. Aber Goethe war ein Dichter. Und Dichter sind wie Kinder: Sie glauben an eine magische Welt.«

Jeremy dachte nach und lächelte dann.

»Interessanter Aspekt. *Der Fischer und seine Frau … Rumpelstilzchen … Hänsel und Gretel.* Märchen bedienen sich einer verschlüsselten Sprache. Sie vermitteln uns auf scheinbar naive Weise eine Ethik. Sie sagen, was gut und was böse ist. Aber die Existenzangst nimmt uns die Freiheit zu wählen. Wenn uns eine schlaue Regierung Ordnung und Arbeit für alle verspricht, stimmen wir Loblieder an. Und sehen nicht, wie uns falsche Ideale in Tod und Zerstörung führen. Aber was erzähle ich dir da, Anna? Du hast es ja am eigenen Leib erfahren.«

Ich sagte bitter: »Das, was hier geschah, hat unsere Seele verdorben.«

»Sie wird heilen. Aber sie wird viel, viel Zeit dazu brauchen.«

»Sehr viel, glaube ich. Aber vielleicht wird es auch nie dazu kommen. Vielleicht werden wir da stehen bleiben, wo wir stehen. Wir werden nach wie vor alle denkbaren Gräueltaten begehen und immer wieder neue dazu erfinden. Und ich muss schon sagen, mit diesen Tatsachen komme ich schlecht zurecht. Es mag an mir liegen, dass ich sie einfach nicht verstehe. Offen gesagt, ich habe uns für entwickelter gehalten, als wir sind.«

Er sah mich an, und endlich wagte auch ich, ihn anzublicken. Die mit kleinen Fältchen überzogenen Lider verrieten sein Alter. Sein Gesicht wirkte dabei erstaunlich jugendlich. Aber irgendein tieferes Wissen um sich selbst gab ihm einen traurigen Ausdruck. Und Augen wie die seinen hatte ich selten gesehen: spöttische Augen mit einem Ausdruck von Erbarmen.

Und da – ich weiß nicht, warum – beschloss ich, ihm den Rest der Geschichte von Mutter und ihrer Freundin Nora Tannenbaum zu erzählen.

Nora war also Jüdin. Mutter ließ sich davon nicht beirren. Sie hielt an ihrer Freundin fest und traf sie weiterhin, solange es ging, im Schlossgarten zu Kaffee und Kuchen.

»Aber Ida«, protestierte Nora, »es ist nicht klug, dass du dich dauernd mit mir sehen lässt, die Zeiten haben sich geändert.«

Und Mutter antwortete: »Nora, sei endlich still! Wir kennen uns seit ewig. Wenn ich jetzt nicht mit dir ausgehen würde, könnte ich nicht mehr in den Spiegel sehen. Und unfrisiert sehe ich aus wie eine Furie!«

Woher ich das weiß, obwohl ich nicht dabei war? Nun, weil Mutter es mir erzählt hat. Wahrscheinlich sprach sie mit mir davon, um sich selbst zu trösten. In dieser Zeit waren viele Juden bereits ausgewandert. Aus verschiedenen Gründen war die Familie Tannenbaum in Münster geblieben.

»Wir sind schwerblütig«, hatte Nora gesagt. »Wir hängen an der Scholle. Alles stehen und liegen lassen und nach Amerika auswandern? Warum nicht gleich auf den Mond?«

»Mutter, die Sache mit den Juden verstehst du nicht«, hatte damals Manfred in seiner besserwisserischen Art zu ihr gesagt.

Mutter war immer nachsichtig mit ihm. Aber wenn es um Nora ging, blieb sie unnachgiebig.

»Ich verstehe genug. Und was ich verstehe, das geht mir entschieden gegen den Strich!«

Ja, und eines Morgens im November 1938 blieb das Hutgeschäft Tannenbaum geschlossen. Das ganze Haus war verschmiert. »Jude« stand auf den Plakaten geschrieben, die an den Schaufenstern klebten. Die Tannenbaums gaben auf.

Dank irgendwelcher Beziehungen gelang es ihnen, eine Passage auf der »Manhattan«, einem amerikanischen Linienschiff, zu buchen. Ein Vetter in Jacksonville, Florida, hatte für sie gebürgt und ihnen hintenherum die nötigen Visa beschafft. »Ida, stell dir vor, nicht einmal einen richtigen Winter gibt es dort!«, hatte Nora geklagt, als sie die Freundin ins Vertrauen zog. »Das ganze Jahr nur schönes Wetter, wo ich doch die Sonne nicht vertragen kann!«

Allerdings mussten die Flüchtlinge den Umweg über Southampton in Kauf nehmen, was nur unter schwierigen Umständen möglich war.

Einige Tage vor der Abreise kamen Beamte zur Wohnung der Tannenbaums und nahmen der Familie die Pässe ab. Ihnen wurde verboten, Deutschland zu verlassen. Als Mutter kam, um sich zu verabschieden, fand sie die Familie in größter Panik: Buchstäblich in letzter Minute musste ein Plan erdacht werden, wie die Tannenbaums auf anderen Wegen Deutschland verlassen könnten. Es gab nur eine Möglichkeit: auf Umwegen mit dem Zug, nach Stuttgart und über die Schweizer Grenze. Aber mit den Pässen hatten die Beamten auch das Bargeld, das für die Reise gedacht war, an sich genommen. Mutter ging zum Bahnhof, kaufte die Fahrkarten und bezahlte sie aus eigener Tasche. »Du kannst mir das Geld später zurückgeben, wenn wir wieder in normalen Verhältnissen leben«, sagte sie zu Nora. Sie umarmten sich ein letztes Mal. Sie sollten sich nie wiedersehen. Am nächsten Tag – nur einige Stunden vor der Abreise – kam frühmorgens die Gestapo. Man gab den Tannenbaums kaum Zeit, sich anzukleiden, zerrte sie aus der Wohnung, stieß sie in den wartenden Lastwagen. Wahrscheinlich waren sie denunziert worden. Die wenigen Menschen, die so früh schon auf der Straße waren, schritten eilig weiter. Sie hatten dergleichen schon oft gesehen. Danach wurde die Wohnung geplündert. Und es gab – wie auch anderswo – Nachbarn, die warteten, bis die Gestapo-Männer die Wohnung ausgeräumt hatten, und dann schauen gingen, ob noch etwas zu holen war.

Eine Nachbarin hatte alles von ihrem Fenster aus beobachtet und erzählte es Mutter. Sie gab ihr eine kleine Hutnadel mit einem Vögelchen aus blauer Emaille. Die Nachbarin hatte die Nadel in der Abflussrinne vor dem Haus gefunden. »Sie gehört Nora«, schluchzte Mutter. »Ich bewahre sie auf, bis Nora wieder da ist.«

Ich hatte Mutter noch nie so verzweifelt und hilflos gesehen. Sie konnte nicht mehr schlafen, nicht mehr essen – kochen schon gar nicht. Sie hatte dunkle Ringe unter den Augen und tagelang Fieber. Sie schimpfte überall herum. »Ich hasse diese Zeit, ich hasse diese Regierung!« Wir versuchten, sie zu trösten, flehten sie aber an, den Mund zu halten. In der Bevölkerung wusste man ja, dass die Juden in Lager gebracht wurden, wo sie arbeiten müssten. Und wenn auch »unser Adolf« ein pathologischer Judenhasser war, meinte Mutter letzten Endes aus reiner Vernunft, dass man deutsche Bürger nicht ohne Weiteres jahrelang eingesperrt halten konnte, denn nichts anderes als deutsche Bürger waren die Tannenbaums doch! Das gab es doch nicht, das war noch nie da gewesen. So oder so, man würde sie in absehbarer Zeit wieder freilassen. Der Gedanke gab ihr, wenn nicht ein wenig Trost, zumindest einen Funken Hoffnung.

Aber seitdem die Gestapo die Tannenbaums verschleppt hatte, war Mutter überempfindlich geworden. Es wurde immer schlimmer. Sie konnte kaum einen Bissen zu sich nehmen: sofort Brechreiz. Sie holte sich eine Erkältung nach der anderen.

Sie wälzte stundenlang Gedanken in ständiger Angst, dass man Nora etwas angetan hatte. »Warum schreibt sie mir nicht? Nur ein paar Worte, damit ich weiß, dass es ihr gut geht. Es muss doch eine Lagerpost geben.«

Eines Tages raffte sie sich auf, zog ihren wärmsten Mantel an, legte sich ihren Fuchspelz um die Schultern und machte sich auf den Weg zur Polizeidienststelle. Einer der zuständigen Beamten war der Sohn einer Freundin. Ob er wüsste, fragte Mutter, in welches Lager man die Tannenbaums gebracht hatte und ob eine Postverbindung bestünde? Der Beamte schüttelte bedauernd den Kopf.

»Ich würde es Ihnen ja sagen, Frau Henke, wenn ich etwas wüsste …« Mutter glaubte ihm offenbar. Trotzdem schien sich der Mann nicht ganz wohlzufühlen, denn als er Mutter zur Tür begleitete, vergewisserte er sich mit einem Blick nach allen Seiten, dass niemand hinhörte, und raunte ihr zu: »Ich rate Ihnen von solchen Fragen ab. Man könnte sie missverstehen. Wir leben in einer schwierigen Zeit.«

Mutter trat niedergeschlagen den Heimweg an. Der Beamte hatte ihr nicht klargemacht, was er meinte, aber ihr deutlich zu verstehen gegeben: Gefahr!

Es wurde immer mühsamer für sie, sich einigermaßen gefasst durch die Tage und die Erkenntnisse zu bringen. Mutter hatte jede Menge Grips, und jetzt war sie hineingestoßen in die Hermetik eines Wahnsystems, das um sie herum ablief wie ein Uhrwerk ohne Gehäuse.

Sie ahnte nicht, dass in den Lagern bald die Schornsteine qualmen würden. Keiner von uns wusste, was dort bald geschehen würde.

So war das. Wir durchwanderten eine Eiszeit.

Auch später habe ich nie den Mut gefunden, Mutter davon in Kenntnis zu setzen, wie Nora und ihre Familie umgebracht wurden. Ich habe Mutter in dem Glauben gelassen, dass ihre beste Freundin und die Ihren die Strapazen der Deportation nicht überlebt hatten. Aber letztendlich hat Mutter die Wahrheit wohl begriffen. Sie hat sie tief in ihrem Herzen vergraben, nie mehr ein Wort darüber gesprochen, und Noras Hutnadel mit dem blauen Vögelchen bis an ihr Lebensende getragen.

15. KAPITEL

Heute erinnere ich mich an manche Dinge recht gut, an andere weniger. Nicht, dass ich ein vollkommenes Wissen anstrebe. Aber in einer Fernsehsendung erfuhr ich kürzlich, dass das Licht eines Sterns uns erst Millionen von Jahren, nachdem er erloschen ist, erreicht. Wenn das wahr ist – und ich habe keinen Grund, es zu bezweifeln –, finde ich es lohnenswert zu überlegen, ob das, was im Weltall vor sich geht, sich auch auf unsere Gehirnstruktur übertragen lässt. Deutlicher ausgedrückt: ob wir in manchen Augenblicken gar nicht merken, was geschieht, und es erst viele Jahre später nachvollziehen können. Damals konnte ich die einzelnen Ereignisse nicht zusammenbringen, sie geschahen einfach, und sie gingen vorbei, aber im Nachhinein erscheinen mir Lust, Liebe und Schmerz in einem ebenso plötzlichen wie unerbittlichen Licht. Schicksal? Ja, man konnte es Schicksal nennen, obgleich ich das Wort nicht mag. Wann also spürten Jeremy und ich die ersten Anzeichen eines gemeinsamen Schicksals?

Und jetzt sehe ich uns wieder im schneebleichen Dämmerlicht im Wagen sitzen – an der gleichen Stelle unter den Weiden, aber es scheint an einem anderen Abend gewesen zu sein, denn der Schnee war nicht mehr körnig, sondern fiel schwer und dicht. Auf den Straßen stapften vermummte, vornübergebeugte Gestalten dahin. Ich nehme an, dass bei diesem Wetter kaum jemand darauf achtete, zu wem ich nach Dienstschluss in den Wagen stieg. Zumindest wurde mir nie eine Frage gestellt. Sogar Herr Kuropka, der sich gewiss seinen Teil dachte, hielt den Mund. Und jetzt versuche ich mich zu erinnern, worüber Jeremy und ich gesprochen haben, bevor das eintraf, was wir – ohne es noch zu wissen – voneinander wollten.

Ich entsinne mich, dass Jeremy auch diesmal den Motor nicht abgestellt hatte und der Wagen geheizt war, nur eine schwache Wärme allerdings, aber immerhin genug, dass ich mich wohlfühlte. Die Wärme veränderte alles. Und ja – jetzt fällt mir ein, dass wir über etwas gesprochen haben, das ganz anders war als das, wovon man in unserer Situation üblicherweise sprechen würde.

»Du bist eine Frau, die ungern gesteht, dass sie Hilfe braucht«, hatte Jeremy gesagt.

Ich war ein wenig perplex. Wie kam er zu dieser Annahme?

»Ich kann es nicht immer«, gestand ich.

»Eines Tages wirst du es können.«

Er wühlte in meiner Privatsphäre, was mir nicht behagte. Ich sagte abwehrend: »Wieso bist du dir dessen so sicher?«

»Weil wir nicht immer allein fertigwerden. Weil wir alle ab und zu Hilfe brauchen. Und weil ich glaube, dass ich ein Anrecht darauf habe, dir zu helfen.«

»Warum?«

»Weil du mir vertraust.«

»Das stimmt. Ich habe dir viel von mir erzählt.«

»Bereust du es?«

»Nein. Ich hatte nie beabsichtigt, dir so viel von mir zu erzählen. Es kam einfach so. Aber ich glaube, es war gut, dass ich mit dir sprechen konnte. Und ich danke dir, dass du mir zugehört hast.«

»Und ich danke dir, Anna.«

»Wofür?«

Er musste den Eindruck haben, dass ich entweder überheblich oder unsicher war, denn er runzelte leicht die Stirn.

»Vertrauen ist etwas Rätselhaftes. Erst wenn man alles gesagt hat, nachher, da merkt man, dass man einem Menschen vertraut hat. Zweifelst du daran?«

»Dazu besteht kein Grund.«

»Braucht es einen? Ich bin hier mit dir. Du vertraust mir. Und das ist sehr wichtig für mich.«

Für gewöhnlich fallen Männern solche Worte schwer. Aber Jeremy sprach sie ganz unbefangen aus. Ich meinte, lächeln zu sollen, aber ich brachte es nicht fertig. Und damals war es mir tatsächlich unmöglich, ihn anzusehen, wenn ich nicht in Verwirrung geraten wollte. Ich versteifte mich, versuchte meinen Blick unter Kontrolle zu halten. Ich dachte, irgendetwas wird jetzt geschehen. Und als er meine Hand nahm und für einen Augenblick festhielt, wusste ich, dass es genau das war, worauf ich gewartet hatte. Ich zog also die Hand nicht weg, und er legte den Arm um mich, umfasste meinen Hinterkopf. In seiner Geste lag jene Natürlichkeit, die allem, was er tat, eigen war. Seine Hand wanderte unter die Mütze. Seine Finger spreizten sich, tasteten über meine Locken. Ich drehte das Gesicht zu ihm hin. Seine Lippen berührten meine Augenlider, meine Nasenflügel, schwebten dicht über meinem Mund. Dann umfasste er meine Wangen mit beiden Händen. Einige Sekunden lang bewegte er das Gesicht hin und her, streichelte mich mit seinem warmen Atem. Wir sahen uns in der Dunkelheit an. Dann öffnete ich leicht die Lippen. Sein Mund, der sich um den meinen schloss, war sanft und sehr sicher. Mein Körper bekam mit einem Mal etwas Fließendes, als wollte ich mich mit dem seinen verbinden, mit ihm verschmelzen. Nach einer Unendlichkeit – die Zeit hatte aufgehört zu bestehen – trennten sich unsere Lippen, und ich hörte, wie er ruhig sagte: »Du kannst es nicht mehr ändern, es ist geschehen. Aber wenn ich annehmen müsste, dass ich dir schade, würde ich mich entschuldigen und dir versprechen, dass es nie wieder vorkommen wird.«

Ich schob beide Hände in meine Manteltaschen und ballte sie zu Fäusten. Ich wollte bei klarem Verstand bleiben.

»Du hast recht. Ich könnte mich von dir distanzieren, aber da wäre dann etwas … wir haben ja erst gerade darüber gesprochen … nun, eine Sache, die wir verlieren würden …«

»Das Vertrauen vielleicht?«

»Ohne Zweifel.«

»Das Vertrauen macht also, dass etwas zwischen uns stattgefunden hat?«

»Ich kann mich auch täuschen.«

»Nein, ich glaube nicht. Und es erleichtert mich, das zu erfahren. Ich meine, wir sollten bedenken, dass manchmal etwas Unvorhergesehenes geschehen kann.«

»Unbestreitbar«, erwiderte ich. »Auch wenn es unlogisch, unvernünftig und unpraktisch ist. Auch wenn es nicht die richtige Zeit und der richtige Ort dafür ist.«

Er schob seine Hand in meine Manteltasche und streichelte meine zur Faust geballte Hand.

»Aber wann ist es die richtige Zeit und der richtige Ort?«

»Also, das kann ich dir nicht sagen!«

Er lächelte.

»Hast du denn nicht bemerkt, dass alles übereinstimmt? Das ist aber doch auffallend. Wir Engländer sagen: *Time, place, occasion*. Wann und wo hätten wir uns sonst kennengelernt, wenn nicht hier und jetzt?«

Ich bin eine gute Schachspielerin. Daran musste ich jetzt denken, während ich wohlüberlegt jeden Zug tat. Und folglich widersprach ich. Zweck der Sache war, ihn glauben zu machen, dass mir nicht viel an ihm lag, mit dem einzigen Ziel, ihn stärker an mich zu binden.

»Du machst es dir leicht. Verzeih, wenn ich so direkt bin, aber ich glaube, du brauchst eine Affäre. Leider hast du dafür die falsche Person ausgesucht. Deine Karriere könnte Schaden nehmen.«

Fältchen zeigten sich in seinen Augenwinkeln.

»Weil ich dann weniger … untadelig wäre?«

»Darauf kannst du Gift nehmen. Zudem bist du mit Laura verheiratet. Einen Sohn hast du auch noch.«

»Sein Name ist Frank.«

»Lass mich los!« Ich versuchte meine Hand wegzuziehen, aber er hielt sie fest.

»Erzähl das jedem, der zuhören mag«, sagte er, »aber nicht mir. Und wenn du es unbedingt wissen möchtest, ich hatte bereits eine Affäre.«

»Oh«, entfuhr es mir. »Mit einer Deutschen?«

»Ja. Und meine Karriere hat keinen Schaden genommen. Und ich warte nicht auf die nächste Deutsche, wie du es mir gerne in die Schuhe schieben möchtest. Ich bin kein pathologischer Sammler von Frauen.«

»Du kannst hier alle Frauen haben, die du möchtest.«

»Das bildest du dir nur ein. In Wirklichkeit sagt mir keine zu, außer dir. Ich bin mit dir so glücklich wie mit niemandem anderen, hier, heute Abend. So etwas ist seit Jahren nicht mehr vorgekommen. Aber ich überlasse dir die Entscheidung. Ich möchte nicht«, setzte er lächelnd hinzu, »dass unsere Liebesbeziehung – oder wie immer du es nennen magst – dich allzu sehr ablenkt, es könnte ja sein. Das würde deine Arbeit beeinträchtigen.«

Das war jetzt die Retourkutsche. Ich versuchte zu lachen.

»Reiner Eigennutz also?«

»Das mit Sicherheit.«

Ein kurzes Schweigen folgte. Ich holte gepresst Luft. Anna, verliere bloß nicht den Kopf! Der Mann ist Offizier der Besatzungsmacht und verheiratet obendrein. Mach dir doch nichts vor, du willst ihn haben! Ich bewohnte einen Körper, der ganz versessen darauf war, mit ihm ins Bett zu gehen. (Aber wo gab es hier ein Bett? Wo?) Natürlich hätte ich ihm sagen sollen, lass mich in Ruhe! Man fängt solche Sachen an und meint, es sei weiter nichts dabei. Und später merkt man, dass man im Namen der Liebe – was auch immer man darunter versteht – jede Vernunft zum Teufel gejagt hat. Ich wollte kein neues deutsches Fräulein für den Herrn Captain werden! Aber es war schon zu spät. Ich wollte auf keinen Fall den richtigen Augenblick verpassen. *Time, place, occasion.* Na schön. Ich schob meine Dame vor. Schachmatt dem König.

»Ich werde nicht besonders abgelenkt sein – so wichtig ist es ja nun auch nicht.«

»Dann gibst du mir also nicht den Laufpass?«

»Noch nicht, nein. Aber ich möchte nicht an deiner Stelle sein.«

»Mach dir keine Sorgen. Man war eigentlich nie richtig zufrieden mit mir. Sonst hätte ich es mittlerweile weiter gebracht.«

Der Wind war stärker geworden, trieb die weichen Flocken schräg gegen das Fahrzeug.

»Du solltest jetzt fahren«, sagte ich brummig. »Sonst bleiben wir im Schnee stecken.«

Wir fuhren durch Flockenwirbel den Kanal entlang. Die Welt war tief verschneit. Blaue und silberne Kristallsterne sprühten auf die Windschutzscheibe, rutschten hinunter und sprühten von Neuem auf. Die Scheibenwischer knirschten. Wir schwiegen, bis ich in der Dunkelheit die verschneiten Heckenwege und die Häuser von Telgte erkannte und sagte: »Nicht weiter! Da vorne wohne ich ja schon. Ich gehe zu Fuß. Diese paar Schritte ...«

Er hielt an, ging um den Wagen herum und öffnete mir die Tür.

Ich stapfte den Häusern entgegen. Vor der Haustür drehte ich mich um und sah durch den Schneevorhang, wie er noch immer neben dem Auto stand und mir nachsah. Ich holte meinen Schlüssel aus der Tasche und steckte ihn ins Schloss.

Mutter kam mir in dem engen, dunklen Flur entgegen.

»Kind, ich habe mir Sorgen gemacht. Wo warst du denn so lange?«

»Herr Günecke kam spät«, log ich. »Bei diesem Schnee! Wo ist Vater?«, setzte ich sofort hinzu, um das Thema zu wechseln.

»Schon im Bett, er hat Husten.«

Ich nahm meine Mütze ab und schüttelte mein Haar.

»Rot steht dir gut«, hatte Mutter gesagt, als ich sie zum ersten Mal trug. »Woher hast du sie?«

»Eine Kollegin hat sie für mich gestrickt.«

Früher hatte ich Mutter nie angelogen. In letzter Zeit tat ich es ziemlich oft. Aber sobald die Lügen so häufig werden, dachte ich bitter, dass ich mich daran gewöhne, dann, glaube ich, macht es mir nicht mehr viel aus, wenn ich noch mehr lüge.

16. KAPITEL

Endlich kann ich wieder schreiben, ohne dass Tina mich in meinen Gedanken unterbricht! Hunde lesen nicht den Uhrzeiger, aber sie haben ihre eigene Uhr im Bauch. Und es ist gut, dass Tina mich in regelmäßigen Abständen unterbricht. Und jedes Mal habe ich ein schlechtes Gewissen, wenn sie vor mir sitzt, die Leine schon im Maul, und hektisch wedelt. Ich schraube dann immer meinen Füller zu, lege ihn neben das offene Heft, damit ich nachher, ohne viel herumzublättern, die richtige Seite finde.

Fast jeden Abend das Gleiche: Mühsam ziehe ich mich hoch, komme tapsend auf die Beine. Seit meiner Krankheit bin ich nicht mehr dieselbe. Ich mache mich schnell bereit: Jacke, Schal, Gummistiefel und Regenschirm. Tina springt erfreut hin und her. Und sobald ich die Tür aufschließe, zwängt sie sich durch den Spalt an mir vorbei. Sie ist nicht mehr so schnell wie früher, doch sie läuft gleichmäßig und zielstrebig, während ich ein Gefühl habe, dass ich jeden Tag langsamer werde. Was mich verlässt, ist die Lebenskraft, ein täglicher Verlust an Beweglichkeit im Rücken, in den Beinen und im Kopf. Ich ahne, dass die Dinge, an die ich mich noch heute klar entsinne, mir binnen Kurzem aus meinem Gehirn fallen werden.

Wie viel Zeit habe ich noch?

Seit einer halben Stunde sind wir wieder da. Tina hat ausgiebig herumgeschnüffelt und ist glücklich. Ungelenk, wie ich geworden bin, habe ich mich meiner schmutzigen Stiefel entledigt, die nasse Jacke ausgezogen, den Regenschirm auf dem Balkon aufgespannt. Ich habe Tina in der Küche zu fressen gegeben. Und für mich? Nur Apfelkompott und etwas Tee. Mehr vertrage ich nicht. Jetzt sind wir wieder im Wohnzimmer. Tina, die nach nassem Hund riecht, hat sich aufs Sofa gekuschelt. Ich sitze am Tisch, und kaum habe ich mein Heft aufgeschlagen und den Füller in die Hand genommen, zieht vor meinem inneren Auge die Vergangenheit vorbei. Heute Abend ist es eine blinkende Schneelandschaft. Der Himmel ist tiefblau, die Sonne strahlt. Es ist ein wunderbares Bild, aber es ist auch ein Bild, das uns zu der falschen Annahme verleiten könnte, die Welt um uns herum sei unversehrt.

Wann sah ich dieses Bild? Doch, jetzt kommt es mir in den Sinn! Das muss ein paar Tage später gewesen sein, nachdem Jeremy und ich uns zum ersten Mal geküsst hatten. Am Morgen hatte Jeremy zu mir gesagt: »Wie wär's in der Mittagspause mit einer Spazierfahrt? Ich kann belegte Brote besorgen, und in der Thermosflasche ist genug Whisky, dass wir uns beide betrinken können.«

»Schön!«, meinte ich.

Er sagte, ich sollte über die Geleise gehen und dann nach links, immer der Straße entlang. Er hole inzwischen den Wagen.

Dieser Mann ist vorsichtig geworden, dachte ich erfreut, wollten wir doch beide vermeiden, dass über uns geklatscht wurde.

Ich brauchte nicht lange zu warten. Schon ein paar Minuten später hielt der Jeep neben dem Stacheldrahtzaun. Jeremy öffnete mir die Tür, und ich stieg schnell ein. Wir fuhren über die Grevener Straße, durch das zerbombte Industriegebiet, bis wir die Vororte hinter uns ließen und schon bald die verschneiten Eichenwälder in Sicht kamen. In den Niederungen schlängelten sich Moorbäche, die durch Erlen und Weiden an den Ufern gesäumt wurden. Jeremy fuhr behutsam eine kleine Strecke, bevor er den Motor abstellte. Er nahm die Tüte mit dem Proviant, und wir stapften durch den Schnee, der nicht sehr hoch, aber trocken und frisch war. Eine sonnenglitzernde Welt, in der nur die Spuren vereinzelter Vögel ihre zierlichen Stickereien zeigten. Es war sehr kalt, und die Sonne leuchtete weiß hinter den verwehten Eichen. Die Zweige wippten leicht unter der Last des Neuschnees. Manchmal bewegte sich ein Zweig stärker, eine kleine weiße Wolke fiel herab und zerstäubte wie Puderzucker. Hier war der Schnee noch so rein, wie er gerade vom Himmel gefallen war. Es kam mir vor, als sähe ich diesen Schnee zum ersten Mal. Eine Zeit lang war nichts anderes zu hören als das Knirschen unserer Schritte im Schnee, und ich nahm die tröstende Stille in mir auf, bis Jeremy das Schweigen brach.

»Wir sind den Anblick von Ruinen gewohnt, und hier ist alles so frisch, so rein, wie die Welt vor der Welt der Menschen. Und wir fragen uns, ob es dieselbe Welt ist. Und auch hier ... würde jetzt in unserer Nähe ein Fasan hochfliegen, wäre unser erster Instinkt, zu der Waffe zu greifen und das Tier zu töten, statt uns an seiner Unschuld und Schönheit zu erfreuen. Mit dieser ganzen aufgedunsenen Ethik um den vernunftbegabten Menschen, um seine Einmaligkeit, seine Würde, streuen wir uns nur Sand in die Augen. Der Mensch ist ein Schädling für die Schöpfung, wie kein Tier es jemals sein kann.« Er hielt kurz inne, fragte dann: »Bist du gläubig, Anna?«

Ich schüttelte den Kopf. »Münster ist eine katholische Stadt, aber meine Eltern sind evangelisch und – was Religion betrifft – eher unsensibel. Wir wurden nicht religiös erzogen. Aber wir freuten uns jedes Jahr auf Weihnachten, wenn die Kerzen brannten und das Christkind uns den ›bunten Teller‹ mit Lebkuchenherzen, Plätzchen und Pralinen unter den Tannenbaum stellte. Die ganze Wohnung duftete nach Glühwein, nach Apfel und Zimt ...«

»In England ist es *Father Christmas,* der den Kindern Leckereien und Geschenke bringt. Wir flechten Kränze aus Stechpalmen, schmücken sie mit Kerzen und roten Bändern und singen *Christmas Carols* – Weihnachtslieder. Ich denke oft, wie ähnlich wir uns doch eigentlich sind. Warum müssen wir uns gegenseitig bekämpfen?«

»Ich weiß es nicht.«

»Ich bin ein Soldat, gewohnt zu gehorchen. Als junger Mann war ich sogar ein begeisterter Soldat. *Right or wrong, my country*. Richtig oder falsch, mein Land. So wurde ich erzogen. Die Fragen kamen später.«

»Und hast du die Antworten gefunden?«

»Nur solche, die keinen Sinn ergeben.«

Ein alter Baumstamm lag quer über der Lichtung. Wir wischten den Schnee weg und setzten uns. Jeremy holte zwei Brote mit Aufschnitt aus der Tüte. Ich war ausgehungert, aber gab mir Mühe, die Schnitten nicht zu gierig zu verschlingen. Jeremy schraubte die Thermosflasche auf, und wir tranken abwechselnd. Ich verschluckte mich und hustete.

»Oh, das Zeug ist zu stark für mich!«

»Für mich eigentlich auch. Wir sollten nicht zu viel davon trinken.«

Ich fragte: »Und wo warst du, bevor du nach Münster kamst?«

»Bevor ich nach Münster kam, da war ich eine Zeit lang in Essen.«

Sprach man von Essen, sah ich automatisch rauchende Schornsteine vor mir.

»Hattest du dort mit den Stahlbaronen zu tun?«

»Kann man so sagen. Die Umstände verlangten von Alfried Krupp von Bohlen und Halbach, dass er mit Hitler und einigen anderen fragwürdigen Emporkömmlingen zu dinieren hatte. In der Villa Hügel herrschte in dieser Zeit eine vornehm-betrübte Stimmung. Der Friedensvertrag von Versailles, der Deutschland die Herstellung von Waffen verbot, war für Hitler ein Knüppel zwischen den Beinen. Dass er Gewaltiges im Schilde führte, hatte er bereits 1933 im Berliner Sportpalast angekündigt. Du magst dich vielleicht erinnern.«

Ich schüttelte den Kopf. »Wann immer der Führer sprach, stellte Mutter den Volkssender ab. Vater protestierte, aber sie sagte: ›In meinen vier Wänden will ich ihn nicht hören, diesen Schreihals.‹«

»Das zeugt von gesundem Menschenverstand. Das Alphatier wusste, wie man den Bürgern den Kopf verdreht. Aber für einen Krieg braucht man Werkzeuge: Panzer, Kanonen, Bomben, Flugzeuge und alles, was sonst noch dazugehört. Folglich ersuchte Hitler den Stahlbaron, die Fertigung von Waffen unverzüglich wieder aufzunehmen. Krupp war sehr in Verlegenheit. Aber er musste die Stahlwerke in Betrieb setzen. Und später ließ er Kriegsgefangene und ausländische Zwangsarbeiter – später auch eine Anzahl jüdischer Frauen – in seinen Fabriken und Schmelzöfen die Produktion vorantreiben. Sklavenarbeit. Das rächte sich später. Der Herr Baron hatte sich mit dem Diktator eingelassen und nicht die Macht gehabt, ihn zum Teufel zu jagen. Wir mussten ihn natürlich zur Rechenschaft ziehen. Krupp akzeptierte dies, ohne zu murren. Er mochte keine Vulgarität und war uns auf seine Art dankbar. Wir hatten Essen bombardiert, aber nicht seine Villa Hügel. Nur die Dependance, damit er sah, wie ernst wir es meinten. Eine hübsche Residenz, die Villa Hügel – verständlich, dass er sie nicht verlieren wollte.«

»Steht er heute zu seiner Schuld?«

»Für Krupp besteht die Buße in der Enteignung und dem Verkauf eines überwiegenden Teils seiner Berg- und Stahlwerke. Derweil sitzt er in der Villa Hügel recht komfortabel unter Arrest und wird sich vor Gericht zu verantworten haben. Aber es wird sich wohl so ergeben, dass er mit mildernden Umständen rechnen kann.«

»Hast du ihn mal persönlich getroffen?«

»Ich habe mich ein bisschen mit ihm unterhalten. Das gehört zu meinem Beruf.«

»Worüber habt ihr gesprochen?«

»Vorwiegend über Segelboote. Es stellte sich heraus, dass wir beide leidenschaftliche Segler sind. Uns fehlte es also nicht an Gesprächsstoff.«

»Ich sehe schon«, sagte ich.

»Was siehst du?«

»Ich sehe eine schöne Rennjacht, die Germania III. Auf ihr hat er die Bronzemedaille bei den Olympischen Spielen gewonnen.«

Er reichte mir die Thermosflasche, lachte dabei. »Los, noch einen Schluck!«

Ganz allmählich bekam ich eine Ahnung davon, wer dieser Mann sein konnte. Aber ich stellte keine Frage. Ich wusste, dass ich von ihm keine befriedigende Antwort zu erwarten hatte. Was für ein Geheimnis er auch hütete, er hielt es fest. Er hatte diesen kraftvollen Gleichmut eines Menschen, der schweigen kann, war dabei weder verschlossen noch argwöhnisch, sondern liebenswürdig und unbefangen. Für mich war sein Schweigen von einer merkwürdig undefinierbaren Beschaffenheit, eine belanglose Eigenart, etwas Nebensächliches, das gar nichts mit mir zu tun hatte. Was ich trotz alledem empfand, war das Gefühl einer ebenso starken wie unerklärlichen innerlichen Wärme, die Gewissheit einer gedanklichen Gemeinschaft, als ob wir uns auch ohne Worte verstünden. Es war in seiner Besonderheit ein echter Dialog. Dass Jeremy mir eine Unmenge von Dingen verschwieg, darauf kam es überhaupt nicht an.

Und was Krupp anbelangt, da hatte er auch recht: der Baron wurde 1948 zu zwölf Jahren Haft verurteilt, 1951 aber begnadigt und frühzeitig aus der Haft entlassen. Also doch mildernde Umstände.

17. KAPITEL

Kehre ich in Gedanken zu diesem schneeglitzernden Tag zurück, sehe ich uns nebeneinander auf dem Baumstamm sitzen, Whisky trinken und immer besoffener werden. Was womöglich der Grund war, dass wir uns zum ersten Mal wirklich näherkamen. Ich hatte gefragt: »Gehörtest du zu denen, die deutsche Städte bombardiert haben?«

»Nein. Aber zu denen, die veranlasst haben, dass wir die Bomben so fair wie möglich einsetzten.«

»Nicht immer und nicht überall. Das weißt du«, bemerkte ich.

Er gab es ohne Weiteres zu.

»Wir haben Fehler gemacht. Gelegentlich auch willkürliche Fehler, weil in Kirchen und Krankenhäusern Munition gelagert wurde. Aber in der Regel haben wir uns schon sehr genau informiert. Und wo Juden gewohnt hatten, wurde häufig nicht bombardiert.«

»Warum nicht? Damit die ausgeraubten Besitzer nach Kriegsende ihre Häuser in gutem Zustand vorfanden?«

»Das würde in der Tat von nobler Gesinnung zeugen. Aber nein. Wir verschonten sie für uns. Weil wir – die Besatzungsmächte – nach Kriegsende in die oftmals herrschaftlichen Häuser einziehen wollten!«

»Verstehe …«, sagte ich matt.

Er gab mir die Flasche. »Trink!«

Ich trank, obwohl ich die Bäume kreisen sah, und er sagte: »Welche Beweggründe sind rein? Welche Gefühle ungemischt? Welche Gedanken selbstlos? Im Krieg herrscht Doppelmoral.«

»Nicht nur im Krieg«, sagte ich. »In allen Dingen. Die Welt ist so gemacht.«

»*Right*. Finden wir uns damit ab!«

Er gab mir eine Zigarette, reichte mir Feuer, das Streichholz mit dem Kelch seiner Hände umschließend und die kleine Flamme schützend. Ich liebte diese Geste, die seine schönen Finger zur Geltung brachte. Mir fiel der schwere Goldring auf, den er am kleinen Finger trug. Ein Siegelring. Es musste ein Familienstück sein. Ich hätte ihn gerne gefragt, woher er ihn hatte, aber ich wollte nicht aufdringlich sein. Versonnen zog ich an der Zigarette und dachte: Er hat mich eingefangen. Eingefangen war das richtige Wort. Was suchte ich eigentlich bei ihm? Was hatte sich in meinem Leben verändert, was war durch ihn ganz anders geworden? Ich hatte stets das gleiche Problem: Jeder schönen Empfindung folgte der Schatten. Ich war keine Frau, die sich sagte, lass doch einfach alles gehen, wie es geht! Das brachte ich einfach nicht fertig. Ich war immer in der Defensive. Ich schreibe diese unangenehme Neigung den Kriegsjahren zu, unserem kollektiven Rückfall in die Barbarei. Vielen ging es ähnlich. Wir hatten ja alle einen Dachschaden.

Ich weiß nicht, was Jeremy in meinen Zügen las, denn er warf seine Zigarette in den Schnee, zog mich enger an sich heran und küsste mich. Wir küssten uns lange. Ich geriet dabei, ich erinnere mich deutlich, ins Zittern, als ob Liebe und Leidenschaft eine Schwäche wären. So wie ich Jeremy beurteilte, war er ein Mann klaren Geistes, von heiterem Naturell, der sich Gedanken machte, gewiss, der aber nie diese ganz besondere Art der Unangreifbarkeit verlor, die fest und selbstverständlich war.

Das Zittern ging vorbei, und plötzlich wurde ich von der Einsicht überwältigt, dass er vielleicht stark genug war, mich zu halten.

Dieses »Vielleicht« war das Kennzeichen meiner Skepsis. Aber sobald ich mit ihm sprach, brauchte ich nicht nach Worten zu suchen, mich auch nicht in Kontroversen zu verstricken, weil ich wusste, dass er mich immer verstand. Und trotzdem blieb ich fast immer ein Stück weit weg. Den freudigen Gefühlen folgte fast immer der Schatten: Wie lange kann das gut gehen? Wann lässt er mich sitzen?

Auf einmal kam mir Mutter in den Sinn, die sich jetzt wohl an die Stirn tippen würde. »Bei dir ist Hopfen und Malz verloren!« Mutter war immer sachlich. Anna, du bist ja schizophren, dachte ich. Sachlich, das kannst du doch auch sein.

»Du schmeckst nach Whisky«, sagte ich lächelnd.

»Und du nach Schinkenbrot«, erwiderte er, worauf wir beide in Lachen ausbrachen. Ich spürte, wie ich mich innerlich lockerte. Einstweilig war der Schatten gebannt.

»Hör zu«, sagte Jeremy. »Ich muss etwas mit dir besprechen. Es ist schon so, dass wir beobachtet werden. Es könnte Folgen haben. Du kannst auch nicht auf mein Zimmer im englischen Hauptquartier kommen. Aber wie wär's, wenn ich versuchen würde, ein Zimmer zu finden? Wir könnten dort für uns sein, ohne ständig befürchten zu müssen, dass über uns geklatscht wird.«

»Wie du meinst«, sagte ich. Mir gefiel die Idee, aber ich wollte es ihm nicht allzu deutlich zeigen.

»Also, dann werde ich mich mal auf die Suche machen.«

»Leicht wird es nicht sein«, sagte ich.

Er kam meinem Gesicht ziemlich nahe, betrachtete mich sehr aufmerksam. Der Schnee blendete. Ich schirmte meine Augen vor der Sonne ab.

»Warum siehst du mich so an?«

»Weil es das Beste ist, was ich tun kann. Wenn ich dich ansehe, sehe ich dich nicht mehr so, wie ich dich bisher gesehen habe. Du hast aufgehört, irgendwem vergleichbar zu sein. Ohne dich wäre ich vielleicht ein Mensch gewesen, der zufrieden mit seiner eigenen Natur dahinlebt. Und das ist für mich nicht genug.«

»Bringe ich dich dazu, so zu denken?«

»Ich sag's dir lieber. Du hast meine latente Unrast in Gewissheit verwandelt. Und ich bin dir unendlich dankbar dafür.«

»Einfach so, wegen nichts?«

»Das kann so kommen, wegen nichts.«

Und er küsste mich, und ich küsste ihn auch. Die Zeit um uns herum hatte aufgehört zu sein. Wir konnten gar nicht aufhören, uns zu küssen. Wir wollten nichts mehr von gestern wissen, nichts von morgen. Wir waren alleine in einer Welt der kalten Sonne, der funkelnden Eiskristalle. Und für eine kurze Weile tauschten wir das Geschenk unserer Gegenwart, ohne Forderungen an die Zukunft zu stellen. Langsam, zögernd lösten wir uns dann voneinander. Ich kam wieder zu Atem, brachte meinen Mantel in Ordnung und sagte: »Na also, da siehst du's ja!«

»Was?«

»Siehst du, wohin das führt? Für respektable Bürger ist unsere Beziehung eine Schande, für die Scheinheiligen ein unmoralisches Verhältnis zwischen einer ›Nestbeschmutzerin‹ und einem verheirateten Engländer, der die Herz-Jesu-Kirche bombardiert hat.«

Er hob die Brauen.

»Ach, so weit geht das?«

»Jeremy, wir können es den Leuten nicht verübeln. Wir müssen es doch mal von ihrem Standpunkt aus betrachten. Zwischen unseren Völkern war Krieg. Soldaten haben ihr Leben geopfert, Angehörige beweinen ihre Toten. Sie haben Söhne und Väter verloren und versucht, ihre Kinder zu schützen und ihr nacktes Leben zu retten.«

Er antwortete ernst. »Ja. Man könnte sagen, dass es uns an Respekt fehlt. Man könnte sagen, dass es viel zu früh ist. Es wäre lumpig, wenn wir das nicht beachten würden.«

»Sie werden uns das Leben schwer machen. Sie halten es für ihre Pflicht. Es mag ja eines Tages anders sein. Jetzt ist es noch zu früh. Ich bin eine Deutsche, die sich mit einem Feind einlässt. Und in

vielen Köpfen weckt mein Verhalten die Vorstellung moralischer Laxheit. Kennst du den Ausdruck ›Britenschlampe‹?«
»Ich kenne ihn. Es ist ein hässlicher Ausdruck.«
»Aber er wird sich halten. Zumindest, bis das Leben wieder normal wird und es den Leuten besser geht. Was ich eigentlich damit sagen will … Im Augenblick sind wir verletzlich.«
Jeremy runzelte die Stirn.
»Hm, ja … Ich verstehe. Und was machen wir nun?«
Ich spürte, dass ihm die Sache völlig klar war und dass auch er nicht wusste, wie er damit fertigwerden sollte, und ich sah sogar, dass er langsam, aber sicher ein schlechtes Gewissen bekam.
»Aufhören, darüber nachzudenken«, antwortete ich.
Er sah mich überrascht an und lachte kurz auf, bevor er sagte: »Du weißt nicht, wie gut es mir tut, das zu hören. Ich dachte, es sei alles viel schlimmer.«
»Nein. Ein paar dieser Leute können uns gerne gestohlen bleiben.«
»Und wir ihnen.«
»Vielleicht ist es sogar gut, dass wir etwas tun, was anderen nicht gefällt.«
»Ja. Wir tun es eben.«
Ich war also eine Britenschlampe. Na ja, das konnte ich verkraften. Ich legte beide Hände an Jeremys Wangen. Er brachte sein Gesicht ganz nahe an meines, unsere Lippen berührten sich. Ich sagte: »Ist die Welt wirklich so, dass wir immer auf das hören müssen, was man von uns erwartet? Ich habe erlebt, wohin das führt. Schlimmer hätte es gar nicht werden können. Anpassung bringt keine Vorteile, nur Scherereien. Das wird mir zu blöd mit der Zeit. Und um jeden Preis daran zu denken, was kommt dabei heraus?«
»Um die Wahrheit zu sagen, nichts als Bullshit«, erwiderte mein englischer Liebhaber.

18. KAPITEL

Heute hat man ja keine Ahnung mehr davon, wie Münster direkt nach dem Krieg aussah. Die Jugend, die alles hat, kann sich überhaupt nicht ausmalen, wie verheerend es war, im Krieg jung zu sein. Die ganze Stadt war über uns zusammengestürzt. Man muss sich das mal vorstellen! Wir irrten durch Ruinen, entdeckten voller Entsetzen, wie viel Vertrautes innerhalb kurzer Zeit vernichtet worden war. Ich gehörte zu jener Generation, der man eine glorreiche Zukunft prophezeit hatte – Heil dir im Siegerkranz –, die aber inzwischen viel zu sehr damit beschäftigt war, ein halbes Brot oder ein paar Kartoffeln zu ergattern. Man erduldete dies, wie so vieles. Am schlechtesten ging es den Kindern. Viel zu mager, nicht warm genug angezogen, krank: Husten, Bronchitis, Hungergeschwüre, aus denen der Eiter spritzte. Die Wohlfahrt kümmerte sich um die hungernden Kleinen. Die Nahrungsmittel kamen zunächst aus England und den USA, weitere Spenden aus Schweden und der Schweiz. Man richtete auch bald die Schulspeisung ein. Mir war oft aufgefallen, wie seltsam geduldig, ernst und still diese Kinder waren. Magere kleine Wesen, mit Augen von Erwachsenen.

Bei uns gibt es solche Kinder schon lange nicht mehr. In anderen Ländern immer noch. Man erkennt sie sofort. Hört der Wahnsinn hier auf, geht er anderswo wieder los.

Doch zunächst die Trümmer, die geräumt werden mussten. Und von wem, bitte schön, wenn die meisten Männer noch Kriegsgefangene waren? Erraten: von uns Frauen. Über Hunderte arbeiteten mit dem Spaten, in jedem Viertel, auf jeder Straße. Es gab nur Alte oder Halbwüchsige, die mithelfen konnten. Und bevor ich anfing, für die Engländer zu dolmetschen, war auch ich eine Zeit lang Trümmerfrau. Ich weiß aus Erfahrung, wie das geht, wie aus der Not ungeahnte Kräfte erwachsen. Wie man von morgens bis abends schuftet und am Ende überhaupt nichts mehr spürt, weder Hunger noch Durst, noch Müdigkeit, noch Schmerzen in den Knochen. Und dann zusammenklappt und einfach sitzen bleibt, weil man nicht mehr auf die Beine kommt. Heute weiß ich auch, dass wir Frauen nie mehr diejenigen geworden sind, die wir vor dem Krieg waren. Frauen, die sich wochenlang mit Schwielen an den Händen, Blasen an den Füßen und steifen Gelenken einen Weg durch den Schutt freigeschaufelt hatten, die sich Lumpen statt Monatsbinden in den Schlüpfer stopfen mussten – solche Frauen lassen sich nicht mehr bevormunden. Es gibt eine Redensart: Der Krieg stärkt die Nylonstrümpfe und die Frauen. Und sollten wir dir am Ende noch danken, Adolf, du Hurensohn?

Irgendwann kamen die Männer zurück, und schwere technische Geräte konnten eingesetzt werden. Baulokomotiven auf provisorischen Schmalspurschienen zogen die mit Trümmerschutt beladenen Kipploren zu den Abladeplätzen. Inzwischen sorgten die Besatzungsmächte für die öffentliche Ordnung und Sicherheit. Dazu gehörte die Festsetzung einer Polizeistunde, denn in den Ruinen trieb sich eine hohe Anzahl von Kriminellen herum. Und gleich zu Anfang war Anweisung gegeben worden, alle Nazi-Embleme von den noch intakten Gebäuden zu entfernen. Die Bevölkerung sah zu und hielt den Mund. Auch bei der Rückbenennung von nationalsozialistischen Straßennamen krähte weder Hahn noch Huhn. Die Leute hatten anderes im Kopf. (Das halbe Brot, die Kartoffeln.)

Nach und nach konnte die städtische Wasserversorgung wieder in Betrieb genommen werden, und auch die Kanalisation funktionierte wieder. Eine wesentliche Verbesserung für die Bevölkerung und gleichzeitig eine Maßnahme gegen Seuchen.

Danach wurde eine neue Verwaltung gebildet, wobei man zunächst sämtliche Bewerber aufgrund ihrer politischen Belastung auf Herz und Nieren zu prüfen hatte. Das galt auch für die Lehrkräfte. Einige schickte man in Frühpension, andere in den Knast. Erst dann konnten Behörden und Schulen ihren Betrieb aufnehmen. Im gleichen Zusammenhang hatte die britische Militärregierung die Weiter- oder Wiederbeschäftigung ehemaliger Polizeibeamter verboten. Wie konnte man wissen, was sie auf dem Kerbholz hatten? Verhaftungen auf eigene Faust? Plünderungen? Folter? Sie hatten ja genug Zeit gehabt, sich auszutoben. Da war es schon richtiger, neue Polizeikräfte auszubilden und anzustellen. Und zwar sofort. Denn inzwischen strömten Vertriebene aus den ehemaligen deutschen Ostgebieten zusammen mit der heimkehrenden Bevölkerung in die Stadt. Tausende waren es, mehrere Tausende, und nicht alle unschuldige Engelchen. Viele waren in Panik vor der Roten Armee geflohen, die nicht den Ruf hatte, zartbesaitet zu sein. Sie besaßen nur ihre Kleider und das, was sie schleppen konnten. Der Zustrom nahm nicht ab. Immerzu diese Flüchtlinge und ihre Armut. Und wohin mit all diesen Leuten? Ich konnte den Hunger, die Krankheiten und das Elend um mich herum kaum noch ertragen. Wie lange noch, wie lange? Und als der Winter kam, hatten viele noch kein Dach über dem Kopf. Jeden Tag fand man Unglückliche, die erfroren waren. Sie klebten an irgendeiner Wand, in Lumpen gewickelt, und es bestand kaum ein Unterschied zwischen diesen vereisten Leibern und den Steinen, von denen man sie zu lösen hatte.

Und so war es in ganz Deutschland.

»Wir haben gehörig eins auf dem Dez bekommen«, hätte Mutter früher gesagt. Doch in letzter Zeit war sie wie erloschen, was mir große Sorgen bereitete. Heutzutage würde man sagen, dass sie depressiv war, ein Wort, das damals noch nicht im Gebrauch war. Irgendwie musste ich sie herausholen aus diesem Loch. Sie sollte sich einmal aussprechen, dachte ich. Auch wenn es schmerzhaft für sie war, sollte sie sagen, was sie sagen wollte und nicht konnte. Und wenn sie das Ganze herauskotzen musste.

Zu meiner Überraschung gelang es Jeremy ziemlich bald, ein Zimmer zu finden. Er hatte wohl irgendwelche Beziehungen spielen lassen. Das Zimmer befand sich in der Hörsterstraße, zwei Stockwerke über einem Teppich- und Gardinengeschäft, das noch halbwegs intakt war. Im Erdgeschoss hausten zwei mürrische Leute mit grauen Haaren, grauen Gesichtern und grauem Strickzeug. Wie ich annahm, zahlte ihnen Jeremy die Miete, aber sie hätten sich lieber die Zunge abgebissen, als Guten Tag oder Guten Abend zu sagen. Wir mussten an ihrer Tür vorbei, wenn wir nach oben wollten. Hörten sie unsere Schritte, steckten sie gelegentlich den Kopf aus dem Türspalt, wie Schildkröten, und deuteten einen Gruß an, bevor sie leise und schleunigst die Tür wieder schlossen. Weg waren sie.

Offenbar war die verwahrloste Bude unter dem Dachgeschoss vor dem Krieg eine Dienstmädchenkammer gewesen. Jetzt waren alle Fensterscheiben geborsten und durch Bretter ersetzt. Die zerschlissenen Gardinen waren grau vor Schmutz. Die Tapete hing in Fetzen und hatte Schimmelflecken. Es gab ein Bettgestell, einen Stuhl und einen Schrank, der schief stand. Jeremy hatte irgendwo eine aufgeschlitzte Matratze, etwas Bettzeug und eine muffig riechende Wolldecke aufgetrieben. Wasser mussten wir in einem Eimer die abgenutzte Holztreppe hinaufschleppen. Wie fast überall war die Toilette ein im Keller gelegenes Verlies mit einem Loch im Boden und einem Eimer. Oben hatten wir immerhin einen Nachttopf aus Porzellan, mit rotem Klatschmohn verziert. Sehr raffiniert. Hingegen war unsere einzige Beleuchtung eine Kerze auf dem wackeligen Nachttisch.

Wir hatten beide einen Schlüssel und trafen uns hier nach Dienstschluss. Jeremy war meistens früher da, weil er mit dem Jeep fuhr. Ich kam mit dem Rad. Es wurde Frühling, die Wege waren befahrbar, und in der Stadt wurden die Straßen allmählich instand gesetzt. Ich schob das Rad immer in den engen Hauseingang, damit es nicht gestohlen wurde. Dann lief ich, so schnell ich konnte, die Stufen empor. Ich klopfte leise, drückte die Klinke herunter, und Jeremy, der meistens auf dem Bett lag und im flackernden Kerzenschein ein Buch las, sprang sofort auf und kam auf mich zu. Ein oder zwei Schritte nur, und dann lagen wir uns in den Armen.

19. KAPITEL

Bei meinem täglichen Schreiben sehe ich alles gestochen scharf – alles, was ich sehen will, und leider auch, was ich nicht sehen will. Muss ich jetzt wirklich ehrlich mit mir selbst sein und eingestehen, wie sehr ich mich genierte, als ich mich zum ersten Mal vor Jeremy auszog? Man konnte meine Rippen zählen, die Hüftknochen schienen die Haut zu durchbohren. Ich entkleidete mich sitzend auf dem Bett und drehte Jeremy den Rücken zu, aber ab und zu blickte ich mich um und bemerkte, wie er lächelte. Und lächelnd zog er mich an sich und sagte: »Liebste, du musst aufhören, Angst zu haben. Du bist schön, und ich liebe dich.«

Er zog mich dann an seine Brust, sodass ich auf ihm zu liegen kam, und streichelte mich, aber selbst dann war ich nervös und entspannte mich erst, als er mich, den Kopf in meiner Halsbeuge, mit beiden Armen fest umschlungen hielt. Ja, ich hatte Hemmungen, aber mein Körper hatte keine, mein Körper wusste, was er wollte. Wir küssten uns immer wieder, es war Hingabe und gleichzeitig Wonne, irgendwann hörte ich auf zu denken, fühlte mich selbst nicht mehr, fühlte alles und nichts. Jeremy hatte die straffe, sehnige Gestalt eines noch jungen Mannes, aber nicht dessen Ungestüm. Seine Glieder waren elastisch und warm. Sein Herz schlug in mir, in meinem Leib. Das schlagende Herz erinnert an unsere Sterblichkeit. Ich spürte eine tiefe Rührung in mir, als sei das

Herz dieses Mannes ein Schatz, den ich bewahren musste. Er liebte mich fordernd, behutsam, im vollen Bewusstsein seiner Kraft. Während er sich in mir bewegte, knetete meine Hand seine glatte Schulterkugel, die muskulösen Oberarme. Uns war, als teilten wir das gleiche Empfinden, doch wir teilten nur die gleiche Illusion. Wir sind in unserer Haut eingenäht, und zwischen zwei Körpern besteht keine Verbindung. Nie kann Geist wirklich zu Geist, Gefühl wirklich zu Gefühl kommen. Das Einzige, was wir Menschen einander wirklich geben können, ist das Vertrauen. Wir können lediglich die Bereitschaft teilen, uns dieses Vertrauen zu schenken. Und dies wiederum kann nur geschehen, wenn wir in dem anderen eine Gleichartigkeit erkennen. Ich habe bis heute nicht in Erfahrung gebracht, ob diese Suche nach einer »ergänzenden Hälfte« genetisch programmiert ist. Und ich kann auch nicht sagen, ob sie die Grundlage dessen ist, was wir – in Ermangelung eines anderen Wortes – Liebe nennen. Aber wir tun alles dafür, um diese zwei Hälften in Einklang zu bringen. Und das Tasten fremder Fingerspitzen, die über unsere Körper streichen, ist ein ebenso wesentlicher Akt des Erkennens wie der erste Kuss, die erste Umarmung und ebenso wie das erste Empfinden, wenn dieser süße, atemberaubende Schauder vom Bauch aus in den ganzen Körper strahlt. Aber in dieser Zeit – in der Zeit des Entzückens – sprachen wir wiederholt das Wort Liebe aus, mit Ehrfurcht und Begeisterung, als ob dieses Wort alles enthielt und alles erklärte. Und auch noch, wenn wir uns in wohliger Ermattung unter Jeremys schweren Uniformmantel aneinanderschmiegten, fiel es uns leicht, das Wort »Liebe« auszusprechen, die Wirklichkeit schien so fern, und das Kerzenlicht machte aus der heruntergekommenen Bude einen golden schimmernden Raum. Wir schlossen alles aus, was draußen war und nicht zu uns gehörte, und Jeremy umspannte meine Brüste mit beiden Händen, streichelte sie mit der Zunge und mit seinem Schnurrbart, der sich erstaunlich weich anfühlte.

»Ich liebe deine Haut«, sagte er. »Ich liebe deine Locken. Du bist immer so ernst, aber sobald du lachst, scheint die Sonne.«

»Im Dienst gibt es nichts zu lachen.«

»Und trotzdem begehrte ich dich vom ersten Augenblick an. Du konntest es nicht ahnen.«

»Vielleicht doch. Deine besondere Art, mich anzusehen, mit mir zu sprechen ...«

»Ich glaube nicht, dass ich irgendein besonderes Gesicht gemacht habe.«

»Aber ich habe es dir angesehen.«

Er lächelte. Was mir an ihm so gefiel, war seine Ausgewogenheit zwischen Ironie und Empfindsamkeit. Stets hatte ich bei ihm das Gefühl, dass er mühelos jede Situation einfing, sie umkehrte und ihre heitere Seite offenlegte.

»Es mag sogar stimmen, was du sagst«, meinte er. »Wenn ein Mann und eine Frau füreinander bestimmt sind, merken sie es vom ersten Augenblick an. Aber ich wollte mir nichts vormachen. Ich war ja der Feind.«

Ich sagte: »Wir brauchen für das, was zwischen uns ist, keine Erklärung.«

»Und auch keine Rechtfertigung«, sagte er. »Bitte, Liebste, du darfst nie an mir zweifeln.«

Wir sahen uns fast täglich. Jeremy brachte mir belegte Brote mit, Apfelsinen oder auch einen Riegel Schokolade. Das Mittagessen in der Offiziersmesse versorgte mich zwar mit einigen Kalorien, aber die Entbehrungen hatten mein Immunsystem geschwächt. Ich hatte stumpfes Haar und brüchige Nägel. Und jeden Tag, bei jedem Wetter, dieses Hin-und-her-Fahren mit dem Rad. In den Kältemonaten dazu noch die Kohleneimer, die ich zu Hause zu schleppen hatte. Manchmal war mir, als ob ich in der nächsten Minute auseinanderfallen würde. Und obwohl ich nie davon sprach, war Jeremy besorgt um meine Gesundheit. Er sah zu, glücklich lächelnd, wenn ich die von ihm mitgebrachten Brote gierig verschlang, und neckte mich: »Iss nicht so viel, sonst wirst du fett!«

Und wir lachten.

Gelegentlich sagte er mir, dass er für ein paar Tage nicht da sein würde. Er sagte nie, wohin er ging. Ich stellte auch keine Fragen.

Und dann kam er zurück und erwartete mich in unserem kleinen, muffig riechenden Zimmer. Wir zündeten die Kerze an, Jeremy breitete seinen Offiziersmantel auf dem Bett aus, und der fremde Raum wurde hell und warm, und wir nahmen ihn wieder in Besitz. Draußen fuhren mit Gerumpel Lastwagen vorbei, das Licht der Scheinwerfer wanderte kurz über die Wände, dann tauchte das Zimmer wieder in Dunkelheit, und wir hörten nur noch unseren beschleunigten Atem. Die Abscheulichkeiten dieser Welt ließen wir im Treppenhaus zurück. Wir schlugen ihnen die Tür vor der Nase zu. Wir grenzten uns ab, feierten das Fest des Selbstvergessens. Wir wollten keine Wahrheiten mehr, schütteten Whisky in uns hinein, bis wir beschwipst waren und nicht mehr aufhören konnten zu lachen. Der Whisky wärmte uns und machte alles leichter, schützte uns gegen die Traurigkeit, die uns jetzt schon immer begleitete. Wir ahnten sie bereits, die dunklen Wolken, die sich langsam über uns zusammenzogen, aber wir wollten sie nicht wahrhaben. Sie waren noch so fern.

Nachdem wir uns geliebt hatten, lagen wir nebeneinander unter Jeremys Mantel, rauchten, sprachen, nahmen die kleinen Eigenarten Liebender an, die Bewegung des Kopfes, der eine Schulter sucht, um sich in ihre Beuge zu schmiegen, das gemeinsame Spiel unserer Hände, wenn Jeremy mir Feuer für meine Zigarette gab, die wärmende Nähe unserer Körper, die nach der Erfüllung entspannt nebeneinanderlagen. Im Zimmer geschah nichts, was Augen und Gedanken zerstreuen konnte. Das Bild blieb immer dasselbe. Nur die Kerze veränderte sich, brannte langsam nieder. Es war so schön, so ruhig zu sein, sich einfach nur zu spüren, die Hüften, Arme, Beine. Die englischen Zigaretten dufteten würzig. Eine gemeinsame Ermattung prägte unsere trägen Bewegungen, während die Gedanken mit dem Zigarettenrauch vorbeizogen. Und überließen wir uns diesen Gedanken, führten sie uns gelegentlich andersartigen Horizonten entgegen.

20. KAPITEL

Es begann damit, dass Jeremy mir von seiner Familie erzählte. Sein Großvater war ein genialer Alleswisser und Erfinder gewesen, der es nie geschafft hatte, auf einen grünen Zweig zu kommen.

»Er war viel zu gutgläubig und gab sich nie die Mühe, die Dinge schriftlich festzulegen. Auf diese Weise musste er erleben, wie die anderen seine Ideen klauten und erfolgreich vermarkteten. Später lehrte sein ältester Sohn – mein Vater – Mathematik in Cambridge, das habe ich dir bereits erzählt. Was du nicht weißt, ist, dass er einen angeborenen Herzfehler hatte und für eine Militärkarriere nicht infrage kam. Er sagte gerne, seine Herzprobleme seien der Segen seines Lebens gewesen. Sagte er es in Gegenwart meiner Mutter, wies sie ihn zurecht: Es sei keine Sache, auf die er stolz sein könnte! Für ihre drei Söhne befürwortete sie Drill, und zwar von Kindesbeinen an. Gordon, Lawrence und ich wurden in ein Internat geschickt. Wir waren altersmäßig nicht weit auseinander, zwischen jedem von uns lag knapp ein Jahr Unterschied. Ich war der Jüngste. Mutter erklärte uns, dass wir das Internat als vollwertige Männer zu verlassen hatten. Sonst brauchten wir ihr gar nicht unter die Augen zu treten. Tatsächlich herrschte in diesem Internat eine konsequente Zuchtwahl. Der Verzicht auf jede Bequemlichkeit galt als Erziehung zur Selbstbeherrschung. Wecken in aller Herrgottsfrühe, auch im Winter, wenn es noch dunkel war.

Zähneklappern im kalten Duschraum. Dann Turnen im Hof, Morgengebet und Frühstück. Und um halb sieben Unterricht in ungeheizten Räumen, wobei die Lehrer ihre Klassenlieblinge und ihre Prügelknaben hatten. Das Mittagessen war miserabel, und bei Tisch durfte nicht gesprochen werden. Anschließend eine halbe Stunde frei und für die Großen die Erlaubnis, eine Zigarette zu rauchen. Dann wieder Unterricht bis um vier und noch zwei Stunden Sport, im Freien oder in der Halle. Das Abendessen war um sechs, danach machten wir unsere Hausaufgaben, und wer fertig war, konnte über seine Zeit frei verfügen. Nachtgebet und Lichterlöschen waren um zehn, wobei das Bett im Schlafraum mehr als nur Bett war. Es war unser einziges privates Refugium, freilich vor Eindringlingen nicht komplett sicher. Denn wir hatten einiges gelernt, das nicht auf dem Stundenplan stand. Zum Beispiel, dass man Jungen attraktiv finden kann, obwohl es verboten und gefährlich ist. Und dass es Schüler gibt, die es für ihre Pflicht hielten, ihre Kameraden zu verpetzen. ›*Yes, Sir*, ich habe gesehen, wie sie es in der Duschkabine machten!‹

Was dazu führte, dass wir bald nicht mehr geneigt waren, den anderen sonderlich zu trauen. Wir hatten auch gelernt, und ziemlich schnell, wie man sich in einer Horde von Halbwüchsigen zu behaupten hat. Es hagelte Tritte in den Arsch und vor die Schienbeine. Auf die Dauer machen Anrempeleien, Schwitzkasten und andere Nettigkeiten keinen Spaß mehr. Ab und zu landete ich auf der Krankenstation, einmal sogar mit gebrochenem Kiefer. Die Jungs schlugen hart zu. Wir drei aber auch, was uns Respekt verschaffte. Daneben wurden wir exzellente Sportler: Boxen, Ringen, Rudern. Es wurden auch Freundschaften geschlossen und es wurde – ganz nebenbei – ein Netz von Beziehungen geknüpft. Und später wurde das Leben eindeutig leichter, wenn man irgendwo auf einem einflussreichen Posten einen ehemaligen Mitschüler antraf.

Nach dem Internat schenkte uns Mutter ihr Wohlwollen und schickte uns auf die Militärakademie. Und es wäre falsch, wenn ich sagen würde, dass es uns dort nicht gefallen hätte. Heute bekleidet Gordon einen bequemen, in der Familie weitergereichten Posten im Parlament. Lawrence bevorzugt den diplomatischen Dienst und ist Militärattaché an unserer Botschaft in Sydney.

Ich hatte inzwischen mitbekommen, wie die politische Welt funktioniert. Heuchelei und Opportunismus sind nicht ganz mein Ding. Ich kam nach meinem Großvater und war eher ein Tüftler. Mutter zeigte Verständnis. Noch während meiner Zeit auf der Militärakademie hatte ich mir eine Werkstatt im Keller unseres Hauses eingerichtet. Ich baute neben den Einmachgläsern Maschinen, verkaufte die Patente daran mit Erfolg und hätte eigentlich ganz gut davon leben können. In dieser Zeit lernte ich auch Laura kennen, die schon damals schlank, hübsch und ironisch war. Ich erklärte ihr ausführlich, wie meine Maschinen funktionierten. Sie fand mich etwas kauzig, gleichwohl amüsant. Wir heirateten, und ein Jahr später wurde unser Sohn geboren.

Und dann erklärte England 1939 dem Deutschen Reich den Krieg. Ich wurde eingezogen. Ich durchlief ohne Weiteres die verschiedenen Etappen der militärischen Laufbahn und wurde vor drei Jahren zum Captain befördert. Und so kam es, dass ich bei gewissen Einsätzen der Hölle sehr nahe kam. Nicht selten erlebte ich Dinge, die mich betroffen machten. Ich sagte mir, es ist der Lauf der Welt, Krieg ist Krieg, und es kommt immer darauf an, wie man sich selbst verhält. Des Weiteren war ich der Ansicht, dass ein gesundes Urteilsvermögen fähig sein sollte, Gut und Böse auseinanderzuhalten. Aber stets glühte ein dumpfer Zorn in mir, wenn ich Dinge sah, die ich gerne zu sehen vermieden hätte. Ich empfand dieses Gefühl als Nachteil für meine Karriere und schob es auf meine walisischen Gefühlsduseleien zurück.

Das eine Mal, dass ich mich über das Maß quälte, war in Dunkerque. Unsere Flugstaffeln hatten den Hafen von Dunkerque bombardiert, die ganze Gegend war ein Flammenmeer. Ich war einer der beiden Agenten, die das Geschehen von einem getarnten

Lastwagen aus beobachteten. Man hatte uns heimlich eingeschleust, damit wir Rapport machten, wie unsere eingeschlossenen Truppen in einer geheimen Blitzaktion auf Fischerbooten evakuiert wurden. Natürlich versuchten das die Deutschen zu verhindern. Die Soldaten kämpften um ihr Leben, wir sahen zu und rührten keinen Finger. So lautete unser Befehl. Dort standen wir also, lauschten dem Dröhnen der abziehenden Bomber und starrten gemeinsam die brennende Straße hinunter. Wir hatten einige Berichterstatter und Fotografen bei uns, die ihre Pflicht so gut wie möglich erfüllten. Wir waren nicht ohne Mitgefühl, und keinem war wohl beim Anblick der alten Leute, der Frauen und Kinder, die schreiend aus den Ruinen flüchteten.

Und auf einmal erblickte ich eine junge Frau, die aus den Flammen rannte, auf die Brücke zu. Sie trug nur ein paar Lumpen, mit Blut getränkt. Sie wankte mir zwischen den Granatlöchern geradewegs entgegen, und da sah ich, dass sie splitternackt war und es ihre Haut war, die in Fetzen vom Körper hing. Ich sah ihre verbrannten Haare, ihre aufgerissenen Augen. Ich konnte nicht hören, ob sie schrie, der Lärm war zu gewaltig. Und ein Mann, der etwas auf sich hält, käme sich wie ein Schweinehund vor, wenn er in solchen Momenten nicht handeln würde. Ganz instinktiv, ohne nachzudenken, sprang ich vom Lastwagen und lief ihr entgegen. Ich zog meine Uniformjacke aus, wollte sie über ihre Schultern werfen. Und da sah ich, dass ihre Füße nur noch blutige Klumpen waren. Wie sie es geschafft hatte, sich mit diesen Verletzungen vorwärtszubewegen, ist mir noch heute unbegreiflich. Und gerade in dem Augenblick, als ich meine Jacke über ihre Schultern legen wollte, stolperte die junge Frau und fiel in den Schutt. Sie starb vor meinen Augen, und ich deckte sie mit meiner Jacke zu. Sie war, wie ich später erfahren sollte, eine französische Telegrafistin, die bis zum Ende in diesem Inferno ausgeharrt hatte.

Von diesem Erlebnis spreche ich eigentlich nie. Vergessen würde ich es nur zu gern. Aber es wäre ruchlos zu vergessen. Solche Wunden sollten nicht vernarben. Wir sagen, die Geschichte schert sich nicht um die leidende Menschheit, und übersehen dabei, dass ihre Gewalt etwas von uns Geplantes ist. Politik wird von Menschen gemacht. Und das Gleichgewicht jedes Landes ändert sich durch die Lage in anderen Ländern. Das macht uns an und für sich kein Kopfzerbrechen. Jedoch sagt uns die Geschichte auch etwas anderes, etwas, das wir nicht gerne hören. Nämlich, dass nicht unser freier Wille die Zügel in der Hand hält, sondern dass sich urtümliche Instinkte in uns austoben. Es sind Impulse, die uns leiten, die Vernunft hinkt hinterher. In keinen Annalen eines Volkes ist jemals erwähnt worden, dass dieses Volk ohne Krieg auskam.«

21. KAPITEL

Schon frühmorgens schien die Sonne grell, wenn ich vor dem Fenster stand und mich nach dem Frisieren in meinem kleinen Spiegel betrachtete. Ich dachte an Jeremy und war ganz zufrieden mit dem, was ich sah. War eine Frau in den Augen eines Mannes schön, war sie es auch in ihren eigenen Augen. Ja, ich hatte mich verändert. Schimmerndes Haar, glänzende Augen, eine glatte, rosige Haut. Ich hatte ein wenig zugenommen, fühlte mich wieder als Frau. Mitten in dieser ausgebluteten, zerstörten Umgebung, zwischen Ruinen, Armut und Schmutz fühlte ich mich wieder begehrenswert. Gott, was für ein Gefühl, dass ich es wieder geworden war!

Fast alle Tage hatten für mich das gleiche Gesicht, doch stets hatte ich das frohe Gefühl, als beeilte sich die Zeit, die während der gestohlenen Stunden unserer Liebe den Atem anhielt, um die Wirklichkeit wieder einzuholen. Und wenngleich auch die Sonne schien, war diese Wirklichkeit für uns das dunkle, nach Feuchtigkeit riechende Zimmer, das alte Bett, die dreckige Matratze, jene miserablen Requisiten eben, die wir in unsere verwunschene Welt umwandelten, zu einem Hort des Friedens. Doch niemals vernachlässigten wir das uns auferlegte Gebot der Vorsicht. Wir trafen immer einzeln ein, zu verschiedenen Uhrzeiten und wurden bald ziemlich geschickt darin, die Leute hinters Licht zu führen. Auch

Mutter wunderte sich zunehmend, warum ich so spät nach Hause kam oder sogar die ganze Nacht wegblieb. Ich bleibe bei einer Kollegin in Münster, sagte ich. Mutter dachte sich ihren Teil, stellte jedoch keine Fragen. Eigentlich drängte es mich, ihr die Wahrheit zu sagen. Aber es ging ihr nicht gut, und ich wollte sie schonen.

Während ich hier so sitze und meine Erinnerungen aufschreibe, kommen mir stets neue Gedanken, die ich zunächst verarbeiten muss. Sonderbar eigentlich, dass ich alles noch so deutlich im Kopf habe. Dass Worte, die vor so langer Zeit gesprochen wurden, noch in meinem Gehirn stecken. Wie funktioniert das bloß? Ach, wenn ich nur Gelegenheit gehabt hätte, Neurologie zu studieren! Hitler, du *bloody bastard,* auch ich gehöre zu den Millionen, die du auf dem Gewissen hast! Jetzt bist du längst Biologie, Aschepartikel, aus denen heute Unkraut wächst. Aber leider hat man dir vorher ausreichend Zeit gegeben, dein Unwesen zu treiben. Nun, wir alle sind Biologie.

Während mir solche Gedanken durch den Kopf gehen, legt Tina ihre Schnauze auf meine Knie. Sie weiß, dass ich jetzt traurig bin. Hunden macht man nichts vor. Hunde sind Telepathen. Aber auch sie wird in ein paar Jahren ein Häuflein Knochen sein, wie wir alle.

Du hast Glück, Jeremy. Eigentlich hast du ja immer Glück gehabt. Du lebst ja. Du lebst, solange ich an dich denke. Und wenn ich einmal nicht mehr da bin … Tja, das entzieht sich meiner Kompetenz.

Ungewöhnlich feinfühlig warst du, Jeremy, und darüber hinaus ein begabter Schauspieler. Keiner kam dahinter, was du tatsächlich dachtest und eigentlich so triebst. Aber solange du Teil meines Lebens warst, hast du mit offenen Karten gespielt, den Joker allerdings in der Tasche behalten. Trotzdem hast du mir einiges erzählt.

Zum Beispiel, dass du dich mehrere Male im Ausland aufhieltst, was deine Karriere beförderte. Du warst in Ägypten, in Palästina und auf Malta gewesen. Überall dort, wo etwas auf dem Ofen kochte. Dies zeigte, dass du für gewisse Aufgaben der richtige Mann warst: liebenswürdig, humorvoll und dazu ein genauer Beobachter, der gekonnt die richtigen Leute um den Finger wickelte und wie beiläufig die wesentlichen Fragen zu stellen verstand.

1936 war Jeremy, direkt von der Militärakademie kommend, mit einem erfahrenen Captain nach Spanien gesandt worden. Es war sein erster Auslandseinsatz gewesen, und er hatte viel dabei gelernt. Er hatte die Revolutionärin Dolores Ibárruri getroffen und miterlebt, wie sie auf routinierte Weise verschaukelt wurde. Jeremy ließ durchblicken, dass er das selbst fies fand. Denn er hatte gesehen, wie schlecht bewaffnete Bauern und Arbeiter, weil sie das Leben liebten, den Tod verhöhnten. Feindliche Fallschirme nannten sie die »Todesrosen«. Sie waren ungestüm, fröhlich und gefährlich leichtsinnig. »*No pasaran!*«, rief Dolores Ibárruri, »Sie werden nicht durchkommen!« Nicht nur eine Handvoll, sondern Tausende von Mitstreitern kamen nach Madrid. Sie sahen die revolutionären Inschriften an den Wänden. Sie erlebten die Musiker und die Poeten, die Umarmungen, die entflammte Begeisterung. Niederlagen nahmen sie auf die leichte Schulter. Sie glaubten an eine Utopie, und Utopien haben ein kurzes Leben.

Jeremy erzählte stets sachlich. Er war darin geübt, seine Emotionen zu tarnen.

»Leider mussten wir Engländer Franco aus der Patsche helfen, weil wir Gibraltar, unseren Hafen und unsere Landungsplätze im Fall eines Krieges mit der Sowjetunion halten wollten. »Folglich sorgten wir dafür, dass sich die Partisanen in die Haare kriegten und die Brigaden zersplitterten. Franco hatte freie Hand, und die Revolution krepierte. Die Aufständischen hatten bis zuletzt auf irgendeine Hilfe aus Moskau gehofft. Aber es kam kein Signal aus dem Kreml. ›Väterchen Stalin‹ machte taube Ohren und ließ die Internationalen Brigaden verrecken.«

1940 war mein englischer Liebhaber bei der ersten Formation der französischen Widerstandsbewegung – der Résistance – dabei gewesen.

»Und was hast du da gemacht?«

»Eigentlich nicht viel. Churchill wollte von uns wissen, wie weit auf de Gaulle in Bezug auf Moskau Verlass war. Die beiden waren ja schon damals wie Hund und Katze. Der General ist überheblich, und unser Premierminister war ein Snob, ihre Wortgefechte sind Theaterdialoge. Folglich habe ich mir die Sache angesehen, ein paar Leute getroffen und Fragen gestellt, die niemanden in Verlegenheit brachten. Die Kameraden hielten sich für die einzigen fortschrittlich denkenden Franzosen. Sie meinten damit, dass sie nicht gaullistisch waren. De Gaulle befand sich seit 1940 im englischen Exil und leitete von London aus den Widerstand. Die Kameraden brachten wenig Sympathie für ihn auf, weil er der Abgott des Bürgertums war. Sie bezeichneten sich selbst als die echten Patrioten und waren es in vielen Fällen auch. Sie überbrachten geheime Informationen, versteckten Juden in den eigenen vier Wänden, besorgten ihnen Papiere, damit sie Frankreich verlassen konnten. Es kam vor, dass man sie denunzierte. Wer Pech hatte, wurde festgenommen, gefoltert und deportiert, im schlimmsten Fall hingerichtet. Die anderen machten weiter.

Immerhin konnten wir Churchill beruhigen, und dieser veranlasste, dass de Gaulle über BBC seinen berühmten ›Aufruf vom 18. Juni‹ senden konnte. Und kaum hatte für Deutschland die zwölfte Stunde geschlagen, kehrte der General nach Paris zurück, marschierte im Triumphzug über die Champs-Élysées, einen Heiligenschein um das hoch erhobene Haupt. Er lobte mit Inbrunst seine Gendarmerie, die ›Résistants‹ mussten hintanstellen. Sie wurden zu sehr vom Volk verehrt und sollten auf keinen Fall das Prestige des Militärs, de Gaulles liebsten Kindes, überschatten.«

Danach kam Jeremy wieder auf sich selbst zu sprechen.

»Ich für meinen Teil habe nichts, womit ich prahlen könnte. Ich war auch nie vorbildlich mutig. Und irgendwann begann ich mich zu fragen: Wer sind wir eigentlich? Wozu sind wir Menschen da? Und wenn wir erst mal solche Fragen stellen, ist es, als schauten wir in einen dunklen Strudel, dessen Mitte sich immer tiefer abwärtsdreht. Und das wirklich Unangenehme an der Sache ist, dass wir die Antwort zwar kennen, sie aber nicht wahrhaben wollen. Weil sie uns zutiefst entwürdigt.«

22. KAPITEL

»Sag mal, für wen schrieb sie eigentlich?«, fragte Charlotte Jahre später in ihrer Berliner Wohnung und sah Stefan an, erwartungsvoll und etwas ungeduldig, als ob er ihr auf Anhieb eine Antwort geben könnte. »Für meinen Vater? Oder für sich selbst?«

Sie hatte besondere Gründe zu fragen. Hinter ihr lag eine verkorkste Kindheit. Und weil sie sich so lange als Außenseiterin gefühlt hatte, hatte sie stets Sympathie für andere Außenseiter gezeigt, was ihr manchmal schlecht bekommen war. Sie hatte viel Zeit mit dem Suchen ihres Weges verloren, ihn mittlerweile aber gefunden. Inzwischen hatte sie gewisse Ideologien über Bord geworfen, sie waren nur noch Ballast. Und sie hatte die Filmsprache als ihre eigene entdeckt, ihre Freude an allem Technischen als Kraft eingesetzt. Ihre Filme waren bedingungslos und doch poetisch. Die Kritiker behaupteten bei jedem Film, es sei etwas ganz Neues. Charlotte amüsierte sich darüber. Sie wusste, dass sie immer dieselbe Geschichte erzählte.

Stefan ging mit einem leichten Kopfschütteln auf ihre Frage ein. »Ich würde eher sagen, für dich. Sie versucht dir einiges mitzuteilen. Ist dir nicht aufgefallen, dass der englische Captain zwar ausgiebig redet, aber im Grunde wenig sagt?«

»Aber ja. Er war ja vom Geheimdienst. Und in einer ziemlich hohen Position. Ich habe es natürlich nicht auf Anhieb begriffen.

Aber ich fand manche Dinge sonderbar, und irgendwann ist bei mir der Groschen gefallen.«

»James Bond, also?«

»Sagen wir mal, sein Cousin. Wenn ich mit Anna über ihn sprach, nannte ich ihn ›deinen Spion‹, womit ich sie auf die Palme brachte. Und als wir ihn das eine Mal in London besuchten, machte er zwar einen konventionellen Eindruck, aber ich musste unwillkürlich an einen Schauspieler denken, der mir von vornherein eine künstliche Realität vorspielt. Sehr subtil. Das hat mir imponiert. Ganz ehrlich, es war wie im Film.«

Stefan musste lachen.

»Er kontrollierte den Drehplan und die Beleuchtung. Er wollte dir ja ein ansprechendes Bild von sich selbst vermitteln. Wahrscheinlich hattest du ihn böse angestarrt!«

»Sollte ich ihm vielleicht sofort um den Hals fallen?«

»Deine Mutter wäre dir dankbar gewesen.«

Charlotte schüttelte den Kopf.

»Sie hat nie mit mir Klartext geredet und mich auf die Dauer verrückt gemacht. Dabei wusste sie doch, wer er war. Das Einzige, was sie mir sagte, war: ›Hör mal, da war nie ein Problem zwischen Jeremy und mir. Er brauchte mir keine weiteren Auskünfte zu geben. Ich vertraute ihm.‹«

»Ja, aber wir wissen doch, dass er es sich am Ende anders überlegt hat und sie hängen ließ«, meinte Stefan im Ton eines ungeduldigen Psychiaters. »Er hatte vielleicht nur Urlaub von der Familie gemacht und sich eine schöne Zeit in Münster gegönnt.«

Es wurde langsam dunkel im Raum. Stefan knipste die Stehlampe an. Der helle Schein fiel auf Charlottes Gesicht. Er bemerkte den harten Zug um ihren Mund, als sie sagte: »Das habe ich zunächst auch geglaubt.«

Er sah sie fragend an.

»Und, stimmte das nicht?«

Sie zog die Schultern hoch.

»Ich durfte immerhin seinen Namen annehmen. Das war für mich okay. Charlotte Fraser gefiel mir besser als Charlotte Henke.«

»Eine Rechtfertigung, meinst du?«

»Zumindest ein Versuch.«

Sie verbrachten die nächste Viertelstunde damit, die Briefe und Aufzeichnungen chronologisch zu ordnen. Es ging eigentlich ziemlich schnell. Aber das aufzuspüren, was sich dahinter verbarg, würde unvergleichlich mehr Zeit in Anspruch nehmen.

»Ich habe wirklich keine Ahnung«, sagte Charlotte, »ob sie es mit der Treue so genau nahmen oder nicht. Wenn ich darauf bestanden hätte, es zu erfahren, hätte Mutter mir vielleicht klare Auskunft gegeben. Aber ich war jung und habe lieber geschmollt.«

»Und warum hast du geschmollt?«

»Weil ich beleidigt war. Jahrelang. Und ich kann sehr hartnäckig sein.«

»Eigentlich die beste Eigenschaft, wenn man einen guten Job haben will«, meinte Stefan leichthin. Doch Charlotte war in eines der Hefte vertieft und antwortete nicht. Auf einmal hob sie den Kopf. »Da, hör dir mal an, was Anna über ihren Bruder schreibt. Ein bisschen sonderbar, finde ich.«

Charlotte räusperte sich und begann zu lesen.

Ich denke immer wieder an Manfred, obgleich ich ihn zum Teufel wünsche. Schon indem ich seinen Namen niederschreibe, fühle ich Unbehagen. Rückblickend kann ich nur bestätigen, was Jeremy damals sagte, nachdem ich ihm die Geschichte erzählt hatte: »Nur die wenigsten haben etwas in ihrer geistigen Chemie, dass sie selbstständig denken, eine eigene Meinung haben und sich auch daran halten lässt.« Ich weiß noch, es war an einem Frühlingsabend. Nach einigen Tagen ausgiebigen Regens hatte sich der Wind nach Süden gedreht, und der Himmel war wolkenlos. Weidenkätzchen hingen an den Zweigen, Büsche und Bäume trugen schon Knospen. Nach Dienstschluss kam es oft vor, dass Jeremy und ich den

Dortmund-Ems-Kanal entlangwanderten, Jeremy hielt mein Rad und schob es neben sich her. Die Sonne blinkte hinter den Bäumen, auf dem Kanal schaukelten kleine Wellen, das Wasser schimmerte. Und an einem dieser Abende erzählte ich ihm von Manfred. Wir hatten zunächst von meiner Mutter gesprochen. Ich sagte Jeremy, dass ich mir Sorgen machte. Es ging ihr nicht gut.

»Was ist mit ihr?«, hatte Jeremy gefragt. »Ist sie krank?«

»Sie ist eher entkräftet, niedergeschlagen, als ob sie jeden Lebenssinn verloren hätte. Und das beunruhigt mich sehr.«

»Was ist geschehen, weißt du das?«

»Ich denke, es hängt mit meinem Bruder zusammen.«

»Hat sie sehr darunter gelitten, dass er starb?«

»Dass er starb? Ja, das auch.«

Er sah mich seltsam an.

»Wie meinst du das? Wer einen Sohn verliert, kann doch nicht anders als leiden.«

»Ja, es war furchtbar für sie. Aber am schmerzlichsten hat es Vater getroffen. Der einzige Sohn! Und er war so stolz auf ihn. Im Ersten Weltkrieg konnten eigentlich nur die Adeligen Offiziere sein, insbesondere in den höheren Rängen. Jedoch mit der Vergrößerung der Armee und der Flotte erhöhte sich der Anteil der bürgerlichen Offiziere. Aber es gab Hürden zu nehmen, und für Vater waren diese Hürden zu hoch. Er zeichnete sich durch nichts aus, es sei denn durch seine Kunst auf dem Xylofon. Er spielte in einer Militärkapelle. Obendrein stellte man bei einer ärztlichen Untersuchung fest, dass er Tuberkulose hatte. In die Ecke geschoben, unbrauchbar! Aber Manfreds Karriere hat das Dritte Reich nichts in den Weg gelegt, hat sie sogar gefördert. Deswegen – aber nur deswegen – war Vaters Meinung gegenüber dem Nationalsozialismus nicht allzu ablehnend. Er trug immer noch das Gefühl einer Revanche in sich. Sprach er von Manfred, sagte er immer nur ›wir‹ und ›uns‹. So weit ging das.«

»Und wie war es für dich?«

»Manfreds Tod? Oh, ich habe mich damit abgefunden.«

»Ist das alles?«

»Ja. Eine Zeit lang habe ich mich gewundert, dass ich nicht um ihn trauerte. Und irgendwann ist mir klar geworden, dass ich nur Zorn empfand. Er hatte Mutter zutiefst verletzt. Und das Schlimmste: Er konnte sich überhaupt nicht vorstellen, dass er ihr wehtat. Manfred hing sehr an der Familie.«

Jeremy wandte mir das Gesicht zu. Er trug eine Sonnenbrille. Ich konnte seine Augen hinter den dunklen Gläsern nicht erkennen.

»Was ist geschehen? Ich kann dir nicht folgen.«

Ich senkte den Kopf und schüttelte ein Insekt ab, das sich in meinen Haaren verfangen hatte.

»Jedes Mal, wenn ein Brief von ihm eintraf, kam der Briefträger strahlend die Treppe hinauf. ›Frau Henke, Feldpost!‹ Mutter las uns freudig seine Briefe vor. Noch als Manfred Student war, schrieb er kleine Novellen und Gedichte, mit denen er uns zu Weihnachten oder an Geburtstagen überraschte. Er hätte Schriftsteller werden können. Ganz ehrlich, Jeremy, ich übertreibe nicht. Wenn Manfred eine Landschaft beschrieb, sahen wir sie mit eigenen Augen. Schilderte er die Geschehnisse an der Front, war es, als ob wir sie selbst erlebten.«

»Mir fällt gerade auf«, sagte Jeremy, »dass du bisher eigentlich kaum von ihm gesprochen hast. Warum? Denkst du nicht mehr an ihn?«

»An welchen Manfred soll ich denken? An den Bruder, den ich lieb hatte, obwohl er besser mit Linchen auskam als mit mir? Die zwei waren ein Herz und eine Seele und beide gleichermaßen pedantisch. Oder an diesen anderen Manfred, der sich von außen noch glich und trotzdem ein ganz anderer Mensch war?«

»Willst du mir ein wenig von ihm erzählen?«

»Mal sehen, ob ich es kann. Wie soll ich ihn beschreiben? Er war ein komplizierter Mensch, doch er erweckte den Eindruck, er sei unkompliziert. Und er hatte ein Lächeln, das einen umwarf. Er hatte nicht viel Geld, legte aber Wert darauf, dass seine Anzüge stets aus bestem Stoff waren und seine Schlipse aus Seide. Er liebte guten Wein und gutes Essen, tanzte mit Vergnügen. Er gefiel den Frauen, hatte stets wechselnde Affären. ›Er lebt ein Luxusleben, das kann er sich doch gar nicht leisten!‹, klagte Vater, der ihm ja das Studium und alles andere bezahlte.

›Ach, lass ihn doch‹, sagte Mutter in ihrer unerschöpflichen Nachsicht. ›Er macht seine Sache ja gut ...‹

Na klar doch, war er ja schon als Schulkind ein Streber! Er studierte in Frankfurt an der juristischen Fakultät, einer der besten. Nach fünf Jahren fand er eine Stelle als Gerichtsschreiber und verfügte endlich über ein eigenes Einkommen. Nur eine Etappe, für später schwebte ihm das Richteramt vor. Und dann kam alles anders.

Ausgerechnet 1935 wurde im Deutschen Reich die Wehrpflicht wieder eingeführt. Das bedeutete: die Alten ins Büro und die Jugend zum Dienst an der Waffe! Aber die militärische Laufbahn war sehr beliebt. Manfred wurde 1937 eingezogen. Er gehörte zunächst zu den ›Ergänzungseinheiten‹ und erhielt eine dreimonatige Kurzausbildung in Köln. Dass Manfred später Ausbilder werden wollte, wurde dabei berücksichtigt. Von uns Geschwistern war Mutter Manfred am meisten ans Herz gewachsen. Er war ein kränkliches Kind gewesen: Asthma, Keuchhusten, chronische Nierenleiden. Mutter nannte ihn zärtlich ›mein Junge‹ – auch noch, als er längst erwachsen war. So unterschrieb er dann auch alle Briefe an sie: ›Dein Junge‹«.

Ich sprach weiter, und während die Schatten länger wurden, erzählte ich, wie Manfred sich zunächst reichlich beklagte. »Die Ausbildung? Eine kolossale Schinderei! Die Kameraden? Lauter Dummköpfe! Die Offiziere? Die reinsten Sklaventreiber! Er fiel bei Tauglichkeitsprüfungen durch, schlug sich den Ellbogen kaputt, zerrte sich den Meniskus. Daneben holte er sich eine Infektion und musste ins Lazarett. Das war aber nur am Anfang. Sport und Arbeit an der frischen Luft stärkten seine Kräfte. Und als der Krieg ausbrach und er zu seinem Regiment kam, war er abgehärtet und wollte sich auszeichnen, obwohl sein Körper Nein sagte und ihn konstant mit Nierenproblemen, Ruhr oder Trockenhusten ins Lazarett brachte. Da lag er dann, verfluchte seine Organe, die ihn schnöde im Stich ließen, und wartete auf Mutters Pakete.

Aber langsam ging es mit ihm bergauf. Er hatte Humor, verfügte über eine natürliche Autorität und war bei den Kameraden beliebt. Er wurde schließlich Stabsfeldwebel, danach Ausbilder und peilte eine Offizierskarriere an. Er wollte über sich selbst hinauswachsen.

Aber es war nur sein Kopf, der das wollte. Sein Körper legte ihm Steine in den Weg. Sein Körper hatte Angst und wollte das alles nicht. Für Manfred spielte diese Angst keine Rolle. Sie spielte keine Rolle, solange die anderen sie nicht merkten.

Die Verwandlung trat ganz allmählich ein, für ihn, für uns alle, für unsere Beziehung zueinander. Ich besitze ein Bild von ihm aus dieser Zeit, in einem Fotoatelier aufgenommen. Ein feierlicher Ausdruck, den Blick aufwärts gerichtet, die Hände brav zusammengelegt. Die Haare mit Brillantine nach hinten gekämmt, der Scheitel akkurat gezogen. Wie ein erwachsener Schauspieler auf einer Laienbühne, als pubertärer Konfirmand verkleidet. ›Er sieht so nachdenklich aus‹, hatte Linchen damals bemerkt. ›Das sieht ihm doch gar nicht ähnlich.‹ Nachdenklich? Ach, nee! Ich hätte eher gesagt einfaltig. Oder auch unheimlich, wenn Einfalt und Demagogie eine Gegenliebe entwickeln. Denn in meinen Träumen zeigte er ein ganz anderes Gesicht, schwammartig aufgedunsen, wie durchnässt. Ein poröses Gesicht. Und mir kommt der Gedanke, dass Mutter es womöglich schon damals gesehen hatte, dieses entstellte Gesicht, denn ich höre noch ihre besorgte Stimme: ›Was ist nur mit ihm los? Ich verstehe ihn nicht mehr, er hat sich so verändert!‹

Ja, und was meinte Vater? Offenbar war Vater nichts aufgefallen.

Das Gegenteil hätte mich ja auch erstaunt. Er war nicht sehr feinfühlig, mein Vater.

›Wieso verändert? Er ist doch immer noch der Alte! Und seid doch froh! Der erste Offizier in der Familie! Nur Gefreiter zu sein, dafür ist er doch viel zu schade!‹

Hatte Manfred Fronturlaub, war er eigentlich wie immer – gesellig und zum Scherzen aufgelegt. Abgesehen davon, lag etwas Fremdes in seinem ganzen Gehabe. Was mich bekümmerte, war, dass wir uns ständig in die Haare gerieten. Woran lag es? Warum schien mir sein Charme plötzlich durchsetzt von Wichtigtuerei? Warum kam mir seine Lustigkeit künstlich vor? Vielleicht lag es an mir. Ich hatte einen starken Willen, ein lockeres Mundwerk, und manche Dinge ließ ich mir von ihm nicht gefallen.«

Jahre später, am Dortmund-Ems-Kanal, strich ein kalter Lufthauch aus dem Wasser. Ich knöpfte meine Kostümjacke zu und sagte zu Jeremy: »Ich konnte plötzlich nicht mehr mit ihm reden. Er war doch ein feiner Mensch gewesen, und jetzt sprach er von ›Lebensraum‹ und ›Sieg der Herrenrasse‹. Und er hatte diesen Blick, der nichts, rein gar nichts, ausdrückte. Ich weiß nicht, ob es sehr klar ist, was ich da sage …«

»Vollkommen klar.«

Jeremy nahm seine Sonnenbrille ab und rieb sich die Augen.

»Willensstärke und Verleugnung des eigenen Ichs zugunsten einer Ideologie, das kam offenbar bei ihm gut an. Und er war beileibe kein Einzelfall.«

»Mich hat das sehr aus dem Konzept gebracht. Er berief sich auf die Reden des Führers, nahm sie wortwörtlich, und seine eigenen Aussagen wurden allmählich so schwülstig, auch später in seinen Briefen, dass Mutter ihm schrieb, er sollte aufhören, sie könnte seine Briefe nicht mehr lesen. Wir lebten in ständiger Angst, weil Münster schwer bombardiert wurde. Er schrieb Mutter, ihre Angst sei unbegründet, die Flugzeuge flögen ja nur über unseren Köpfen hinweg. Und inzwischen hatten wir jeden Tag Fliegeralarm, die

Bomben fielen, und Münster verwandelte sich in ein Trümmerfeld. Ich kann nicht glauben, dass man ihn nicht darüber informiert hatte. Er war doch Offizier und Ausbilder!«

Es lag viel Mitgefühl in Jeremys Blick. Aber ein Mitgefühl besonderer Art, ernst und voller Melancholie.

»Seine Aufgabe war, frische junge Männer kampftüchtig zu machen. Und sie nicht von vornherein in Schrecken zu versetzen.«

Die Worte, die sich so lange in mir angestaut hatten, kamen jetzt endlich über meine Lippen. Ich sagte Jeremy, dass ich es lange nicht für möglich gehalten hatte, dass man deutsche Soldaten auf diese schamlose Weise für dumm verkaufen konnte! Und doch entsprach es den Tatsachen. Die Männer bewegten sich in einer Aura, die Tod und Niederlage vollkommen verschwinden ließ. Soldaten wurden von allem abgeschirmt, ihre Briefe und die Briefe von den Angehörigen zensiert. Sie wohnten in eigenen Baracken oder in Zelten, angeblich aus hygienischen Gründen, in Wirklichkeit wollte man nicht, dass sie Kontakt zur Bevölkerung hatten. Der Drill war hart, an der Grenze der Belastung, aber in den Kantinen und Feldküchen wurde reichlich Essen gekocht. Die Familien erhielten Lebensmittelkarten und alle möglichen Vergünstigungen, während Deutschland verhungerte. Die Männer lebten in Gruppen, nie allein. Mit anderen Worten: Sie bespitzelten sich gegenseitig. Perfekt geschnittene Uniformen verstärkten das Wirgefühl, die Verletzten wurden in gut geführten Lazaretten hochgepäppelt, die Gefallenen erhielten posthume Ehrungen. Und die Reichssendungen verkündeten triumphale Meldungen am laufenden Band. Stalingrad? Richtig Bescheid wussten nur die Kommandozentrale und die hohen Offiziere im Stab. Den Männern wurde der bittere Trunk nicht auf einmal, sondern schluckweise serviert. Damit sie den Horror nicht auskotzten. Es sei denn, sie hatten trotz der Störungen einen ausländischen Sender erwischt. Aber das machte sie kaum klüger. Alles nur Feindpropaganda, hatte man ihnen eingeimpft! Man durfte sich nicht beeinflussen lassen, sondern alle

Kräfte für den Kampf aufsparen. Was verkündeten denn die Heeresberichte? Die Divisionen rückten an allen Fronten vor, und Deutschland stand vor dem Sieg. Heil Hitler!

Warum ist es so leicht, die Leute zu indoktrinieren? Ich bin nicht mehr ganz sicher, ob ich Jeremy damals die Frage gestellt habe. Aber ich weiß noch, dass er sagte: »Man braucht ihnen nur die Illusion zu geben, ihre Fügsamkeit habe einen Sinn. Die Menschen sind dysfunktional, und die Politiker nutzen das aus.«

»Wir haben uns alle verbuttern lassen.«

Jeremy legte mir den Arm um die Schultern.

»Aber du nicht, oder täusche ich mich da?«

»Auch ich habe nicht gleich durchschaut, was da eigentlich vor sich ging. Alle machten ja begeistert mit. Meine ehemaligen Klassenkameraden traten plötzlich der SA bei. Irgendwie gefiel mir das nicht. Aber sie waren ja doch immer noch … Freunde, mit denen ich meine Zeit verbrachte. Sie trugen stolz die Hakenkreuzbinde und luden mich zu Spritztouren ein. Erst nach und nach, vor allem auch durch Mutter, wurde mir klar, in welches Schlamassel wir geraten waren. Und da wurde ich bockig.«

Wir sahen uns an. Unvermittelt überkam uns jene geringschätzige, ironische Heiterkeit, die uns schützt, wenn wir schon zu viel geweint haben.

»Sterben werden wir so oder so«, sagte ich. »Aber ich will nie aufhören zu denken. Freiheit ist für mich ein sehr ursprüngliches Gefühl. Nichts ist wichtiger als das. Und ich will mir diese Freiheit bewahren.«

Er blickte mich an und schien zu überlegen.

»Da kommt mir ein Gedicht in den Sinn.«

»Welches Gedicht?«, fragte ich spröde. »Ich bin kein besonderer Freund von Gedichten! Wir mussten sie immer in der Schule auswendig lernen, die reinste Schinderei!«

Er schmunzelte.

»Dieses wird dir gefallen. Es ist von William Butler Yeats, einem irischen Lyriker und Nobelpreisträger. Aber ich will dich nicht langweilen und übersetze dir nur eine einzige Zeile: *Ich suche nach meinem Gesicht vor der Erschaffung der Welt.*«

Eine Gänsehaut überlief mich. Zum ersten Mal kam ich auf dem Niveau meines nüchternen Lebens mit einem philosophischen Gedanken in Berührung. Das Leben mochte eine unbeschreibliche Konfusion sein, aber unvermittelt war ein neuer Gedanke in den Vorstellungsraum meiner Existenz eingetreten. Der Gedanke nämlich, dass jeder Mensch einzigartig und kostbar und frei geboren wird, und sich später dessen auch bewusst sein soll. Denn das, was wir »Geist« nennen, macht uns zu dem, was wir sind, und bestimmt von Anfang an unser Leben. Und wer sich Macht über andere verschaffen will, kann es nur, wenn andere auch bereit sind, sich von ihrer Selbstverantwortung zu lösen und dieser auswärtigen Macht zu gehorchen. Wenn nicht, dann nicht. Manfred war dazu bereit gewesen: Er hatte sich frohen Herzens einer Macht unterworfen, die ersichtlich, handfest und gebrauchsfertig war. Eine praktische Sache also, die dem kritischen Denken wenig Raum bot. Manfred kam sehr gut ohne aus. Ich nicht. Ich wollte lieber meine Freiheit bewahren, mein eigenes Gesicht.

Ich lächelte Jeremy an und sagte: »Ich glaube, ich verstehe, was du meinst.«

23. KAPITEL

Charlotte las den letzten Satz und klappte das Heft zu. Es waren noch zwei andere vorhanden. Stefan reichte ihr das Glas Wasser, das er schon zweimal gefüllt hatte. Sie trank gierig, strich sich mit dem Handrücken über den Mund. Danach sahen sie sich konsterniert an. Charlotte stand unter Schock. Exit die Nazi-Mama, so weit war alles in Ordnung. Hereinspaziert der Nazi-Onkel! Charlotte steckte den Hieb ein und landete k.o. auf dem Teppich.

»Sag mal, wann ist er eigentlich gefallen?«, fragte Stefan sachlich.

Gefallen. Das klang, als ob er über seine Schnürsenkel gestolpert wäre. Ein *déni de réalité,* wie man es in der französischen Sprache formuliert. Das war eben der Militärjargon, eine »Verweigerung der Wirklichkeit«. Kämpfen hat etwas Heroisches zu sein. Und dazu gehören kein Wehgeschrei, kein Geheul und kein Gewinsel. Die Leute sollten nicht allzu abgeschreckt werden. Man wurde nicht von Kugeln durchlöchert. Man fiel und blieb liegen, in welchem Zustand auch immer.

»Ich kann mich nicht mehr entsinnen«, sagte Charlotte. »Aber hier sind noch Briefe von ihm. Mit der Inschrift ›Feldpost‹, siehst du?«

Sie wühlte in den Briefen, die alle nach altem Papier rochen, und entdeckte eine Urkunde, farbig gedruckt, die eine Reihe von Soldaten zeigte, alle im Profil, mit Stahlhelm, entschlossenem Blick und Bajonetten. Auf der Urkunde stand in schöner Schrift zu lesen, dass Manfred Henke, getreu seinem Soldateneid, für Vaterland und Führer sein Leben gegeben hatte und posthum zum Oberfeldwebel befördert worden war. Die Beförderung war mit einer Anzahl handgeschriebener Unterschriften beglaubigt.

»Er selbst hatte ja nichts davon«, meinte Stefan. »Aber es mochte den Eltern Vorteile gebracht haben.«

»Ja. Ihnen standen Hinterbliebenen-Bezüge zu, Vorzüge bei der Versorgung und ähnliche Dinge. Das hat mir Linchen erzählt.«

Linchen, die stets den Eindruck erweckte, dass sie in den Wolken schwebte, und die in Wirklichkeit aber fest in der Realität verwurzelt war.

Inzwischen öffnete Charlotte einen Umschlag, aus dem scheppernd ein kleiner Gegenstand fiel. Stefan streckte die Hand aus. Dann sah er Charlotte vielsagend an. Er hielt ein Eisernes Kreuz mit den Naziabzeichen in der Hand.

»Oh!« Charlotte nahm das Kreuz und drehte es hin und her. »Ein Eisernes Kreuz II. Klasse!«

»Wie sah wohl die I. Klasse aus?«, fragte Stefan. »Vergoldet?«

»An den Rändern, nehme ich an.«

Stefan hielt mit schiefem Grinsen das Kreuz an Charlottes Pullover. Sein unverwüstlicher jüdischer Humor nahm mühelos jede Hürde.

»An einer Silberkette sähe das ganz hübsch aus, hm?«

Charlotte stieß seine Hand weg.

»Nein danke, nicht mein Geschmack!«

Stefan warf das Kreuz in die Schuhschachtel zurück.

Und beide wünschten sich zehn Sekunden lang, die Dinge in den Schuhschachteln im Dunkeln gelassen zu haben. Aber die Neugierde war stärker. Stefan griff nach einem Brief.

»Himmel, du willst den doch wohl nicht lesen?«

Charlottes Stimme klang gereizt, die tiefe Bitterkeit ihrer Natur brach durch. Ihre Vergangenheit ließ sich nicht wie mit einer Kamera mehr oder weniger scharf einstellen. Sie wollte nie zu nahe heran. Aber Stefan sah die Dinge ruhig und ohne Scheu. Er war mit einer Menschenliebe gesegnet, mit einer Selbstlosigkeit und Gerechtigkeit, die ihn fähig machte, das Faszinierende einer Tatsache zu untersuchen, die kompromisslos viel Unangenehmes für ihn ankündigte.

»Ich will wissen, wie so ein Mann funktionierte.«
Charlotte machte ein mattes Zeichen.
»Wie du meinst.«

*Liebe Eltern, liebe Anna,
es ist heute ein wunderbarer Tag. Mit dem Rücken an eine Bretterbude gelehnt, auf zwei dünnen Baumstämmen sitzend, schreibe ich. Vor mir zum ersten Mal habe ich wieder grüne schneefreie Weiden, eingekesselt von Höhenzügen, dazu strahlende Sonne, Vogelgezwitscher. Von irgendwoher kommen ganz kurze Glockenklänge, und von der nahen Front das grollende Dröhnen der Geschütze, was die Sehnsucht verstärkt, endlich an den Feind zu kommen. Am 19. April, dem Vortag zu Führers Geburtstag, bin ich in den nahen Wäldern auf Blumensuche gegangen, um unseren Bunker für den nennenswerten Tag schmucken zu können. Ich fand hier und da grünende Grasbüschel, viele Weidenkätzchen, einige junge gelbe Pflanzen. Zu Hitlers Geburtstag war herrliches Wetter. Schon früh war die ganze Bunkerbesatzung aufgebrochen, Körper und Umhüllung gereinigt, gefrühstückt, gesungen, geschrieben, sich gelangweilt und in der Hauptsache auf das Festessen gewartet, das abends erst so gegen acht, neun Uhr aufgetischt wurde. In unserer Bude geht es gemütlich zu. Wir sind vier Mann. Über uns an den Leinen hängt die absolut nicht weiß werden wollende Wäsche. Am Abend wird es kühl, aber der Ofen spendet wohlige Wärme. Wir decken den kleinen Tisch mit weißen Tellern, Weingläsern und einem köstlichen Wein. Ein Kamerad ist prädestiniert zum Koch. Gestern überraschte er uns mit einem herrlich duftenden Gericht in einer*

schwarzen Bratschüssel. In die Bratschüssel kommt Speck, der von den üblichen Tagesportionen stammt. In das prasselnde Fett kommen gekochte Nudeln, dazu einige Fleischbrocken, etwas Zwiebeln, viel Schmelzkäse und darüber gute Butter und Paniermehl. Ihr seht, wir haben ein herrliches Leben!
Mit einer vorzüglichen Flasche Schnaps und Eierlikör beschlossen wir in fröhlicher Laune den Tag. Der Iwan war ausnahmsweise ruhig.
  Euer Manfred

»Ich kann es nicht glauben!«, stieß Charlotte hervor.
  Das Deprimierende dabei war Manfreds vollkommene Ehrlichkeit. Und es hatte Tausende und Abertausende devote Zeloten gegeben, die der gleichen Verzückung erlagen, die die gleiche Ehrlichkeit teilten, die gleiche Blindheitsneurose.
  »Da steht etwas mit dem Bleistift gekritzelt«, sagte Stefan.
  »Lass mich sehen!« Charlotte nahm ihm den Brief aus der Hand. »Aber das ist ja Annas Schrift!«
  »Was schreibt sie denn?«, fragte Stefan.
  »Nur zwei Worte: ›Du Einfaltspinsel‹.«
  Stefan zog den nächsten Brief hervor.
  »Schau mal, dieser ist von 1942. Den muss er geschrieben haben, bevor es in Russland so richtig zur Sache ging.«
  »Stefan, bist du ein Masochist?«
  »Du sagst mir einfach, wann du genug hast, ja?«
  Charlotte zündete sich eine Zigarette an.
  »Also los, damit wir es hinter uns haben.«

8. November 1942
Liebe Mutter,
es ist früh am Morgen. In den geheizten Räumen merke ich nicht den kalten Wind draußen, spüre aber die Wärme der Sonne, die zu mir ins Fenster scheint und die mir Kraft, Mut und Vertrauen für die Zukunft gibt. Mein Herz ist groß und weit geworden wie die

russische Landschaft, die ich vor mir liegen sehe. Fast könnte ich das Lied von der herrlichen goldenen Zeit singen. Zu derselben Stimmung kam ich, als der Führer zu uns sprach. Und eigenartig war es: Ich merkte, dass Du, Mutter, zu Beginn der Rede an mich dachtest und Dich fragtest, ob auch Dein Junge die Worte hören würde. Hast Du geglaubt, dass den Worten so schnell die Taten folgen würden, dass man schon heute sagen kann: Die gewaltigen russischen Armeen sind eingekreist? Als die letzten Sondermeldungen kamen, dachte ich an meine Kameraden, die an der Einkesselung beteiligt sind und die gewiss ihre Härte und Ausdauer beweisen müssen. Eines habe ich in den harten Kämpfen vergangener Wochen gefühlt: Nicht der Zaudernde und Feige, nur der Pflichteifrige, der Ehrbewusste, der Mutige und Tapfere steht in Gottes Hand. Daran will ich und musst auch Du, Mutter, immer denken.

Und noch etwas, Mutter. Ich bitte Dich inständig darum: Lass Dich nicht mehr mit Nora Tannenbaum blicken. Es könnte Dir schaden.
Dein Junge

Stefan und Charlotte sahen einander an, während in ihrem Geist die Schatten sich regten. Charlotte tastete nach dem Aschenbecher und drückte heftig ihre halb gerauchte Zigarette aus. Stefan stand auf, öffnete das Fenster und drehte ihr den Rücken zu. Vielleicht hatte er zum ersten Mal in die Psyche eines Mannes geschaut, der kein Gewissen hatte, zumindest nicht das Gewissen eines denkenden Menschen. Kalte Abendluft wehte herein, während Charlotte wütend alle Briefe in die Schuhschachtel zurückstopfte. Verschwinde, Manfred, ab in die Vergessenheit! Du gehörst nicht mehr zu uns. Du gehörst nicht einmal mehr zur Menschheit, die kommt sehr gut ohne dich aus.

Dann stellte sie sich neben Stefan, die Hände in den Hosentaschen, und fragte: »Wäre es dir wohler gewesen?«

Stefans Augen hatten den benommenen Blick dessen, der aus tiefen Gedanken in die Wirklichkeit zurückfindet.

»Wie?«, fragte er unbestimmt.

»Ich meine … wenn wir die Briefe nicht gelesen hätten?«

Er kam mit einem Seufzer zu sich und legte ihr den Arm um die Schulter. Seine warme Stimme klang zärtlich und verstehend.

»Ich denke, dass es notwendig war. Jetzt wissen wir Bescheid. Alle anderen Briefe können wir uns sparen. Und es mag Leute geben, die jetzt mit einem Tranquilizer ins Bett gehen müssten. Ach, wehe mir, die Sünden der Väter und so weiter. Quatsch! Ich glaube nicht an eine kollektive Schuld, die sich auf die Nachkommen überträgt. Dann müssten sich ja sämtliche Erdbewohner die Haare raufen. Außerdem war der Mann ja gar nicht dein Vater, sondern dein Onkel. Das sage ich dir – bitte schön – als Jude, der in diesem Elend und Leid aufgewachsen ist; meine Mutter hat, wie du weißt, ihre beiden Eltern in Belsen-Bergen verloren, aber als Jude, der die Hoffnung nicht verloren hat und versuchen möchte, im Hier und Jetzt zu leben und die Welt zu einem friedvolleren, menschlicheren Ort zu machen, als sie bisher war. Das hat mir mal, als ich noch ein Kind war, ein Rabbiner gesagt, und es gehörte zu den wenigen Dingen, die mir irgendwie einleuchteten. Weder du noch ich können das, was früher war, ändern, aber wir können daraus lernen. Irgendwann wird bei uns wie bei allen anderen der Groschen schon fallen. Und du kannst völlig beruhigt sein: Manfred wird dir nicht als Gespenst im Traum erscheinen, mit seinem Leichentuch wedeln und ›Buh!‹ rufen. Du trägst keine Schuld an der Sache, schreibe dir das hinter die Ohren!«

Einen Moment lang war sie drauf und dran zu widersprechen. Doch letzten Endes zeigte sie ein schwaches Lächeln.

»Danke, Stefan. Keine Vergangenheitsbewältigung also?«

»Wozu?«, fragte er. »Das hat doch Anna längst für dich erledigt.«

Er wühlte in den Sachen am Boden, fand plötzlich die vertrocknete Rose und sah Charlotte fragend an.

»Was ist mit dieser Rose?«

»Ach, die Rose …«
Charlotte schüttelte matt den Kopf.
»Das ist eine ganz andere Geschichte.«

24. KAPITEL

Damals hatte ich Jeremy einige Briefe von Manfred gezeigt. Er hatte sie aufmerksam und mit Respekt gelesen, mit einem Respekt, der mir galt, nicht dem Verstorbenen. Mir war nicht ganz wohl dabei. Jeder Mensch weiß zu verdrängen. Ich hatte das schlechte Gewissen jener, die sich in einem Winkel ihres Herzens plötzlich fragen, warum sie nicht frühzeitig genug erkannt hatten, was sich da zusammenbraute. Aber Jeremy sprach darüber mit kaltem Verstand.

»Man mag sich wundern, wie oft aus klugen Menschen schlechte Idealisten werden. Dein Bruder kannte sich nicht sehr gut, denke ich. Es hat ihm offenbar an Verstand gefehlt.«

»Ich hätte viel früher mit ihm reden sollen ...«

»Das hätte nichts gebracht. Er hat sich selbst betrogen, er glaubte an ein ehrliches Spiel und wurde hereingelegt.«

Nie erhob Jeremy die Stimme, sei es, um sich Luft zu machen oder aus sonst einem Grund. Er war nie in der Defensive und versuchte auch nie, andere absichtlich zu missverstehen. Wie er, so, wie er war, seinen Platz in der harten Welt des Militärs errungen hatte, in dieser Welt der Maulhelden und der Raufbolde, blieb mir ein Rätsel.

In ihm war nichts von der zu großen Einfachheit der Puritaner vorhanden, die jede Doppeldeutigkeit verwirft. Er wusste, dass die

Menschen vielschichtige Wesen waren. Er wollte mit mir nicht eine verlogene Beziehung eingehen. Nicht mit mir und nicht mit einer anderen Frau, seiner eigenen oder einer Fremden. Musste es mir Angst machen? Vielleicht. Jede Frau hätte diesen hochgewachsenen Mann für eine Nacht haben wollen. Für diese Nacht und für viele, dachte ich, während ich in dem muffigen Bett unter seinen Liebkosungen stöhnte. Sofern er ein Heuchler war, war er ein begabter. Er weckte in mir eine unbekannte Art von Leidenschaft und Sehnsucht und ein ungestümes körperliches Verlangen. In der Liebe war er erstaunlich großzügig, eher gebend als nehmend. Ich zwang mich zu akzeptieren, dass er mich irgendwann wieder verlassen würde. Ich wollte das nicht. Aber er hatte eine Frau, einen Sohn. Und trotzdem war etwas Unruhiges in ihm, etwas seltsam Zwanghaftes, als ob er es hasste, gerade Wege zu gehen. Was empfand er für mich? Nur die Freude an der Abwechslung? Nein, nein! Jeremy war mein Mann, mein Geliebter, mein bester Freund, in dessen Armen ich schlafen konnte. Er verwandelte mein Leben durch die bloße Tatsache seiner Gegenwart. Und wie war es für ihn? Wenn ich mich in seinen Armen dem Selbstvergessen überließ, glaubte ich, in seinen Augen einen Widerschein jener Beglückung zu erkennen, die auch mich heimsuchte. Es schien mir ein gemeinsames Schweben, ein Gleiten in einer Zeit, in der keine Mühsal mehr war, keine Trennung, kein Schmerz. Jeder Kuss, den wir tauschten, war für mich ein Zeichen der Ergriffenheit und Darbringung. Und gleichzeitig war immer diese Traurigkeit in mir, eine merkwürdige Niedergeschlagenheit, eine Art innerer Lähmung. Und noch tiefer waren Unruhe, Erschrecken und Verzweiflung. Ich erkannte meine Verletzlichkeit und flüchtete in die schützende Sphäre – diese dünne Hülle, die uns umgab, fein und schillernd wie eine Seifenblase, und in der wir nichts anderes fühlten als uns selbst, unsere warmen, liebenden Körper.

Ja, auch heute liege ich oft wach im Dunkel und sinne unseren Gesprächen nach, denke an die intimen Gefühle, die Jeremy in mir erweckt hatte. Ich spreche mit ihm, als sei er niemals wirklich von mir gegangen. Ich lege den Kopf an seine Schulter, und er schlingt seine Arme um mich. Ich sage ihm, dass ich ihn liebe. Aber ich sage es ihm nur nachts, wenn ich schlaflos das Klopfen meines Herzens höre und mich frage: Wie lange noch?

Sprachen wir damals zueinander, brauchten wir nicht nach Worten zu suchen oder ihren Doppelsinn zu fürchten. Wir beide hatten entdeckt, dass wir uns immer verstanden, wenn wir nur aussprachen, was wir fühlten. Dann war es, als sprächen wir nicht mit uns, sondern sprächen laut zu uns selbst, und der andere hörte zu.

Skrupel und Befürchtungen nahmen wir auf die leichte Schulter, umgingen alle Barrieren des Sollens und des Müssens, suchten immer wieder nach neuen Gründen, um mit ruhigem Gewissen miteinander zu schlafen. Zwar bemühte sich unser Verstand in Augenblicken nüchterner Klarheit, unsere Motive und Absichten an den Pranger zu stellen. Aber da war nicht viel zu machen. Wir wollten lieber blind als scharfblickend sein.

Doch Jeremy hatte eigene Pläne. Und an einem Abend im März 1946, nachdem wir uns geliebt hatten, schob er mir eine Zigarette zwischen die Lippen, gab mir Feuer und sagte: »Ich möchte etwas mit dir besprechen.«

Es gab mir einen Stich, als er das sagte. Augenblicklich wurde mir innerlich kalt. Was war schiefgelaufen? Wann hatte es angefangen und warum? Da ich aber nicht wusste, was auf mich zukam, wie schlimm es sein würde und was ich eventuell zu tun hatte, ließ ich meine Angst unausgesprochen im Raum stehen und fragte lediglich: »Jetzt gleich?«

Er zog das Kopfkissen hoch, sodass er bequemer rauchen konnte.

»Ja. Wir müssen in Ruhe darüber reden. Und ich will nicht, dass wir es noch länger hinausschieben.«

Unsere einzige Kerze gab nur wenig Licht, aber die vertraute Unordnung im Zimmer schien die Dunkelheit zu verscheuchen. In der Luft hing der würzige Duft englischer Zigaretten. Mein Kostüm lag auf einem Stuhl, ich hatte meine Strümpfe über die Lehne geworfen. Jeremys Uniform lag achtlos verstreut am Boden. Ohne seine Uniform wirkte er noch größer, noch schlanker, von Kraft und Wärme erfüllt. Im Kerzenlicht leuchtete sein gebräunter Körper wie Kupfer. Kleider machen Leute, würde Mutter sagen. Jeremy trug eine fremde Uniform. Eine Uniform, die viele meiner Landsleute abstieß. Aber ohne diese Uniform war er nur der Mann, den ich liebte.

»Um es kurz zu machen«, sagte Jeremy, »ich denke darüber nach, dich zu heiraten.«

Ein paar Atemzüge lang war ich verwirrt, wusste nicht mehr, was ich dachte oder fühlte. Schließlich richtete ich mich mit einem Ruck auf, zog rasch die Bettdecke bis ans Kinn hoch und sagte das Einzige, was mir in den Sinn kam: »Aber du hast doch schon eine Frau!«

»Ich werde die Scheidung einreichen.«

Ich holte tief Luft. Manche Worte haben eine starke Wirkung, ich hatte wer weiß was Böses befürchtet. Nur nicht das. Und jetzt wurde mir klar, dass seine Worte mein Glück bedeuteten. Dass ich ein frohes Gefühl in mir hatte, wie schon lange nicht mehr. Vielleicht wie noch nie. Trotzdem wollte ich den Kopf nicht verlieren, ihm nicht um den Hals fallen, nichts dergleichen. Noch nicht.

»Wird sie der Scheidung zustimmen?«

Und dabei sah ich ihn direkt an.

Er lächelte. Ich sah seine makellos weißen Zähne unter dem dunklen Schnurrbart. Doch mit seinen in die Ferne gerichteten Augen wirkte dieses Lächeln müde.

»Laura liegt nicht sehr viel an mir. Es ist nur eine Formsache.«

»Aber ihr müsst euch doch geliebt haben!«

»Gewiss. Wir waren beide jung, und ich habe schöne Erinnerungen. Aber im Grunde war man nie so richtig mit mir zufrieden.«

»So. Du würdest sie also verlassen, um eine Britenschlampe zu heiraten? Was soll sie von uns denken?«

»Ich nehme an, dass ihr Stolz gekränkt wäre. Damit kann ich fertigwerden. Ihre Kenntnisse von Europa sind gering. Aber der Blitz auf London, das waren die Deutschen. Das prägt ihre Meinung von den Deutschen.«

Ich stieß den Rauch durch die geöffneten Lippen, zog mich hinter diesen Rauch zurück wie hinter einer Glaswand.

»Ich bin auch eine Deutsche.«

Er nickte.

»Das wird es für sie noch schwieriger machen. Sie wird es als Schande für ihre Familie empfinden.«

»Nicht unbedingt ermutigend!«

»Im Gegenteil. Für Laura wäre es ein Grund mehr, in die Scheidung einzuwilligen und nichts mehr mit mir zu tun zu haben. Und übrigens, du hast meine Frage noch nicht beantwortet.«

Er dehnte die Worte in seinem sanften britischen Akzent. Aber es waren die Worte eines Mannes, der entschlossen war, seinen Willen durchzusetzen. Einen Augenblick lang schwieg ich, erwog die Sache. Was ich ihm jetzt sagen würde, war zu wichtig, es ging mich so ungeheuer viel an, ich würde es ein Leben lang nicht vergessen. Und plötzlich begann alles zu schweben, ich ahnte neue Zusammenhänge jenseits von Sinn und Verstand und brach in befreites Lachen aus.

»Wenn du es genau wissen willst: Die Britenschlampe wäre stolz und glücklich, ihren Feind zu heiraten.«

Und jetzt lachten wir beide, konnten überhaupt nicht aufhören, küssten uns, und ich konnte mir nichts Schöneres vorstellen. Noch nie hatte ich etwas so Selbstverständliches und zugleich Unbegreifliches erlebt. Es war keine Einbildung, unbestreitbar nicht. Er hatte das Gleiche empfunden, wir ergänzten einander. Doch es war keine einfache Liebe, die wir uns da ins Herz hatten wachsen lassen. Es gab so vieles, was gegen uns war. Und wir konnten das nicht ignorieren.

»Jeremy, wie willst du es deiner Mutter beibringen? Sie wird nicht begeistert sein.«

Die Mutter war nicht mehr klar im Kopf und wurde von einer alten Gouvernante betreut. Der Vater war vor zwei Jahren gestorben. Herzinfarkt. Jeremy war beurlaubt worden, und sein Bruder Lawrence war aus Sydney gekommen. Sie hatten sich um alles gekümmert. Die Mutter war ja nicht mehr in der Lage dazu.

»Ich glaube kaum, dass sie mir überhaupt zuhören wird«, sagte er bitter.

»Und deine Brüder?«

»Mein älterer Bruder Lawrence wird es auf dem diplomatischen Weg erfahren. Wir haben da einen eigenen Post-Service. Er ist ja wieder in Australien und sieht die Dinge aus der Distanz, was will ich mehr. Gordon, der jüngere, und ich werden uns prügeln. Er ist sehr stark. Kann sein, dass ich ein paar Zähne dabei verliere. Danach werden wir uns wieder zusammenraufen, wie üblich.«

Ich lachte mühsam.

»Oh weh!«

»Nein. Wir waren beide schon Rowdys, als wir noch am Daumen lutschten.«

»Hast du auch an deinen Sohn gedacht?«

»Frank wird bei seiner Mutter leben. Aber er wird größer, und ich werde es ihm so bald wie möglich erklären. Natürlich wird's einige Schwierigkeiten geben, das ist immer so, wenn man nicht das tut, was von einem erwartet wird.«

Ich fragte: »Wie reagiert eine Engländerin, wenn ihr Mann sie sitzen lässt?«

»Sie verlangt Geld.«

»Viel Geld?«

»Sie wird mir alles, was ich habe, aus der Tasche ziehen. Aber damit erkaufe ich mir die Freiheit.«

»Es geht mir gegen den Strich«, sagte ich, »dass du dich in finanzielle Not stürzt, nur weil du mich heiraten willst.«

»So ist es nun auch wieder nicht. Es wird schon etwas Geld übrig bleiben. Aber ich denke an dich. Ich würde es vorziehen, wenn wir vorerst in Deutschland blieben. Ich lasse mich demobilisieren. Ich werde ein entsprechendes Gesuch einreichen und eine Zeit lang nur noch Büroarbeit machen.«

»Wird man dir keine Steine in den Weg legen?«

»Darauf muss ich gefasst sein. Nach dem Krieg ist es ohnehin nicht üblich, dass man uns dankt, weil wir hier draußen gedient haben. Ich werde zunächst mit Kommandant Taylor, meinem Vorgesetzten, sprechen. Oliver ist seit Kurzem hier. Er stammt aus Edinburgh und hat die dortige Militärakademie besucht. Zielstrebiger als ich allerdings, deswegen hat er es weiter gebracht. Wir haben uns im Segelclub kennengelernt. Entweder waren wir zusammen auf dem Wasser, stritten uns um das gleiche Mädchen oder wir haben gefeiert. Ich habe noch ein Foto von uns auf einer Party, betrunken unter Papierschlangen. So was macht aus Männern gute Freunde. Er wird mir helfen.«

»Und was meinst du, was die Leute hier über dich sagen werden?«

»Sie werden sagen: Der Mann soll dahin gehen, wo der Pfeffer wächst. Er hat unsere Heimat in Trümmer gebombt und hat bei uns nichts zu suchen.«

Jeremy rauchte nachdenklich.

»Ich habe dir von meinen deutschen Verwandten in Würzburg erzählt. Was ich dir nicht gesagt habe, ist, dass ich sie aufgesucht habe. Ich hätte die Sache hinausschieben sollen, aber ich wollte fragen, ob ich etwas für sie tun kann. Sie schlugen mir die Tür vor der Nase zu. Sie wollten keinen Mann in englischer Uniform in ihrem Wohnzimmer empfangen.«

»Und nach diesem Rausschmiss?«
»Habe ich mir ein dickes Fell zugelegt.«
»Du wirst es brauchen.«
Er streichelte meine nackte Schulter.
»Ich mache mir nicht allzu viele Sorgen, weißt du. Später, wenn sich die Lage beruhigt hat, könnten wir nach London gehen. Dieser Krieg ist vorbei. Das bedeutet, dass es allerlei Chancen gibt. Ich werde eine Firma gründen und Maschinen entwickeln. Dafür habe ich ein Händchen, wie du weißt. Gewiss, du wirst nicht allen Leuten willkommen sein. Und du kannst es ihnen nicht einmal verübeln. Es liegt in unserer menschlichen Natur, dass wir für die Feinde von gestern keine Sympathie aufbringen. Dass unsere beiden Länder auch geschichtlich verwoben sind, wird heutzutage penibel ignoriert. Es macht sich nicht gut. Aber die Zeit bringt alles zur Reife. Und die Zeit wird kommen, in der wir ganz allmählich vergessen, was uns getrennt hat, und in der wir Freunde werden können.«

Wie immer, wenn er laut dachte, hörte es sich genau und klar an. Aber er ließ sich von seinen Gedanken mitreißen. Ich schüttelte leicht den Kopf.

»Du legst dir die Dinge zurecht und hoffst, dass sie dir recht geben.«

»Nein. Es ist die Wahrheit. Nach einem Krieg bleibt die Zeit der einzige Sieger. Nun, ich habe ein paar Freunde, denen ich vertrauen kann, und einige keineswegs zugeknöpfte Verwandte. Mach dir also keine Gedanken! Ich denke nicht, dass du im Regen stehen musst.«

»Ich habe einen Regenmantel und zusätzlich ein dickes Fell.«

»Du wirst es nicht brauchen. Ich passe schon auf dich auf. Ich will, dass du glücklich bist.«

»Das werde ich sein.«

Er drückte die Zigarette in einem improvisierten Aschenbecher auf dem Nachttisch aus und lächelte mich an. Ich sah die Kraft in seinem Blick, die Kraft seiner Gefühle. Und er sah dieselbe Kraft auch in mir.

Später habe ich mich oft gefragt, warum Jeremy einen Narren an mir gefressen hatte. Ich konnte ihn kaum mit meinen körperlichen Reizen betört haben. Sogar im zerbombten Münster gab es Frauen, die unendlich begehrenswerter waren als ich. Nein, es ging um etwas anderes, nämlich um das Finden des verlorenen Teils, das zur Ganzheit führt – führen sollte. Wenn das stimmte, dann hatte Jeremy in mir seine andere Hälfte erkannt und hatte auch von meiner Seite Bestätigung erfahren. Und es war ihm egal, dass ich jeden Tag dieselben Sachen trug und viel zu kleine Brüste hatte, um auf den ersten Blick zum Liebesgenuss zu verführen. Zwischen uns zählte offenbar mehr, was die Seele verlangte. Und ist nicht diese Suche »per se«, dieses Verlangen und Streben nach dem Ganzen, die Grundlage jeglicher Liebe?

25. KAPITEL

Zu Hause erzählte ich nichts von unseren Plänen, sie wussten ja ohnehin nichts von meinem englischen Liebhaber. Jeremy hatte mich gebeten, vorerst noch zu schweigen. Er wollte zunächst seine Angelegenheiten in Ordnung bringen. Ich sah ihn dann nur noch einmal. Es war am 26. April 1946. Ich entsinne mich genau an das Datum, immer wieder habe ich später an diesen Tag zurückgedacht.

Jeremy hatte mich auf dem Korridor, der zum Vernehmungszimmer führte, kurz wissen lassen, dass er mich nach Dienstschluss sprechen wollte. Sein Gesicht trug einen anderen Ausdruck als sonst, gar nicht heiter, sondern sorgenvoll und abwesend. Was war geschehen? Mein Herz war unruhig. Ich fühlte mich seltsam bedrückt.

In den Colchester Barracks war die Luft stickig in den Räumen, man rauchte, und hinter den Scheiben schien die Sonne. Sie war noch da, diese Sonne, als ich endlich mein Fahrrad holen und zur Hörsterstraße fahren konnte. Das orange Licht schien durchs Fenster und verlieh der schimmelgrauen Tapete ungewöhnlich goldene Schattierungen. Man hatte die Bretter entfernt und neue Scheiben eingesetzt. Ich nahm meinen Hut ab und kämmte mich. Seit Kurzem war das »Eau de Cologne 4711« wieder erhältlich. Auch für Mutter hatte ich ein Fläschchen gekauft. Ich tupfte ein paar Tropfen auf mein Taschentuch und machte mich frisch. Dann zog ich meine Schuhe aus und machte es mir auf dem Bett bequem. Seit einigen Tagen fühlte ich mich nicht gut. Meine Eltern hatten Halsentzündung. Auch bei mir hatte ich Fieber gemessen – nichts, und auch kein Kratzen im Hals. Ich brauchte frische Luft und machte das Fenster einen Spalt auf. Eine Schwarzdrossel sang. Vielleicht hatte ich Glück, und die Angina übersah mich.

Ich lauschte gespannt auf jedes Geräusch und wurde zunehmend nervös. Warum kam er nicht? Er hätte schon längst da sein müssen. Aber da hörte ich endlich seine Schritte auf der Treppe. Ich setzte mich sofort auf, stellte meine bestrumpften Füße auf den schäbigen Bettvorleger und öffnete die Tür.

»Es tut mir leid«, sagte er, »ich habe Verspätung.«

»Das macht nichts.«

Er war in Unruhe, ich sah es auf den ersten Blick.

»Schlechte Nachrichten?«, fragte ich.

Er zog seine Jacke aus und hängte sie über den Stuhl, bevor er mir eine Zigarette anbot und sich selbst auch eine anzündete.

»Ich muss für ein paar Tage nach London. Zurück ins Hauptquartier.«

Ich erschrak.

»Meinetwegen?«

»Ich nehme es an. Ich habe Kommandant Taylor – Oliver – erzählt, dass ich hier eine Frau kennengelernt habe und in Deutschland bleiben will. Aber im Moment stehe ich noch im Dienst der Abwehr. Oliver gab mir den Rat, zunächst ein Gesuch zu stellen. Ich habe also geschrieben, dass ich meine Tätigkeit bei der Armee aufgeben möchte. Das Problem ist nur, dass im Londoner Hauptquartier einige recht steife Herren sitzen. Und diese Herren sehen es ungern, wenn ein Nachrichtenoffizier seine Aufgabe an den Nagel hängt. Sie wollen es nicht darauf ankommen lassen. Man sichert sich seine Verschwiegenheit, indem man ihn so lange wie möglich im Dienst behält.«

»Lassen sie dir keine Wahl?«

»Ich könnte natürlich im Dienst bleiben und Karriere machen, was ich nicht mehr will. Oliver sieht das ein. Er hat versprochen, ein gutes Wort für mich einzulegen. Bleibt zu hoffen, dass es etwas bringt. Ich bin nicht gerade erpicht darauf, verhört zu werden. Wärst du britische Agentin, würde man mir die Scheidung vergeben und uns mit Freude verkuppeln. Aber dem ist nicht so, und ich werde meine Loyalität unter Beweis stellen müssen. Das ist keine Sache, die sich brieflich erledigen lässt.«

Tiefes Schweigen trat ein. Ich hob langsam die Zigarette zum Mund und nahm einen tiefen Zug.

»Ich verstehe. Wann fliegst du?«

»Morgen in aller Frühe. Die Maschine startet um halb sechs.«

Er sah von Sorgen gezeichnet aus. Mir wurde plötzlich angst und bange. Diese Angst hatte ich nie gekannt. Aber er sollte sie auf keinen Fall spüren.

»Es ist besser, du klärst jetzt die Sache, meinst du nicht auch?«

Er setzte sich zu mir aufs Bett, legte den Arm um mich.

»Durchaus. Und wenn ich schon drüben bin, suche ich Laura auf und verlange die Scheidung. Zwei Fliegen mit einer Klappe. Dann haben wir es hinter uns.«

»Wie lange wirst du fortbleiben?«

»Voraussichtlich zwei Monate. Ich habe verschiedene Sachen zu erledigen.«

Jeder intelligente Mensch hat ein Stück Verrücktheit in sich. Glaubte Jeremy allen Ernstes, seine Vorgesetzten würden ohne Weiteres einsehen, dass er sich verliebt hatte, und seinen Wunsch akzeptieren? Nüchtern betrachtet, setzte Jeremy ausgesprochen leichtsinnig seine Karriere aufs Spiel. Dessen war er sich durchaus bewusst. Er war in Gedanken, geistesabwesend. Sein Gesicht war blass, unter den Augen trug er dunkle Ringe. Sein Aussehen löste bei mir eine ungewöhnliche Beklommenheit aus und eine solche Rührung, dass ich beide Arme um ihn schlang, mein Gesicht fest an seines drückte. Zum ersten Mal, seit wir uns kannten, war er es, der Zuspruch und Trost brauchte.

»Bin ich all die Anstrengungen und Sorgen wert, Jeremy?«

Seine Lippen bewegten sich an meiner Wange.

»Du bist für mich das Wichtigste auf Erden, hörst du? Ich möchte für dich da sein, dich beschützen und für dich sorgen. Ich kann mir selbst nicht Einhalt gebieten. Ich brauche dich!«

»Ich brauche dich auch«, sagte ich.

Ich musste ihn jetzt gehen lassen. Es wird unangenehm werden, dachte ich, aber er kann es schaffen.

Und so, seine Hände in meinen Haaren, das Gewicht seines Körpers auf mir, so stumm, so stark und doch so verwundbar, gab ich ihm, wessen er bedurfte – eine Liebe, so wonnevoll, so grenzenlos, dass keine Schranke mehr zwischen uns war und er mir die letzte Entrückung schenkte, die aufrichtige Ekstase, aus der ich geborgen in seinen Armen langsam erwachte. Und ich wusste, ich würde in mir seine Wärme bewahren, nie das Leuchten seiner Augen vergessen, stets die Berührung seiner Hände fühlen. Von nun an war er ein Teil aller meiner Gedanken und Taten, ein Wissen in meinem Blut, das mein ganzes Leben durchströmte. Wir würden jetzt eine Zeit lang getrennt werden und dann wieder zusammen sein und uns nie wieder verlassen. Er würde morgen früh die Maschine nach London besteigen. Und dann? Was würde geschehen? Darüber wollte ich mir jetzt keine Sorgen machen, denn er würde es merken und unruhig sein. Ich durfte ihn nicht mit einer Gefühlsfracht beschweren. Es würde ihn seine Selbstbeherrschung kosten. Es gab für mich keinen anderen Ausweg als völliges Hinnehmen. Ich brachte das Angstgefühl in mir zum Verstummen, zeigte ein heiteres Gesicht, drängte ihn sogar, in sein Hauptquartier zurückzukehren, wohl wissend, dass er keinen Einspruch erheben würde.

»Deine Maschine geht in aller Herrgottsfrühe. Geh schlafen, sonst bist du morgen nicht bei Kräften.«

Die Sonne war mittlerweile hinter den Dächern verschwunden und mit ihr der goldene Schimmer der Tapete. Die Schwarzdrossel schwieg.

Ich machte Licht. In Münster gab es wieder Strom. Die Birne, die an ihrem Kabel von der Decke hing, spendete einen düsteren Schein. Jeremy hatte alles für mich vorbereitet. Adresse, Telefonnummer, falls etwas Dringendes war. Ich konnte ihm nicht an seine Wohnadresse schreiben. Seine Frau würde die Briefe abfangen. Ich sollte die Briefe nach Kensington schicken, wo er sein Büro hatte.

»Die Post wird mir zugestellt werden. Vielleicht mit etwas Verspätung. Anrufen kannst du mich am besten während der Bürostunden. Meine Sekretärin wird mir das Gespräch durchstellen. Ich würde es allerdings vorziehen, wenn wir nur brieflich in Kontakt blieben.«

»Werden die Gespräche abgehört?«

Er zwinkerte mir zu.

»Was tun Leute vom Geheimdienst, wenn sie untätig am Schreibtisch sitzen?«

»Woher soll ich das wissen?«

»Ist doch sonnenklar: Sie bespitzeln sich gegenseitig.«

Er lachte, aber ich hatte nicht den Eindruck, dass er es nur zum Scherz sagte. Er lebte in verschiedenen Welten – einer sichtbaren und einer unsichtbaren. Ich hatte inzwischen gelernt, diese Verschiedenheit zu erkennen.

Als wir schon angezogen waren und bereit, uns zu verabschieden, sagte er mit einem kleinen Lächeln: »Warte. Ich lasse dir ein Pfand hier. Sonst vergisst du mich womöglich.«

Er löste den goldenen Siegelring, den er am kleinen Finger trug, und nahm meine Hand.

»Unser Familienwappen. Zwei gekreuzte Degen über drei Distelblumen. Meine Vorfahren im Dienst des englischen Königshauses trugen ihn auf ihren Standarten. Der Wappenspruch lautet: ›Wehrhaft in Ehre‹. Dieser Ring ist seit 200 Jahren in unserer Familie.«

»Oh!«, rief ich erschrocken. »Ich kann ihn aber nicht annehmen.«

»Und warum nicht? Für mich bist du schon meine Frau.«

Er streifte den Ring über meinen Mittelfinger. Für den Ringfinger war er zu groß.

»Gefällt er dir?«

Ich nickte lächelnd.

»Er ist wunderschön. Aber schwer.«

»Das soll auch so sein. Damit du immer an mich denkst.«

Er legte seine Lippen auf meine und küsste mich. Unsere Lippen blieben lange aufeinander. Die meinen waren kalt.

»Du frierst«, sagte er.

Er knöpfte meine Jacke zu, strich mir über die Wange.

»Leb wohl, Rotkäppchen. Wie beherrscht du bist«, setzte er hinzu. »Ich sollte dich als Vorbild nehmen.«

»Ich scheine nur so. Weil ich keine Fantasie habe, nur deswegen. Hätte ich Fantasie, wäre ich jetzt sehr unbeherrscht.«

»Ich – ich habe zu viel Fantasie, ich male mir gerne das Schlimmste aus.«

»Eine gute Prophylaxe. Wenn es lausig wird, bist du vorbereitet.«

Er brach in Lachen aus. Ich löschte das Licht, drehte den Schlüssel zweimal im Schloss, und lachend verließen wir das Zimmer. Wir küssten uns ein letztes Mal auf dem oberen Absatz der Treppe. Dann gingen wir behutsam die Stufen hinunter. Das alte Holz knarrte bei jedem Schritt. Ich höre das Geräusch noch heute.

26. KAPITEL

In den Colchester Barracks war es ruhig geworden. Der Strom der Heimkehrer flaute langsam ab. Und jetzt wurde mir meine Ausbildung als Sekretärin nützlich: Statt mit einer halben Pension entlassen zu werden, wie Herr Kuropka, konnte ich eine Stelle in der Buchhaltung übernehmen. Mein Platz war jetzt in einem dürftig eingerichteten Büro, ein Provisorium, wo ich Unterlagen übersetzte, Tabellen anlegte, die Ein- und Ausgaben des Unterstützungsfonds sowie die Beiträge der neu gegründeten Krankenkasse notierte. Nichts Spannendes, aber ich war froh, dass ich zumindest Arbeit hatte. Und Gott sei Dank war ich nicht mehr von morgens bis abends auf den Beinen!

Der Angina entging ich tatsächlich, obwohl ich mich morgens und abends immer um meine kranken Eltern kümmerte. Aber weil ich mich nach wie vor schlecht fühlte, wunderte ich mich und beobachtete die Symptome. Am Morgen beim Erwachen fühlte ich mich seltsam leicht, und meine Gedanken waren klar und scharf. Alles schien vollkommen in Ordnung. Aber sobald ich das Bett verließ, drehte sich das Zimmer vor meinen Augen, meine Knie wurden weich, und ich musste mich wieder hinsetzen. Nach einer Weile konnte ich dann aufstehen. Und nach dem Frühstück fühlte ich mich so gut, als sei nichts gewesen.

Ich brauchte ein paar Tage, um zu begreifen. Jeden Morgen

beim Aufwachen rechnete ich. Heute ist der zehnte Tag. Heute ist der elfte … Ich rechnete bis fünfzehn, dann wusste ich Bescheid. Ich hatte leichtfertig vergessen, dass für eine Frau, die mit einem Mann, ohne Vorkehrungen zu treffen, schläft, Folgen eintreten können. Ich war also, wie man es damals formulierte, »in anderen Umständen«. Aber das ließ mich keineswegs in Panik geraten. Im Gegenteil! Der Gedanke, ein Kind von Jeremy zu haben, schien mir wunderbar. Er würde sich genauso freuen wie ich und das Argument bei dem Scheidungsverfahren auch auf den Tisch legen. Ich konnte mir kaum vorstellen, dass eine Engländerin aus gutem Haus einen Mann behalten wollte, der ein deutsches »Fräulein« geschwängert hatte. Es sei denn, aus Wut.

Ich teilte Jeremy die Neuigkeit mit und schrieb gleichzeitig, wie glücklich ich war. Gott sei Dank, der Krieg lag hinter uns! Kein Bombenalarm mehr, keine Hungersnot. Mein Körper war wieder zu Kräften gekommen. Ich würde das Baby nähren können.

Auch meiner Familie musste ich die Nachricht irgendwie überbringen, auch wenn ich ahnte, dass sie meine Freude nicht in gleichem Maße teilen würde. Zunächst wollte ich Mutter ins Vertrauen ziehen. Sie las in mir wie in einem offenen Buch. Sie würde nie an der Ehrlichkeit meiner Gefühle zweifeln. Sie würde auch die richtigen Worte finden, um es Vater mitzuteilen. Ich konnte es nicht, ich war allzu direkt. Mir fehlte diese Klugheit, dieser Charme, die das Leben leichter machten. Vater würde sich natürlich schwer entrüsten und nachhaltig Moral predigen. Aber das waren wir ja gewohnt.

Mit Linchen war das auch so eine Sache. Sie würde ihre Nase noch höher tragen und ihre typischen Sentenzen zum Besten geben. »Eine junge Dame, die etwas auf sich hält, würde sich niemals in eine solche Situation begeben!« Oder – noch idiotischer: »Das hast du dir gewiss selbst eingebrockt.« So, und was war mit den bedauernswerten Frauen und Mädchen, die als Kriegsbeute hatten herhalten müssen? Viele wurden von ihren eigenen Familien geächtet. Hau ab mit deinem Balg, sieh zu, wie du fertigwirst! Keine Schande erspart wurde insbesondere den Frauen, die ein Kind von einem Schwarzamerikaner hatten. Und das schwerste Los trugen die unschuldigen Kleinen, die aus diesen Verbindungen hervorgingen, es sei denn, die Väter ließen sie nicht im Stich.

Jeremy hatte mich Ende April verlassen. Die Zeit ging dahin. Ich fuhr weiterhin täglich am Kanal entlang zum Dienst. Die frische Luft tat mir gut. Ich hatte mir angewöhnt, im Dienst immer ein Stück Brotrinde bei mir zu haben. Sobald ich merkte, dass mir übel wurde, lief ich auf die Toilette und kaute methodisch, bis der Schweiß auf meiner Haut trocknete und der saure Brotgeschmack den Brechreiz entkrampfte.

Ich wartete auf Post. Ein Tag nach dem anderen verging – doch nichts. Ich dachte zuallererst, wahrscheinlich habe ich zu wenig Marken draufgeklebt. Ich schrieb also noch einmal, klebte mehr Marken auf den Umschlag. Auch diesmal kam keine Antwort. Vielleicht war Jeremy gar nicht in London, sondern bei seiner Mutter auf dem Land. Ich nahm an, dass er nicht lange dort bleiben würde. Eine weitere Woche verging. Und noch eine. Immer noch keine Post. Ich wurde langsam unruhig. Aus irgendeinem Grund schrieb Jeremy nicht zurück. Ob er die Briefe nicht bekommen hatte? Oder ob er die Sache nicht auf Papier bringen wollte? Das mochte im besten Fall bedeuten, dass er bald wieder zurück sein würde. Vielleicht war er schon unterwegs, konnte jede Stunde in Münster eintreffen. Womöglich fand ich ihn morgen in seinem Büro an der Grevener Straße. Womöglich würde er auch in unserem Zimmer auf mich warten, weil er erst nach Dienstschluss angekommen war. Ich würde aufgelöst die Treppe hinaufeilen, den Schlüssel im Schloss drehen, und schon würde er vor mir stehen mit seinem liebevoll-verhaltenen Lächeln.

»Da bist du ja!«
»Ich bin gekommen, so schnell ich konnte!«

Ich würde mich in seine Arme werfen, und er würde mich an sich ziehen, leise zu mir sprechen.

»Ich hatte so viel zu tun, Anna. Ich habe dir nicht geschrieben. Aber immer an dich gedacht. Hast du es nicht gefühlt?«

»Ja, oh ja!«

»Du hast dir doch wohl keine Sorgen gemacht?«

»Nein, weswegen auch? Ich wusste ja, dass du beschäftigt sein würdest. Sag, hast du etwas erreichen können? Erzähl mir … erzähl mir alles!«

»Komm, ich muss dich zuerst lieben!«

Die Tagträume überkamen mich immer wieder, unwiderstehlich. Im Büro versuchte ich vergeblich, mich auf meine Arbeit zu konzentrieren. Aber vor meinem inneren Auge wurden unablässig Szenen lebendig, wurden Dialoge aus der Erinnerung geführt. Ich war von Sehnsucht erfüllt, hatte das überwältigende Bedürfnis, in seiner Gegenwart zu sein, ganz nahe, ihn zu berühren und zu umarmen. Das einst Erlebte, aus welcher Ferne es auch kommen mochte, mischte sich mit dem Wunschdenken, wurde greifbar und zutiefst gegenwärtig.

So träumte ich vor mich hin, lauter romantische Tagträume, genährt aus Erinnerungen und Gefühlen, die mir kaum Spielraum für andere Gedanken ließen. Sie waren nicht die Spur sachlich, aber das sind Träume ja nie.

Noch war ich voller Vertrauen. Alles würde in Ordnung kommen, nicht wahr? Was auch die Ursache für sein Schweigen sein mochte, er würde sich schon melden. Ich wartete und wartete. Und wartete vergeblich. Ich schrieb ihm nahezu jeden Tag, schilderte ihm meinen Zustand und meine Gedanken. Doch nie kam eine Antwort, niemals. Ich spürte, dass meine physischen Kräfte nachließen. Mir war, als verlöre ich langsam den Boden unter den Füßen. Die Zuversicht, die heitere Gewissheit, sie verflüchtigten sich. Wie viel steckt man ein, um die Illusion zu bewahren, dass man geliebt wird? Und jetzt kam es immer öfter vor, dass ich nicht mehr durchschlafen konnte. In den frühen Stunden vor Tagesanbruch, in denen die Menschen am häufigsten sterben, lag ich wach, allein und verlassen, überwältigt von einer Angst, die beharrlich in meinem Kopf kreiste. Alles wurde überdeutlich und unverständlich. Bitte, schreibe mir doch, wenigstens ein paar Zeilen! Oder schicke mir ein Telegramm. Wo bist du? Wann kommst du zurück? Ist etwas Schlimmes passiert? Darf ich nicht die Wahrheit wissen? Warum behandelst du mich so?

Die Wochen zogen sich dahin, eine Woche nach der anderen. Die Nächte kamen und gingen, und es häuften sich marternde Phasen der Schlaflosigkeit. In meinem Kopf drängten sich so unheimliche, so unheimlich quälende Gedanken. Auch physisch machte ich eine Veränderung durch. Mein Gesicht war seltsam hager, mit violetten Ringen unter den Augen. Ich wurde zu einem Knochengestell mit einem Bauch, der sich allmählich rundete, den aber vorläufig nur ich bemerkte. Ich fühlte mich scheußlich. Wie konnte das ausgerechnet mir passieren? Ein Mann hatte mir eine süße Zukunft vorgegaukelt und mich verlassen, als die Sache für ihn brenzlig wurde. Aber was wäre geschehen, wenn ich ihm nicht geschrieben hätte, dass ich ein Kind erwartete? Wäre er dann zurückgekommen? Während der ganzen Zeit, als wir uns so nahestanden, hatte ich geglaubt zu wissen, wer er war. Jetzt wusste ich es nicht mehr. Zerbrach das Vertrauen, stürzte mein ganzes Leben zusammen. Ich fühlte mich verlassen, dem Schicksal ausgeliefert. Zum ersten Mal in meinem Leben verlor ich die Kontrolle über eine Sache, die mich auf derart intime Weise betraf. Es war eine Zeit absoluter Hilflosigkeit.

Eines Tages hielt ich es nicht mehr aus und begab mich nach Dienstschluss zum Hauptquartier. Jeremy hatte mir ja erzählt, dass Kommandant Oliver Taylor sein langjähriger Freund war. Ich nahm an, dass ich ihm vertrauen konnte. Ich meldete mich bei der Ordonnanz und wurde in sein Büro geführt. Der Kommandant saß hinter seinem Schreibtisch und erhob sich höflich. Er begrüßte mich mit einigen netten Worten, bot mir jedoch keinen Stuhl an. Er schien etwas in Eile.

»Schön, dass Sie mal vorbeikommen, Miss Henke! Wir sehen uns ja sonst recht selten. Nun, was kann ich für Sie tun?«

Er lächelte, als ob er sich wahrhaftig über meinen Besuch freute, sodass es mir weniger schwerfiel, meine Frage zu stellen: ob er wüsste, wann Captain Fraser wieder in Münster sein würde. Ich sagte den Satz mechanisch auf, und es gelang mir, mit ruhiger, fast beiläufiger Stimme zu sprechen, genau im Ton einer Sekretärin, die lediglich eine Information benötigt. Der Kommandant war hochgewachsen, sodass ich zu ihm emporblicken musste. Er hatte erstaunlich blaue Augen, die etwas an mir vorbeisahen und sich auf die Wand hinter mir richteten, wo eine Deutschlandkarte hing. Und vielleicht war es dieser ausweichende Blick, vielleicht irgendeine Spannung, die bewirkten, dass ich mich mit einem Mal fürchtete und nicht wusste, warum. Ich fürchtete eine Menge unbestimmbarer Dinge.

»Captain Fraser? Jeremy?« Seine Stimme klang aufrichtig und leicht bedauernd. »Nein, er kommt nicht mehr. Hat er es Ihnen nicht mitgeteilt? Sein Nachfolger wird nächste Woche hier sein. Haben Sie Fragen, können Sie sich ohne Weiteres an ihn wenden.«

Ich stand stocksteif vor ihm. Stille war in meinem Kopf, in meinen Ohren dröhnte es dumpf. Ich wollte sprechen, etwas sagen. Aber ich brachte kein Wort über die Lippen. Der Kommandant nickte mir zu.

»Auch meinerseits stehe ich Ihnen gerne zur Verfügung. Wenn ich Ihnen irgendwie behilflich sein kann …«

Er verlieh seinem Gesicht einen freundlich wartenden Ausdruck, die Brauen leicht angehoben. Doch er sah mich nicht richtig an, sondern fuhr fort, die Landkarte zu betrachten, die offenbar interessanter war. Und dieser Blick, der nicht wagte, dem meinen standzuhalten, weckte in mir eine unbekannte Wut. Ich begann zu zittern, das Blut stieg mir in die Wangen. Ich hätte ihm am liebsten ins Gesicht geschlagen. Und wäre jetzt eine Waffe in Reichweite gewesen, hätte ich ihn wahrhaftig erschossen. Nein, sagte ich zu mir selbst, nein, du darfst dich nicht gehen lassen. Nimm dich zusammen, du dumme Kuh! Der Kommandant stand starr wie ein Monolith und vollkommen undurchschaubar. Für den Bruchteil einer Sekunde fand ich seinen Blick, der wie ein Pingpongball sofort auf die Seite hüpfte und sich dem meinen entzog. Ich führte einen Scheinkampf mit ihm aus, er zwang mich, ihn zu hassen, das Leben zu hassen, mich selbst zu hassen. Ich rang nach Atem. Nicht der Mühe wert. Hör auf zu zittern, verdammt! Beruhige dich, es ist nichts als ein Reflex der Nerven. Endlich bewegten sich meine Lippen. Ich hörte meine Stimme, sie klang völlig fremd, rau und auf absurde Weise verbindlich.

»*Thank you, Sir!*«

Wie eine Schlafwandlerin wandte ich mich ab, machte drei Schritte in Richtung Tür. Ich war schweißüberströmt und hatte auf einmal das Gefühl, dass der Raum schief stand und der Boden unter meinen Füßen abrutschte. Dann nichts mehr. Finsternis.

Ich kam in der kleinen Krankenstation auf der anderen Seite des Gebäudes wieder zu mir. Eine deutsche Krankenschwester rieb meine Stirn mit Essig. Der scharfe Geruch brachte mich wieder zu Verstand. Sie fühlte meinen Puls und sah mich aufmerksam an.

»Besser?«

Ich hob mit Mühe den Kopf. Ich war hart gefallen und hatte eine Beule.

»Ja, danke, besser.«

»Vorhin sah es nicht gut aus«, sagte sie. »Ihr Kreislauf war so herunter. Jetzt geht ihr Puls wieder normal.«

Sie holte eine Kanne und goss mir Tee ein.

»Trinken Sie!«

Ich schlürfte den Tee, der stark und fast zu heiß war. Die Krankenschwester nahm mir die leere Tasse aus der Hand.

»In Ihrem Zustand sollten Sie sich nicht anstrengen.«

Ich setzte mich hoch, tastete nach meinen Schuhen und kam von alleine wieder auf die Beine.

»Danke«, sagte ich.

»Gehen Sie nach Hause und ruhen Sie sich aus. Ich werde Ihnen ein Attest ausstellen, dass Sie schonungsbedürftig sind.«

Die Frische draußen tat mir wohl. Ich holte mein Fahrrad und machte mich auf den Weg nach Telgte. Jeremy. Ich musste den Tatsachen ins Auge sehen. Er hatte mich sitzen lassen. Es war riskant gewesen, sich allzu romantischen Vorstellungen hinzugeben. Ich hätte es voraussehen müssen. Was war ich denn? Nur eine Britenschlampe, wie so viele andere. Das hatte ja schon angefangen, als er mir die rote Strickmütze geschenkt hatte. Ach, die arme junge Lady, ohne Kopfbedeckung, und bei dieser Kälte! Arglos und blind war ich gewesen, die dumme Liese, hatte voreilig geglaubt, dass er mich liebte und heiraten würde. Wahrscheinlicher war, dass er sich eine nette Zeit mit mir gegönnt hatte und die Scheidung überhaupt nie beantragen wollte.

Und jetzt? Was sollte ich tun? Schluchzen, flennen, schreien? Nichts da. In mir war etwas zerbrochen. Aber ich würde mich nicht unterkriegen lassen. Ich schämte mich, schämte mich vor mir selbst, weil man mich hintergangen hatte und ich in die Falle getappt war. Ich hatte geglaubt, dass ich geliebt wurde – und hatte mir nur etwas vorgemacht. Jetzt musste ich sehen, wie ich damit fertigwurde. Aber ich durfte nicht nur an mich denken. Da war auch noch das Kind.

Der Juli kam. Wollte ich es abtreiben, musste es jetzt sein. Jeder Tag zählte. Nein. Was ich auch dachte, wie ich es auch empfand, dieses Kind war das Einzige, was Jeremy mir hinterlassen hatte. Ein Wesen, das auch ein Teil von ihm war. Und ob es ihm in den Kram passte oder nicht – in diesem Kind war unsere Liebe noch immer lebendig. Ich hätte es als Schande angesehen, das Kind aus der Welt zu schaffen, bloß weil sein Vater sich verdrückt hatte. Das Kind konnte ja nichts dafür. Also, jetzt musste ich mir einen Plan zurechtlegen. Zuerst mit Mutter reden. Brachte ich sie auf meine Seite, sah alles schon viel besser aus.

Während mir das alles durch den Kopf ging, hielt ich die Augen auf den holprigen Weg gerichtet. Du musst vorsichtig fahren, dachte ich, nicht zu schnell, damit du keinen Unfall hast. Du bist im Augenblick nicht ganz zurechnungsfähig.

27. KAPITEL

Bei Mutter konnte ich mir eine lange Vorrede ersparen. Ihr konnte man nichts vormachen.

»Ich habe immer auf die Uhr gesehen, wenn du nicht rechtzeitig da warst. Musste es wirklich jeden Abend so spät werden, auch bei Schnee und Glatteis? Und die Nächte außer Haus. Du brauchtest mir keine Rechenschaft abzulegen, aber dein Vater sagte jedes Mal: ›Wo ist sie? Bei einer Kollegin? Dass ich nicht lache!‹«

Auch Mutter hatte allmählich bemerkt, dass mein Büstenhalter zu eng wurde und dass ich meinen Gürtelbund immer wieder auftrennte und weiter machte.

»Ich habe schließlich Augen im Kopf. Und jetzt bist du schon im vierten Monat. Von einem verheirateten Engländer, sagst du? Hat er dir Gewalt angetan?«

»Nein, niemals! Wir haben uns geliebt.«

»*Du* hast ihn geliebt.«

»Nein. Er hat mich auch geliebt. Wir wollten heiraten.«

»Hat er dir ein Versprechen gegeben?«

»Ja. Er wollte die Scheidung einreichen.«

Mutter seufzte.

»Immer das gleiche Lied, ich kenne doch den Refrain. Warum sind wir Frauen immer so gutgläubig? In Noras Familie war auch so ein Fall. Eine Cousine. Das arme Mädchen! Und was hast du jetzt vor?«

»Ich werde das Kind behalten. Selbst wenn die ganze Welt mir den Rücken kehrt.«

Mutter schaute mich lange an, ihre Stimme wurde auf einmal ganz sanft.

»Gut. Es ist deine Entscheidung. Jetzt musst du dich daran halten. Kannst du in deinem Zustand arbeiten?«

»Nicht mehr an der Grevener Straße. Ich werde kündigen und mir eine andere Stelle suchen.«

»Ja«, sagte Mutter. »Das ist gewiss besser für dich.«

Ich war eine Frau, die nie weinte. Selbst als Kind hatte ich nie Tränen vergossen, außer im Zorn. Jetzt stieg etwas in mir hoch. Meine Kehle wurde eng, und ich begann hemmungslos zu schluchzen. Es hörte nicht auf. Ich heulte wie eine Fünfjährige, und Mutter reichte mir ein Taschentuch.

»Sei ruhig. Ich werde mit deinem Vater sprechen. Und ich werde Linchen schreiben. Mach dir keine Sorgen, es wird schon gehen.«

Mutter hatte die Sache in die Hand genommen. Später wurde mir klar, dass sie sich insgeheim auf dieses Kind freute, als sei es ihr eigenes, ein Ersatz für Manfred, ihren verlorenen Sohn, dessen Herz, wie so viele Herzen in jener Zeit, zu Stein geworden war. Ich merkte es an ihrer lebhaften Haltung, an dem neuen Glanz in ihren Augen. Sie wirkte verjüngt und energischer. Und solange ihre Kräfte es zuließen, war sie froh und emsig tätig wie schon lange nicht mehr. Die Nachbarn? Mutter, diese grundehrliche Frau, rang sich zu einer Lüge durch. Ja, Anna erwartete ein Kind. Von einem Mann, der ins Ausland versetzt worden war und Anna später nachholen wolle. (Mutter sagte kein Wort darüber, dass er Engländer war.) Aber es würde schon alles gut werden.

Einige Nachbarn glaubten ihr, andere nicht. Mutter war es wurscht.

Ich kündigte. Man bedauerte, dass ich ging. Und solange mein Vertrag noch lief, erledigte ich pünktlich und zuverlässig meine Arbeit. Man kann seine Natur nicht ändern. Aber in den Sommermonaten litt ich unter der Hitze und war erleichtert, als endlich der Herbst kam und die Tage kühler wurden. Mit einem Kasack-Kleid, das ich mir selbst schneiderte, und einem Popeline-Mantel von Mutter achtete ich darauf, dass meine Schwangerschaft nicht allzu sehr auffiel. Diskretion war für mich Ehrensache: Jeremy sollte nicht ins Gerede kommen.

Weil ich schwerfälliger wurde, machte mir das Radfahren zunehmend Mühe. Ich war froh, als ich die Arbeit endlich an den Nagel hängen konnte. Aber das Geld fehlte jetzt, und fortan mussten wir mit Vaters mickriger Pension auskommen.

Der Winter kam. Ich blieb zu Hause und schonte mich. Am Anfang half ich Mutter bei der Hausarbeit. Es wurde immer kälter, aber ich wurde immer schwerfälliger und konnte keine Kohleneimer mehr tragen. Es war Mutter, die jetzt diese Aufgabe übernahm, obwohl es fast über ihre Kräfte ging. Zu Weihnachten kam Linchen aus Amsterdam und brachte ihren Sohn mit, aber da lag ich fast nur noch im Bett. Fortan schleppte Linchen die Kohleneimer, wusch sich pingelig die Hände danach und stöhnte, dass ihre Gesundheit Schaden nehmen würde.

Charlotte wurde im Januar 1947 geboren. Ich brachte das Kind in unserem Schlafzimmer, auf der anderen Straßenseite, zur Welt. Ich war überrascht, wie schnell es ging. Von Mutter und Linchen gestützt, hatte ich kaum Zeit gehabt, über die Straße zu gehen. Früher waren Hausgeburten alltäglich. Ich konnte mich auf Mutter verlassen. Frauen ihrer Generation wussten, was zu tun war, wenn die Hebamme nicht rechtzeitig eintraf. Mutter trennte geschickt die Nabelschnur ab. Mit gewandten, liebevollen Händen hielt sie das Neugeborene und badete es in einer Schüssel. Das Wasser war rot von Blut. Linchen wusch die Schüssel und goss frisches, warmes

Wasser hinein. Das Kind strampelte schwach und schrie. Linchen hüllte es behutsam in ein sauberes Handtuch. Auch zu mir war sie gütiger, als sie jemals gewesen war: Sie wusch auch mich, legte mich sanft auf die hochaufgerichteten Kissen, nahm einen Kamm, frisierte mich, zupfte mir mein dürftiges Nachthemd zurück. Wir Erwachsenen waren alleine. Linchen hatte Johan zu der Nachbarin geschickt, die einen gleichaltrigen Sohn hatte, mit dem er manchmal spielte. Zurück in der Wohnung, fand er nun ein kleines Wesen vor, das strampelte und schrie, mit der Stimme eines hungrigen Kätzchens. Ich sagte zu ihm: »Schau, das ist jetzt das Mädelein, mit dem du spielen kannst, wenn es größer wird.«

Und Vater? Nun, Vater meckerte, was ja zu erwarten war. Sein pedantisches Moralempfinden ließ ihn sattsam den Zerfall von Anstand und guten Sitten beklagen. Weil jedoch keiner ihm zuhörte, fand er sich schließlich mit den Umständen ab. Und als ich Mädelein in seine Arme legte, deutete sein verkniffener Mund sogar ein Lächeln an.

Jeder dachte sich seinen Teil, aber die Familie hatte den Schock eingesteckt. Und ich war froh, dass ich genug Milch hatte, um das Baby zu nähren. Aber ich war noch sehr schlapp. Vater ging zu den Bauern, brachte frische Eier oder ein gutes Stück Speck nach Hause, dann und wann sogar ein ganzes Huhn. Die frische Hühnerbrühe mit Eierstich tat mir gut, ich kam ziemlich schnell wieder zu Kräften.

Ich gab meiner kleinen Tochter den Namen Charlotte, nach Jeremys Mutter. »Vater unbekannt« stand in ihrer Geburtsurkunde. Ich hätte jetzt einen Schlussstrich ziehen sollen, aber ich brachte es nicht übers Herz. Ich wollte um jeden Preis die Verbindung zu ihrem Vater aufrechterhalten. Auch wenn diese Verbindung einseitig war und der Weg dahin sich im Nebel verlor. Deswegen schrieb ich Jeremy, dass er in Deutschland eine kleine Tochter hatte, die den Namen seiner Mutter trug. Das Schreiben weckte in mir Herzklopfen, Sehnsucht, nasse Augen und Erinnerungen, die allzu persönlich waren. Aber an die verzweifelte Ohnmacht in Bezug auf Jeremy hatte ich mich längst gewöhnt. Ich schickte den Brief sozusagen ins Leere ab wie eine Flaschenpost, die man dem weiten Ozean anvertraut. Ich rechnete überhaupt nicht mehr damit, dass Jeremy jemals antworten würde. Ob die Nachricht ihn freute? Oder ob sie ihm unangenehm war? Ich konnte es nicht sagen: Ich hatte ihn gekannt, aber jetzt kannte ich ihn nicht mehr. Er konnte eigentlich recht stolz auf mich sein, dass ich sein Kind ausgetragen und geboren hatte. Aber er war nicht mehr der gleiche Mann, den ich geliebt hatte. Ich hatte keinen Platz in seinem anderen Leben. Was ich tun konnte? Nicht viel. Vielleicht nur sein Andenken bewahren, für Charlotte. Denn sie würde gewiss einmal erfahren wollen, wer ihr Vater war. Und dann würde ich ihn neu erfinden müssen, mit meinen Erinnerungen und Träumen und dem wenigen, was mir an Wahrnehmung geblieben war. Dieser Tag würde unausweichlich kommen.

28. KAPITEL

Heute regnet es. Während ich meine Erinnerungen aufschreibe, höre ich Tropfen an die Scheiben prasseln. Es regnet und regnet. Wie die Zeit vergeht! Seit zwei Monaten sitze ich schon vor meinem imaginären Bilderbuch und schreibe mir die Finger wund. Und ich bin erst mittendrin! Es gibt noch so viele Bilder, die ich betrachten will, und Briefe, die ich lesen muss, bevor ich weiterkomme. Ich habe noch einige Briefe von Linchen an ihren Mann gefunden. Und sogar noch ein oder zwei Briefe von Hendrik. Was die Briefe bei meinen Sachen zu suchen haben, ist mir schleierhaft. Unordentlich, wie Linchen nun mal ist, wird sie die Briefe wohl in Münster vergessen haben. Als Hendrik noch lebte, schrieb sie ihm ja auch diese »Liebesbriefe« wie ein Tagebuch und schickte sie nie ab! Wir haben offenbar die gleiche Manie. Im vergangenen Sommer habe ich Linchen in Amsterdam besucht. Eine hübsche kleine Wohnung, das schon, aber wenn ich nur daran denke, was bei ihr alles rumliegt! Ich könnte in diesem Durcheinander nicht leben. Ich würde verrückt werden.

Was meine Erinnerungen betrifft, der schwierigste Teil liegt noch vor mir. Allerdings ist mir inzwischen aufgefallen, dass Erinnerungen von tausend Assoziationen begleitet werden, die man – im Endeffekt – als Sache der Einbildung bezeichnen könnte. Das schafft eine gesunde Distanz.

Also, 1949 kehrten wir nach Münster zurück. Wir hatten eine Wohnung in einem widerwärtigen Backsteinblock gefunden. Vier Zimmer im dritten Stockwerk, ein schlauchartiges Badezimmer, eine Küche mit Abstellraum. Heizen konnten wir nur mit dem Ofen im Wohnzimmer. Weil ich als kräftig galt, musste ich täglich Briketts aus dem Keller schleppen oder Kartoffeln aus der Kartoffelkiste holen. Ich hatte zunehmend das Gefühl, dass mein Rücken dabei zersplitterte. Linchen machte keine Anstalten, mich zu unterstützen.

Immerhin hatten wir Platz.

Und hier der erste Brief von Linchen. Ich klebe ihn hier ein. Sie hat ihn in der Zeit geschrieben, als Mutter schon schwer krank war. Seit 1949 war sie wieder bei uns und kümmerte sich um Mutter, die nur noch liegen konnte. Johan ging hier zu Schule. Und derweil saß Hendrik alleine in Amsterdam und hatte einen Haufen Probleme. Aber wie üblich dachte Linchen in erster Linie an sich.

8. März 1950

Lieber Hendrik!
Ich habe Dir viel zu erzählen, aber meine Zeit ist so knapp. Mutter geht es sehr schlecht. Ich bin deswegen sehr deprimiert. Wenn ich kann, will ich die Wohnung gründlich putzen – im Wohnzimmer habe ich schon drei Monate nichts mehr gemacht. Ich bin sehr müde, lebensmüde, möchte ich sagen. Manchmal steht mir das Heulen näher als das Lachen.
Die Wohnung ist ungeheizt, und Du kannst Dir ja denken, dass es nicht gemütlich ist. Johan friert nachts im Bett. Aber Anna hat das zusätzliche Oberbett der … na ja, Du weißt schon wem, gegeben. Sie heißt übrigens Charlotte. Aber Anna besteht darauf, sie Mädelein zu nennen, was ich unpassend finde. Auch müsste Johan wieder mal Schuhe haben. Anna hat eine Festanstellung gefunden und bekommt regelmäßig ihr Gehalt. Aber selbst wenn sie mir davon 80 Mark für

den Haushalt gibt, wie soll ich davon fünf Personen ernähren? Bleibt etwas Geld übrig, gibt sie es für ihre Tochter aus. Vor einigen Tagen kaufte sie Charlotte neue Schuhe. Johan muss auch welche haben, kommt aber an zweiter Stelle. Der Kinder wegen haben wir viel Lärm und Geschrei in der Wohnung. Zum Glück liebt Charlotte Geschichten. Wenn Mutter ihr etwas vorliest, wird sie still. Dann kann Johan auch in Ruhe seine Schularbeiten machen. Mutter behandelt beide Kinder gleich, aber Vater zeigt deutlich, was er denkt, und wir haben's oft nicht leicht.

Jetzt zu Dir. Du sagst, dass der Verlag nur noch als Name besteht. Aber es ist doch keine Schande, als Übersetzer zu arbeiten! Und warum hast Du wieder Schulden gemacht? Nein, Hendrik, ich bin Dir gewiss nicht böse, aber ich bin erschüttert! Ich glaube kaum, dass wir unsere drei Zimmer unter den Umständen noch behalten können. Miete doch irgendwo ein kleines Zimmer. Wir müssen jetzt auf alles, was nicht unbedingt nötig ist, verzichten. Wir müssen ganz klein und bescheiden werden, Hendrik.

Klein und bescheiden? Wie stellte sich Linchen das eigentlich vor? Bei ihren Ansprüchen! Und Hendrik, der nicht den geringsten Sinn fürs Praktische hatte? Man hätte lachen können, wenn es nicht so tragisch gewesen wäre.

Der nächste Brief ist von der gleichen Art. Und wie Linchen über Charlotte schreibt, bringt mich noch heute in Rage.

7. Juni 1950

Hendrik, mein Lieber!
So geht es wirklich nicht weiter. Du arbeitest zu viel und ruinierst Deine Gesundheit! Wir müssen irgendeinen Ausweg finden. Sobald ich kann, komme ich zu Dir, mein Liebling. Ich werde selbst kochen, Du ernährst dich schlecht – dabei brauchst Du doch viel Kraft! Ich werde natürlich sehr sparsam sein, und unser Essen wird nicht so sein können wie früher. Wir müssen sparen, jeden Monat die Schulden

pünktlich abbezahlen und auch an die Steuern denken. Wir werden das schon fertigbringen, denn wir wissen ja, was wir damit erreichen wollen.
Hier wird es immer schwieriger, den Schein zu wahren. Charlotte geht noch nicht in den Kindergarten. Aber sie hat einen starken Bewegungsdrang und läuft überall im Haus herum. Sie will an der Teppichstange mit den anderen Kindern turnen, obwohl sie eigentlich noch zu klein dafür ist. Die Leute sehen aus den Fenstern, wie Charlotte sich an der Teppichstange hochzieht, nach oben blickt und ihnen die Zunge herausstreckt. Aber wir können die Kleine ja nicht in der Wohnung einsperren, wenn Johan draußen spielt. »Warum muss die bei uns wohnen?«, fragt er manchmal. »Wo kommt die eigentlich her?« Ich nehme an, es sind die Fragen, die ihm die Nachbarn stellen. Ich weiß, dass über uns geklatscht wird.
Anna grüßt man ja kaum im Treppenhaus. Anna ist es egal, was die Leute von ihr denken, aber mich schauen sie auch schief an, obwohl ich an dieser Situation ganz unschuldig bin. Mir ist das sehr peinlich. Die beiden Kinder sind wie Katze und Hund. Und Anna nimmt Charlotte immer in Schutz, sie darf sogar bei ihr im Bett schlafen. Und die Vollmilch, die sie kauft, ist nur für die Kleine bestimmt. Johan darf nichts davon haben. Anna hat überhaupt kein Feingefühl. Und ich finde, dass sie der Kleinen eine ganz schreckliche Erziehung gibt.
Achte bitte auf Deine Gesundheit, Hendrik, rauche nicht zu viel! Und wenn Du müde bist, arbeite nicht weiter, sondern lege Dich zu Bett.
Ich danke Dir für alles und ich küsse Dich – innig.
Deine Linchen

Und hier noch ein kurzer Brief von Hendrik, auf Deutsch geschrieben. Mein Gott! Der Krieg hat uns alle umgehauen! Warum kam der Mann nicht wieder auf die Beine?

2. Oktober 1950

*Linchen, Liebe,
es tut mir so leid, dass ich Dir nichts Erfreuliches mitteilen kann.
Meine Übersetzungen aus dem Deutschen liefere ich stets pünktlich
ab, auf den Tag genau. Aber es kommt einfach nicht genug Geld rein.
Ich glaube, so schlecht war es noch nie mit unseren Geldangelegenheiten. Es dauert so lange, ehe man da herauskommt.
Du weißt, dass ich gerne nachts arbeite. Ich gehe spät zu Bett,
schlafe bis spät in den Tag hinein. Habe heute sehr lange geschlafen.
Ich habe ja zu arbeiten, muss alle Willenskraft aufbringen.
Ich habe starke Zahnschmerzen, schon seit Tagen. Bin beim Zahnarzt
gewesen. Er hat mir zwei Zähne gezogen – ausgerechnet vorne.
Er sagte, es müssten alle raus, vorerst am Oberkiefer. Danach müsste
ich vier bis sechs Wochen warten, damit das Zahnfleisch sich wieder
härtet. Ist so unangenehm, diese Löcher, vorne, mir bleiben nur noch
drei Zähne, aber die wackeln auch. Ich glaube, so wirst Du mich
kaum wiedererkennen. Ich brauche Geld für ein Gebiss, und das
habe ich nicht. Ich bin wirklich ein Pechvogel!
Ich denke viel an Dich, und Johan fehlt mir sehr.
Dein Hendrik*

Ja, das waren schlimme Zeiten für Hendrik. Er war ja im Grunde ein attraktiver Mann. Irgendwann wurde ihm das Gebiss Gott sei Dank endlich angepasst, und er sah gleich besser aus. Und sein alter Mantel war immerhin aus gutem Kamelhaar, abgeschabt, aber immer noch elegant. Keiner wusste, dass er in den roten Zahlen steckte und von der Hand in den Mund lebte. Bis er zuletzt einen Partner fand, der ihm vertraute und etwas Geld in seinen kaputten Verlag investierte. Endlich war das Schlimmste überstanden! Für Hendrik ging es langsam wieder bergauf.

Ich freute mich für ihn, machte mir jedoch mehr Sorgen um seine Gesundheit als Linchen. Sie war eigentlich recht umsichtig, aber da sie keine medizinische Erfahrung hatte, sagte sie nur: »Ach, er arbeitet zu viel. Wenn er sich ausruhen kann, geht es ihm schon viel besser.«

So einfach war das nicht. Er klagte über Blitze oder blaue Tropfen vor den Augen, Kopfschmerzen, extreme Zerstreutheit und Vergesslichkeit – Alarmzeichen, die man nicht unterschätzen sollte. Und in einem seiner letzten Briefe schrieb er:

Ich habe in den letzten Tagen so viel gearbeitet, dass ich zittere. Bin so verträumt, ich fühle mich sonderbar. Du schreibst, ich sollte mich pflegen. Ich weiß es wohl. Vor ein paar Tagen erlebte ich etwas Seltsames: Ich wollte zum Verlag und stieg in die Straßenbahn und fand mich plötzlich in einem ganz anderen Stadtteil, in der Hafengegend, wieder! Ich habe nicht die leiseste Ahnung, wie ich dort hingekommen bin. Wahrscheinlich habe ich geschlafen und ein paar Haltestellen übersehen. Aber zwei Stunden waren vergangen. Wirklich eigentümlich. Und es ist nicht das erste Mal, dass ich Dinge mache, an die ich mich nicht erinnern kann.«

Neurologische Vorgänge hatten mich stets fasziniert. Nicht, dass ich mich auf diesem Gebiet besonders auskannte, aber Hendriks Kopfschmerzen und Absencen deuteten auf Epilepsie hin. Ich versuchte es Linchen beizubringen. Sie reagierte erwartungsgemäß pikiert. »Um Himmels willen! Hendrik kommt doch aus guten Verhältnissen!« In ihren Augen war Epilepsie eine Krankheit für arme Leute, die sich geifernd am Boden wälzten. Ich erklärte ihr, dass sich Hendrik in bester Gesellschaft befand, nämlich bei Napoleon, Julius Cäsar und Alexander dem Großen, um nur die Crème de la Crème zu nennen. Aber Linchen wollte von alldem nichts wissen.

Es kam vor, dass Hendrik seine Frau wochenlang ohne Geld ließ, weil ihm das Zeitgefühl verloren ging. Er beantwortete auch nicht Linchens Briefe. Sie telefonierte von der Post aus, aber er meldete sich nicht, weder im Verlag noch zu Hause. Linchen war verzweifelt. Er war wie vom Erdboden verschwunden. Im besten Fall hielt er sich bei seiner Geliebten auf. An das, was sonst noch passieren konnte, wagte ich kaum zu denken.

Linchen war oft vollkommen mittellos und bat mich um Geld. Ich gab es ihr, auch wenn ich es mir vom Munde absparen musste. Sie würde es mir zurückerstatten, sagte sie, aber ich rechnete nicht damit. Und wie aus heiterem Himmel schickte Hendrik plötzlich wieder ein Geldtelegramm. Er schrieb aber nie, was er inzwischen gemacht hatte. Wahrscheinlich hatte er es nicht mehr in Erinnerung. Ich fragte mich, wie er es überhaupt noch fertigbrachte, Manuskripte zu beurteilen und zu publizieren. Es war, als ob er sich verdoppelte, als ob jemand neben ihm stand, der für ihn arbeitete. Er selbst glitt von dannen.

29. KAPITEL

Seit März 1946 waren in den meisten Städten der britischen Besatzungszone mit mehr als 50 000 Einwohnern sogenannte *British Information Centres* eingerichtet worden. Diese Einrichtungen waren unter den Beinamen »Die Brücke« bekannt und wurden vom britischen Schatzamt finanziert.

Die erste wurde im britischen Sektor Berlins eröffnet. Bald danach gab es sie auch in den neu gegründeten Bundesländern Niedersachsen, Hamburg, Schleswig-Holstein und in Nordrhein-Westfalen. Es ging darum, im Rahmen einer gut ausgeklügelten Kulturpolitik eine geistige Annäherung zwischen den Deutschen und den Siegermächten herzustellen. Sie nannten es die Politik der *Reeducation*. Ziemlich schulmeisterhaft, aber verdammt notwendig nach der Gehirnwäsche, die wir hinter uns hatten. Es gab deutsche und englische Broschüren zu Fragen der Wirtschaft und der Politik, über geistige und sittliche Probleme des heutigen Deutschlands und der Welt, die sich für die Deutschen langsam wieder öffnete. Und viel Material zum Schicksal der europäischen Juden sowie etliche Erinnerungen deutscher Emigranten. Man fand dort auch englische und deutsche Zeitschriften und Zeitungen. In Münster war die Brücke zunächst in den Baracken der Briten auf dem Schlossplatz untergebracht. Es gab eine Bücherei, die auch Kindern zugänglich war, eine Ausleihe und Leseräume. Ich hatte mich schon frühzeitig beworben und bekam im Jahr 1949 eine Stelle als Bibliotheksassistentin in der Ausleihe. Mein Gehalt war gering, aber ich war zufrieden. Ich konnte sitzen, was meinem lädierten Rücken guttat. Komfort war noch ein Fremdwort. Die Räume waren schlecht gelüftet. Es war eiskalt im Winter und erstickend heiß im Sommer.

Mit den Kolleginnen verstand ich mich eigentlich gut, obwohl wir uns nie besonders nahekamen. Wir hatten zwar eine Art von Gemeinschaft, aber die blieb doch an der Oberfläche. Mit Büchern hatte ich bisher nichts zu tun gehabt. Trotzdem gefiel es mir, unter Leuten zu sein, für die Bücher wichtig waren. Nach wie vor arbeitete ich in einem englischen Umfeld, und es war immer Jeremy, den ich vor mir sah. Ich hatte versucht, von ihm loszukommen. Ich versuchte mir innerlich zu sagen: Du dumme Kuh, hör jetzt auf, an den Mann zu denken! Er ist weg, es ist aus und vorbei. Das nützte alles nichts. Ich lebte in einer Windstille der Seele. Aber ich sah ihn in meinen Tagträumen so lebendig und ganz nahe. Und doch – wo war er jetzt? Wo nur, wo?

Inzwischen machte Linchen den Haushalt. Sie arbeitete im Schneckentempo, aber immerhin kümmerte sie sich gut um Mutter, und die Kinder wurden gesund ernährt. Ich war ja auch froh, dass ich abends das fertige Essen auf dem Tisch fand.

Man hatte der Bevölkerung kleine Parzellen am Stadtrand zugeteilt, wo sie Gemüse anpflanzen konnte. Auch Vater bekam einen solchen Schrebergarten. Er legte täglich die Strecke mit dem Rad zurück, pflanzte Gemüse und Beerensträucher an, was unserem Speisezettel guttat. Außerdem saß er nicht mehr den ganzen Tag in der Küche, ein Buch aus dem Lesezirkel in der Hand und rauchend wie ein Schlot. Er war mit den Jahren immer wortkarger geworden. An ein vernünftiges Gespräch mit ihm war nicht mehr zu denken. Wir unterhielten uns über seinen Kopf hinweg.

Mutter starb im Mai des gleichen Jahres. Sie war nur noch Haut und Knochen, ein bejammernswertes Schreckbild. Charlotte war fünf Jahre alt und Zeuge von ihrem Tod. Es war das furchtbarste Ereignis ihrer Kindheit, und es sollte ihre ganze Jugend überschatten.

Inzwischen spezialisierte sich Hendriks Verlag auf holländische und flämische Kunstgeschichte, mit neu definierten historischen Analysen, die in Universitätskreisen Beachtung fanden. Hendrik konnte allmählich seine Schulden loswerden. Aber bevor er Frau und Sohn wieder zu sich holen konnte, musste er sich zunächst nach einer neuen Wohnung umsehen. Linchen blieb inzwischen in Münster.

Im November 1952 war es dann endlich so weit. Hendrik fand eine Dreizimmerwohnung in einem guten Viertel. Das alte Haus war nicht im besten Zustand, aus diesem Grund war die Miete erschwinglich. Hendrik setzte die Wohnung, so gut es ging, instand.

Aber kurz bevor Linchen aus Münster abreiste, geriet der »Alte« in einen heftigen Platzregen. Er kam klatschnass nach Hause. Und anstatt sich umzuziehen, blieb er den ganzen Abend lang in seinen durchnässten Kleidern. Es kam, wie es kommen musste: Er erkrankte an einer Lungenentzündung, von der er sich nicht mehr erholte. Linchen und ich trauerten nur förmlich. Er war da gewesen, jetzt war er weg, und Charlotte setzte sich mit einem herausfordernden Lächeln an seinen Platz am Tischende. Zwar rief Johan entrüstet: »Da saß doch der Opa!«, aber ich ließ sie gewähren. Ich sah eigentlich nichts Schlimmes darin, dass sie sich auf den Stuhl des Großvaters setzte. Warum sollte der Platz leer bleiben?

Danach dauerte es nicht mehr lange, bis Linchen und Johan nach Holland zurückkehrten. Ich war nun mit Charlotte alleine und musste sehen, wie ich damit fertigwurde. Denn bei allen Differenzen, die Linchen und ich hatten – sie war im Haushalt und mit Charlotte doch eine Hilfe gewesen. Ich vermietete eines der nun leeren Zimmer an eine pensionierte Postbeamtin, eine nette Frau, die sich auch ein wenig um Mädelein kümmerte. Wer damals eine

Rente bekam, war froh, ein billiges Zimmer zu ergattern. Außerdem ging Mädelein jetzt in den Kindergarten, der sich zum Glück in der Nähe der Brücke befand. Nach dem Kindergarten wartete sie in dem Leseraum auf mich, bis wir zusammen nach Hause gingen. Bilderbücher interessierten sie, und so konnte sie sich gut alleine beschäftigen. Es blieb allerdings nicht aus, dass die Kolleginnen bald herausbekamen, dass meine Tochter nicht das Produkt einer unbefleckten Empfängnis war. Münster ist erzkatholisch. Oft trafen mich hinterrücks Nadelstiche und mancherlei abschätzig-mitleidige Blicke.

Vielleicht waren sie auch der Meinung, dass Diplom-Bibliothekarinnen etwas Besseres waren als Assistentinnen, die keine gezielte Ausbildung hatten. Das tangierte mich nicht.

Seit nahezu sieben Jahren war ich schon von dir getrennt, Jeremy. Bei mir veränderte sich nichts, außer dass ich im Januar 1954 von der Brücke in die Stadtverwaltung wechselte. Ich arbeitete im Stadthaus im Katasteramt. Das war nur mäßig interessant, aber besser bezahlt. Nein, bei uns ging alles im gleichen Trott.

Nur Münster veränderte sich. Nicht von heute auf morgen, natürlich, sondern ruhig und stetig, alles zu seiner Zeit. Die Zerstörungen waren ja auch gewaltig gewesen. Bis im gleichen Jahr die deutsche Fußballmannschaft zum ersten Mal seit Kriegsende an einer internationalen Meisterschaft in Bern teilnahm. Sie trat in der Vorrunde gegen den Weltmeister Ungarn an und verlor jämmerlich, kam aber dennoch weiter. Und dann – im Finale, erneut gegen Ungarn – geschah, was niemand für möglich gehalten hätte: Unsere Mannschaft gewann. Deutschland war Weltmeister! Der Sieg löste landesweit eine Welle nationaler Begeisterung aus. Die Deutschen konnten an nichts anderes mehr denken. Jubel, Gesänge, Fahnen überall. Erst einmal sah ich die Schatten der Vergangenheit und übte Zurückhaltung, bis mir mein Gefühl sagte: »Beruhige dich, es ist eine andere Zeit.« Ich dachte daraufhin: »Lass sie feiern, sie brauchen das jetzt.« Weil dieser Sieg ein starkes Symbol war. Der wiedergewonnene Stolz ging durch alle Schichten der Bevölkerung. Und wenn ein Fußballspiel die Menschen in die Lage versetzt, etwas Wertvolles aufzubauen, ist das Symbol gut.

Und so war es hinterher auch. Unvermittelt übertrug sich auf allen Gebieten eine emsige, hellsichtige Geschäftigkeit. Auf einmal schien sich die Zeit zu beschleunigen. Nachträglich scheint mir, dass alles fast gleichzeitig geschah. Hierin täuschte ich mich natürlich. Aber mir war, als ob ganz Münster lebendig wurde. Ich musste an einen Garten denken, erstarrt unter Schnee und Eis, der sich auf einmal mit Blumen bedeckte: Tulpen, Klatschmohn, Gladiolen und Sonnenblumen. Und tatsächlich begannen diese Blumen plötzlich auch auf den Kleidern der Mädchen zu blühen. Sie waren plötzlich überall, diese Mädchen. Eine ganz neue Generation. Woher kamen sie? Ich hatte sie zuvor nie gesehen. Sie trugen wadenlange, farbenfreudige Röcke. Und darunter sogenannte Petticoats aus Nylon, früheren Krinolinen ähnlich, aber viel leichter. Sie wurden zu Hause mit Zuckerwasser oder Draht verstärkt und verliehen den Röcken die zauberhafte Form schwingender Blüten. Sie waren schön, diese Mädchen, langbeinig und graziös. Die Mutigsten bevorzugten Fischer- oder Capri-Hosen, knöchelkurz, dazu ganz flache Schuhe, vorne spitz. Das allerdings war Freizeitmode. In Schulen und Büros herrschte nach wie vor strenger Kleiderkodex. Aber das machte nichts: Man hatte Entbehrungen satt, man wollte leben! In der großen Halle Münsterland spielten Musikkapellen von zehn Uhr morgens bis spät in der Nacht. Man konnte dort auch günstig essen. Ich kaufte Süßigkeiten für Mädelein, dicke Bonbons, rot und grün und orange. Sie streckte mir ihre Zunge entgegen, um mir zu zeigen, wie sie sich – je nach Bonbon – verfärbte. Reit- und Springturniere fanden auch wieder statt. Ich besorgte billige Plätze, damit Mädelein die schönen Pferde sah. Auch ging ich mit ihr zum Send auf dem Domplatz und gab ihr zwanzig Pfennig für eine Fahrt in dem Kettenkarussell. Ich kaufte ihr einen Badeanzug, damit sie im Aasee planschen konnte. Ich tat alles, um ihr zumindest für jeweils ein paar Stunden die Illusion einer glücklichen Kindheit zu geben und sie die Schmähungen vergessen zu lassen, denen sie fortwährend ausgesetzt war. Nie hatte ich mir die Liebe zu Jeremy abgewöhnt, ich wäre nicht einmal darauf gekommen, es zu tun. Jeden Tag und jede Nacht dachte ich an ihn, anders hätte ich es nicht überstanden.

Ja, ich hätte gerne sorglos gelebt, aber die Zeit ohne Jeremy war etwas Großes und Stilles in mir. Dass ich einsam war, gehörte dazu.

Inzwischen wuchs Münster und dehnte sich aus. Baumaschinen, Kräne und Lastwagen überall. Straßenbahnen und Züge fuhren wieder. Alte Bäume wurden gefällt, um Platz zu schaffen für breitere Straßen. Die Währungsreform hatte stattgefunden, man verfügte über mehr Geld. Jede Familie, die es vermochte, leistete sich einen »Käfer« – jenen bequemen Kleinwagen aus dem Volkswagenwerk. Der Käfer wurde zum Symbol der Freiheit. 1955 waren landesweit schon eine Million verkauft.

Immer wieder lag mir Mädelein in den Ohren: »Mutti, kauf uns doch bitte einen Käfer!«

Sie hielt sich ja nach der Schule täglich in der Autowerkstatt auf. Sie konnte mir in allen Einzelheiten erklären, wie ein VW-Motor funktionierte. So blöde, wie ich in diesen Dingen schon immer war, konnte ich ja nicht einmal einen Auspufftopf von einem Anlasser unterscheiden! Aber so leid es mir tat, ich musste ihr sagen, einen Käfer – nein. Ich wollte den Wagen nicht auf Raten zahlen. Schulden machen? Nie im Leben! Und die Versicherung und das Benzin? Den Führerschein bekam man auch nicht umsonst.

Ich drehte jeden Pfennig um. Die Entbehrungen hatten mich knauserig gemacht. Man wusste ja nicht, was kam. Ich wollte ein Polster für Unvorhergesehenes. Mittlerweile gab es auch am Prinzipalmarkt, in der Ludgeristraße und am Spiekerhof elegante Modegeschäfte. An den Schaufenstern lief ich schnell vorbei. Ich trug, was ich eben hatte, zum Glück konnte ich mich damit überall sehen lassen. Wer in der Verwaltung arbeitete, musste gepflegt gekleidet sein. Bei den wenigen Gelegenheiten, zu denen ich mir etwas gegönnt hatte, hatte ich immer Wert auf gutes Material und gute Schnitte gelegt. Das hatte sich auf die Dauer bezahlt gemacht. Bei trübem Wetter zog ich einen Regenmantel aus Popeline über und nahm einen farblich abgestimmten Regenschirm mit. Fertig. Mich schön anziehen? Wozu? Für wen? Jeremy war ja nicht mehr da!

Aber zum ersten Mal in meinem Leben ließ ich mir die Haare färben. Der Friseur wollte die Haare deutlich kürzen, das sei jünger und moderner. Ich sagte: »Na, dann kürzen Sie!« Hinterher sah ich mich im Spiegel. Mein Gott, das sollte ich sein? Durch die neue Frisur war mein Gesicht breiter geworden, mit hohen Wangenknochen und einem verbitterten Mund. Ein slawisches Gesicht, wie das meiner schlesischen Urgroßmutter, von der man sagte, dass sie mongolisches Blut hatte. Ich gefiel mir nicht, aber ich dachte: Na ja, jeder Mensch wird alt.

Trotzdem gab es eine Sehnsucht in mir, eine Sehnsucht und alles, was dazugehört. Tagträume und Nächte voller Verlangen. Aber am Morgen sah man mir nichts an. Ich weigerte mich, aus dem Schatten meiner Empfindungen zu treten. Und trotzdem hatte ich eine Zeit lang einen Mann. Das war 1958. Er hieß Wilfried, und seine Frau war ihm davongelaufen. Jetzt war er geschieden. Ich hatte mir einen Hund angeschafft und war bei einem Spaziergang mit Anja mit ihm ins Gespräch gekommen, weil er sich sofort mit dem Tier verstand. Wir teilten die Liebe für Hunde. Er war eigentlich ganz nett, unkompliziert. Er lebte allein nach seiner Scheidung und war einsam. Ich traf ihn ein paarmal, wir unterhielten uns, und ich sagte dann zu ihm: Willst du dich um meine Tochter kümmern? Bei uns hat eine Zeit lang eine Frau zur Untermiete gewohnt, aber sie ist jetzt ausgezogen, und Charlotte kommt nach der Schule in eine leere Wohnung. Das ist nicht gut für sie. Er sagte sofort Ja. Wilfried war Inhaber eines kleinen Elektrogeschäftes an der Bahnhofstraße mit einer Angestellten, sodass er tagsüber Zeit hatte. Zum Geburtstag schenkte er mir ein Tonbandgerät, obwohl ich eigentlich nicht wusste, wozu ich es gebrauchen konnte. Ich hörte ja Radio. Wilfried wollte mich heiraten, aber ich sagte immer wieder zu ihm, er sollte sich das aus dem Kopf schlagen. Ich wollte nicht heiraten, zu sehr hing ich noch an Jeremy. Er war belesen, hatte Humor und war nett und gutherzig, er tat mir leid, weil er es ehrlich meinte.

Doch dann ging sein Geschäft pleite, und die Dinge wurden kompliziert. Charlotte beklagte sich, dass Wilfried seitdem immer nur noch bei uns zu Hause herumsäße.

Hinzu kam, dass ich ihn von meinem sauer verdienten Geld nun mitfinanzieren musste. Aber ich hatte nicht mein Leben lang gedarbt, um einen Mann zu ernähren, an dem mir eigentlich nichts lag. Und so erklärte ich ihm, dass es besser sei, wir trennten uns wieder. Am Ende waren wir nur ein paar Monate zusammen gewesen. Er zog schließlich zu seiner Schwester und sagte, er käme schon wieder auf einen grünen Zweig. Ich war froh, als ich ihn versorgt sah.

Rückblickend muss ich feststellen, dass ich mich ihm gegenüber recht mies benommen habe. Aber es gab diese Sehnsucht in mir, die nie erloschen war und die nicht ihm galt. Und auch später, wenn ich diesen oder jenen Mann kennenlernte, war es Charlotte, die sich von ihrer schlechtesten Seite zeigte und die ... nun, die Bewerber einen nach dem anderen verjagte. Ich konnte es ihr nicht einmal verübeln. Nein, ich war nie mit dem Herzen dabei, und vielleicht spürte mein Mädelein das. Ich lebte nach wie vor mit Jeremy zusammen, er war ein Teil von mir, von ganz innen. Und nach Jeremy sollte es niemanden mehr geben.

30. KAPITEL

Im Nachhinein scheint sich diese Zeit in Windeseile aufgelöst zu haben. Fertig mit ihr, abgetaucht in die Vergangenheit! Aber es war nur mein eigener Lebensrhythmus gewesen, der sich ihr angepasst hatte. Und lebensfroh und bunt war diese Zeit keineswegs. Gewiss, es gab einen Aufschwung, der bessere Alltag brachte ein besseres Leben. Aber diese Jahre, in meiner Erinnerung farbig, waren in Wirklichkeit grau. Man sprach vom Krieg. Was? Schon wieder ein Krieg? Aber wir hatten ja erst einen hinter uns! Mussten wir es denn wieder und immer wieder tun? Aber dieser war anders, dieser war kalt. Beide Großmächte – die USA und die Sowjetunion – standen sich mit Drohgebärden und Raketen gegenüber, hüteten sich aber, das Feuer zu nahe an die Lunte zu bringen. Zwischen beiden lief eine dünne rote Linie. Man sprach vom »Gleichgewicht des Schreckens«. Na ja, solange sich der Schrecken im Gleichgewicht hielt … Aber wir, die verstörten Bürger, von den Schlagzeilen der deutschen und internationalen Presse pausenlos aufgerüttelt, spürten die Kriegsangst im Nacken. Chruschtschow hatte die Berliner Mauer errichtet und uns damit vielleicht eine Friedensgarantie zugespielt, uns aber gleichzeitig mit einem dauerhaften Trauma belastet, nämlich mit dem »Fait accompli«, dass Deutschland geteilt war und auch vorläufig noch geteilt bleiben würde. Das mussten wir erst verarbeiten und verdauen, das ging nicht von heute auf morgen. Inzwischen hatten wir den Kalten Krieg. Innerhalb von Europa war alles klar: Es gab Ost und West. Außerhalb von Europa war alles unklar. Laos, Vietnam und das kubanische Debakel. Die Gefahr war überall. Wie viel Zukunftslosigkeit, wie viel Angst ertrug die menschliche Psyche, wie und zu welchem Zeitpunkt drohte ein Umkippen? Und inzwischen trafen sich die Großen dieser Welt zum Lunch, besprachen zwischen Aperitif und Hauptgang das Hinmetzeln ganzer Völker. (In dieser Hinsicht hatte mich Jeremy über einiges aufgeklärt.) Es ging eigentlich nur darum, uns in einer ständigen Krise zu halten, damit wir auf Abruf bereit waren, die Freiheit oder so etwas Ähnliches zu verteidigen. Es war, als ob ein führerloses Vehikel durch die Nacht in einer unbelcuchteten Straße auf eine Steinwand zuraste. Ein totaler Krieg konnte diese Zivilisation in einen Haufen übel riechender Asche verwandeln. Indessen, ich kam allmählich zu der Auffassung, dass die Waffenarsenale insofern einer gewissen Logik entsprachen, als sie die Idee eines Sieges mit solchen Mitteln definitiv ad absurdum führten. Mir war das »Gleichgewicht des Schreckens« allmählich wurscht. Keine Ahnung, wer die Bezeichnung erfunden hatte, aber die Frage hatte aufgehört, mich zu bekümmern. Ich wollte nur noch in Ruhe arbeiten und mein Geld verdienen.

Mit Charlotte hatte ich genug Sorgen. Sie war eine Rebellin, und Rebellion lag ja in der Luft. Die Sechzigerjahre, diese Jahre der Konfrontation zwischen Ost und West, waren zugleich auch die Jahre der Jugend. Einer Jugend, die zum Entsetzen der Eltern trank und kiffte, die nicht mehr gesittet Cha-Cha-Cha tanzte, sondern wie besessen rockte und twistete. Elvis Presley, glutäugig und frenetisch, der auf die Gitarre haute und anzüglich mit dem Po wackelte, machte es allen vor. Ray Charles, Little Richard und wie sie noch alle hießen, erschütterten mit verrückten Rhythmen die Öffentlichkeit. Und später dann auch die Beatles und die Rolling Stones. Die Jugend kam zu Happenings zusammen, strömte zu den

Konzerten der Beatbands, hüpfte wie in Trance, drehte sich und wirbelte, geriet kreischend aus dem Häuschen. Die Bewegungen entsprachen einer neuen körperlichen Freude, einem neuen Gefühl der Freiheit. Die verkrusteten politischen Strukturen, die Zwänge der Religion und der Gesetze explodierten. Von Zucht und Haltung sprach man nur noch in der Schule, und keiner hörte zu. Ich beneidete die Jugend um ihre neue Freiheit, ach, hätte ich die auch bloß gekannt!

Charlotte machte Abitur. Und kurz darauf verkündete sie mir, dass sie nach Berlin wolle.

»Warum nach Berlin?«, fragte ich sie.

»Da leben Leute, die mir gefallen. Künstler, Freidenker. Ich hasse Münster! Hier gibt es nichts Spannendes, nichts Kreatives. Ich sehe nur dicke graue Leute mit Hut und Regenschirm und Schuhen mit schiefen Sohlen. Sie sehen alle wie Fossile aus. Und dir falle ich ja schon lange auf die Nerven.«

»Und was wirst du in Berlin tun?«

»Eben, darüber wollte ich mit dir reden. Ich will auf die Filmakademie und lernen, wie man Filme macht.«

»Und was interessiert dich daran?«

»Die Sprache der Bilder. Ich habe mir Tag und Nacht Notizen gemacht zu Dingen, die ich beobachte und die mich beschäftigen. Die will ich auf Bilder übertragen und sehen, wie sie Form annehmen. Ich will meine Gedanken sichtbar machen.«

Das hörte sich zumindest fundiert an. Ich war unwillkürlich beeindruckt.

»So. Und was erwartest du von mir?«

Sie erwartete natürlich Geld. Diesmal sollte es nur ein Darlehen sein, um sich die teure Kamera mit Zubehör zu leisten, die sie angeblich brauchte. Ich willigte ein – unter der Bedingung, dass sie es mir zurückzahlte, sobald sie eigene Kohle hatte. Sie versprach es hoch und heilig, so wie sie alles versprach, wenn sie etwas haben wollte. Und sie betonte nachdrücklich, dass sie es diesmal ernst meinte.

Also ging ich nach Büroschluss mit ihr die Kamera kaufen. Ich war überrascht, mit welcher Leichtigkeit und Sicherheit sie den komplizierten Apparat handhabte. Sie hantierte geschickt mit dem Spiegelobjektiv, dem Bildsucher und dem ganzen Zubehör. Meinerseits hatte ich einen Riesenrespekt vor dem Zeug.

»Toll, wie du damit umgehen kannst«, sagte ich.

Sie lächelte selten, und das war schade. Das Lächeln stand ihr gut. Auch jetzt lächelte sie nur flüchtig.

»Macht Spaß!«

»Schön«, sagte ich, »aber kannst du auch Geld damit verdienen?« Sie sah mich an, »von oben herab«, wie man sagt. Ihr Ausdruck wurde kalt und überlegen.

»Wenn ich es will«, sagte sie.

Ich machte mir keine Illusionen. Aber was wusste ich schon? Es gab noch Wunder auf Erden.

In Berlin wollte sie in eine WG ziehen. Wo getrunken und gekifft wurde, wie ich in der Zeitung gelesen hatte – von allem anderen ganz zu schweigen. Mein Mutterhormon regte sich.

»Charlotte, bitte«, meckerte ich. »Muss es unbedingt eine WG sein? Du weißt doch, wie es da zugeht. Deine ganzen Fähigkeiten nützen dir nichts, wenn du dich dauernd betrinkst oder mit Drogen experimentierst. Und stell dir mal vor, dir geht es wie mir, und du wirst schwanger.«

Sofort kam die Retourkutsche.

»Eine WG, ist das nicht das, was du dir vorstellst? Außerdem: So dumm wie du werde ich niemals sein! Hast du nie etwas von Verhütung gehört?«

Mit nur einem Satz hatte sie mich schachmatt gesetzt. Wann würde ich mir endlich abgewöhnen, hinter ihr herzuglucken? Es war mir nie gelungen, sie im Zaum zu halten. Sie war eine sensible junge Frau, unverschämt, überdreht, launisch, unerträglich. Und hochbegabt und intelligent und manchmal auch so dumm, so unnachgiebig darin verbohrt, ihre Unabhängigkeit zu verteidigen, dass man nur den Kopf schütteln und sie in Ruhe lassen konnte.

Und dann ging sie also nach Berlin. Sie hatte die Aufnahmeprüfung an der Filmakademie tatsächlich bestanden. Dem Anschein nach war sie sogar recht engagiert bei der Sache.

Und bald darauf begann die freigeistige und freizügige Hippiezeit. Ihr Leitgedanke »*Make love not war*« war genau das, was unsere muffelige Gesellschaft jetzt brauchte. Die Hippies wollten einen Menschentyp erschaffen, der kein Intellektueller oder rentabilitätssüchtiger Technokrat war, sondern einen, der die Erde liebte und nahe an der Natur leben konnte und trotzdem fantasiebegabt, kultiviert und gebildet war. Ihre jungen Seelen riefen nach echtem Idealismus, verlangten einen Glauben, egal, woher er kam, um der harten, materialistischen Realität eine menschliche Substanz zu geben. Sie brachen ein Tabu nach dem anderen, missachteten die politischen und religiösen Ideologien, um die menschliche Erfahrung in allen Spielarten des Geistes in den Vordergrund zu bringen.

Ich beobachtete diese Entwicklung, weil die Welt mich stets in Verwunderung setzte und ich Lust hatte, diese Verwunderung mitzuerleben. Doch ich blieb skeptisch. Ich war schon bei einigen intellektuellen Schiffbrüchen dabei gewesen. Ich hatte erlebt, wie die Gewissheiten einer ganzen Nation auf Unwissen gegründet waren, wie Schöngeister und Autoritäten sich in bissige Widersprüche verwickelten, bis alles platzte. Die Tatkraft und Begeisterung der Jugend hatte etwas freudig Emporreißendes an sich. Aber ich sah auch die epochalen Zusammenhänge und widerstand der Versuchung des Optimismus. Und mein Argwohn wurde bestätigt. Die Welt veränderte sich mit Macht, 1968 war eine Jahreszahl, die weltweit für Revolte stand, für Aufstand gegen das Herrschende und Althergebrachte. Ursache und Wirkung. Die Krise brachte ein revolutionäres Element in die Hippie-Bewegung. Die starren Strukturen waren ja noch vorhanden. Eine intellektuelle Unrast machte sich breit, die Zeit der Aktivisten begann. Es folgte eine allgemeine Verhärtung. Wir waren haarscharf an einem Weltkrieg vorbeigekommen. Wir hatten jetzt einen Gesellschafts- und Generationenkrieg.

Linchen unterdessen war wieder bei ihrem Mann. Aber nach der ersten Euphorie waren beide ernüchtert. Linchen fand die Wohnung desaströs. Und Hendrik hatte so lange alleine gelebt, dass ihm seine Frau ziemlich bald auf den Wecker ging. Linchen kochte gut, aber das war auch alles. Sie erledigte jede Hausarbeit im Zeitlupentempo. Das hat sich bis heute nicht geändert. Sie nähte neue Vorhänge mit wunderbar akkuraten Stichen, polierte die Möbel spiegelblank, und um sie herum häufte sich die größte Unordnung. »Ich muss die Betten machen«, sagte sie beim Aufstehen, und man ging abends ins ungemachte Bett. Nach den Mahlzeiten stellte Linchen zwei Schüsseln auf den Tisch – eine mit Seifenlauge und die andere zum Abspülen – und reinigte pingelig Geschirr und Besteck. Johan musste abtrocknen. Er döste vor sich hin oder hielt ein Buch in der Hand und las, bis der nächste Teller kam. Dass die Eltern sich nichts mehr zu sagen hatten, nahm er kaum zur Kenntnis.

1961 wurden meine Befürchtungen wahr: Hendrik verunglückte tödlich. Er hatte immer wieder diese Absencen gehabt, die Linchen viel zu wenig beachtete. »Er ist sehr zerstreut«, meinte sie lediglich. »Und er hat zu wenig Schlaf. Er sollte früher ins Bett gehen, aber ich rede mir den Mund fusselig.« Ein Arzt hatte ihn flüchtig untersucht und auch gemeint, das sei nicht weiter schlimm. An einem Morgen hatte Hendrik dann einen Termin mit einem Historiker, einem recht bedeutenden Mann, übrigens. Er erschien aber nicht zur abgemachten Zeit. Einige Stunden später wurde er in einem Vorort, wo er nichts zu suchen hatte, von der Straßenbahn überfahren. Der Fahrer konnte nicht rechtzeitig bremsen. Hendrik war eine Zeit lang orientierungslos herumgeirrt, bevor er im Dämmerzustand gegen eine Straßenbahn geprallt war. Er war auf der Stelle tot.

Linchen kaufte einen Sarg – den billigsten, der zu haben war – und bezahlte das Grab für die nächsten fünf Jahre. Ein paar Leute kamen zur Beerdigung. Lektoren und Übersetzer, die ihn gekannt und geschätzt hatten. Sogar Hendriks vornehme Eltern, mit denen er jahrelang keinen Kontakt mehr gehabt hatte, standen plötzlich auf dem Friedhof. Sie hatten nasse Augen und gaben sich versöhnlich, ließen Linchen aber wissen, dass sie von ihnen nichts zu erwarten hatte. »Wir haben im Krieg alles verloren«, sagte die Schwiegermutter. »Und nun haben wir zum Leben zu wenig und zum Sterben zu viel.«

Linchen hatte mir ein Telegramm geschickt. »Hendrik lebt nicht mehr, und ich bin in großer Not.« Ich schickte ihr Geld, konnte aber nicht monatelang für sie aufkommen. Ich hatte ja bereits Charlotte, um die ich mich kümmern musste. Und der Verlag? Wer sollte ihn weiterführen? Hendriks Partner, der Geld in das Unternehmen gesteckt hatte, versuchte es eine Zeit lang mit leidlichem Erfolg. Er hing an dem Verlag und wollte nicht aufgeben. Mittlerweile arbeitete Linchen als Gouvernante, betreute Säuglinge und alte Damen. Nach wie vor erledigte sie alles im Zeitlupentempo. Einmal höhere Tochter, immer höhere Tochter. Sie verdiente natürlich viel zu wenig. Mit Würde trug sie ihre alten Kleider und war froh, dass sie mit Ach und Krach ihre bescheidene Miete und Johans Studium zahlen konnte. Nach dem Unterricht arbeitete er bei einem Eiscremehersteller am Fließband, wo er Eis schlecken konnte, so viel er wollte, und erheblich zunahm.

Der Zustand zog sich noch viele Monate in die Länge, bevor Linchen einmal in ihrem Leben Glück hatte. 1964 betreute sie ein Kleinkind bei einer Zahnarztfamilie, als sie Fernando da Costa kennenlernte. Fernando war Zahntechniker, arbeitete in einer Schweizer Praxis und nahm an einem Kongress in Rotterdam teil. Es war Sonntag, und man hatte ihn zum Essen eingeladen. Die Gastgeberin wollte dem Besucher ihr Söhnchen vorführen. Mit madonnenhaftem Lächeln kam Linchen mit dem Kleinen aus dem

Kinderzimmer, und Fernando erblickte die Frau seiner Träume! Keine Ahnung, was er an ihr fand. Er hatte einfach einen Narren an ihr gefressen. Na, egal. Jedenfalls ließ sich Linchen gerne umwerben. Fernando war einen Kopf kleiner, ein rundlicher Mann mit Glatze, gutherzig und ehrlich. Sie heirateten dann auch recht bald, und Linchen zog mit ihm nach Lausanne, in die französische Schweiz. Linchen hatte endlich das, was sie stets vermisst hatte: eine schöne Wohnung, einen Mann mit geregeltem Einkommen, der sie auf Händen trug und ihr eine Putzfrau zahlte. Und Johan konnte in Ruhe studieren. Von Vanilleeis hatte er für sein Leben lang genug.

31. KAPITEL

Die eigenen Lebenserinnerungen sind das, was uns am Ende bleibt, wenn wir für alle anderen unwichtig geworden sind. Für mich interessiert sich kein Mensch mehr. Es sei denn, dass mein Name noch in irgendeiner Akte des britischen Geheimdiensts vor sich hin döst. Heutzutage ist mir das schnuppe geworden. Kratze ich ab, wird die Akte sowieso geschlossen. Exit die zwielichtige Deutsche.

Ich hatte mehrmals versucht, mit Charlotte über ihren Vater zu sprechen. Aber da war nichts zu machen. Jedes Mal sprudelten ihre alte Verzweiflung, ihre Wut, ihr beleidigter Stolz wie ein Sturzbach aus ihr heraus. Ich zappelte in den Fluten und hielt mir die Ohren zu. Aber immer wieder dachte ich, dass sie eigentlich das Recht hätte, den Namen ihres Vaters zu tragen. Das gäbe ihr zumindest eine Legitimität. Als ich einmal fragte, was sie tun würde, wenn ich ihn aufspürte und er seine Vaterschaft anerkennen würde, kam die Antwort wie aus der Pistole geschossen: »Ich würde ihm die Fresse einschlagen!«

Was dazu sagen? Am besten nichts. Charlotte hatte einen ausgesprochenen Gerechtigkeitssinn, und dass Jeremy sich aus dem Staube gemacht hatte, empfand sie als persönliche Beleidigung. Irgendwann fragte sie mich in ihrer direkten Art: »Hast du dich nie geschämt, dass du ein uneheliches Kind hattest?«

Nein, geschämt eigentlich nie. Ich wollte Jeremys Kind. Sie hatte nachgehakt: »Als Ersatz?«

»Na gut, meinetwegen als Ersatz.«

»Du hast natürlich nur an dich gedacht!«

Das war mal wieder rotzfrech, aber leider auch zutreffend. Es stimmte ja, dass ich dabei zu wenig an Charlotte selbst gedacht hatte, an das, was es für sie bedeuten würde, im Nachkriegsdeutschland als uneheliches Besatzungskind aufzuwachsen. Hinter ihren Vorwürfen und Beschuldigungen steckte eine bittere Realität. Immer wieder versuchte ich ihr zu erklären, dass die Story nicht dem entsprach, wie sie sie sich zurechtgelegt hatte. Und dass ihr Vater nicht das Monstrum war, das sie permanent vor Augen hatte. Aber ich fürchtete mich. Ich hatte Jeremy blind vertraut, und er hatte mich an der Nase herumgeführt, meine Briefe nicht beantwortet und sich einen Dreck darum geschert, ob er in Deutschland ein Kind hatte oder nicht. Der Mann hatte mich längst vergessen, war noch immer mit der gleichen Frau verheiratet oder mit einer anderen und hatte mit dieser höchstwahrscheinlich Nachwuchs. Was sollte die Familie sagen, wenn dem unbescholtenen »Daddy« Fehltritte aus früheren Zeiten an den Kopf geworfen wurden? Und auch ich hatte schließlich meinen Stolz.

Wenn Charlotte mich mal in Münster besuchte, trug sie die Uniform der radikalen Studenten: schwarze Hosen, oben eng und unten weit, schwarzer Pulli, hochhackige Stiefel. Sie kam mir wie ein Panther vor, ein unberechenbarer schwarzer Panther. Ihre Ähnlichkeit mit Jeremy war unheimlich, fatal. Die hohen Wangen, das kantige Kinn, die schön geformten Lippen. Sie war geschickt in der Art, mich verantwortlich zu machen für all das, was sie in ihrem Leben vermasselt hatte. Sie zwang mich, zu meinen Erinnerungen zu stehen, bis sie keinen Sinn mehr ergaben. Ja, ich hatte einen Mann geliebt, ja, ich war von ihm geschwängert worden, und ja – er hatte mich verlassen. Aber was konnte ich heute noch daran ändern?

Charlotte rächte sich, indem sie in Berlin mit Gleichgesinnten Mauern verschmierte, Scheiben einschlug und politische Sprüche durch ein Megafon brüllte. »Tod dem Imperialismus!« und Ähnliches. Oder sie kreischte chinesische Namen: »Mao-Mao-Tse-Tse-tung-tung« oder »Ho-Ho-Ho-Chi-Minh«. Sie schmetterte Pflastersteine gegen »kapitalistische« Gebäude. Ihre Jugend war einsam gewesen. Der Traum einer gerechten Welt und der für sie neue Zusammenhalt in einer Gruppe berauschten sie. Ihr politisches Engagement stärkte ihr Selbstvertrauen, und ihre kritische innere Stimme wurde laut und fordernd. Einmal landete sie nach einer Demonstration, bei der es besonders hoch hergegangen war, sogar in Untersuchungshaft. Ich erhielt einen Anruf und zahlte eine Kaution, damit sie wieder rauskam. Charlotte tat, als sei das alles nichts Besonderes.

Unterdessen wuchs in mir das Bedürfnis, nach Jeremy zu forschen. Ich konnte es nicht mehr ertragen, dass Charlotte ständig über ihrem Vater zu Gericht saß und ihn erbarmungslos verurteilte. Ich dachte, wenn sich die beiden auf irgendeiner Ebene finden würden, könnte ich mich endlich zurücklehnen und Atem holen. Das war meine größte Hoffnung.

Und da war noch etwas anderes, tief in mir, etwas, das ich kaum an die Oberfläche meiner Gedanken ließ: Ich wollte ihn wiedersehen! Ich hatte ihn geliebt, ich liebte ihn immer noch. Ich hatte kein einziges Mal versucht, Jeremys Andenken aus meinem Herzen zu verbannen. Im Gegenteil zog ich es immer fester an mich heran. Ich sah noch sein Gesicht, den vollen, etwas ironischen Mund unter dem gepflegten Schnurrbart, seine elegante Hand, die mir eine angezündete Zigarette zwischen die Lippen schob, wenn wir nach der Liebe unsere Haut, unsere Wärme, das gemeinsame Klopfen unserer Herzen noch spürten.

Wenn ich einsam war, so war es die Einsamkeit einer Frau, die immer noch ein Bildnis in sich trug, dem Zeit und Trennung nichts anhaben konnten. Nie war der Schmerz gemildert, er drang in mein Fleisch wie ein Stachel, und bei jedem bösen Wort Charlottes drang dieser Stachel tiefer. Man sagt, die Zeit brächte alles zur Reife, die Zeit sei Siegerin über Liebe, Freude und Schmerz. Das konnte ich aber nicht glauben, weil ich es anders empfand.

Inmitten der Verwüstung war ich Jeremy begegnet und hatte mit ihm das erste menschliche Glückserlebnis erlebt, das mir bis dahin beschieden worden war. Denn je unerträglicher sich die Realität um mich herum gezeigt hatte, desto intensiver hatte ich diese Liebe empfunden. Dachte ich an unsere Umarmungen, wurden meine Schenkel immer noch schwach, ich spürte in mir die Feuchte des Verlangens, mein Atem beschleunigte sich und geriet ins Zittern. Törichte Fantasien! Aber sie waren ein Teil von mir, ich konnte sie nicht aus der Welt schaffen. Und je länger ich mir darüber Gedanken machte, umso klarer wusste ich, dass ich etwas unternehmen musste. Mir blieb nichts anderes mehr übrig, als an den alten Narben zu kratzen, sie aufzureißen, bis sie bluteten. Ich redete mir ein, dass ich es nur für Charlotte tat. Aber ich konnte mir nichts vormachen: In Wirklichkeit tat ich es für mich, für meinen Herzensfrieden. Und als sie mal wieder anrief und um Geld bettelte, sagte ich ihr, dass ich erst einmal mit ihr reden wollte.

Sie kam eigens aus Berlin, und war doch auf dem Sprung. Ihr Haar war rot gefärbt, mit Zuckerwasser eingerieben und stand in die Höhe wie ein Hahnenkamm. Ich fand die Frisur schrecklich, aber enthielt mich jeden Kommentars.

»Setz dich doch.«

»Keine Zeit, ich bin auf der Durchreise.«

»Dann bleib meinetwegen stehen. Was ich dir sagen möchte: Ich will versuchen, Verbindung mit deinem Vater aufzunehmen. Ich werde mich an die deutsche Botschaft und an das britische Außenamt wenden.«

Sie zog die Schultern hoch und schaute mich verächtlich an.

»Ihm nachrennen, also. Und du meinst, dass sich dadurch etwas ändert?«

»Könnte sein.«

»Das würde mich wundern. Was bin ich denn für ihn? Nur sein Sperma!«

»Charlotte! Benimm dich gefälligst wie eine erwachsene Frau.«

Ihre schwarz umrandeten Augen funkelten mich an.

»Dann behandle mich auch so! Und außerdem, du findest ihn ja doch nicht. Er liegt wahrscheinlich längst auf dem Friedhof, und seine Frau stellt Blumen auf sein Grab.«

»Und wenn ich ihn doch finde?«

»Dann wird er alles abstreiten. Er wird dich als durchgeknallt darstellen. Und eine uneheliche Tochter? Wo ist der Beweis? Du wirst gebeten werden, ihn *please* in Ruhe zu lassen. Er will es sich doch nicht mit seinem Frauchen verderben!«

»Wir wollten heiraten. Er hat mir den Ring seiner Mutter geschenkt.«

»Bist du sicher, dass er ihn von seiner Mutter hat? Und nicht vom Flohmarkt?«

»Ich gab dir ihren Namen, Charlotte.«

Sie lachte bitter auf.

»Und du glaubst, dass er sich gefreut hat?«

Eine Zurechtweisung brachte ich nicht über die Lippen. Sie tat mir so unendlich leid. Nicht, weil ich sie geboren hatte, sondern weil ich sie so viele Jahre allein gelassen hatte. Alleine auf dem Schulweg, mit dem Schlüssel um den Hals, alleine in der Wohnung, bis ich heimkam und kochte.

Ich sagte: »Du brauchst ganz und gar nicht zu lachen. Ich kümmere mich jetzt um die Sache. Verstanden?«

»Tu, was du nicht lassen kannst!«

Ich hatte das Geld für sie von der Bank abgehoben. Charlotte riss mir den Umschlag fast aus der Hand.

»Na, tschüss dann, ich muss los.«

Sie steckte das Geld ein und hätte sich lieber die Zunge abgebissen, als Danke zu sagen.

Es war sieben Uhr, als Charlotte ging. Und ich entsinne mich an diesen Abend im September 1971, als sei es erst gestern gewesen. In dem Flur schien noch die Sonne, und Charlottes Schatten glitt über die Wand. Mir aber war, als ob neben ihr ein anderer Schatten wanderte, der Schatten eines hochgewachsenen Mannes, verformt durch die verflossene Zeit. Der Schatten einer Kraft, die ganz nahe war. Schon riss Charlotte die Wohnungstür auf und knallte sie hinter sich zu, dass man es im ganzen Treppenhaus hörte. Und beide Schatten verschwanden.

32. KAPITEL

Im November erhielt ich einen Brief von Linchen, in dem sie mich fragte, ob ich sie nicht ein paar Tage in der Schweiz besuchen wollte. Ich schrieb ihr postwendend zurück und sagte freundlich ab. Dazu gab ich aus dem Stegreif ein paar fadenscheinige Gründe an. Es stimmte ja schon, dass mir nur zehn Tage Urlaub zustanden. Und auch, dass ich meinem schon etwas betagten Hund ungern noch so lange Reisen zumuten wollte. Das alles enthielt ein Körnchen Wahrheit, aber das Wesentliche behielt ich für mich. Nämlich, dass ich nach langem Zögern endlich über meinen Schatten gesprungen war und Mitte Oktober das englische Konsulat aufgesucht hatte. Dort hatte ich erklärt, dass ich aus privaten Gründen Kontakt mit Captain Jeremy Fraser suchte, der bis Ende April 1946 in Münster stationiert gewesen war. Der Beamte war ausgesprochen freundlich und entgegenkommend gewesen, hatte alles aufgeschrieben und mir versprochen, dass er der Sache nachgehen würde.

Seitdem waren vier Wochen vergangen. Linchens Brief war also im denkbar schlechtesten Augenblick eingetroffen. Ich wartete und wartete und wurde allmählich nervös. In dieser Zeit hatte ich auch im Büro so wenig zu tun, dass ich mir sogar den Pullover mitnahm, an dem ich gerade strickte. Aber dadurch verging die Zeit nicht schneller.

Und plötzlich eine Mitteilung vom Konsulat, dass eine Bekanntgabe der heutigen Anschrift des Herrn Jeremy Aubrey Fraser durch das englische Außenamt nicht erfolgen könne.

Die Antwort wäre niederschmetternd gewesen, hätte sie mir nicht zugleich zu verstehen gegeben, dass er zumindest am Leben war! Aber wo er sich aufhielt, wollte man mir nicht mitteilen. Doch ich ließ nicht locker. Was man angefangen hat, soll man auch zu Ende bringen. Wer weiß, ob ich später noch den Mut dazu aufbringen werde? Also schrieb ich an die deutsche Botschaft in London und bat um Mithilfe. Wobei ich allerdings klarstellte, dass es um einen Feststellungsbeschluss über die Vaterschaft des Herrn Jeremy Fraser zugunsten meiner Tochter Charlotte ging.

Und weil ich allmählich in Fahrt kam, habe ich auch an das Amtsgericht Münster geschrieben und meine Situation geschildert. Ich erklärte, dass ich vom Konsulat einen negativen Bescheid erhalten hatte. Dass ich aber gleichzeitig erfahren hätte, dass mein Gesuch auch den erwachsenen Familienangehörigen von Jeremy zugestellt werden konnte. Ich nahm an, dass Jeremys Mutter längst das Zeitliche gesegnet hatte. Folglich legte ich für das Amtsgericht ein Begleitschreiben bei, in dem ich vorschlug, meinen Brief an Herrn Frank Fraser, 589 King Edward Road, Manchester, zu schicken, mit der Bitte, ihn an seinen Vater weiterzuleiten.

Mutter hätte gesagt: »Doppelt genäht hält besser!«

Seitdem saß ich wieder da und wartete. Es war wirklich nicht normal, so lange zu warten. Aber ich war nach wie vor der Meinung, dass es meine Pflicht gegenüber Charlotte war. Ich konnte ihre Hasstiraden einfach nicht mehr ertragen!

Und außerdem – aber das war eine Sache, die kaum an die Oberfläche der bewussten Gedanken kam und über die ich nie ein Wort verlor: Ich wollte ihn wiedersehen!

33. KAPITEL

Das alte Jahr ging, das neue begann – nichts geschah. Ich fühlte mich wie in einem dieser Träume, wo man die Beine bewegt und nicht vom Fleck kommt. Und da – unvermittelt – ging eine Tür auf! Ende März bekam ich ein Schreiben von der deutschen Botschaft in London.

Botschaft der Bundesrepublik Deutschland
23, Belgrave Square
London SW1X 8PZ

London, den 26. März 1972
Sehr geehrte Frau Henke,
die Botschaft hat aufgrund Ihres Schreibens vom 10. November 1971 das Konsulat in Liverpool gebeten, die Anschrift von Herrn Jeremy Fraser ausfindig zu machen. Auf das beiliegende Merkblatt darf verwiesen werden.
Mit freundlichen Grüßen.

Das Merkblatt bestand aus einer Abfolge von Regelungen betreffend der Durchsetzung von Unterhaltsansprüchen unehelicher Kinder, die in Deutschland lebten und deren Väter in England ansässig waren. Da Großbritannien dem Übereinkommen von 1965 über die Geltendmachung von Unterhaltsansprüchen im Ausland nicht beigetreten wäre, sei das Verfahren nahezu aussichtslos. Unterhaltsklagen unehelicher Kinder könnten nur geltend gemacht werden, wenn das Kind in England geboren sei, also durch Geburt ein britischer Staatsangehöriger war.

Und so weiter und so fort. Ach Gott!

Charlotte war in Telgte geboren und über das Alter von irgendwelchen Unterhaltsansprüchen längst hinaus. Aber das Schreiben von der Botschaft war insofern ein Lichtblick, als dass es mich informierte, dass der Fall weiterhin in Bearbeitung war. Ich schöpfte neue Zuversicht. Später erfuhr ich, dass ich es dem Amtsgericht Münster verdankte, dass die Akte nicht unter den Tisch gekehrt worden war. Das Schicksal der Besatzungskinder bereitete den deutschen Behörden nach wie vor Kopfzerbrechen. Seit Kriegsende tauchte das Problem immer wieder auf. Die Rechtslage war eigentlich klar, aber nach Ende der Besatzung hatten viele Frauen aus Scham Stillschweigen bewahrt. Lauter stumme Fische in den trüben deutschen Gewässern. Es waren ihre erwachsenen Kinder, die nun den Mund aufmachten und lautstark Entschädigung forderten.

Dem Merkblatt entnahm ich noch einige wichtige Informationen. So erfuhr ich, dass es in England kein polizeiliches Meldewesen gab, wie wir es aus Deutschland kennen. Ferner, dass die Behörden nicht befugt waren, eine persönliche Anschrift bekannt zu geben, auch wenn sie von dieser Kenntnis hatten. Nur in Ausnahmefällen konnte die Botschaft an die örtlichen Behörden herantreten und die Weiterleitung eines unverschlossenen Briefes an die gesuchte Person beantragen. In meinem Fall würde man den Brief über den Weg der Ausländerabteilung des Innenministeriums zum Archiv des Kriegsministeriums leiten. Hierzu mussten die genauen Personalien vermerkt werden, und bei den ehemaligen Angehörigen der Stationierungsstreitkräfte die Angabe, ob *Airforce, Army* oder *Navy,* sowie die entsprechenden Erkennungsnummern. Ebenfalls waren die Nennung des Dienstgrads und der letzten Einheit erforderlich.

Es folgte die – zugegeben optimistische – Schlussbemerkung: Falls sich die gesuchte Person daraufhin meldete, könne ohne Weiteres Verbindung mit ihr aufgenommen werden.

Es war meine einzige Hoffnung! Ich hatte die Angaben, nichts fehlte, ich schickte alles ab.

Den Brief, den Linchen mir Anfang April zukommen ließ, nachdem ich ihr von dem Schreiben berichtet hatte, habe ich ebenso sorgfältig aufbewahrt wie alle anderen. Sie teilte die Meinung von Charlotte, servierte sie mir lediglich in der ihr eigenen Moralinsoße.

Anna, ist dir eigentlich bewusst, dass Du Dich in das Leben von Menschen einmischst, die – möglicherweise – keinen Kontakt mit Dir wünschen? Dein Engländer ist verheiratet, hat erwachsene Kinder und jetzt – nur Deiner Laune folgend – machst Du ihm und seiner Familie das Leben schwer. Weiß er überhaupt, dass er in Deutschland eine erwachsene Tochter hat? Bevor Charlotte geboren wurde, hast Du Dich vergeblich bemüht, mit ihm in Kontakt zu treten. Er hat Dir durch sein Schweigen zu verstehen gegeben, dass er seine Verantwortung nicht tragen wollte – Männer sind nun einmal so.
Es sei denn, er hat Deine Briefe nie erhalten, aber das ist absolut unwahrscheinlich, auf die Post ist doch Verlass. Ich an Deiner Stelle würde es nicht wagen, den Mann zu belästigen und diese alte Geschichte wieder ans Licht zu bringen. Du willst mir weismachen, dass Charlotte es nötig hat, ihren Vater zu kennen? Wozu? Sie ist doch kein Kind mehr! Und Du selbst, was erhoffst Du Dir davon? Wohin führt Dich Deine Hartnäckigkeit? Warum liegt Dir so viel daran, diese alte Geschichte wieder auszugraben? Du setzt Dich damit ja nur selbst in ein schlechtes Licht. Was damals geschah, hätte Dir doch eine Lehre sein müssen. Hast Du denn nicht einen Funken Stolz im Leib?

Ich war verärgert. Aber was war von Linchen anderes zu erwarten? Doch sie hatte auch etwas geschrieben, das in meinem Kopf wie ein überraschender Lichtstrahl aufblitzte und mir fast den Atem verschlug. Was, wenn er meine Briefe tatsächlich nie erhalten hatte? Aber nein, das konnte nicht sein! Das hätte er mir doch mitgeteilt! Keine Briefe von mir? Er hätte doch sofort reagieren müssen: Anna, was ist los, warum schreibst du nicht? Aber ich hatte ja nie eine Nachricht von ihm bekommen, weder Telegramm noch Ferngespräch, kein einziges Lebenszeichen – nichts. Und was konnte sein Schweigen anderes bedeuten, als dass er nichts mehr mit mir zu tun haben wollte? Mein Stolz hätte tatsächlich verlangt, dass ich mich zurückzog. Aber jetzt ging es um Charlotte. Charlotte war nicht nur meine, sondern auch seine Tochter. Vor diese Tatsache musste ich ihn stellen.

Ich wartete weiter auf Post aus London. Ich wartete sieben endlose Wochen lang, nach Dienstschluss die meiste Zeit liegend. Abgesehen von dem obligaten Rundgang im Park mit Anja lag ich einfach nur da und zwirbelte an meinen Haaren, die bald schon ganz brüchig wurden. Früh am Morgen, wenn es hell wurde, hörte ich die Vögel singen und dachte: schon wieder ein neuer Tag, den ich irgendwie überstehen muss. Ich drehte fast durch, bis plötzlich der Postbote klingelte und einen eingeschriebenen Brief von der Botschaft für mich in den Händen hielt.

16. Mai 1972
Sehr geehrte Frau Henke,
hiermit bestätigen wir den Erhalt Ihrer Unterlagen. Wir haben sie von den zuständigen Ministerien prüfen lassen. Wir möchten Ihnen mitteilen, dass die Botschaft in Zusammenarbeit mit dem Konsulat in Liverpool sich nun bemüht, eine Anschrift festzustellen, über die Herr Fraser erreicht werden kann. Und es liegt an ihm, sich zu melden.
Mit freundlichen Grüßen.

Nach diesem Brief lagen meine Nerven erst recht blank. Und noch immer war das Ende nicht abzusehen. Ich wartete, meine Seele wartete. Aber die Sache entzog sich mir. Ich musste die Dinge geschehen lassen, vermochte keinen Finger zu rühren, um der Angelegenheit einen Schub zu geben. Eins jedenfalls war klar: Ich konnte mich nicht auf irgendwelche Hoffnungen verlassen. Meine Verzweiflung würde wohl noch eine Weile andauern und womöglich niemals enden. Das hatte ich davon. Bei dem Gedanken wurde es mir sogar im Büro schlecht. Selbst meine Wohnung war mir fremd geworden, zeigte sich in einer Verlassenheit, die eine eigene Sprache hatte, die durchdringend und schrecklich war. Ich konnte nichts essen, mein ganzer Magen fühlte sich wie eine dicke Kugel an. Ich wollte nicht mehr liegen, sogar das Bett war mir nun zuwider. Ich schaltete den Fernseher an, starrte stumpfsinnig in dumme Gesichter, ich lutschte Pfefferminzbonbons und trank schwarzen Kaffee, der meinen Puls zum Flattern brachte. Ich schluckte Tabletten, die mich einigermaßen beruhigten, aber den Effekt hatten, dass ich am nächsten Tag im Büro ganz dumm war. Um nicht endgültig plemplem zu werden, machte ich nach Dienstschluss lange Spaziergänge mit Anja. War das Wetter gut, gingen wir rund um den Aasee. Anja brauchte ich nichts zu erklären, wir kannten uns längst, und sie verstand mich ohnehin. Die frische Luft tat mir gut.

Irgendwann kam ich raus aus der Depression. Ich wurde wieder normal, insofern man in meinem Zustand normal sein kann. Was immer auch kommen würde, sagte ich mir – ich würde es verkraften müssen.

Die nächste Mitteilung von der Botschaft traf genau zwölf Tage später ein.

25. Mai 1972

*Sehr geehrte Frau Henke,
Herr Fraser hat sich inzwischen gemeldet und uns Folgendes
geschrieben:*

*Sehr geehrte Herren,
in diesem ersten Halbjahr war mein Büro einige Monate lang
geschlossen und hat erst kürzlich seinen Betrieb wieder aufgenommen.
Ich selbst war für mehrere Wochen krank, sodass Ihre verschiedenen
Mitteilungen mir erst jetzt zur Kenntnis gebracht wurden. Der Brief
von Anna Teresia Henke kam als Überraschung, denn seit einer
kurzen Nachricht, die ich ihr durch unseren Sicherheitsdienst zukommen ließ, bevor ich nach Kairo versetzt wurde, habe ich nichts
mehr von ihr gehört. Seitdem habe ich ihr mehrere Briefe geschrieben,
von 1946 bis 1948, die alle unbeantwortet blieben. Deswegen möchte
ich um zusätzliche Informationen bitten sowie, wenn möglich, um ein
Bild von Anna Henkes Tochter Charlotte. Als ich damals versuchte,
mit Anna Henke in Kontakt zu treten, wusste ich nicht, dass sie ein
Kind erwartete.
Hochachtungsvoll.*

*Ich habe Herrn Fraser den Inhalt Ihres Briefs vom 29.3.1972
mit dem Bild Ihrer Tochter übermittelt und darf hoffen, dass sich
Herr Fraser bald mit Ihnen in Verbindung setzen wird.
Mit freundlichen Grüßen.*

Dann die Windstille. Die Windstille vor dem Orkan. Kein Laut, kein Geräusch mehr. Nichts. Zwischen dem Augenblick, in dem ich den Brief las, und dem Augenblick, in dem ich begriff, dass das Warten ein Ende hatte, lag ein ganzes Zeitalter. Um mich herum verlor das Zimmer an Gestalt; es wurde dunkel, und ich musste es geschehen lassen, ich vermochte keine Hand zu rühren, um den Lichtschalter zu drehen. Ich starrte auf Jeremys Brief und wusste:

Mein Gott, du hast mich nicht vergessen! Ich konnte nicht sagen, ob ich gelacht oder geweint habe, ich weiß es bis heute nicht. Die Knie gaben unter mir nach, ich versuchte, mich zu setzen, aber ich stand wieder auf.

Ich wanderte hin und her und zitterte von Kopf bis Fuß, als könnte ich nie wieder aufhören zu zittern. In meinem Kopf bewegte sich etwas, es war wie eine Spule, die sich rasend zurückdrehte. Ich sprang in der Erinnerung 26 Jahre zurück, entdeckte, dass die Wahrnehmung von damals nicht verschwunden war, sondern in meinem Fleisch pulsierte, in meinem Blut. Sie war mit meinen Sehnen verknotet, mit meinen Knorpeln verwachsen.

Es ist nicht wahr, wenn man sagt, dass die Vergangenheit nicht eingeholt werden kann. Man kann sich ihrer bemächtigen, aus der kalten Gegenwart in ihre profunde Wärme eintauchen. Ich trieb zurück im Strom der Erinnerung, ich suchte Jeremy und fand ihn und hielt ihn fest. Ich konnte ihn sehen, ich sah ihn! Aber ich, wie sah ich aus? Ich war eine Frau, die nicht mehr jung, nicht mehr schön war. Puder und Lippenstift konnten die Spuren des Alters nicht tilgen. Ich war abgearbeitet und müde. Ach, würde Jeremy mich trotzdem lieben? Aber vielleicht, wenn er sich wieder an unsere Geschichte erinnerte, würde er die Verbindung sehen zwischen der energischen jungen Lady und der lebensmüden verbitterten Frau, die alle Illusionen verloren hatte. Denn aus der einen war ja die andere geworden.

Ich hatte gelitten und ich hatte gekämpft, gegen alles und gegen alle, und hatte es am Ende geschafft. Was sagst du dazu, Jeremy? Eine beachtliche Leistung allemal! Und jetzt – vierzehn Jahre nach deinem Tod – sitze ich in meinem Wohnzimmer, und vor mir auf dem Tisch liegen unsere Briefe. Und auch die Tonbänder mit deiner Stimme, deinen Worten, die mich seit Jahren begleiten. Ich werde die Briefe durchlesen, die Tonbänder noch einmal anhören, auch wenn meine Vernunft mir immer wieder zuruft: Finger weg davon! Nein, ich muss es tun. Es geht nicht anders, weil ich weiß, dass es das letzte Mal sein wird. Und warum? Weil ich es so beschlossen habe.

34. KAPITEL

3. Juni 1972

Lieber Jeremy,
seit zwei Tagen habe ich die Mitteilung, dass Du meine Post erhalten konntest und Dich gemeldet hast. Es hat mich gefreut. Der Brief der Botschaft ist datiert vom 25. Mai 1972, und ich denke, dass Du mein Schreiben und das Bild von Charlotte inzwischen in Deinen Händen hast.
Du schreibst an die deutsche Botschaft, dass Du gerne weitere Informationen hättest. Bitte, Jeremy, ich schreibe Dir.
Ich hatte die Hoffnung nie aufgegeben, Dir einmal mitteilen zu können, dass ich im Januar 1947 eine Tochter geboren habe und ihr den Namen Deiner Mutter gab. Viele, viele Jahre sind inzwischen vergangen, und vieles hat sich inzwischen ereignet, aber der Gedanke, einmal von Dir zu hören, hat mich nie verlassen. Nachdem ich die deutsche Botschaft mit meinem Anliegen behelligt hatte, wartete ich nur noch auf eine Nachricht von Dir.
Ich hoffe, dass Du noch so viel Deutsch kannst, um meinen Brief zu verstehen. Dass Du mich damals ohne ein Wort, ohne einen ersichtlichen Grund verlassen hast, war der größte Schmerz, den Du mir zufügen konntest.
Ich habe versucht, Dir mitzuteilen, dass Charlotte nicht nur mein Kind, sondern auch Deines war. Es sind mehr als 26 Jahre vergangen,

und in dieser ganzen Zeit hat mich nie ein Lebenszeichen von Dir erreicht. Dass ich jetzt wieder versuche, mit Dir Kontakt aufzunehmen, liegt an Charlotte. Sie hatte eine schwere Kindheit und Jugend, sie war ein Besatzungs- und Schlüsselkind, denn ich musste ja unseren Lebensunterhalt verdienen. Ich möchte ihr diese unglückliche Zeit – wenn irgendwie möglich – wiedergutmachen. Jetzt warte und hoffe ich auf eine Nachricht von Dir, und glaube mir, sollte mein Hoffen vergeblich sein, meine guten Gedanken, die ich all die Jahre doch noch für Dich hatte, werden keine guten Gedanken mehr sein. Nie ist ein böses Wort über meine Lippen gekommen, immer habe ich meiner Tochter ihren Vater als guten Mann geschildert. Solange Charlotte noch ein Kind war, habe ich Abend für Abend mit ihr gebetet. »Lieber Gott, lass den Papa einmal zu dir kommen, damit er dich einmal sieht.« Und solange Charlotte in der Schule war, hat sie immer gehofft, vielleicht kommt er dieses Mal zu meinem Geburtstag, oder zu Weihnachten. Doch: nichts, gar nichts.

Heute ist Charlotte erwachsen. Sie hat viel von ihrem Vater: die dunklen Augen, die Nase, den Mund, die Kopfform, die Hände und – gelegentlich – das spontane, herzliche Lachen, wie Du es auch hast. Aber sie lacht nicht viel. Sie hat diese zwei Gesichter: äußerlich hart und verschlossen, innen sensibel und butterweich. Und sie hat auch Deine Liebe zur Technik geerbt. In ihrer Freizeit spielt sie gerne Handball und trainiert »Kendo«, einen japanischen Kampfsport. Sie musste dazu Club-Mitglied werden und brauchte eine besondere Ausrüstung. Beides war nicht billig, aber ich habe ihr den Beitritt ermöglicht.

Vor fünf Jahren ist sie nach Berlin gezogen. Sie hat sich an der Filmakademie eingeschrieben. Charlotte ist unstet und sprunghaft. Aber sobald sie eine Sache wirklich fesselt, legt sie sich enorm ins Zeug.

Jetzt hoffe ich von Tag zu Tag auf eine Nachricht von Dir. Ich meine wohl, dass es Dir nicht allzu große Schwierigkeiten bereiten dürfte, mir die von mir erbetene Anerkennung der Vaterschaft unterschrieben

zurückzusenden. Für Charlotte, und auch für mich, wäre ein solches Dokument von großer Wichtigkeit.
Ich betone noch einmal nachdrücklich, Post von Dir habe ich nie bekommen. Ich hätte ganz bestimmt darauf geantwortet. Ich war so glücklich, ein Kind von Dir zu haben. Aber gehört habe ich nie etwas von Dir. Vielleicht lag es tatsächlich daran, dass Du – wie ich jetzt erfuhr – nach Kairo versetzt wurdest.
Das wäre es. Nun bist Du an der Reihe.
Noch einmal werde ich die Botschaft bitten, Dir diesen Brief zu übermitteln.
Ich wünsche Dir alles Gute für Dein ferneres Leben und verbleibe – mit freundlichem Gruß,
Anna Teresia Henke

Beiliegend das Formular zur Anerkennung der Vaterschaft.

Lieber Jeremy Fraser,
ich bitte im Namen meine Tochter Charlotte Anna, geboren am 17. 1. 1947 in Telgte, ihre Vaterschaft anzuerkennen.
Dieses Anerkenntnis habe ich entworfen und bitte Sie, das Dokument zu unterschreiben und von einem Notar beglaubigen zu lassen. Ich benötige dieses Anerkenntnis dringend, und Sie haben keine Nachteile.

---

10. Juni 1972
Meine liebe Anna,
zuerst möchte ich Dich um Entschuldigung bitten wegen eventueller Fehler, sowohl in Grammatik wie in Buchstabierung, die Du in diesem Brief vorfinden könntest. Obwohl ich immer noch Deutsch

recht flüssig spreche und auch lesen kann, habe ich seit vielen Jahren keinen Brief mehr in deutscher Sprache geschrieben. Es fällt mir schwer, die richtigen Worte zu finden.
Die deutsche Botschaft hat mir Deine Briefe und auch das Bild von Charlotte übermittelt. Die Botschaft hatte sich auch mit meinem Sohn Frank in Verbindung gesetzt. Und wie Du Dir vorstellen kannst, war beides nach so vielen Jahren eine große Überraschung für mich.
Nachdem ich von Münster nach London zurückberufen wurde, suchte ich ein Gespräch mit dem Kommandanten Oliver Taylor, der in Münster mein Vorgesetzter war. Du magst Dich vielleicht an ihn erinnern. Ich erklärte ihm, dass ich, wenn irgendwie möglich, eine Stationierung in der Nähe von Münster beantragen wollte. Ich habe ihm meine Gründe dargelegt. Er versprach mir seine Unterstützung. Aber wie Du weißt, war ich Mitglied des britischen Sicherheitsdienstes, und dies war der eigentliche Grund, warum ich Münster verlassen sollte. Man sah es ungerne, dass ich eine Verbindung mit einer Deutschen eingegangen war, die ich heiraten wollte. Und so kam es, dass ich völlig unversehens und gegen meinen Willen nach Kairo versetzt wurde, wo ein »Sonderauftrag« auf mich wartete. Während der Zwischenlandung in London durfte ich – angeblich aus Sicherheitsgründen – den Flughafen nicht verlassen. Bevor ich die Militärmaschine nach Kairo bestieg, hatte ich gerade noch Zeit, Dir ein paar Zeilen zu schreiben und sie unserem Postdienst zu übergeben. Ich schrieb Dir auch gleich nach meiner Ankunft in Kairo und viele Male danach. Ich schrieb auch an das Hauptquartier in Münster, wandte mich an Oliver mit der Frage, ob er Dich in letzter Zeit gesehen hätte. Ich bat ihn herauszufinden, ob Deine Adresse noch stimmte. Oliver und ich sind ja langjährige Freunde. Trotzdem beantwortete auch er meinen Brief nicht.
Und jetzt wird mir mit Schrecken klar, dass alle unsere Briefe – Deine und meine – vom Sicherheitsdienst abgefangen wurden. Sie machten es sehr durchdacht und raffiniert, denn alle anderen

Briefe, die ich sonst wohin schrieb, erreichten ihre Empfänger und wurden auch beantwortet.
Anna, ich ging durch die Hölle. Aber ich schäme mich, Dir zu sagen, dass mir am Ende Zweifel kamen. Hattest Du mich nur benutzt, um Lebensmittel und sonstige Privilegien zu erhalten? Du weißt, es gab genug deutsche Frauen, die das in ihrer Not taten. Das brauche ich Dir nicht näher zu erklären. Du verstehst mich.
Jedenfalls diente ich bis 1953 in unserem Hauptquartier in Kairo. 1948 war in Palästina das britische Mandat zu Ende gegangen, aber in Kairo liefen noch alle Fäden zusammen. Es waren politisch hochbrisante und turbulente Jahre. 1953 wurde ich nach Rhodesien versetzt, wo alles noch viel verheerender war. Ich blieb bis 1956 in Rhodesien. Danach kehrte ich nach England für meine Demobilisation zurück, konnte jedoch nirgendwo einen Job finden, weil die verschiedenen Unternehmen sich angeblich fürchteten, einen ehemaligen Angehörigen des SIS – also des Secret Intelligence Service – anzustellen. In Wirklichkeit steckte natürlich etwas anderes dahinter. Die Regierung verhinderte in solchen Fällen eine Anstellung, um Leute wie mich unter ihrer Kontrolle zu halten. Um da herauszukommen, gründete ich 1957 ein eigenes Unternehmen für Textilmaschinen. Du weißt ja, Maschinen haben mich schon immer interessiert. Aber die Verbindung zum Secret Intelligence Service kann man nie ganz kappen. Einmal dabei, immer dabei. Mit dieser Tatsache muss ich leben. Der Start in die Selbstständigkeit war übrigens gut: Ich arbeitete wie ein Besessener, 16 Stunden am Tag und dazu noch an den Wochenenden, nach einem Jahr war es mir gelungen, mein Unternehmen auf einen grünen Zweig zu bringen. Unterdessen aber hatte ich mich von Laura scheiden lassen. Weil ich mich nach einem geordneten Familienleben sehnte, heiratete ich 1959 Melissa, eine Kollegin, die mit mir im Hauptquartier in Kairo gearbeitet hatte. Es wird immer gutgeheißen, wenn Leute des SIS unter sich heiraten. Auf diese Weise verlassen wir nicht den geschlossenen Kreis. Natürlich ziehen wir auch Nutzen daraus.

Zum Beispiel bei der Wohnungssuche. Wir werden bevorzugt. Melissa und ich bekamen 1960 zwei Jungen – Zwillinge: Ralph und Peter. Sie sind jetzt zwölf Jahre alt. Über Melissa möchte ich mich hier nicht weiter äußern.
Dann – 1965 – gab es bei uns einen starken Konjunkturrückgang. Zuvor hatte ich zum Glück meinen Anteil an der Holding meiner Firma, die sehr schnell gewachsen war, verkauft, obwohl ich dadurch Verluste einstecken musste. Ich verdiente dann aber weiterhin Geld mit den Patenten der von mir entwickelten Maschinen, und 1968 wurde ich von einer Unternehmergruppe in London eingeladen, einzusteigen. Für die nächsten zwei Jahre entwickelte ich erfolgreich neue Prototypen. Die Aufgabe machte mir Spaß, bis ich aufgrund einer Koronarthrombose eine Herzattacke erlitt und mich schonen musste. Tatsächlich hatte ich bereits zwei solche Attacken binnen eines Jahres gehabt, doch seitdem waren wieder zwölf Monate vergangen, und ich war der Meinung gewesen, dass mein Gesundheitszustand es durchaus zuließ, dass ich weiter arbeitete. Aber diesmal war ich ernstlich krank, und der Arzt warnte mich vor Überanstrengung. Jetzt arbeite ich nur noch drei Tage in der Woche.
Das ist alles, was ich Dir aus den letzten Jahren berichten kann. Ich lege ein Foto bei, weil ich gerne von Dir wissen möchte, ob ich noch ein wenig dem Mann entspreche, den Du kanntest. Wahrscheinlich wirst Du mich sehr gealtert finden. Du hingegen bist in meinen Augen unverändert.
Du hast recht: Charlotte trägt eindeutig meine Züge, aber in jung und anmutig. Sie ist eine wunderschöne junge Frau. Und ich habe mit Interesse gelesen, dass auch sie Spaß an der Technik hat. Ich bin stolz auf sie. Und sie treibt gerne Sport, genau wie ich in ihrem Alter. Wir hatten eigene Pferde, und ferner konnte ich boxen, ringen und Gewicht heben. Auch mein Sohn Frank ist ein begeisterter Sportler. Natürlich werde ich die »Anerkennung der Vaterschaft« so schnell wie möglich beglaubigen lassen. Ich werde bei meinem nächsten Aufenthalt in London die nötigen Schritte unternehmen.

Nun bitte ich Dich, mir von Dir selbst zu erzählen, und wie Du diese schweren Zeiten durchgestanden hast. Ich werde Dir ein Tonband senden, und falls Du ein Tonbandgerät hast oder Dir anschaffen kannst, wird es für uns beide einfacher sein. Anbei findest Du auch die Telefonnummer meines Büros, Du kannst mich stets ab 14.30 Uhr anrufen. Frau Hadley, meine Sekretärin, habe ich angewiesen, den Anruf jederzeit durchzustellen.
Ich wünsche Dir und Charlotte alles Liebe,
Jeremy

35. KAPITEL

18. Juni 1972

Mein lieber Jeremy,
dass es Wirklichkeit geworden ist, dass wir wieder voneinander hören, ist die Belohnung für 26 Jahre langes Hoffen auf eine Nachricht von Dir. Ich danke Dir für Deinen Brief, ich danke Dir für alles von ganzem Herzen. Du hast mich nicht enttäuscht. Und ich will Dir sofort zurückschreiben, damit Du siehst, dass ich Deinen Brief dieses Mal erhalten habe.
Dein Foto? Ja, das bist Du, ich habe Dein Gesicht nie vergessen. Nein, ich finde nicht, dass Du Dich viel verändert hast. Du trägst Zivilkleidung, das ist der einzige Unterschied. Jetzt sehe ich auch, dass Charlotte Dir immer mehr gleicht. Schon gleich nach der Geburt habe ich an ihrer Kopfform bemerkt, dass mein Wunsch in Erfüllung gegangen war und mein Kind ihrem Vater glich. Alles war in Erfüllung gegangen. Ich wollte das Kind, auch als mir klar war, dass Du nicht zu mir zurückkehren würdest.
Es ist hier wie wohl in Afrika 30 Grad, aber ich fühle mich sehr gut dabei. Ich kann sehr viel Hitze vertragen. Damals konnte ich es wirklich nicht fassen, dass der Briefträger nie Post für mich hatte. Aber kein einziges Zeichen von Dir kam, und mir blieb nur das Wissen: Einmal wird der Tag kommen, an dem ich Dir sagen kann, ich habe eine Tochter, und sie ist Dein Ebenbild! Ja, vieles ist

inzwischen passiert. Und glaube mir, Jeremy, ich habe es verdient, jetzt Deinen Brief in den Händen zu halten.
Das Schlimmste für mich war, dass meine Mutter so früh starb, aber noch schlimmer war es für Charlotte. Sie saß an ihrem Bett, dieses kleine Mädchen, streichelte ihre Hand und sagte immer wieder: »Geh nicht weg, Omichen, bleib hier!«, und küsste ihre Hand. Als Mutter in Agonie lag, brachte ich die beiden Kinder (der Sohn meiner Schwester war ja auch bei uns) zu den Nachbarn. Und gerade in dem Augenblick, als Linchen und ich frische Bettlaken aus der Waschküche holten, kam Charlotte in die Wohnung zurück – sie hatte ihre Strickjacke vergessen – und war Zeuge, wie Mutter starb. Und als später der Leichenwagen kam und Charlotte das leere Bett sah, verkroch sie sich hinter einem Stuhl und weinte, weinte und weinte, nicht laut, sondern leise und still in sich hinein, fast eine Stunde lang. Und da habe ich mir geschworen: Nie wieder soll mein Kind weinen! Ja, und nachdem auch mein Vater gestorben war, ging meine Schwester Linchen, die während Mutters Krankheit bei uns war, um zu helfen, wieder nach Amsterdam zurück. Sie hatte einen Holländer geheiratet, einen sehr netten, aber instabilen Menschen. Nun war ich mit meinem Kind allein, und es begann eine schwere Zeit. Charlotte bekam einen Schlüssel, ich bläute ihr ein, wann sie morgens aus dem Haus gehen musste, um rechtzeitig in der Schule zu sein, und so ging sie dann jeden Morgen mutterseelenallein aus der Wohnung. Wenn sie mittags nach Hause kam, war ich noch auf der Arbeit. Die Nachbarin, Frau Altemöller, kochte ihr das Mittagessen. Ich zahlte ihr etwas dafür. Aber sie konnte Mädelein nicht den ganzen Tag um sich haben. Es war schlimm für mich zu wissen, dass ich im Büro sein musste und das Kind allein und auf der Straße war. Später konnte ich es mir dann und wann leisten, dass eine Frau zu uns kam und sich um sie kümmerte.
Charlotte spielte eigentlich nie, sie war fast immer in der Autowerkstatt neben unserem Haus. Es war recht ungewöhnlich für ein kleines Mädchen, aber sie beobachtete alles immer sehr genau und wusste bald

besser über Autos Bescheid als ich. Sie war überdurchschnittlich intelligent, ihre Lehrer sagten alle, wenn sie nur etwas mehr Zeit auf das Lernen verwenden würde, könnte sie die Beste in der Klasse sein, aber sie war mit ihren Gedanken immer weit weg und träumte. Das ist mein großer Kummer: Wäre meine Mutter am Leben geblieben, wäre Charlottes Entwicklung eine ganz andere gewesen. Ich selbst kam alleine klar, aber das Kind brauchte sie! Dass sie dann eine Lehre in der Autowerkstatt machen konnte, hat ihr Selbstbewusstsein gestärkt – sie hatte ihren Rückzugsraum gefunden. Doch dann geschah etwas, das sie völlig aus der Bahn warf. Aber davon später. Ach, und da fällt mir gerade ein: Sie ist eine Teetrinkerin, genau wie Du, während in unserer Familie alle nur Kaffee trinken. Ist das nicht lustig?

Jetzt ein wenig von mir. Nachdem Du fort warst, war ich ein paar Jahre in der Bibliothek der »Brücke« tätig. Durch Bekannte fand ich dann eine Stelle in der Stadtverwaltung, im Katasteramt, wo ich nun schon seit 18 Jahren arbeite. Ich verdiene monatlich 720 Mark netto, das ist nicht viel, aber es reicht. Von meinem Gehalt lege ich monatlich 100 Mark auf Charlottes Sparbuch und zahle außerdem noch in eine Lebensversicherung ein. Wenn mir etwas passiert, soll sie nicht mittellos dastehen. Ich werde das Gefühl nicht los, dass ich weiterhin für sie sorgen muss, ich fühle, dass ich ihr das schuldig bin. Charlotte selbst vermisst ihren Vater wohl sehr, aber das kann man nur ahnen, weil sie sich nach außen hin sehr störrisch verhält. Ich habe nie geheiratet, weil ich Angst hatte, der Mann könnte zu meinem Kind nicht gut sein. Von Zeit zu Zeit fand ich einen Partner, aber auf längere Zeit hielt ich es mit keinem aus! Dazu kam, dass sich Charlotte ihnen gegenüber stets von ihrer gemeinsten Seite zeigte. Und dann, Jeremy, dachte ich, wenn ich verheiratet bin, kommst Du plötzlich zurück, und dann haben wir das Schlamassel! Darum bin ich alleine geblieben. Ich hatte meine Tochter, und für mich galt immer nur Charlotte und nochmals Charlotte, und dann erst kam ich. Kürzlich an einem Sonntagmorgen dachte ich ganz stark an Dich

und musste plötzlich weinen. Ich hatte mit einem Mal das schreckliche Gefühl, Du seist gestorben. Gott sei Dank hat mich dieses Gefühl getäuscht. Du wirst noch lange leben! Aber strenge Dich nicht zu sehr an, strapaziere Dein Herz nicht und gehe regelmäßig zum Arzt – bitte!
Ja, Du kannst mir ein Band schicken. Ich habe ein Tonbandgerät. Als ich Deinen Brief las, war es, als ob ich Dich sprechen hörte. Der Klang Deiner Stimme ist mir noch sehr vertraut.
Ich werde Dich auch anrufen, und ich hoffe, dass wir uns durch das Telefon trotz der Entfernung verstehen werden. Bis bald!
Deine Anna

Ich habe das Tonband eingelegt und kann es fast nicht glauben, dass ich nach so vielen Jahren Jeremys Stimme höre! Sie hat sich kaum verändert, diese Stimme, die immer sanft und tief war. Er spricht nur langsamer, etwas zögernd, wenn ihm ein Wort nicht auf Anhieb in den Sinn kommt.

Anna, meine Liebe,
deinen Brief vom 18.6. habe ich Montag bekommen. Ich habe ihn gelesen und immer wieder gelesen. Mein Herz fühlt sich so schwer an. Glaube mir, mein Rotkäppchen, wenn ich dir sage, dass es nicht leicht für mich ist, um Vergebung zu bitten. Aber jetzt bitte ich von ganzem Herzen euch beide, dich und Charlotte, um Vergebung. Wie du inzwischen erfahren hast, kehrte ich nach meiner Demobilisierung zurück nach England. Dabei trug ich immer den Gedanken in mir, ob es vielleicht möglich wäre, dich wieder zu treffen. Aber durch den Kalten Krieg war die Lage angespannt. Und man hatte herausgefunden, dass du in der Verwaltung arbeitetest. Ich hielt dies nicht für sehr gravierend. Aber man ließ mich wissen, dass es nicht opportun sei, wieder mit dir in engeren Kontakt zu treten. Sie wollten nichts

riskieren. Sie sichern sich überall ab. Ich wollte dich nicht in Schwierigkeiten bringen. Und somit war die Verbindung abgebrochen. Dass jetzt kürzlich das Ministerium mich über dein Gesuch informierte, lag daran, dass es sich um eine Vaterschaftsanerkennung handelte. Man will vermeiden, dass Angehörige des SIS ein unerledigtes Problem im Ausland hinter sich herschleppen. Das macht sie anfällig für Erpressungen.

Heute ist mein Herz so voll von nicht geweinten Tränen. Glaube mir, ich würde am allerliebsten sehr bald nach Deutschland kommen, um dich und Charlotte zu treffen. Aber als ehemaliger Agent der SIS müsste ich einige Garantien geben. Ich bin für Wirtschaftsfragen zuständig. Wenn man mir schon die Zügel lockert, sollten meine Aufenthalte in Deutschland nutzbringend sein, auch wenn ich schon längst demobilisiert bin. Einmal dabei, immer dabei, ich erwähnte es bereits. Man kann zum Beispiel von mir erwarten, dass ich bei Gelegenheit für gezielte Aufträge zur Verfügung stehe.

Das ist der Preis, und ich werde ihn auch bezahlen. Ich möchte dich auf keinen Fall ein zweites Mal verlieren. Ich möchte auch Charlotte gut kennenlernen und ihr ein Vater sein – wenn es nicht zu spät ist. Und auch dir das Leben ein bisschen leichter machen.

Du kannst dieses Tonband zerschneiden, wenn du willst. Es könnte in falsche Hände geraten, und wir sollten nach wie vor vorsichtig sein. Wenn du es vorziehst, mir zu schreiben, werde ich dir die Briefe postwendend beantworten.

Also, meine Liebe, cheerio!

Was uns zutiefst glücklich macht, kann uns gleichermaßen zum Weinen bringen. Ich weinte angesichts der verlorenen Zeit und der vielen verpassten Jahre des Glücks! In der Nacht, wenn alles ruhig war und der Hund schlief, wanderte ich umher, hielt Jeremys Brief in den Händen und spürte meine Tränen. Fielen einige Tropfen auf den Brief, geriet ich in Panik, dass die Nässe die Worte auflösen könnte. Ich blickte aus dem Fenster, sah das neu aufgebaute Münster. Die Stadt war bereits eine andere, weniger schön, kühl und zweckmäßig, aber nach 26 Jahren entfernt sich das Elend, sinkt zurück in die Vergangenheit. Nein, Jeremy und ich wollten es nicht mehr zulassen, dass wir getrennt wurden. Wir wollten zusammen altern. Wir waren Überlebende eines furchtbaren Krieges, Opfer der Kälte und Heimtücke, die letzlich über Sieger oder Besiegte entschieden. Und von unseren wunderbaren Momenten hatten wir nicht einmal ein Foto, einen belichteten Augenblick. Wir hatten nur Erinnerungen von blondem Tabak, von Liebe, unserem Flüstern, unserem Schweiß, unseren Umarmungen von Auge und Haut, von Erinnerungen, die wir verzweifelt festhalten wollten, die aber immer mehr, immer unfassbarer vergingen. Es gab Schuldige an unserer Misere, und sie stand in einem größeren Zusammenhang. Wir waren Opfer der Geschichte geworden.

Noch zehn Jahre nach dem Krieg hatte unsere Liebe als ein zutiefst subversives Treiben gegolten – ein Verrat, eine Gefahr für die ganze Nation. Und das auf beiden Seiten.

Dann waren andere Zeiten gekommen. Die Jugend hatte sich gegen die Elterngeneration aufgelehnt und unbequeme Fragen gestellt, die Studenten waren auf die Straße gegangen für eine gerechtere Welt. Charlotte war natürlich mit Feuereifer dabei gewesen, hatte »Nieder mit der Konsumgesellschaft!« geschrien, ein Schaufenster zertrümmert und war abgeführt worden.

Obwohl mir manche Dinge sonderbar vorkamen, hatte ich für die Jugend stets Sympathie empfunden. Darum hatte ich auch ohne ein Wimpernzucken gezahlt, was ich zahlen musste, damit Charlotte wieder auf freien Fuß kam. Oft dachte ich, dass es uns gutgetan hätte, wenn wir zu Hitlers Zeiten ein paarmal kräftig randaliert hätten. Viel wäre dabei nicht rausgekommen, die Ordnungspolizei wäre sofort mit Knüppeln zur Stelle gewesen. Und hätte die Wortführer umgehend in Dantes sechsten Kreis der Hölle befördert. Aber es hätte uns zumindest wachgerüttelt. Doch, mir gefiel die Aufrichtigkeit der Aktivisten in jenen Jahren. Es waren ja nicht nur Studenten, sondern auch Arbeiter, Bauern, Handwerker und Lehrer. Was alle gemeinsam hatten, waren ihr selbstsicherer Enthusiasmus und ihre Naivität. Sie waren ausgenutzte Idealisten und treuherzige Mitläufer. Und leider auch alle stur und schon in jungen Jahren auf die gleiche Weise dogmatisch.

Als Sündenböcke hatten sie die amerikanischen Streitkräfte in der Bundesrepublik ausgemacht, den Axel-Springer-Konzern und die Banken. Sie wollten das alles nicht mehr haben. Aber wo – bitte schön – war eine brauchbare Alternative, wo? Das wusste nur der Herrgott (oder Che Guevara?). Jedenfalls so, wie es war, konnte es auf keinen Fall bleiben! Die Demonstranten scheuten keinen Widerspruch: Sie forderten die Bürger auf, etwas dagegen zu tun. Die Bürger stellten sich taub. Alle waren ja im Grunde machtlos.

Eine Zeit lang sah ich die Studenten fast täglich. Doch Münster war nicht Berlin. Man schrie und schlug Scheiben ein, wie es sich gehörte, aber für gewöhnlich verlief das Getümmel, ohne dass geboxt und gebissen wurde. Die Studenten standen meistens auf dem Prinzipalmarkt. Irgendwann kam eine hübsche junge Frau auf mich zu, hielt mir eine Liste unter die Nase: »Solidarität mit Vietnam!«, und bat mich höflich zu unterschreiben. Das war netter, als wenn sie Steine geworfen hätte. Hinter ihr wehte ein Spruchband, auf dem zu lesen stand: »Stell dir vor, es ist Krieg und keiner geht hin.«

»Fundamental durchdacht!«, bemerkte ich und nickte in Richtung des Spruchbandes. Die Studentin lächelte, und ich unterschrieb die Liste, um ihr eine Freude zu machen.

Im Westen forderte die Jugend Weltveränderung. Im Osten wurden prägnante Leitsätze geboren, bunt flatternd wie Luftschlangen und ohne Bezug zu den Verhältnissen des täglichen Lebens. Soziale »Sobriety« elegant verpackt in hochtrabenden Axiomen. Im Westen trieb man das Wettrüsten an und nannte es Demokratie. Die Jugend sah nur John Lennon und Yoko Ono im Bett. Aber nicht Adolf, der im Jenseits sein bleckendes Grinsen zeigte. Ich aber sah ihn.

36. KAPITEL

Und unterdessen wartete ich auf Jeremy. Die unendlich lange Zeit unserer Trennung hatte sich in Bewegung gesetzt, glitt an meinem beherrschten und langweiligen Leben vorbei wie Schwemmsand. Schnell jetzt, schnell! Ich hielt es nicht mehr aus. Knapp 24 Stunden nachdem ich Jeremys Tonband abgespult hatte, rief ich Charlotte an, die nach ihrem Abschluss an der Filmakademie weiterhin in Berlin lebte. Es kam manchmal vor, dass zwischen uns monatelang Funkstille herrschte.

»Charlotte, dein Vater hat sich gemeldet.«

Wie zu erwarten reagierte sie kratzbürstig.

»So? Plagt ihn das schlechte Gewissen?«

Jedes Wort ein Fausthieb. Ich hatte schon wieder ein blaues Auge. Woran denken jetzt? Einfach nur an uns. Und an das, was wir durchgemacht hatten.

»Charlotte, komm bitte nach Münster. Ich möchte dir seine Briefe zeigen. Und du sollst dir auch das Tonband anhören.«

»Wir machen einen Film und sind mitten in den Dreharbeiten. Ich kann zum ersten Mal dabei sein. Ich bin zweite Kamerafrau. Sie hätten mich nicht genommen, wenn ich nicht so gut gewesen wäre.«

»Ich gratuliere dir. Aber sei doch so nett und komm. Er will dich als seine Tochter anerkennen!«

»Und soll ich jetzt einen Luftsprung machen?«

Das Schlimmste war, dass ich ihr nichts nachtragen konnte. Ich zählte bis zehn und bewahrte meine Geduld.

»Na schön. Du brauchst nicht zu kommen, wenn das Verhältnis zu ihm keine Rolle für dich spielt. Erst wenn ich das Dokument habe. Und bis das da ist, dauert es noch eine Weile.«

»Welches Dokument?«

»Das Beglaubigungsformular. Du sollst es zuerst durchlesen, bevor es unterschrieben wird.«

Sie zögerte. Etwas in ihr war ins Wanken geraten.

»Also gut«, sagte sie nach einer Pause. »Vielleicht am nächsten Wochenende.«

Sie kam sonntags zum Mittagessen. Ich hatte Kartoffelsalat für sie gemacht. Dazu ein Schnitzel. Sie wollte zuerst die Briefe lesen. Sie setzte sich aufs Sofa neben Anja, kraulte sie zerstreut zwischen den Ohren und las, wobei sie pausenlos mit dem Fuß wippte. Sie trug ein dünnes schwarzes T-Shirt, einen Minirock, schwarze Strumpfhosen. Ihre Augen waren schwarz nachgezogen, ihr Mund dunkelrot geschminkt. Nicht eigentlich hässlich, diese Aufmachung. Aber die Nägel waren schwarz lackiert, der Lack bröckelte ab, was ungepflegt wirkte.

Schließlich lachte sie leicht auf. Es war ein Verlegenheitslachen.

»So war das also. Endlich schenkt er dir klaren Wein ein. Ich hatte längst gemerkt, dass da etwas faul war. Und was hat dein englischer Spion in all diesen Jahren eigentlich gemacht? Ich will es dir sagen: Er hat seeelenruhig eine Spionin geheiratet! Eine Spionen-Ehe, wie großartig! Er hätte dich doch wiederfinden können, wenn er es wirklich gewollt hätte.«

»Du solltest ihn nicht Spion nennen. Er wollte mich nicht in Gefahr bringen, das schreibt er doch.«

»Weil du im Stadthaus arbeitest? Aber doch nur im Katasteramt!«

»Woher hätte er das wissen sollen?«

»Für einen Spion ein Kinderspiel! Das ist eine faule Ausrede! Aber du fällst immer wieder auf so was herein.«

Ich konterte erbost: »Und was, deiner Meinung nach, brachte ihn wohl dazu, mir zu schreiben?«

»Ich nehme an, er hat Eheprobleme. Hatte er doch schon mit seiner ersten Frau, oder? Da kommst du gerade richtig als Ablösung.«

»Charlotte, hör endlich auf! Ich kann das nicht mehr hören! Du kennst ihn ja überhaupt nicht. Du warst nicht dabei.«

»Doch, als Fötus!«

»Charlotte! Genug! Verdient er kein gutes Wort?«

»Von mir jedenfalls nicht.«

Sie zog die Stirn zusammen. Ihr Mund hatte einen bitteren Zug. Sie sah auf einmal seltsam verletzlich aus.

Ich sagte: »Und wenn ich ihn bitten würde, eine Nachricht für dich auf Tonband zu sprechen?«

»Dann werde ich mir anhören, was er zu sagen hat. Und mir eine eigene Meinung bilden.«

Ein Zugeständnis. Charlotte und ein Zugeständnis. Ich holte hörbar Atem, und sie sah auf die Uhr.

»So. Und kann ich jetzt etwas zu essen haben? Ich muss beizeiten wieder weg.«

Wir setzten uns zu Tisch. Sie verschlang gierig ihr Schnitzel, leerte, ohne beschwipst zu werden drei Gläser Wein (ich hatte den Wein extra für sie gekauft). Beim Essen erzählte sie von dem Dokumentarfilm, an dem sie gerade arbeitete.

Der Film heißt »Tanztheater und Rebellion«. Die Deutsche Bank hat uns gnädig eine Subvention gebilligt. Wir zeigen ein Theater der Improvisation, das die persönliche Erlebniswelt der Tänzer in den Mittelpunkt stellt.

Ich hörte zu, aber sie hätte genauso gut chinesisch sprechen können. Und doch hatte das, was sie sagte, auf sonderbare Weise Hand und Fuß.

»Versteh doch, Mutti! Die Kinosprache ist reine Bildsprache, verbunden mit der Kraft der Gemeingültigkeit. Wir Filmemacher müssen alltagsnah bleiben, wir dürfen nicht auf das Individuelle zugunsten des Gesamten verzichten, das geht einfach nicht. Aber die Kritiker sehen in jedem Film bloß einen mechanischen Prozess, eine Theorie.«

Sie redete viel, meistens mit vollem Mund, aber in der Wortwahl sehr differenziert, wenn auch in einer Mischung aus politischen Phrasen und New-Age-Psychojargon, beides ebenso schwer verdaulich wie mein Schnitzel, das eindeutig zu fett für mich war.

Aber zum Schluss sagte sie unvermittelt und in völlig normalen Tonfall: »Weißt du, Mutti, ich hatte Angst, dass der Film eine Katastrophe sein würde. Der Drehbuchautor ist eine Pfeife.«

»Hast du es jemandem gesagt?«

Sie schob sich eine Zigarette zwischen die Lippen.

»Ja natürlich. So was kann man nicht für sich behalten. Ich habe mit dem Regisseur gesprochen.«

»Und?«

Sie rauchte mit einem kleinen, selbstgefälligen Lächeln.

»Er hat es eingesehen. Das Drehbuch wird jetzt umgeschrieben. Er sagt, das nächste Drehbuch solle ich schreiben. Ich habe ihn gefragt: ›Und wie gelingt es mir, mein Honorar dem Finanzamt vorzuenthalten?‹«

»So«, sagte ich, schon wieder amüsiert. »Und was hat er gesagt?«

Sie grinste mich an.

»Dass es mir leider nie gelingen würde.«

»Was hattest du anderes erwartet?«

Sie zog die Schultern hoch.

»Wir werden ja sehen. Jetzt verdiene ich erst mal Kohle. Der Staat ist ein Blutsauger, aber ich bin ein Vampir.«

Ich war nahe daran, ihr zu antworten: »Mein liebes Kind, du hängst ja noch nicht mit dem Kopf herunter an einem Ast.« Aber

sie mochte es nicht, wenn man sich über sie lustig machte. Und ich wollte es mir nicht mit ihr verderben.
    Sie war vielleicht doch auf dem richtigen Weg.

26. Juli 1972

Meine liebe Anna,
gestern bekam ich Deinen Brief, einen schönen Brief, und jetzt weiß ich nicht, wie ich ihn beantworten kann. Es wäre vielleicht besser, wenn ich in Zukunft mündlich antworten würde. Mit dem Tonband geht es auch ein wenig schneller. Du kannst selbst ein kleines Tonband zurückschicken mit Deiner Botschaft. Nur auf dem Tonband kann ich immer deine schöne Stimme hören, in die ich vor so vielen Jahren verliebt war.
Ich lege Dir zwei kleine Bilder bei, aus der Zeit, als wir zusammen waren. Wann bekomme ich noch ein aktuelles Bild von Dir, meine Liebe? Wie ich versprochen habe, rufe ich Dich Sonntag um 18.30 Uhr an. Wenn Du willst, kannst Du mich am Samstagnachmittag anrufen, aber nur für einige Minuten, sonst wird es viel zu teuer für Dich.
Nun, Anna, wie ich Dir gestern am Apparat gesagt habe, besitzt Du Tapferkeit und Geduld. In seinem Werk »Mit der Reife wird man immer jünger«, sagt Hermann Hesse Folgendes: »Gegen die Infamitäten des Lebens sind die besten Waffen: Tapferkeit, Eigensinn und Geduld. Die Tapferkeit stärkt, der Eigensinn macht Spaß und die Geduld gibt Ruhe. Leider findet man sie gewöhnlich erst spät im Leben, und im Verwittern und Absterben hat man sie auch am meisten nötig.«
Du bittest mich, für Charlotte eine Nachricht auf Tonband zu sprechen. Ich werde es tun. Sie hat Dir gesagt, sie will sich eine Meinung über mich bilden. Das ist gut. Aus dem Herzen zu

sprechen macht unsere Gefühle zu den anderen wahrer. Jedenfalls denke ich das so.
Bis später, in Liebe, Dein Jeremy.

Das Tonband für Charlotte kam ein paar Tage später. Ich rief sie an: »Charlotte, dein Vater hat dir eine Botschaft auf Tonband zukommen lassen.«

»Rede nicht so geschraubt«, sagte sie. »Ich arbeite den ganzen Tag mit Tonbändern und mache keine Oper daraus.«

»Ich bringe es morgen für dich zur Post. Und … Charlotte …«

»Ja, was noch?«

Zögernd stellte ich die Frage. »Darf ich mir das Tonband anhören, bevor ich es dir schicke?«

»Meinetwegen«, antwortete sie. »Es ist dein Lover, nicht meiner.«

Und so machte ich es mir im Wohnzimmer gemütlich und lauschte, was Jeremy seiner Tochter zu sagen hatte:

Charlotte, meine Tochter. Es ist in gebrochenem Deutsch, dass du zum ersten Mal meine Stimme hörst. Du kannst vielleicht besser Englisch sprechen als ich jetzt Deutsch, aber ich will versuchen, dass du mich verstehst.
Deine Mutti hat mir von deinen Schwierigkeiten als Kind und als junges Mädchen erzählt. Die Zeit war hart für dich, und ich bedauere es sehr, dass du sie meinetwegen durchmachen musstest. Es war gegen meinen Wunsch und gegen meinen Willen. Du weißt doch, dass ich Berufssoldat war und als Sicherheitsoffizier eine besondere Stellung hatte. Dies blieb nicht ohne Folgen: Deine Mutti und ich sind getrennt worden durch die englische Armee, die meine Verbindung zu

*einer Deutschen als Sicherheitsrisiko ansah. Darum hast du deinen
Vater nicht früher kennengelernt. Wir Soldaten sind notwendig, aber
unsere Arbeit ist nicht konstruktiv, sondern sie dient der Vernichtung.
Es ist immer viel leichter, »Ja« zu sagen als »Nein«. Und folglich habe
ich »Ja« gesagt, und wurde dafür bestraft. Dadurch habe ich deiner
Mutti viel Leid zugefügt, das sie tapfer und geduldig ertragen hat.
Du hast natürlich deine eigenen Gedanken über deinen Vater, und du
hast ihn auch gewiss verurteilt. Ich kann dir nur Folgendes sagen:
Über nichts wird flüchtiger geurteilt als über den Charakter eines
Menschen, und doch sollte man behutsamer sein.
Ich freue mich, wenn du mir schreiben oder ein paar Worte aufs
Tonband sprechen würdest. Damit können wir uns vielleicht ein
bisschen kennenlernen.
Mit meiner Anerkennung und Genehmigung kannst du, wenn du
willst, meinen Namen annehmen. Hier in England ist es ziemlich
üblich, dass Kinder den Namen beider Eltern tragen. Sie machen es
so, dass sie zwischen beiden Namen einen Bindestrich einführen. In
deinem Fall Henke-Fraser, oder umgekehrt. Ein Ehepaar kann seine
beiden Namen verbinden, oder eine Tochter kann den Namen ihrer
Mutter mit ihrem Familiennamen verbinden, wenn sie das will. Dabei
spielt es keine Rolle, ob sie den ersten oder den zweiten oder beide
Namen gebraucht, alleine oder zusammen. Wie man in Deutschland
dabei vorzugehen hat, wird dir sicher ein Rechtsanwalt sagen können.
Ein bisschen später würde ich dich gerne mit deinem Halbbruder
Frank bekannt machen – dem Sohn meiner ersten Frau – sodass
du ihn auch kennenlernst. Er spricht ziemlich gut Deutsch und ist
jetzt Lehrer für Physik und Chemie in einer Schule in Manchester.
Er ist 38 Jahre alt, aber noch unverheiratet.
Meine anderen beiden Söhne sind zwölf Jahre alt. Ich habe meiner
zweiten Frau von dir erzählt, und jetzt hält sie die Kinder von mir
fern. Das ist schmerzlich. Außerdem habe ich nur Söhne, und mein
Wunsch war schon immer, eine Tochter zu haben.
Deine Mutti wird dir erzählt haben, dass ich krank war. Ich hatte*

eine Herzthrombose und konnte für längere Zeit nicht arbeiten, und dann nur für einige Stunden in der Woche. Ich habe von Geburt an einen Herzfehler, den du hoffentlich nicht geerbt hast. Jetzt bin ich wieder auf den Beinen. Du weißt, dass ich Maschinen entwickle und Patente verkaufe. Deine Mutti hat mir erzählt, dass du das erste Mädchen in Münster warst, das Karosserien bauen wollte. Und jetzt bist du Kamerafrau, schreibst ein Drehbuch und machst einen Film, darin habe ich leider keine Erfahrung.
Als Junge habe auch ich viel gebastelt, und alles Technische begeisterte mich. Wenn ich einmal nach Deutschland komme, hätte ich große Freude, mehr über deine Arbeit zu erfahren.
Inzwischen wünsche ich dir Glück und Gesundheit,
Dein Vater

---

15. August 1972
Liebste Anna,
ich habe mich ja so über Deinen Anruf gefreut und über das, was Du mir von Charlotte erzählt hast. Ich gestehe, dass ich mich schuldig fühle. Sie gehört zu den Menschen, die frühzeitig die Härte des Lebens erfahren mussten. Sie trug eine schwere Last. Die Gesetze, nach denen eine normale Familie sich zu richten hatte, galten nicht für sie. Eine junge Frau voller Begabung und Zorn muss eine andere Art und Weise finden, ihren Platz im Leben zu verteidigen. Und ich werde ihr auch sagen, wie stolz ich auf sie bin.
Liebste, wir haben bald September. London ist sehr schön in dieser Jahreszeit. Das Wetter ist angenehm. Kannst Du Dir für ein paar Tage freinehmen? Ich würde Dich und Charlotte gerne einladen. Für Flug und Hotelaufenthalt werde ich natürlich aufkommen.
Ich kann es kaum abwarten, Dich endlich wiederzusehen. Ich möchte auch Charlotte gerne sehen, aber ich möchte sie lieber alleine sehen. Sie soll mir nicht böse sein, ich kann es nicht mehr ertragen.

Liebste, wir wurden getrennt, aber jetzt sind wir für immer zusammen. Ich werde alles in die Wege leiten. Hab noch ein bisschen Geduld! Ich will nichts Weiteres sagen im Augenblick, aus Vorsicht. Du bist so viel in meinen Gedanken, und diese Worte werde ich nur einmal in diesem Leben schreiben: »Ich liebe Dich mit meinem ganzen Herzen.«
Dein Bild steht hier auf dem Schreibtisch, an dem ich arbeite, sodass ich Dich immer sehen kann, und ich sehe Dich an mit Glück und Liebe.
Immer Dein Jeremy

Gleich nach dem Eintreffen des Briefes, versuchte ich zwei Tage lang vergeblich, Charlotte anzurufen. Ich konnte sie nicht erreichen. Endlich nahm sie den Hörer ab.

»Charlotte, wo warst du die ganze Zeit?«

»Wieso? Wir drehen einen Film, schon vergessen? Das ist kein Kinderspiel. Wir arbeiten von morgens früh bis abends spät. Warum rufst du mich eigentlich an, ist was?«

»Charlotte, dein Vater möchte, dass wir zu ihm nach London kommen. Was hältst du davon?«

»Tut mir leid, ich hab derzeit keine Kohle, ich hab meinen Vorschuss längst ausgegeben.«

»Er zahlt uns die Reise und den Aufenthalt.«

»Er wird also für uns blechen? Wäre ich nicht sauer auf ihn, würde ich das als gutes Zeichen ansehen.«

»Er will dich kennenlernen. Das müsstest du doch verstehen. Gerade du.«

»Warum gerade ich?«

»Weil du dich doch auch immer gefragt hast, wer dein Vater ist. Seit er von dir weiß, bist du stets in seinen Gedanken. Er sucht einen neuen Anfang.«

»Der Anfang könnte für ihn unbequem werden. Das Ende womöglich auch.«

»Er ist schon in einer unbequemen Lage. Oder besser: in einer unglücklichen.«

»Und was will er von mir? Dass ich ihm ein Taschentuch mitbringe?«

»Dass du ihm zumindest eine Chance gibst!«

»Das kann ich im Voraus nicht versprechen.«

Mit Charlotte konnte ich nicht diskutieren. Sie hatte immer das letzte Wort.

»Hör zu, er schlägt vor, dass wir ihn im September besuchen.«

Sie überlegte eine Weile und ließ mich zappeln, bevor sie sagte: »Doch, das könnte hinhauen. Eine Tänzerin gibt Übungsabende für Anfänger. Den Unterricht haben wir schon gefilmt. Wir müssen jetzt nur noch ihre Traumbilder entwickeln, aber das kommt später. Also gut, ich leiste mir ein paar Tage Ferien, solange Daddy in Spendierlaune ist. Und ich werde ein Taschentuch dabeihaben. Für dich.«

Ich hatte nicht erwartet, dass sie so schnell zusagen würde. Eigentlich hatte ich mit einem stärkeren verbalen Widerstand gerechnet. Aber offensichtlich hatte ihre Neugier gesiegt.

37. KAPITEL

Wie ist es, nach einer Trennung von über einem Vierteljahrhundert einen Menschen wiederzusehen? Die Kraft des Erinnerns lässt nach, die Umrisse verwischen sich. Dieser Mensch, wie war er denn wirklich? Wo verläuft die Grenze zwischen Wirklichkeit und Traum? Wir stehen vor der Aufgabe, die Vergangenheit in die Gegenwart zu holen. Wir haben Angst, dass die Gegenwart unseren Träumen nicht gerecht wird, dass die früheren Eindrücke und Urteile nicht mehr stimmen, dass sie am Ende nur eine Sache der Einbildung geworden sind. Wir sind unsicher, fragen uns, ob es nicht ein Fehler war, die Vergangenheit in der Gegenwart zu suchen, wie Archäologen in Schichten von Ruinen nach alten Knochen graben.

Es war der 8. September. Wir waren seit frühmorgens unterwegs. Ich hatte Münster schon beim Abflug vergessen. Es interessierte mich nicht mehr, woher ich kam, so als ob ich gerade im Flugzeug erwacht wäre und eine andere Welt sah, die neu und fremd war. Es wehten starke Winde. Die Maschine wurde geschüttelt und flog unruhig durch Wolkenschichten, und unter der Tragfläche flimmerte silbrig der Ärmelkanal. Charlotte und ich saßen nebeneinander gepfercht. Wir sprachen wenig, meistens nur Belangloses. Jede hing ihren Gedanken nach. Ich dachte an früher. Meine Wahrnehmung verschmolz mit dem Lärm der Motoren.

Die Bilder der Vergangenheit nahmen wieder Gestalt an, wurden lebendig, entglitten, tauchten wieder auf. Dann sank das Flugzeug in Nebelwolken, grau, schwer. Der Druck in den Ohren erfüllte mich mit einer merkwürdigen Stille, die mich fühlen ließ, dass wir bald landen würden.

Und dann waren wir angekommen, in dieser anderen Stadt. Das unübersichtliche Gedränge im Flughafen, der Geruch nach verbrannter Luft, die Passkontrolle, die Wartezeit vor dem Fließband, bevor der Koffer kam. Dann unsere Suche nach dem Ausgang, die endlosen düsteren Treppen bis zur Bahnstation. Und dann das unbequeme Zugabteil, die trostlosen Backsteinhäuser beidseits der Bahnlinie, danach die Taxifahrt durch eine Stadt, die hinter dem Fenster vorbeizog, wuchtige Gebäude im viktorianischen Stil, imposante Schaufenster, Bronzestatuen auf Steinsockeln, Parklandschaften mit gewaltigen Eingangstoren aus Gusseisen, schöne Rasenflächen, gepflegte hohe Bäume, schwarze Taxis, rote Doppeldecker und die berühmten roten Telefonzellen. London. Ich ließ die Stadt vorbeiziehen, das Gewimmel der Passanten, die entspannt die verkehrsreichen Straßen überquerten, sich vor den Eingängen der Underground-Stationen drängelten. Und wo war Buckingham Palace, wo wohnte die Königin? Ich wagte den Taxifahrer nicht zu fragen. Du meine Güte, ich war doch kein Schulmädchen! Charlotte hätte sich totgelacht. Mein Blick durchwanderte die Stadt, aber er war weder neugierig noch interessiert und blieb an nichts haften. Zu beschäftigt war ich in Gedanken. Charlotte, neben mir, sagte etwas. Vielleicht sprach sie schon lange.

»Was hast du gesagt?«

»Kannst du nicht die Ohren aufsperren? Ich habe dich etwas gefragt.«

»Was, was denn?«

Sie wiederholte ihre Frage.

»Ich wollte nur wissen, welche Uhrzeit du mit ihm abgemacht hast. Ich bin nämlich gespannt.«

Ich gab mir einen Ruck.

»Weißt du, es ist albern. Aber ich würde ihn gerne zunächst mal alleine sehen.«

Ich konnte ihren Unmut spüren, ganz leicht nur, aber er war echt.

»Und was soll ich in der Zwischenzeit machen?«

»Geh aus. Sieh dir London an. Morgen werdet ihr genug Zeit haben, euch kennenzulernen.«

»So. Die Mutter trifft ihren Lover, und die Tochter soll sich in einer wildfremden Stadt die Nacht um die Ohren schlagen.«

»Du bist ja selbstständig.«

»Das warst du früher auch. Aber bist du es immer noch?«

Das Hotel in der Nähe des British Museum war imponierend vornehm. Säulen und Marmor im Eingang, blaue und dunkelgrüne Spannteppiche, stoffbeschirmte Wandlämpchen, polierte Parkettböden. Jeremy hatte zwei Zimmer für uns reserviert, mit üppigen Vorhängen und Möbeln aus dunklem Holz, glänzend und formvollendet.

Er hatte geschrieben, dass er um sechs in der Bar sein würde. Ich konnte es kaum erwarten.

Im Zimmer hatte ich mein verschwitztes Zeug ausgezogen. Ich hatte geduscht, lange – zunächst heiß, dann kalt. Ich hatte mich frisch angezogen: elegante Unterwäsche, Strümpfe, eine hübsche Bluse, ein modisches Kostüm. Dann hatte ich mich sorgfältig frisiert. Einen Hut trug ich schon lange nicht mehr. Ein Hut machte mich alt. Ich hatte mir einen Hauch Puder ins Gesicht gestäubt, die Brauen nachgezogen und akkurat Lippenstift aufgetragen. Und zum Schluss hatte ich noch etwas Parfum versprüht. Ein teures Parfum: Youth Dew, von Estée Lauder. Ich merkte erst jetzt, dass es eigentlich viel zu schwer für mich war. Aber es war zu spät, ich konnte nichts mehr daran ändern. Ich warf einen letzten Blick in den Spiegel, nahm meine Handtasche und verließ das Zimmer.

Die Bar war in dunklen Farben gehalten, fast leer. Die Leute würden sich erst später, nach dem Abendessen, für einen Drink oder einen Kaffee hier einfinden. Stehlampen zeichneten große helle Kreise auf Wände und Boden. Ledersessel und Sofas luden zum gemütlichen Sitzen ein. Ein Pianist spielte. Ein Angestellter führte mich über weiche Orientteppiche zu einer dieser Polstergruppen. Ein Herr, der in einem der Sessel unter einem Lampenschirm saß und die Zeitung gelesen hatte, wandte den Kopf zu mir um und erhob sich. Der Angestellte entfernte sich lautlos. Die Jahre fielen von mir ab, aber keine einzige Erinnerung löste sich auf: Die Kraft der Wahrnehmung hielt sie fest. Ja, er war fast der Gleiche wie einst: Das markante Gesicht, der Schnurrbart, aber die Augen waren gerötet und die Mundwinkel leicht nach unten gezogen. Sein Körper war immer noch schlank, sein Haar kaum ergraut. Wenig war verloren gegangen. Er lächelte nicht, keiner von uns lächelte. Wir blickten uns an, sahen uns, ohne uns zu sehen. Es war der Höhepunkt unseres Lebens, sein innerster Kern. Ein Neuanfang. Wir beide wussten es, genau in diesem Augenblick. Und es war sonderbar, uns selbst wie in einem fernen, sehr fernen Spiegel zu sehen. Zwei Menschen, die aufeinander zugingen, stehen blieben, sich ansahen. Unsere Liebe kehrte zurück aus der Vergangenheit. Wir hatten so viel Zeit verloren. Wie viele Jahre waren vergangen? Was war nach unserer gemeinsamen Zeit geschehen, nachher, anstelle dessen, was wir in unseren Träumen bewahrten? Nichts, was sich lohnte, im Gedächtnis zu behalten! Und jetzt erinnerte ich mich – erinnerte mich an alles, was vorher war, als wäre es erst gestern geschehen. Unvorstellbar, ein halbes Leben fern von ihm! Und jetzt endlich – die Befreiung. Er starrte mich an. Seine Stimme war nur ein heiseres Flüstern.

»Anna, bist du es wirklich?«

Ich lächelte zum ersten Mal – nur die Spur eines Lächelns.

»Du hast die deutsche Sprache nicht verlernt. Ja, ich bin es wirklich.«

»Und unverändert!«

»Nein. Die grauen Haare, die hatte ich nicht. Da, siehst du?«

»Nein, ich sehe nichts. Du bist noch immer eine schöne Frau, weißt du das?«

»Ich frage mich, ob du lügst oder ob du die Wahrheit sagst.«

»Ich sage die Wahrheit.«

»Vielleicht glaube ich dir. Es fällt mir zwar schwer, aber ich gebe mir Mühe.«

Er lachte. Jetzt lachten wir beide. Er fasste nach meinen Handgelenken, hielt meine Hände fest, zog mich zu sich. Wir standen ganz ruhig, Stirn gegen Stirn. Ich spürte seinen warmen Atem.

»Im Grunde bestand mein Leben nur aus Arbeit. Bloß da sein, bloß funktionieren. All die Jahre dachte ich immer an dich, nicht ständig bewusst, aber die Gedanken an dich waren immer da. Ein Mann braucht eine Frau, an die er denken kann. Das macht die Einsamkeit erträglich.«

Ich warf mich in seine Arme, spürte seine Schultern nach, als ob ich mich vergewissern wollte, dass er da war, warm und stark. Wir pressten uns aneinander, bis zum Ersticken. Seine Stärke machte mich traurig. Stirn gegen Stirn sagten wir uns: Endlich! Wir waren die einzigen Liebenden auf dieser Welt, einsam bis zu unserem gemeinsamen Tod. Die leisen Gespräche, der Pianist, der jetzt »September Song« spielte, glitten wie ferne Geräusche an unseren Ohren vorbei.

»Komm!«, sagte er.

Er führte mich zu einem Sessel, winkte dem Kellner.

»Trinkst du immer noch Whisky?«, fragte ich.

»Ja, aber nicht pur, wie früher. Mit viel Wasser und einem Schuss Zitrone. Und du?«

»Das Gleiche«, sagte ich. »Wir sind älter geworden.«

»Etwas älter, nicht viel.«

Ich sah ihn an, mit aller Zärtlichkeit, die ich hatte.

»26 Jahre, um es ganz genau zu sagen.«

Fältchen zeigten sich in seinen Augenwinkeln. Mir fiel auf, wie dunkel seine Haut jetzt war. Er zeigte ein kleines Lächeln, wobei er gleichzeitig seufzte.

»Was die Frage betrifft, wie wir damals waren, im Unterschied zu heute ...«

Ich schüttelte den Kopf. »Lassen wir die Frage vorläufig beiseite.«

In Jeremys Gesicht, in seiner Haltung, zeigte sich eine Geschichte, die auch die meine war. Es war eine Zunahme an Erfahrung, an Willensstärke, ja, das schon, aber auch eine neue Empfindsamkeit und eine Bitterkeit, die seine Lippen härter machte. Ich sah die Falten um den Mund, sah seine Tränensäcke und das an den Schläfen dünn gewordene Haar. Es handelte sich um diese sehr subtilen Veränderungen, die von selbst und auf natürliche Weise vor sich gingen, als läge es in ihrer Natur, erst dann augenfällig zu werden, wenn sie schon lange vorhanden waren.

Er bemerkte, wie ich ihn musterte, und lächelte etwas zerknirscht.

»Mein Schnurrbart, siehst du? Er ist weiß geworden.«

»Er steht dir gut.«

»Ich versuche, mich fit zu halten. Bis vor Kurzem habe ich noch Judo gemacht. Dann hat mir der Arzt Ruhe verordnet. Kürzlich habe ich es wieder versucht, aber es strengt mich zu sehr an.«

»Wenn der Arzt sagt, dass du dich schonen sollst ...«

Er nickte vor sich hin.

»Ja, jünger sind wir nicht geworden.«

»Weißt du«, sagte er, »ich sah schon immer älter aus, als ich eigentlich war.«

»Nein, du lächelst wie ein Schüler, der sich gerade anschickt, dem Lehrer einen Streich zu spielen.«

»Und wer ist der Lehrer?«, fragte er.

»Vielleicht das Leben«, sagte ich, gespielt heiter.

Der Kellner kam, brachte die Getränke. Jeremy hob mir sein Glas entgegen. »Auf unser Glück, Liebes.«

»Ja, auf unser Glück.«

Ich war hingerissen. Aber ich war auch vernünftig. Es lag nun mal in meiner Natur, dass ich nie den Kontakt zur Wirklichkeit verlor.

»Jeremy, was genau willst du damit sagen?«

»Ich werde mich scheiden lassen.«

»Zum zweiten Mal?«

»Ja. Diesmal lasse ich dich nicht mehr gehen. Wir wollen glücklich sein, solange wir es noch können. Die Zeit verrinnt, sie rinnt uns beiden durch die Finger. Wir wollen sehen, ob wir die Zeit nicht etwas anhalten können.«

»Nein, nicht schon wieder!«, dachte ich. Nicht schon wieder auf ihn hereinfallen. Ich blieb in der Defensive.

»Wie lange bist du schon verheiratet?«

»Mit Melissa? Seit dreizehn Jahren. Unsere Ehe funktioniert nicht mehr. Ich habe es lange nicht einsehen wollen. Ich dachte, dass ich mir etwas vormache. Aber seitdem wir wieder in Verbindung sind, habe ich endlich Gewissheit: Es funktioniert tatsächlich nicht mehr!«

»Und was macht Melissa?«

»Sie kann tun und lassen, was sie will. Wir haben uns getrennt. Es ist besser so.«

»Getrennt? Meinetwegen?«

»Ich habe ihr die Wahrheit gesagt. Ich hätte es vielleicht nicht tun sollen. Aber ich ziehe es vor, dass sie es von mir erfährt, nicht von jemand anderem.«

»Und die gemeinsamen Jahre mit ihr, was machst du damit? Und wie geht Melissa damit um?«

»Melissa ist das alles nicht gleichgültig, aber sie ist sehr abgebrüht. Wir haben zusammen gewohnt, aber jeder hat für sich gelebt. Das war eine Abmachung, die wir hatten.«

»Und die Kinder?«

»Sie begreifen zum Glück nicht alles. Melissa und ich beherrschen unsere Gefühle. Streit in ihrer Gegenwart hat es nie gegeben. Aber jetzt hält sie die Kinder von mir fern, was schmerzhaft für mich ist.«

»Wem sonst noch hast du von uns erzählt?«, fragte ich mit einer Spur von Erschrecken. Ich hatte immer gedacht, er wollte unsere Beziehung geheim halten.

»Celia Howells, meiner Tante. Ich wohne jetzt bei ihr. Sie ist die Schwester meines Vaters. Ihr Mann lebt schon lange nicht mehr. Seit zwanzig Jahren wohnt sie alleine und ist froh, dass wieder ein Mann im Haus ist. Sie fürchtet sich vor Einbrechern. Sie wird 86, ist aber noch sehr klar im Kopf und spielt gerne eine Rolle in der Gesellschaft. Das lässt sie sich nicht nehmen. Sie kann sehr hochmütig sein, hat Anfälle von beißender Ironie und feuert ab und zu einen Schrotschuss ab. Und oft ist die Zielscheibe ihres Spottes leider Melissa.«

»Warum?«

»Es gibt keine Sympathie zwischen ihnen. Tante Celia setzt sich mühelos über Vorurteile hinweg, und Melissa ist ihr zu konservativ. Die beiden Kinder mag sie, aber sie kommen ja nicht oft zu Besuch.«

»Weiß sonst noch jemand von unserer Geschichte?«

»Der SIS, was leider unvermeidbar ist. Und ich fürchte sogar, dass sie mehr von uns wissen, als ich denke. Höchstwahrscheinlich hat auch Melissa etwas ausgeplaudert. Auch wenn wir nicht mehr aktiv sind, stehen wir alle weiter unter Beobachtung.«

Ich wunderte mich, dass er lachte.

»Beunruhigt dich das nicht?«

»Manchmal läuft es mir kalt den Rücken herunter.«

Er zwinkerte mir zu, damit ich ihn nicht ernst nahm, obwohl – ich hatte einen sechsten Sinn – er es tatsächlich ernst meinte.

»Aber es ist doch dein Privatleben!«, warf ich ein.

»Ich werde nie ein Privatleben haben. Auch wenn ich später im Rollstuhl sitze und senil bin. Dann erst recht nicht. Ich könnte ja etwas ausplaudern. Aber ich nehme es in Kauf. Ich habe einst diesen Beruf gewählt, um meines patriotischen Gewissens willen, weil ich England liebte – und immer noch liebe – und etwas für mein Land tun wollte. Es war meine höchst persönliche Entscheidung, die aber auch gleichzeitig eine Regelung meines eigenen Schicksals war. Ohne dich hätte ich mich vielleicht in die Schablone gefügt. Aber jetzt gehe ich einen anderen Weg als den, den man mir vorschreibt. Du und ich, wir sind zu alt für Heucheleien, findest du nicht auch?«

Ich hatte das Gefühl, im Kino zu sitzen. Das Ganze war so irreal wie in einem Film, ein alter Schwarz-Weiß-Film von schlechter Qualität.

Ich sagte: »Kein Privatleben ... Springen sie so mit dir um?«

»Liebste«, antwortete er bitter, »mein ehemaliger Beruf war scheinheilig und asozial. Man paukte uns ein bestimmtes Ideal von einem makellosen Patriotismus ein, wo alles vortrefflich und ehrenhaft zugeht, und ihm zuliebe wurden wir durchtriebene Lügner, auf dem diplomatischen Parkett ebenso routiniert wie im Busch. Wir hatten nur eine fixe Idee im Kopf: die Landessicherheit. Ausländische Spione sowie einheimische Saboteure und Verräter wurden mit Argusaugen erkannt und legal oder illegal unschädlich gemacht. Und alles lief wie am Schnürchen.«

Das gefiel mir ganz und gar nicht.

»Hatte das auch etwas mit uns zu tun?«, fragte ich.

Er bot mir eine Zigarette an, gab mir Feuer, wobei er auf meine Hände sah. Ich hatte meine Fingernägel rot lackiert, weil ich wusste, dass es ihm gefallen würde. Er mochte hübsch zurechtgemachte Frauen.

»Anna, hör zu! Es gibt da einiges, was ich dir sagen muss. Die Zerrüttung einer Ehe ist für alle Beteiligten unerfreulich. Aber in meinem Fall bringt sie spezifische Probleme mit sich. Das war schon die Sachlage im Zweiten Weltkrieg, aber heutzutage hat sich nur wenig geändert. Heute befinden wir uns im Kalten Krieg, und Deutschland grenzt an den Warschauer Pakt. Und ich liebe eine deutsche Frau. Man wird es mir verzeihen, weil du nie in die Politik hineingepfuscht hast. Aber man wird dein Leben genau unter die Lupe nehmen.«

Noch während er sprach, schweiften meine Gedanken ab. Eigentlich wollte ich das alles nicht hören. Es waren Dinge, die mich zu sehr an früher erinnerten. Immer noch dieser Schwarz-Weiß-Film. Ich war eine Frau, die mitten im Leben stand und die nicht mehr so gutgläubig war wie Jahrzehnte zuvor. Meine Erfahrung hatte starke Wurzeln. Ich war eine Frau, die Sicherheit brauchte. Und jetzt fühlte ich mich eben nicht mehr so sicher. Ich spürte zum ersten Mal, dass ich Angst hatte. Es gab da zu viel Fragwürdiges für meinen Geschmack, zu viel Zweideutigkeit und auch zu viel Ungewissheit. Und immer wieder musste ich denken: Mach dir keine Illusionen, du bekommst ihn ja doch nicht!

Ich schluckte und sagte matt: »Schon gut, sprich nicht weiter. Sollen sie doch in meinem Stammbaum wühlen, wenn es ihnen Freude macht! Ich habe nichts zu verbergen.«

Er beugte sich rasch vor und legte seine Hand auf meine.

»Liebste, so schlimm ist es nun auch wieder nicht. Unsere Verbindung wird dir keinerlei Nachteile bringen, sondern zusätzliche Sicherheit und sogar einige Privilegien. Hast du Vertrauen zu mir?«

Vertrauen? Eine Frage der Einschätzung. Auch das Wort Vertrauen kannte ich von früher. Und was war dabei herausgekommen? Nichts als Komplikationen und Enttäuschungen. Ich hatte immer das Nachsehen gehabt. Ich war nahe daran, ihn zu fragen, ob er sich erinnerte, er hatte so viel gesagt, damals. Oh, diese schöne, traurige Zeit. Aber ich fragte ihn nicht. Denn ich vertraute ihm ja. Ich vertraute ihm wirklich. Das war schon immer mein Dilemma gewesen. Die Liebe ließ meine Vernunft erblinden. Charlotte würde sagen: »Du gehst ihm schon wieder auf den Leim.«

Ich sagte versonnen: »Ich bemühe mich sehr, dir zu glauben. Sei mal ganz ehrlich, wenn du es kannst: Meinst du es wirklich ernst? Wirst du mich nie mehr verlassen?«

Seine Hand war warm. Meine eigene schien sich um die seine zu klammern, und der Druck unserer ineinandergepressten Hände schien zusammenzufassen, was wir empfanden, wie nötig der eine den anderen hatte. Und seine Augen, die eine Wolke zu verdunkeln schienen, zeigten, wie zerrissen er im Innern war.

»Liebste«, sagte er. »Eins musst du wissen: Ich habe dich nie, kein einziges Mal, angelogen.«

Ich antwortete nicht sogleich. Er lehnte sich zurück und rauchte nervös. Wenn er nicht redete, sah er todmüde aus. Warum fällt es mir erst jetzt auf, dachte ich. Verloren geglaubte Gefühle kehrten zurück, zärtlich und vertraut. Ich hatte von Anfang an den Eindruck gehabt, als wiederhole sich eine Szene von früher, ein Gespräch von früher, als nähmen wir nur den Faden wieder auf. Aber es war gefährlich, sich solchen Vorstellungen zu überlassen. Das, was mir durch den Kopf ging, war eine Illusion wider besseres Wissens, um uns die Umstände leichter zu machen, unbeschwerter. Ich wollte um keinen Preis, dass ein einziges Wort von mir ein Vorwurf wurde. Genauso wie damals, als es mir Spaß gemacht hatte, meine Stärke und meinen Mut zu beweisen, obwohl es genügend Gründe für Furcht und Angst gegeben hatte. Zum Beispiel die Kaltblütigkeit, mit der ich meinen guten Ruf aufs Spiel gesetzt hatte. Nie, keinen einzigen Augenblick war mir damals der Gedanke gekommen: Was werden die Leute dazu sagen? In Charlottes Worten: Die Leute waren mir scheißegal gewesen! Und jetzt war mir auch der britische Geheimdienst scheißegal. Aber ich wollte nicht noch einmal leiden.

»Na ja, vielleicht ist diesmal Hoffnung angemessen«, erwiderte ich steif.

Sein Gesicht entspannte sich, und er lachte ein wenig, weil ich so zeremoniös geworden war.

»Davon bin ich überzeugt. Entschuldige, Anna, dass ich gleich mit der Tür ins Haus gefallen bin. Aber ich wollte, dass wir keine Geheimnisse voreinander haben. Aber du solltest wissen, was dir blüht, wenn du weiterhin mit mir zu tun haben willst.«

»Ich hätte dir also sagen können: Bleib mir vom Leib mit deinen Spionagegeschichten!«

»Das hättest du. Und ich hätte es dir nicht einmal übel nehmen können.«

»Du kennst mich gut. Du wusstest, dass ich es nie übers Herz gebracht hätte.«

Er nickte vor sich hin.

»Ja, ich wusste es. Und ich werde dich nicht noch einmal enttäuschen.«

Wir tauschten einen langen Blick. Und plötzlich lächelten wir beide, und er sagte: »Aber jetzt genug davon! Jetzt bist du an der Reihe! Erzähl mir, was du in dieser langen Zeit gemacht hast?«

»Da gibt es nichts zu erzählen«, erwiderte ich, den Blick auf die glimmende Zigarette gerichtet. »Ich habe nur für Charlotte gelebt, aber ohne jegliche Lebensfreude. Es war eine Sache der Gewohnheit, mehr nicht. Und eines sollst du wissen: Ich konnte nicht einschlafen, ohne an dich zu denken. Mir scheint, es gibt sonst nur wenig, was sich zu erzählen lohnt. Meine Eltern sind gestorben, meine Schwester sehe ich kaum noch. Ich lernte zwei- oder dreimal einen Mann kennen, doch sie bedeuteten mir nichts. Ich habe mich durchgeschlagen. Und niemand hat mich jemals weinen sehen, nicht einmal Charlotte.«

»Du hast ihr den Namen meiner Mutter gegeben.«

»Ist es dir unangenehm?«

»Nein, ich höre gerne, wenn du diesen Namen auf Deutsch aussprichst. Es macht mich glücklich. Wo ist sie jetzt?«

»Ich wollte heute mit dir allein sein. Du wirst sie morgen sehen.«

»Was denkt sie von mir?«

»Das wird sie dir selber sagen. Ich mische mich da nicht ein.«

»Macht sie mir Vorwürfe?«

»Hast du etwas anderes erwartet?«

Er wollte antworten, als ein gut aussehender Herr auf uns zukam. Dunkelhaarig, wenn auch schon kahl an den Schläfen. Jeremy erhob sich. Beide schüttelten sich die Hand.

»Anna«, sagte Jeremy zu mir, »darf ich dir meinen guten Freund John Profumo vorstellen?«

Wir begrüßten uns. Profumo hatte ein gewinnendes Lächeln und eine tiefe, angenehme Stimme.

»Möchtest du dich nicht eine Weile zu uns setzen?«, fragte Jeremy.

»Mit dem größten Vergnügen würde ich das, aber ich werde erwartet. Ein andermal vielleicht?«

Die beiden Herren wechselten ein paar Worte, bevor sie sich verabschiedeten. Profumo wünschte mir einen angenehmen Aufenthalt in London. Er winkte mir liebenswürdig zu und entfernte sich.

»John arbeitet beim Ministerium«, sagte Jeremy. »Wir kennen uns schon lange.«

Er gab dem Kellner ein Zeichen.

»Wie wär's, wenn wir einen Happen essen gingen?«

Ich ging mir kurz die Nase pudern. Als ich zurückkam, wartete er schon am Ausgang auf mich und lächelte mich an.

»Ich liebe deinen Lippenstift, dieses Korallenrot«, sagte er, und ich spürte mein Herz klopfen wie das einer Halbwüchsigen.

Wir traten durch die großen Glastüren nach draußen. Die Luft war spätsommerlich warm, aber es grummelte in der Ferne, und ein leichter Regen fiel.

»Oh, ein Gewitter!«, rief ich. »Und ich bin ohne Regenmantel.«

»Es zieht gleich vorbei.«

Es roch nach warmem Asphalt, nach nassem Laub und gebratenem Fisch. Ich schnupperte.

»Du, ich glaube, ich habe Hunger!«

»Ja, und du kannst ruhig etwas zunehmen«, sagte er im Tonfall von früher. Wir lachten beide. Er nahm meine Hand, und lachend liefen wir durch die schimmernden Regentropfen, quer über die Straße.

38. KAPITEL

Der Pub, in den er mich führte, hatte Fenster mit Butzenscheiben, davor standen Blumentöpfe. Von außen sah er alt und etwas verkommen aus. Doch es war nur der erste Eindruck. Wir gingen durch einen stickigen Raum, ganz mit dunklem Holz verkleidet. In der schummrigen Beleuchtung stand eine Anzahl Leute vor einer großen Theke, sie tranken Bier, lachten, gestikulierten. Junge und Alte, Männer und Frauen, die Männer waren in der Mehrzahl. Alle redeten sehr laut. Ich sah ihre Gesichter in dem Spiegel, der hinter der Theke entlanglief. Die Männer hatten ihre Krawatten gelockert, manche waren in Hemdsärmeln. Die Luft war dunstig, weil alle rauchten. Jeremy hielt mich leicht am Ellbogen und führte mich auf eine Tür zu. Dahinter befand sich ein Raum, ebenso düster beleuchtet, aber mit Tapeten, schweren Vorhängen, alten Möbeln und gelbstichigen Bildern in vergoldeten Rahmen. Der Raum glich einem bürgerlichen Esszimmer vergangener Zeit. Hier waren die Tische sorgfältig gedeckt, mit schönem Porzellan und Silber. An einigen Tischen saßen Leute, die sich gedämpft unterhielten. Ein Kellner begrüßte uns, brachte uns an einen Tisch. Jeremy bestellte zwei Gin, während wir die Karte studierten.

»Was möchtest du essen?«, fragte Jeremy.

»Ich weiß es nicht. Such etwas für mich aus.«

»Solche Pubs gibt es nur hierzulande«, sagte Jeremy. »Es gibt auch nur ganz bestimmte Gerichte. Und meistens trinkt man dazu Bier. Wie wär's mit einer *Onion & Leek Soup* und einem *Fish Cake*?«

»Klingt verlockend!«

Der Kellner kam, und Jeremy gab die Bestellung auf. Schon nach einigen Minuten brachte der Kellner die dampfende Suppe. Er hatte sie direkt von der Theke geholt.

Auch das Bier war schon da. Wir prosteten uns zu. Und plötzlich hatte ich das trügerische Gefühl, dass es nichts auf der Welt gab, worum das ich mir Sorgen machen musste.

»Es ist ein Wunder«, sagte ich.

»Was ist ein Wunder?«

»Dass wir uns gefunden haben. Ich hätte es nicht für möglich gehalten. Ich hatte etwas verloren, all die Jahre. Etwas Fundamentales.«

»So ging es mir auch«, sagte er schlicht. »Jahrelang bewegte ich mich in einer Art von Schicksalsdunst. Meine Liebe zu dir war das Einzige, was wichtig für mich war. Aber sie war am Verkümmern.«

Ich hörte zu, während ich vorsichtig die scharf gewürzte, dickflüssige Suppe löffelte.

Ich ließ mir durch den Kopf gehen, was Jeremy gesagt hatte. Die Liebe hat eine Seele, dachte ich. Und sie hat auch einen Geist, einen Geist des Mitgefühls, des Opfers und der Geduld. Aber Jeremys Feststellung stimmte ebenfalls. Ja, die Liebe war nicht unsterblich, ihre Unsterblichkeit war Theorie. Ich hätte ihm jetzt gerne gesagt, mit allem Nachdruck des Herzens: Ich hoffe, dass es für dich nicht so schlimm war wie für mich. Aber ich konnte nicht vergessen, was mein Bruder Manfred mir – höchst unfreiwillig und in einem ganz anderen Kontext – beigebracht hatte: nämlich, dass kaum jemand auf die Dauer immer sich wiederholender Suggestion widersteht, dass auch Jeremy und ich nicht anders und nicht stärker darin waren als andere. Oder vielleicht nur solche, die einen besonderen Dickschädel hatten. Unwillkürlich nahm ich ihn in Schutz.

»Man hat dich ausgetrickst«, sagte ich. »Und du konntest nichts machen.«

Er schüttelte den Kopf.

»Wenn es ein Vergehen ist, ein verdammter Narr zu sein, dann bin ich schuldbeladen. Ich habe damals geglaubt, dass ich nach kurzer Zeit wieder in Münster sein würde. Das war eine fatale Fehleinschätzung. Ich kann nur hoffen, dass Gott mir diesen verhängnisvollen Leichtsinn nicht anrechnet und dass Er es immer noch gut mit uns meint.«

Eine Antwort wäre mir schwergefallen. Weder seine Worte noch die aus der Tiefe der Erinnerung aufsteigenden Bilder konnten mich restlos überzeugen. Meine Gedanken und Empfindungen waren schwer zu ergründen, ich war glücklich, aber ebenso erstaunlich zwiespältig. Realismus? Gewiss – aber es war ein Realismus der Erfahrung und nicht der Gefühle. In Wirklichkeit war es genauso wie früher: Nichts war mir stärker bewusst als der Wunsch, dass ich diesen Mann haben wollte.

Der Kellner brachte das Hauptgericht, eine große Pastete, knusprig gebacken, mit einer Füllung aus Spinat und Weißfisch. Er stellte zwei Schüsseln mit Bratkartoffeln und eine kleine Portion grüner Erbsen daneben. Jeremy sah mich forschend an, während ich vorsichtig das heiße Gericht kostete.

»Das englische Essen hat einen schlechten Ruf«, meinte er. »Im Ausland auf jeden Fall. Vielleicht stimmt es ja auch.«

»Das ist Verleumdung!«, rief ich lachend.

Wir aßen langsam und mit Genuss, sprachen über die Vorurteile und über die Gewohnheit der Leute, alles zum Schlechtesten zu deuten.

»Sie sind von vornherein ablehnend«, sagte ich. »Aber was für die Mehrheit nicht akzeptabel ist, gibt uns die Kraft, nicht schlappzumachen. Was die Sache zwischen dir und mir betraf, mir war vollkommen wurscht, was die Leute dachten. Aber Charlotte habe ich immer abgeschirmt. Leider ist es mir nicht immer ganz gelungen.«

Jeremys Lächeln drückte aus, was er empfand: Anerkennung und Rührung.

»Habe ich dir je gesagt, dass du eine mutige Frau bist?«

»Nicht, dass ich mich entsinne.«

»Ich sage es dir jetzt.«

»Das freut mich. Aber ich bin nicht sehr angepasst, weißt du. Ich führe ja ein Einsiedlerleben. Und eigentlich kann ich es den Leuten nicht übel nehmen, dass sie neugierig sind.«

Sein Lächeln wurde nachdenklich, bevor es ganz erlosch.

»In meinem früheren Beruf waren wir neugierig aus Prinzip. Nach sieben Jahren in Kairo wurde ich für zusätzliche drei Jahre nach Rhodesien versetzt. Das war 1953. Und verglichen mit Rhodesien kam mir das vergammelte, rastlose Kairo wie ein Ort vor, wo man ungestört Mittagsschlaf halten konnte und abends mit einem Drink den Sonnenuntergang genoss. Rhodesien war schlichtweg die Hölle, auch in den Jahren danach musste ich immer mal wieder für einzelne Aufträge dorthin. Das Land gehörte der Krone, aber die ausgebeuteten Eingeborenen rebellierten. Die Weißen bildeten Privatmilizen. Wir wollten die Kolonie nicht aufgeben. Unsere Arbeit bestand darin, das Wirtschaftspotenzial der Afrikaner zu schwächen und ihr erwachendes politisches Bewusstsein zu drosseln. Immer mit Beschiss, versteht sich. Es ging ja stets darum, etwas voranzutreiben oder zu verhindern. Dazu brauchten wir Informationen. Wir wandten uns an die Emporkömmlinge. Die wussten am besten Bescheid und weil sie ehrgeizig waren und sich Vergünstigungen versprachen, gaben sie Auskunft. Das half uns, die Tatsachen zu verdrehen und die Freiheitskämpfer in Schach zu halten. So kam es, dass ich oft dabei war, wo ich eigentlich nicht dabei sein wollte. Zum Beispiel in den Folterkammern. In den Nächten darauf nahm ich Schlafmittel. Es ging einfach nicht anders. Aber das war nur ein mildes Vorgeplänkel. 1966 brach der Guerillakrieg los. Aber zu dieser Zeit hatte ich Rhodesien bereits für immer verlassen – ein Glück, sonst hätte man womöglich Hackfleisch aus mir gemacht. Macheten können wirksame Waffe sein.«

Mir war schon immer aufgefallen, wie Jeremy von seiner Vergangenheit sprach, wie er greifbare Fakten lässig überging. *Déformation professionnelle,* nennen es die Franzosen. Ich akzeptierte das.

Gedankenvoll sprach er weiter.

»Man kann alle denkbaren Verbrechen sehen und trotzdem seine Sache pflichtbewusst erledigen. Einige von uns sind der Meinung, je verwickelter, je besser. Ich bevorzugte unkonventionelle Methoden. Und ich habe allmählich verstanden, dass ich die mir gestellten Aufgaben zwar gut erfüllen konnte, dass es aber für mich nur ein Funktionieren war. Ich lebte gleichzeitig von dieser Funktion und missbilligte sie. Dass ich Politintrigen nicht mag, hört sich wie ein Widerspruch an. Aber wir sind vielschichtige Wesen, und Widersprüche definieren uns. Nun, auch so kann man leben.«

»Du hast viel mitgemacht«, sagte ich.

Er nickte.

»Gewiss. Aber was ich erlebt habe, war nicht immer nur widerlich, sondern hin und wieder recht aufregend, nämlich, wenn ich auf etwas Zwielichtiges stieß und – wie ich schon sagte – neugierig wurde.«

»Neugierde ist auch eine Kunst.«

Er lachte hell auf. Ich fragte: »Hattest du niemals Angst?«

Er verzog das Gesicht.

»Oft, sehr oft sogar. Aber Angst ist nützlich, und sei es nur, um uns selbst besser zu kennen. Und wir können unsere Angst in den Griff bekommen, wenn wir lernen, Ursache und Wirkung in Beziehung zu bringen. Das Unangenehme dabei ist, dass wir leichtsinnig werden.«

Er zwinkerte mir zu.

»Um die Wahrheit zu sagen, am meisten hatte ich Angst vor Skorpionen!«

Ich sagte betont leichthin: »Mit anderen Worten, du bist ihnen noch heute unentbehrlich.«

»So ist es nun auch wieder nicht. Ich bin nicht mehr aktiv dabei, aber gelegentlich wird meine Erfahrung noch gebraucht. Doch ich setze nicht mehr alles auf eine Karte, weißt du. Und diesmal lasse ich mir die Chance nicht nehmen, ein neues Leben zu beginnen, das besser zu uns passt.«

Er sagte das ganz spontan. Ich war erleichtert und glücklich, dass er mich nicht überging, sondern – offenbar unwillkürlich – mich der ungewissen Welt seiner Zukunft einfügte. Ich lächelte ihm zu. Er sollte meine Zuversicht spüren, bevor sich meine Angst vor äußeren Einflüssen und meine dunklen Vorahnungen auf ihn übertrugen. Und vielleicht gelang es ihm am Ende, mir die Angst zu nehmen.

Der Kellner kam und räumte die Teller weg. Wir bestellten Kaffee und Sherry, und Jeremy reichte mir eine Zigarette. Sein Feuerzeug klickte. Er rauchte immer noch diesen leichten würzigen Tabak, der nach Zimt und Honig schmeckte. Und dann beugte er sich über den Tisch, suchte lächelnd meine Augen und nahm meine Hand.

»Erzähl mir von Charlotte«, sagte er.

39. KAPITEL

Am späteren Abend kehrten wir ins Hotel zurück. Ein starker, aber warmer Wind pfiff um jede Straßenecke. Jeremy hatte den Arm um mich gelegt. Wir gingen schnell und sprachen nicht viel. In der Hotelhalle war es angenehm ruhig. Einige spät eingetroffene Gäste standen an der Rezeption, um sich einzutragen. Der Concierge sammelte die Koffer ein. In der Bar, wo noch Leute bei Whisky oder Portwein den Abend ausklingen ließen, spielte der italienische Pianist »My Way« und sang dazu in gefühlvollem Bariton.

»Er singt nicht so gut wie Frank Sinatra«, meinte Jeremy. »Viel zu laut.«

Wir standen uns in der Halle gegenüber, als Zielscheibe aller Blicke, so kam es mir vor, was natürlich töricht war, denn niemand beachtete uns. Ich blickte den polierten Fußboden an, während Jeremy ernst und ruhig auf mich heruntersah. Dann sagte er, so verhalten wie immer: »Bist du müde?«

Ich lächelte ein wenig und schüttelte den Kopf.

»Könnte ich eine Weile auf dein Zimmer mitkommen?«

Ich konnte nur nicken, bevor ich zur Rezeption ging und nach Charlotte fragte. Sie war noch nicht zurück. Das beunruhigte mich nicht sonderlich. Charlotte war ein Nachtvogel (oder ein Vampir?). Dann rief Jeremy den Lift, der zu uns niederglitt in einer Flut bläulichen Lichts. Der junge Liftführer wandte das Gesicht ab, drückte behutsam auf den Knopf. Ich schaute auf den Anzeiger über seinem Kopf, weg von Jeremy, während uns der Aufzug in das fünfte Stockwerk brachte. Als sich die Schiebetüren öffneten, konnte ich in der Stille des leeren Korridors, wo nur wir beide waren, die hastigen Schläge meines Herzens hören.

Als ich die Tür zu meinem Zimmer aufschloss, Licht in dem kleinen Vorraum machte, wusste ich, dass es kein Zurück mehr gab. Von einem Augenblick zum anderen hatten wir aufgehört, uns zu quälen. Es widersprach doch dem Gesetz der Wahrscheinlichkeit, dass wir uns noch einmal treffen würden, nur um uns schon bald danach wieder zu verlieren! Nein, nein! Dass jeder sein Leben im gleichen Trott weiterführen würde, war undenkbar. Ach, diese Raum und Zeit übersteigende Sehnsucht, die plötzlich so präsent geworden war. Wir hielten uns in den Armen, und ich fühlte, dass dies nun wirklich das Wiederfinden war, nach dem ich mich all die Jahre gesehnt hatte. Hier und jetzt und in aller Ewigkeit gab es nur Jeremy, hatte es immer nur Jeremy gegeben. Er ließ seinen Mund über meine Stirn wandern, über meine Augenlider, über meine Nasenflügel. Lippen, die sich öffneten, ein Mund, der eroberte und sich erobern ließ, das bedeutete, sich ganz darzubieten, der Körper folgte nur noch nach, tat alles von allein. Wir kamen uns langsam entgegen, ließen unsere Herzen, unsere Körper einander spüren, kosteten unser Verlangen füreinander aus. Aber zu viele Jahre waren schon vergangen, und mir kamen Zweifel. War mein Körper noch schön, begehrenswert?

»Lösch das Licht, bitte«, flüsterte ich. Er tat, was ich wünschte. Im Dunkel entkleideten wir uns, ließen achtlos unsere Sachen fallen. Mit den Kleidern streifte ich alle Hemmungen ab. Wir legten uns auf das Bett, nebeneinander wie einst in unserer spärlichen Unterkunft in Münster. Und nun kannte ich keine Furcht mehr, keine Grenzen, keine Rücksicht. Ich ließ ihn spüren, was ich mochte, und ich verlangte dies ohne Scham und wurde nicht enttäuscht und erfuhr volle Befriedigung. Und dann hielten wir uns nackt in den Armen, und um uns herum war nur noch eine verzauberte Welt, in der nichts war als Seligkeit. Er nahm meine Brüste in beide Hände, streichelte sie, bog meinen Kopf nach hinten. Sein weicher Schnurrbart zog eine schmale Spur von den Brüsten bis zum Bauch und dann hinab zu den geöffneten Schenkeln. Er presste sich an mich, schneller und immer tiefer. Erinnerungen schwebten heran, wie Wolken. Denn unsere Liebe entsprang einer Bestimmung, als hätten wir uns schon vor unserer Geburt geliebt, als nähmen wir nur den Faden wieder auf. Wir ahnten es tief und dunkel in unserem Inneren, jenseits von Glück und Schmerz. Wir ließen uns gleiten in uferlose Seligkeit, ohne Furcht und ohne Hemmungen treibend, steigend und fallend in den warmen Strömungen der Leidenschaft. Wir taumelten zusammen über einen Abhang aus Dunkelheit, wir atmeten nicht mehr, damit Tod und Leben im Gleichgewicht verharrten. Ach, lass uns zusammen sterben, solange du da bist und ich da bin! Wir waren verwundbar und fühlten uns zugleich unbesiegt. Zusammen bildeten wir einen Block gegen das lauernde Schicksal. Wir verloren den Kontakt mit einer Welt, die uns so wenig gegeben hatte, betraten unser Paradies, ein Trost für Seele und Körper.

Er sagte, jetzt hätte er mich wieder und er wollte seine Zeit nicht mit Schlafen vergeuden! Ich sagte, mir ginge es genauso, wir waren jeder in den Armen des anderen eingeschlossen und führten den Kampf mit dem Schlaf. Atem in Atem lagen wir, ertasteten uns wie Blinde, die nach verlorenen Dingen hungern, fassungslos und staunend, dass wir unsere Räume des Denkens mit Erinnerungen füllten – und aus der Leere der Zeit zurückkehrten, unversehrt.

Und dann lagen wir wortlos beieinander, glückselig darüber, dass wir uns spürten. Wir streichelten uns schweigend, spürten unsere warme, schweißfeuchte Haut, spürten unsere Köper. Es war schön, so leicht zu sein, einfach diese Haut und diese Wärme zu spüren, unsere Sehnen und Muskeln, unversehrt und gelenkig.

Und schließlich sprach ich zum ersten Mal. Ich flüsterte: »Werden wir uns niemals mehr verlassen?«

»Niemals«, antwortete Jeremy. »Es wird nie wieder vorkommen.«

Charlotte kam am nächsten Morgen zum Frühstück. Sie erschien mit gut einer halben Stunde Verspätung, schlenderte gemächlich zwischen den Tischen auf uns zu. Sie trug einen engen gelben Pullover, eine Jeansjacke und dazu schwarze Lederhosen, die in klobigen Stiefeln steckten. Ihr Haar war frisch gewaschen und glänzte, und alles in allem sah sie recht manierlich aus. Dazu kam, dass in London viele junge Frauen in ähnlicher Aufmachung herumliefen. In Münster hätten natürlich alle geglotzt.

Ich winkte ihr zu, und Jeremy, der ihr den Rücken zudrehte, wandte sich um und erhob sich. Er schenkte ihr sein entwaffnendes Lächeln, rückte für sie einen Stuhl zurecht.

Sie musterte ihn, lange und gründlich, von seinem dunklen Haar über seinen zwanglosen Tweedanzug, bis zu den Schuhen und wieder zurück.

»Tag«, sagte sie und ließ sich auf den Stuhl fallen. Es war ein bestürzendes Gefühl, die beiden zum ersten Mal zusammen zu sehen. Endlich konnte ich die Ähnlichkeit zwischen Vater und Tochter richtig erfassen. Dieselbe breite Stirn, das kantige Kinn, die vollen, sinnlichen Lippen, die etwas eingesunkenen Augen. Und auch bei ihr trat beim Nachdenken der Stirnknochen hervor. Während ich sie ansah, fiel mir auf, dass sie seltsam abwesend schien, wie auf einem anderen Stern. Das wiederum gehörte zu ihrer Art, ihre Unabhängigkeit zu bewahren. Die Bedienung kam, Charlotte bestellte Tee. Sie sprach fast fehlerfrei Englisch. Gleichzeitig zog sie eine Schachtel Zigaretten hervor, schob sich eine in den Mund. Sofort gab Jeremy ihr Feuer. Diese weltmännisch elegante Geste kannte Charlotte nicht. Woher auch? Ein Schimmer von Verwunderung erschien in ihren Augen. Sie dankte knapp, warf den Kopf in den Nacken und stieß den Rauch aus der Nase. Ich, die sie gut genug kannte, merkte, dass sich jetzt in ihre saloppe Haltung ein Quantum Verlegenheit mischte. Jeremy brach als Erster das Schweigen.

»Charlotte, es tut mir leid, dass wir uns nicht früher kennengelernt haben. Die Umstände ließen es nicht zu. Ich bedaure es zutiefst.«

Sie antwortete distanziert. »Ich habe mich damit abgefunden.«

»Wir werden das jetzt nachholen.«

Sie zuckte mit den Schultern. »Bringt das was?«

Abermals Stille, bis Jeremy sagte: »Deine Mutti hat für dich getan, was sie konnte.«

Ich war gerührt, dass er immer noch das biedere Wort »Mutti« verwendete. Aber Charlotte war alles andere als ein zurückgebliebenes »Mutti-Kind«. Dementsprechend erwartete ich von ihr eine patzige Bemerkung, die Gott sei Dank aber ausblieb, weil die Bedienung den Tee brachte.

Dann fragte Jeremy: »Was hat sie dir von mir erzählt?«

Charlotte holte hörbar Luft und wurde auf einmal gesprächig. »Nichts. Sie sagte: Dein Vater ist im Ausland. Und wenn ich fragte, wann er zurückkommt, sagte sie: ›Ich weiß es nicht‹, und Punkt. Und dann ging sie in die Küche und machte Essen, kümmerte sich um die Wäsche, wurschtelte in der Wohnung herum. Sie hat mir ganz deutlich erklärt, dass sie nichts erzählen wollte. Aber eigentlich hat sie überhaupt nichts erklärt. Sie hat es mich fühlen lassen. Ich meine, man fühlt ja solche Dinge. Und irgendwann habe ich aufgehört, Fragen zu stellen. Es interessierte mich nicht mehr.«

Sie sprach leise und kalt. Und in diesem Augenblick wurde mir klar, dass ihr weder Hinweise noch Andeutungen entgangen waren. Und auch, dass ich sie tief verletzt hatte. Das Herz zog sich mir zusammen. Bisher hatte ich das alles nicht verstanden. Jetzt endlich verstand ich es.

»Charlotte«, sagte ich schuldbewusst, »du kennst doch den Grund. Der Krieg spukte noch in allen Köpfen herum. Und die Engländer hatten Münster zerstört. Je weniger du wusstest, umso besser. Ich wollte dich schützen. Es war schon genug, dass du nicht ehelich geboren warst.«

Charlotte hob den kleinen Silberdeckel ihrer Kanne, prüfte, ob der Tee genügend stark war, und blieb mir die Antwort schuldig. In ihrem Schweigen lag Geringschätzigkeit.

Jeremy lehnte sich über den Tisch, sah in Charlottes verschlossenes Gesicht.

»Komm, Charlotte, das war einmal. Zu einer anderen Zeit. Geh nicht mehr dorthin. Wir sind jetzt hier.«

Sie sah ihn seltsam an. Dankbar oder nur überrascht?

»Vor ein paar Tagen«, fuhr Jeremy fort, »sprachen wir von dir, und deine Mutti sagte: Sie ist eine junge Frau, die alles kann.«

»Das ist nicht wahr«, erwiderte Charlotte. »Ich kann nur das, was mir Spaß macht.«

»Umso besser, dann machst du es gut.«

»Sonst mache ich es überhaupt nicht«, setzte sie mit Nachdruck hinzu.

»Sie kann einen Motor auseinandernehmen und wieder zusammenbauen«, warf ich ein.

Ich hatte immer gemeint, dass in Charlottes Kopf mehr Unbeständigkeit als Ordnung war. Jetzt sah ich ein, dass sie vollkommen logisch und systematisch dachte. Und das wiederum entsprach Jeremys Eigenart, nur in umgekehrter Weise: Jeremy sagte stets, was er dachte, nicht, was er tat. Und Charlotte sagte, was sie tat, aber nicht, was sie dachte. Und somit ergänzten sich die beiden.

»Das kam doch ganz von selbst«, kommentierte sie abfällig meine Bemerkung. »Ich war jeden Tag in der Autowerkstatt und sah zu, wie die Mechaniker arbeiteten. Jeden Tag, wenn ich aus der Schule kam und niemand zu Hause war!«

»Warst du wütend darüber?«, fragte Jeremy.

»Warum wütend? Es war eben so. Außerdem wollte ich wissen, wie ein Motor funktioniert.«

Er nickte.

»Deine Mutti hat mir erzählt, was du später in der Werkstatt durchgemacht hast ...«

Charlotte versteifte sich. Und ich dachte mit Schrecken, wer hat damals gewusst, dass sie das uneheliche Kind eines englischen Besatzungsoffiziers war? Wer hatte diese Information in Umlauf gebracht? Ich hatte mich all die Jahre nicht erinnern können, irgendwann einmal etwas gesagt oder getan zu haben, aus dem Charlottes Herkunft hervorging. So viel Zeit war inzwischen vergangen.

»Ich kann mir vorstellen, wie schrecklich es für dich war, als ganz junges Mädchen vor einem Chef zu stehen, dem es gefiel, dich vor allen anderen zu demütigen und zu verhöhnen.« Aus Jeremys Stimme klang Mitgefühl und Traurigkeit. »Zum Glück hattest du die richtige Einstellung. Du warst sehr mutig und hast deine Konsequenzen gezogen.«

»Auf mir kann keiner herumtrampeln!«

»Und heute bist du beim Film.«

»Ich bin Filmemacherin und Drehbuchautorin«, antwortete sie selbstgefällig. »Das können nur wenige.«

»Ich bin stolz auf dich.«

»Es interessiert mich eben.«

Sie füllte ihre Tasse, gab Milch und Zucker dazu. Die glimmende Zigarette lag vor ihr auf dem Aschenbecher.

Jeremy lächelte ein wenig. »Deine Mutti hat nicht nur ein Loblied auf dich gesungen. Sie hat mir auch gesagt, dass du in Haft warst und warum.«

Sie hob das Kinn.

»Ich habe bei Demos gegen den Vietnamkrieg mitgemacht. Ich habe Barrikaden gebaut und mit Pflastersteinen Scheiben eingeworfen. Aber ich war keine Delinquentin. Ich war politische Aktivistin.«

Jeremy nickte kaum merklich.

»Man kann dabei sinnvolle Erfahrungen sammeln.«

Sie musterte ihn neugierig.

»Warst du auch schon mal im Knast?«

»Zweimal«, sagte er. »Und ich habe viel dabei gelernt. Möchtest du nicht etwas essen?«, setzte er beiläufig hinzu.

»Danke«, sagte sie spröde. »Ich hole mir gleich einen Toast. Und sag mal, warum warst du zweimal im Knast?«

Er antwortete mit einem Augenzwinkern.

»Das kam in meinem Beruf so hin und wieder vor. Aber man kam auch schnell wieder hinaus.«

»Klasse«, entfuhr es ihr.

Charlotte war von Jeremy beeindruckt. Er nutzte geschickt die Situation, man merkte seine Routine, als er just in diesem Augenblick in die Bresche sprang.

»Du musst wissen, deine Mutti und ich haben uns sehr geliebt, und lieben uns noch immer. Wir wollen heiraten. Hast du etwas dagegen?«

»Ich? Warum ausgerechnet ich?«

Schmerzhaft traf mich die schroffe Art, in der sie das sagte.

»Ist das alles, was dir dazu einfällt? Es geht dich ja schließlich auch etwas an«, sagte ich, kaum meine aufwallende Gereiztheit verbergend.

Sie nahm einen Schluck Tee, verzog leicht das Gesicht und schüttete mehr Zucker hinein.

»Wieso? Es kommt ja nicht wie ein Blitz aus heiterem Himmel.«

»Du könntest zum Beispiel sagen, dass du dich freust.«

»Klar könnte ich das sagen.« Kalt sah sie an Jeremy vorbei und feuerte ihre Antwort direkt auf mich ab. »Aber du vergisst eine Kleinigkeit: Er ist noch anderweitig verheiratet.«

Jeremy lehnte sich plötzlich vor und sagte recht fest: »Lass das bitte meine Sache sein. Ich bin dein Vater. Und was vielleicht noch wichtiger ist: Ich werde dazu stehen.«

Sie maß ihn mit ihrem schweren Blick.

»Und was versprichst du dir davon?«

»Persönliche Genugtuung«, antwortete er ebenso salopp wie sie, wodurch er ihr den Wind aus den Segeln nahm. Und setzte freundlich hinzu: »Ich dulde gerne Widerspruch, weißt du.«

Sie ging im perfiden Tonfall sofort darauf ein.

»Und womit soll ich anfangen?«

Er lächelte versöhnlich.

»Hör zu, ich mache dir einen Vorschlag. Du isst jetzt Toast mit Rührei und zwei Scheiben Speck, und dann machen wir einen Spaziergang. Nur wie beide. Und dann werde ich dir alles erklären.«

40. KAPITEL

Ich ging in die Bar und las eine englische Zeitung, während Jeremy und Charlotte einen langen Spaziergang im Regent Park machten. Von dem, was Vater und Tochter sich bei diesem Gespräch unter vier Augen sagten, erfuhr ich nur wenige Einzelheiten. Jeremy sagte lediglich, dass sie sich jetzt ein wenig nähergekommen wären und dass Charlotte eingewilligt hätte, ihn »Daddy« zu nennen. Ich war überglücklich. Ein neuer Glanz war in Jeremys Augen, und seine lebhafte Haltung ließ ihn seltsam verjüngt erscheinen. Er war fast wieder der Mann, den ich vor mehr als einem Vierteljahrhundert gekannt und geliebt hatte. Und auch Charlotte wirkte in ihrer herben Art entspannt. Damit sie offiziell seine Tochter werden konnte, musste sie – weil sie volljährig war – ihren Antrag selbst stellen. Sie würde es tun, sagte sie zu mir. Und fügte gleich einen Seitenhieb hinzu: »Weil in meinem Beruf Charlotte Fraser besser als Charlotte Henke klingt. Henke hört sich bigott an.«

Am Nachmittag zeigte uns Jeremy die Stadt. Er hatte einen ziemlich geräumigen Wagen, einen Morris. Charlotte sah interessiert zu, wie er fuhr, prägte sich die Regeln des Linksverkehrs ein. Und als Jeremy sie fragte, ob sie selbst einmal fahren wollte, sagte sie freudig Ja und tauchte in den Verkehr hinein wie ein Fisch ins Wasser. Ich machte die Augen zu.

Als wir über die Westminster Bridge fuhren, fuhr sie zu schnell, und wir wurden von einem Polizisten angehalten. Charlotte hatte ihren Führerschein nicht dabei. Aber Jeremy zeigte dem Polizisten einen besonderen Ausweis, worauf der Mann salutierte und zurücktrat.

Charlotte grinste.

»Sag mal, Daddy, kann ich auch so einen Ausweis haben?«

Sie wartete nicht, dass Jeremy antwortete, sondern drückte aufs Gaspedal. Der Motor heulte auf. Der Wagen machte einen Sprung vorwärts und raste haarscharf an den Polizisten vorbei. Jeremy lehnte sich zurück und lachte. Charlottes Unverfrorenheit schien ihn zu amüsieren. Das mochte zum Teil daran liegen, dass ihr trockener Humor seinem eigenen abgeklärten Zynismus entsprach. Aber da waren auch andere Gefühle in ihm, Gefühle, die er vor ihr verbarg, denn der tiefste Grund seiner Nachsicht war Liebe, war Stolz auf sie.

In der nächsten Nacht, nachdem wir uns geliebt hatten, erzählte Jeremy mir mehr von Melissa. Sie hatte ihm einen guten Grund gegeben, sich von ihr zu trennen, indem sie Affären mit anderen Männern hatte. Nur mit Männern vom Geheimdienst, natürlich. Man blieb unter sich. Jeremy hatte sehr darunter gelitten. Er trank in dieser Zeit, hatte viel von seiner Schwungkraft verloren und führte eine Art Ersatzdasein. Er gestand mir auch, dass er an einem Abend, als er betrunken nach Hause kam, seine Frau mit einem anderen Mann überrascht und diesen fast erschossen hätte. Das war gewesen, als die Zwillinge neun Jahre alt waren. Er sagte zu mir: »Weißt du, Anna, als ich zum zweiten Mal heiratete, hätte ich mehr auf mein Gefühl hören sollen. Mein Gefühl, das mir immer wieder sagte: Tu es nicht, tu es nicht. Doch ich sehnte mich nach einer Familie, und ich dachte ja auch, du hättest mich vergessen. Aber mein Herz wusste es besser. Die Wahrheit war, dass ich noch immer auf dich wartete, genauso, wie du auf mich gewartet hast.«

Ich erzählte ihm nur wenig von meinem Alltag, diesem so genügsamen Alltag, der scheinbar gegen alle tiefere Empfindungen gefeit war und aus mir eine langweilige, verschlossene Frau gemacht hatte, in einem Körper ohne Leidenschaft.

Und während wir sprachen, durchlebten wir noch einmal unsere gemeinsamen Erinnerungen und erkannten, wie nahe wir uns stets in Gedanken geblieben waren. Unsere Liebe hatte nie Zeit gehabt zu welken oder zu verkümmern, denn sie hatte ihre eigentliche Bestimmung nie erreicht. Wir sahen einander immer noch in idealen Bildern.

In dieser letzten Nacht wollten wir nichts anderes mehr, als uns in unseren Gefühlen bekräftigen. Immer wieder gaben wir uns der Liebe hin. Schlaf ist der Unterschlupf vor der großen Flut der Stunden. Aber Schlaf ist auch Verlust. Und wir wollten keine Zeit mit Schlafen verlieren. Wir wollten wach bleiben, unserem Glück und unserer Liebe keine Sekunde Ruhe gönnen. Wir rauchten, sprachen, tranken den Whisky, den man uns auf das Zimmer gebracht hatte, oder lagen stumm beieinander, vereint in der glückseligen Ruhe der Erwartung neuen Begehrens.

Doch manchmal fielen unsere Augen zu. Mal wachte ich, mal wachte Jeremy. Aber während wir die Zeit um uns herum zum Stillstand zwangen, kam für uns die Dämmerung des letzten Tages. Das Morgenrot, das wir nicht aufhalten konnten.

Zunächst war es nur ein Spalt Licht über dem Fenster, aus einer Ritze zwischen Mauer und Fensterladen. Schon fuhren die ersten Autos vorbei, eine Kirchenglocke läutete. Der frühe Tag neigte sich über uns und raunte uns zu: »Es ist vorbei!« Im Zimmer nebenan tapsten Schritte. Wasser floss in ein Waschbecken. Die Stunden ließen sich nicht aufhalten, die Minuten rasten uns davon. Wir lagen Stirn gegen Stirn und sprachen leise und hastig. Mein anderes Ich, weise, mit geschlossenen Augen, sagte: »Jeremy, hör zu. Ich bleibe nie wieder ohne dich. Wenn du stirbst, gehe ich mit dir.«

Da lächelte er, und sein Schnurrbart, weich wie Flaum, strich über mein Gesicht.

»Das wird erst geschehen, Liebes, nachdem wir die nächsten 26 Jahre glücklich zusammen verbracht haben.«

Das Schicksal, das uns nichts erspart hatte, schuldete uns jetzt unseren Teil vom Glück. Wir wurden getrennt, als wir jung waren, wir hatten existiert, als seien wir nicht. Aber wir würden zusammen altern. Ein letzter, wunderbarer Trost für all das, was uns genommen wurde.

Die Maschine nach Düsseldorf startete am gleichen Tag um halb elf. Von dort aus ging es weiter mit dem Zug nach Münster. Es war besser, frühzeitig am Flughafen zu sein. Jeremy hatte gesagt, dass er uns in seinem Morris nach Heathrow bringen würde.

Er wusste, dass Charlotte nie Schmuck trug. Und nach dem Frühstück, bevor wir unsere gepackten Reisetaschen holten, schenkte er Charlotte zwei Radierungen. Sie zeigten die Kathedrale und den Kreuzgang von Canterbury. Die Bilder gefielen Charlotte. Sie hätten schon vor dreißig Jahren einen gewissen Wert gehabt, meinte Jeremy. Mir schenkte er eine goldene Uhr von Blancpain, schlicht und erlesen. Sie passte zu dem Ring, den ich Tag und Nacht trug, auch beim Abwaschen, auch beim Bodenschrubben, als sei er seit so vielen Jahren mit meinem Finger verwachsen.

Und dann fuhren wir durch London. Piccadilly Circus, Hyde Park, die feudalen Häuser Kensingtons. Wir fuhren an Denkmälern mit überdimensionalen Bronzefiguren vorbei, an Bauten aus der viktorianischen Zeit, mit Säulen und vergoldeten Eisentoren. Hinter Dächern und Häusern zeigten gotische Kirchtürme und gewaltige Kuppeln die Größe, die Vielfalt dieser Stadt. Sie war noch da, sie war wieder lebendig. Ich spürte eine seltsame Genugtuung bei dem Gedanken, dass die deutsche Luftwaffe sie nicht hatte vernichten können.

Und dann kamen Vororte mit trostlosen Straßen, jedes Haus wie das andere, in endlosen Reihen gebaut. Schornsteine, Schrebergärten, geschwärzte Hinterhofmauern. Wir waren auf dem Weg zum Flughafen. Es war ein Abschied.

Wir trafen ohne Zwischenfall in Heathrow ein. Jeremy kam mit uns in die Abflughalle. Wir bewegten uns nebeneinander wie durch eine Lufthülle. Das Abschiednehmen hatte begonnen. Zuerst war der Schmerz unfassbar, allmählich kam er von überall her. Wir setzten uns an eine chromglänzende Theke, tranken einen schlechten Kaffee. Was hätten wir uns noch sagen können, was noch nicht gesagt war? Wir versprachen, dass wir uns schreiben und telefonieren würden. Wir wollten auch Tonbänder tauschen, damit wir unsere Stimmen hören konnten. Unsere Trennung sollte nur ein paar Monate dauern, bis Jeremy seine Sachen in Ordnung gebracht hatte. Jeremy täuschte eine heitere Stimmung vor, um mir den Abschied nicht noch schwerer zu machen. Er sprach locker mit Charlotte, die still neben uns saß und rauchte. Sie gehörte dazu und doch nicht dazu. Ich versuchte immer wieder, meinen Mund zu einem Lächeln zu verziehen. Es war alles zu kurz gewesen, wir hatten zu wenig miteinander gesprochen, die Stunden waren vergangen, und wir hatten sie nicht genutzt. Aber das stimmte nicht, wir hatten jede Sekunde ausgekostet. Das eben war der Schmerz der Trennung, dieses immer noch vorhandene Gefühl, dass wir etwas verpasst hatten.

Und dann wurden wir aufgerufen, Charlotte drückte ihre Zigarette aus, und Jeremy trug meine Reisetasche bis zur Passkontrolle. Wir küssten uns ein letztes Mal, aber es war nur ein Abschiedskuss vor der Passkontrolle. Er fiel nicht weiter auf. Viele Leute umarmten sich hier.

Vielleicht hätte er auch gerne Charlotte umarmt, aber sie hielt ihm nur steif die Hand hin, die er kräftig drückte. Mit den Worten »Mach's gut, Charlotte«, wandte er sich von ihr ab, sobald sie ihren Pass aus der Tasche zog. Die Leute in der Schlange warteten, bewegten sich langsam vorwärts. Charlotte und ich schlossen sich ihnen an, einen Schritt, noch einen Schritt. Die Pässe wurden geprüft und gestempelt. Und nach der Passkontrolle kamen wir zu einer Treppe. Bevor ich hinabstieg, wandte ich mich ein letztes Mal um und winkte, und Jeremy winkte verhalten zurück, bevor er die Hände in die Manteltaschen steckte, einfach nur dastand und uns, solange es ging, nicht aus den Augen verlor. Er sah kleiner aus, als ich ihn noch vor ein paar Minuten empfunden hatte. Es kam mir seltsam und beunruhigend vor, dass er so fern und klein war, als ob er nicht mehr zu mir gehörte. Dabei war er ein Teil von mir.

Dann nahm ich die erste Stufe, stieg die Treppe hinab. Unten waren der Duty-free-Bereich und die Wartehallen. Nach zwanzig Minuten kam der Bus, der über den Flugplatz rollte und uns zu der wartenden Maschine brachte. Es war vorbei.

41. KAPITEL

Jetzt, 1986, lasse ich die alten Bilder vor meinem inneren Auge vorbeiziehen. Dreizehn Jahre sind vergangen. Und trotzdem erblicke ich Jeremy wieder ganz nahe, er ist so hochgewachsen wie einst. Jeden Abend am Rande des Schlafes denke ich an ihn und fühle seine Wärme. Und danach gleitet die Erinnerung über mich hinweg, ich nehme sie mit in den Traum, in den ich versinke. Unsere Trennung würde nur kurz sein, hatte er mir damals versprochen, und ich entsinne mich an die kurze Zuversicht, als ich angeschnallt im Flugzeug runter auf den Asphalt blickte, der unter den Flügeln der scheppernden Maschine immer schneller lief. Und dann, als sich das Flugzeug an den Gebäuden vorbei von der Erde löste, sah ich Jeremys Worte vor mir wie auf Papier geschrieben.

Aber während die Maschine stieg, bohrte sich ein Schmerz in die Knochen meiner Schläfen. Meine Ohren waren wie mit Watte gefüllt. Die Schrift vor meinen Augen verblasste. Alles um mich herum schwieg, das Stimmengewirr, die Durchsagen, die Geräusche. Alles hörte auf, sich zu bewegen. Wir schwebten durch neblige Dämpfe, grau und weiß, von fernem Sonnenlicht durchwoben. Auch ich schwebte in diesem Bereich, andersartigen Ereignissen ausgeliefert, die ich nicht kontrollieren konnte. Stets hatte ich mein Schicksal mit fester Hand gehalten, auf einmal fühlte ich mich hilflos. Weil ich von nun an mein Schicksal mit dem von Jeremy teilte, weil ich nicht mehr imstande war, alles in eigener Regie zu bewältigen. War es Unbehagen, das in meinem Kopf diese Schmerzen erzeugte? Dann knackste es in beiden Ohren, ich schluckte mehrmals. Stimmen und Geräusche kamen wieder. Charlotte saß neben mir, kaute ein saures Bonbon. Sie starrte vor sich hin, und es war, als ob sich ihr Stirnknochen wölbte. Ich kannte diesen Ausdruck. Er hatte nichts anderes zu bedeuten, als dass sie nachdachte. Sie war ohnehin keine Frau, die viel Verwendung für Worte hatte.

»Wie ich ihn finde?«

Ich hatte ihr die Frage gestellt und wartete mit Bangen. Sie drehte mir leicht das Gesicht zu und antwortete beiläufig.

»Er macht's mir nicht schwer. Er antwortet auf Dinge, die ich nicht gefragt habe.«

Was meinte sie damit? Ich war ziemlich irritiert.

»Also magst du ihn? Sag es!«

»Soweit ich ihn beurteile, ist er anders, als ich dachte. Er sieht nicht nur lauter Kleinkram. Aber ich glaube, es ist schwierig, ihn richtig zu kennen.«

Ich stutzte. Sie hatte mal wieder den Nagel auf den Kopf getroffen. Und im selben Moment merkte ich auch, wie erleichtert ich war. Im Grunde hatte ich Angst vor ihr. Was, wenn sie geantwortet hätte, hör jetzt endlich auf mit dem Mann, er spielt ja nur Katz und Maus mit dir?

Und nachdem wir uns in dieser Knappheit ausgetauscht hatten, gab es eigentlich nicht mehr viel zu sagen. Charlotte wickelte sich in ihren Schal ein, schloss die Augen und döste. Sie war schon weit weg, in ihrem eigenen Leben, an dem ich kaum noch Anteil hatte.

Wir trennten uns in Düsseldorf am Bahnhof. Charlotte fuhr mit dem nächsten Zug nach Berlin, und auch ich war zwei Stunden später wieder in Münster. Die Wohnung war dunkel und stickig, oberflächlich aufgeräumt. Sachen lagen noch herum. Ich hatte keine Zeit gehabt, das Bett zu machen. Aber ich war zu Hause. Ich stellte meine Tasche ab, riss alle Fenster auf. Würzige Nachtluft strömte hinein. Alles war gut, die Pflanzen waren nicht vertrocknet. Ich zog meine Kostümjacke aus und lief die paar Schritte über den Flur, zur Nachbarin. Ich klingelte und hörte hinter der Tür ein freudiges Scharren und Jaulen. Ilse drehte den Schlüssel, Licht fiel durch den Spalt in das halbdunkle Treppenhaus. Schon drängte sich Anja an der Nachbarin vorbei, sprang an mir hoch, winselnd und zitternd vor Glück.

»Ein lieber Hund«, sagte Ilse. »Und ein kluger. Sogar mein Mann mag ihn, und das will etwas heißen. Ich habe Anja gesagt, heute Abend kommt dein Frauchen zurück, und sie jault schon den ganzen Tag.«

Ich bedankte mich, schwankend unter dem glücklichen Ansturm des kleinen Terriers.

»Ist alles gut gegangen?«, fragte Ilse. »Willst du nicht reinkommen? Ich habe noch etwas Heringssalat.«

Sie wusste ja, dass ich in London gewesen war, um Jeremy zu treffen, und war auf Einzelheiten erpicht. Doch ich sagte recht schnell: »Nein, ich lege mich hin. Ich bin müde und muss um acht zum Dienst. Ich hab dir auch was mitgebracht, morgen komme ich vorbei.«

Zurück in den Alltag, zurück in die Routine. Mein eintöniges Leben gab mir Halt. Ich brauchte diese Tage, die einander glichen: aufstehen, frühstücken, ein kurzer Lauf mit Anja im Park. Und dann ab zum Dienst! Mittagspause mit den Kollegen. Feierabend um fünf, dann wieder ein langer, sehr langer Spaziergang mit Anja, bei Sonnenschein und bei Mistwetter, der Terrier musste ja raus. Am Aasee traf ich andere Hundebesitzer. Wir plauderten, während die Tiere herumrannten und spielten. Oft traf ich dort auch meine neue Kollegin Ingeborg, die »drüben« aufgewachsen war. Drüben in der DDR. Irgendwann sprachen wir über die Studentenbewegung. Ich erzählte, dass Charlotte bei Sitzblockaden mitgemacht hatte und nächtelang auf den Barrikaden war, während Polizisten mit Gummiknüppeln die Straßen absperrten. Aber Ingeborg hatte für die Demonstranten kein gutes Wort übrig.

»Soll ich dir sagen, was ich denke? Diesen Schwachsinnigen ging es viel zu gut. Sie trugen Jeans, hatten Gesichtscreme, nicht nur Vaseline! Sie konnten sich schöne Pullover kaufen, drüben mussten wir sie stricken. Winterstiefel aus Lammfell? Nicht einmal im Traum! In der Kaufhalle gab es Brot, Butter wenn du Glück hattest, Kernseife, Tomatenmark und Bockwurst in Alufolie. Du standst eine Viertelstunde für Obst an, und hattest du Glück, konntest du noch drei Äpfel erwischen! Alles war zensiert, wir lebten hinter politischen Brettern. Ich verstehe deine Tochter nicht.«

»Ach, das war der Zeitgeist«, sagte ich. »Die Jugend war stark politisiert. Sie sahen sich als Vorkämpfer für eine bessere Welt.«

»Charlotte glaubte wirklich, dass sie etwas verändern konnte.«

Ingeborg lachte kurz und spöttisch auf.

»Ja und was haben sie erreicht? Ist die Welt besser geworden? Wie kann man nur so ahnungslos sein!«

Ingeborg hielt sich kerzengerade, wie eine Ballerina, die Füße leicht auswärts gestellt. Sie hatte mir erzählt, dass sie vor drei Jahren mit ihrem Bruder über die Grenze geflohen war. Sie war knapp über dreißig gewesen, der Bruder erst neunzehn. Die Eltern hatten gesagt: »Seht zu, wie ihr zurechtkommt. Wir machen das nicht mehr. Wir sind zu alt.«

»Und dann waren wir im Westen. Aber wir sahen immer noch die Mauer. Die geht ja mitten durch Berlin. Wir wollten sie nicht mehr sehen. Helmut ging nach Köln und studiert jetzt Betriebswirtschaft. Am Abend steht er freudig bei McDonald's hinter der Theke. McDonald's ist für ihn etwas ganz Neues und Wunderbares, ein ausgesprochenes Schlaraffenland!«

Ingeborg hatte Architektur und Germanistik studiert. »Drüben« war sie auch ein paar Jahre lang Lehrerin gewesen. Sie sagte immer »drüben«, in einem merkwürdig rachsüchtigen Ton.

Ich fand, dass ihre Härte ab und zu übertrieben klang.

»Heutzutage will ich nicht mehr unterrichten«, sagte sie. »Ich bin faul geworden. Meine Stelle im Katasteramt ist langweilig, aber ich kriege ein gutes Gehalt.«

Ingeborg arbeitete bei der Einwohnerkontrolle. In ihrer Freizeit war sie viel mit dem Rad unterwegs, immer mit einem Stadtführer in der Tasche. Sie sah sich die Ortschaften an, die Neubaustädte, die alten Viertel, die Museen und die Kirchen, sofern sie noch vorhanden waren. Sie machte sich zu allem Notizen. Am Abend ging sie ins Konzert.

»Kultur ist Friedensforschung«, sagte sie und ließ einen strengen Blick über mich hinwegstreifen, als ob sie erwartete, dass ich sie ins Konzert begleitete. Ich war viel zu müde und wollte nicht mehr unter die Leute gehen. Konzerte wurden ja auch im Rundfunk übertragen. Nach der warmen Dusche trug ich Gesichtscreme auf, lehnte mich im Bademantel auf dem Sessel zurück und hörte mir Gustav Mahlers 3. Symphonie an. Herrlich!

Ingeborg hatte sich einen Hund zugelegt, einen kleinen Pinscher, den sie im Fahrradkorb mitnehmen konnte. Sah ich die beiden zusammen, amüsierte ich mich. Man sagt ja, dass Hunde ihren Besitzern glichen. Bei Ingeborg und ihrem Pinscher Max war es offensichtlich: Sie hatten beide dieses spitze, grazile und trotzdem Bestimmte an sich.

Ich unterhielt mich gerne mit Ingeborg. Ihre unsentimentale Art gefiel mir. Sie war sehr gebildet, vielseitig belesen. Sie sprach sachkundig über Architektur, über Theater und Malerei. Für sie war Kunst das einzig Wahre und Beständige in einer Welt am Rande des Chaos.

»Einmal in seinem Leben sollte jeder Mensch ein Bild malen, ein Buch schreiben oder ein Musikstück komponieren. Kunst gibt uns die starken Impulse für unser Leben. Man sagt es uns zu wenig. Es würde sich zu utopisch anhören. Wir müssen es selbst herausfinden.«

Was sie sagte, gefiel mir eigentlich. Andere Frauen erzählen sich meistens ihre Lebensgeschichte. Wir kaum. Wir waren beide nicht sehr mitteilsam. Irgendwann fragte mich Ingeborg nach Charlottes Vater. Ich antwortete unbestimmt.

»Er ist in England, wir hatten jahrelang keinen Kontakt.«

»Weißt du«, sagte Ingeborg, »ich war auch mal verheiratet, aber ich habe ihn bald wieder verlassen. Ich denke mir, besser ein guter Hund als ein schlechter Mann.«

»Da ist was dran!«, sagte ich.

Wir lachten, wurden aber nie konkreter, weil es wohl unserer Natur entsprach. Aber diese Spaziergänge waren schön. Sie brachten etwas Abwechslung in meinen eintönigen Alltag und lenkten mich ab in dieser Zeit des Wartens.

Es war eine Zeit im labilen Gleichgewicht zwischen dem, was gewesen war, und dem, was noch kommen würde. Mit dieser Mischung aus Hoffnung und Ungewissheit kam ich ganz gut zurecht. Denn was hatte mir mein Leben bisher gebracht, wenn nicht Arbeit, Verzicht und eigensinniges Vertrauen? Ich wusste, was es hieß, Geduld zu haben, immer nur Geduld. Einer anderen wäre längst der Kragen geplatzt, mir nicht. Ich hatte mich daran gewöhnt, wie ich mich an meine alten Pantoffeln gewöhnt hatte, in die ich schlüpfte, wenn ich am Abend mit geschwollenen Füßen heimkam. Und überhaupt, was blieb mir anderes übrig, als zu warten? Ich konnte ja den Lauf der Dinge nicht beeinflussen. Ich wartete also auf die Briefe, auf die Anrufe, auf die Tonbänder, die Jeremy mir jede Woche schickte. Am Abend nach Dienstschluss legte ich mich aufs Sofa, und Anja kuschelte sich neben mich. Ich schob ein Kissen unter meinen Rücken und ließ die Tonbänder laufen. Es war fast noch schöner, als seine Briefe zu lesen, die zwar immer lang und ausführlich waren. Aber seine geliebte Stimme zu hören, seine schlichten, aufrichtigen Worte, rührte mich bis ins Herz. In diesen Momenten war er bei mir, ganz nahe. Ich brauchte nur die Augen zu schließen.

42. KAPITEL

Charlotte hatte ihren Antrag an das Amtsgericht Münster gestellt. Sie zeigte mir den Brief. Obwohl sie die Amtssprache nur mangelhaft beherrschte, war er ganz passabel formuliert. Ich sagte ihr nicht, ich hätte es besser gemacht. Ich korrigierte das eine oder andere, und sie gab den Brief auf. Am Abend erzählte ich Jeremy davon. Fast sechs Wochen waren seit unserem Besuch in London vergangen. Es war schon Mitte Oktober. Jeremy freute sich, dass Charlotte die Sache in die Wege geleitet hatte. Auch er hatte inzwischen die nötigen Unterlagen zusammengestellt.

Er hielt mich fast täglich auf dem Laufenden, erzählte mir von seinen Gesprächen mit dem Anwalt. Jeremy war sehr sachlich und lösungsorientiert.

»Ich habe mich von Anfang an um eine Scheidung im gegenseitigen Einverständnis bemüht. Aber mit Melissa ist nicht zu reden. Sie streitet mit mir wegen nichts und wieder nichts. Von dem Mann bei ihr, den ich fast erschossen hätte, macht sie nur verschwommene Andeutungen, als sei die Geschichte gar nicht richtig passiert. Ich habe den Mann ja nicht deutlich gesehen. Wenn ich ihn jetzt nicht mehr beschreiben kann, dann nur, weil ich sturzbetrunken war. Melissa will mir auch nicht sagen, wer er war. Es sei nicht relevant, meint sie. So was gibt einem natürlich zu denken. Ich weiß nicht, was sie bezweckt. Ich möchte meinen Seelenfrieden haben. Aber einem klaren Gespräch mit dem Anwalt geht sie stur aus dem Weg.

Tatsache ist, dass sie mir untreu war. Nun, das soll auf ihr Konto gehen. Zeitweilig habe ich gedacht, dass ich sie noch liebe. Aber nicht mehr, seitdem du und ich wieder zusammen sind. Jetzt ist sie mir nur noch gleichgültig.«

In dieser Zeit hatte ich wiederholt einen seltsamen Traum: Ich lief durch einen finsteren Tunnel, einem fernen Licht entgegen. Im Gegenlicht konnte ich Jeremy erkennen und eilte auf ihn zu. Aber je näher ich kam, desto mehr entfernte er sich. Es war, als ob meine Füße mich rückwärts trugen statt vorwärts. Und im gleichen Maße entfernte sich Jeremy. Seine Gestalt wurde kleiner und kleiner, bis sie endgültig verschwand.

Dieser Traum erinnerte mich an unseren Abschied in London. Es waren Charlotte und ich, die fortgingen, aber ich hatte einen Moment lang die Empfindung gehabt, dass es Jeremy war, der sich zurückzog. Träume sind Botschaften aus dem Unterbewusstsein, in Symbole gekleidet, die eigentlich immer nur die gleiche Geschichte erzählen. Der Traum zeigte mir, wie sehr ich mich noch davor fürchtete, Jeremy zu verlieren. »Träume sind Schäume«, pflegte meine Mutter zu sagen. Fürwahr eine gesündere Einstellung! In einem rationalen Menschen sollten Träume nicht nachwirken. Mutter war immer sehr bodenständig gewesen. Aber ich mutierte allmählich zum hysterischen Frauenzimmer. Die Angst saß mir immer noch zutiefst in den Knochen. Ich konnte sie bei aller Vernunft nicht ausmerzen.

Ich erinnere mich an einen Tag aus jener Zeit, der mir besonders zugesetzt hatte. Ich hatte mir freigenommen und versuchte seit zehn Uhr morgens vergeblich, bei Jeremy im Büro anzurufen. Er meldete sich nicht. Keiner meldete sich, nicht einmal Mrs Miller, die Sekretärin. Ich hatte es immer wieder versucht, bis abends um sechs. In Panik saß ich neben dem Telefon, mein Herz raste. Ich sprach laut zu Jeremy, ich bettelte, ich flehte: »Jeremy, bitte, ruf mich doch an!«

Um halb sieben meldete er sich endlich. Ich erzählte aufgelöst, was passiert war. Und da sagte er: »Liebste, auch ich war in größter Sorge, weil ich den ganzen Tag nichts von dir gehört habe.«

Er erzählte, dass Mrs Miller erkältet war und er ihr freigegeben hatte. Er war alleine im Büro gewesen und hatte in zunehmender Unruhe gewartet. Und irgendwann hatte er den Hörer aufgehoben und festgestellt, dass der Apparat nicht richtig eingestellt gewesen war!

Später konnten wir über den Vorfall lachen. Indessen, er bestätigte uns einmal mehr, wie unentbehrlich wir einander geworden waren.

Ein paar Tage später rief er erneut an. Ich nahm freudig den Hörer ab.

»Ich wollte gerade ins Bett, aber ich hatte gehofft, dass du noch anrufen würdest«, begrüßte ich ihn.

»Anna, wie geht es dir?«

Am Telefon vernimmt unser Gehör die feineren Nuancen. Jeremy sprach anders als sonst, mit einem müden, aufgebrachten Klang in der Stimme.

»Jeremy, was ist los?«, rief ich erschrocken.

Er hatte Melissa unterschätzt, erzählte er verbittert. Sie war endlich zu einem Gespräch mit dem Anwalt bereit gewesen. Was sie in erster Linie beanstandete, war die Anerkennung der Vaterschaft. Sie befürchtete, dass Charlotte – als ältere Tochter – Vorrang vor ihren eigenen Söhnen haben würde. Jeremys Eltern waren ja längst gestorben und das Erbe seit etlichen Jahren aufgeteilt. Und damals, kurz nach Kriegsende, war von dem Geld nicht viel übrig geblieben. Dafür war Tante Celia noch recht wohlhabend und hatte keine direkten Nachkommen mehr. Ihr Vermögen würde sich die Erbengemeinschaft – Jeremy und seine beiden Brüder – teilen. Ja, und Jeremys ältester Sohn und die Zwillinge würden auch einen angemessenen Teil erhalten. Aber jetzt kam womöglich noch Charlotte ins Spiel, die in der Familie nichts zu suchen hatte! Und obendrein hatte Tante Celia Jeremy als ihren Testamentsvollstrecker eingesetzt. Bei Melissa schrillten sämtliche Alarmglocken.

»Der Anwalt hat mich wissen lassen, dass Melissa mich nicht freigeben wird, solange die Sache mit der Erbschaft nicht einwandfrei geregelt ist.«

Ich gab mich gleichmütig.

»Und ich spiele die Rolle der bösen Erbschleicherin. Ach, nimm es nicht tragisch.«

»Sie bezichtigt dich in der Tat, dass du mir Charlottes Vaterschaft in Hinblick auf die Erbschaft aufzwingen willst. Und sie hat an das Amtsgericht Münster geschrieben, um endlich ›reinen Tisch‹ zu machen. Das Gericht wird von dir eine Stellungnahme verlangen. Herrgott! Ich rege mich derart auf, dass ich Beruhigungsmittel schlucke.«

»Liebster«, sagte ich, »jetzt hast du Angst, mich zu verletzen, und bist auch nicht mehr ganz sicher, ob wir in diesem Jahr noch heiraten können. Es ist ja schon Ende Oktober. Es geht uns beiden gegen den Strich, aber mach dir keine Sorgen. Das Amtsgericht wird mir ihren Brief zustellen. Und ich werde ihn beantworten.«

Er holte hörbar Atem.

»Ich finde es schrecklich, dass du gezwungen sein wirst, dich dieser hässlichen Prozedur zu unterziehen. Es ist so demütigend. Ich schäme mich für Melissa. Und ich schäme mich für mich selbst, dass ich dich nicht davor bewahren kann.«

»Nimm es nicht so schwer. Du weißt doch, dass ich einiges vertrage.«

»Manchmal befürchte ich, dass es über deine Kräfte geht.«

»Nein. Ich werde diese Sache erledigen. Es ist doch eigentlich unfair, dass du konstant Schererein am Hals hast. Bisher hast nur du gekämpft, immer nur du. Jetzt werde ich zur Abwechslung mal für dich kämpfen!«

»Du hast genug gekämpft. Hast dir jahrelang die Finger wund geschrieben, hast gelitten und gewartet. Ich will dich entschädigen für all das, was du mitgemacht hast.«

Sein Schmerz war auch mein eigener Schmerz. Es war ein alter Schmerz, aber nicht alt genug: er traf uns nach wie vor mitten ins Herz.

»Du hast es schon längst wiedergutgemacht«, sagte ich.

Er antwortete gepresst: »Das mag ich so an dir, dass du dich den Widrigkeiten stellst und niemals aufgibst. Aber ich würde dir gerne diese Sache ersparen.«

»Ich hatte kein leichtes Leben, Jeremy. Aber das hat mich nicht verbraucht, sondern stark gemacht. Ich werde das schon durchstehen. Und schlucke keine Tabletten mehr, sei so gut! Die bekommen dir nicht.«

Als wir unser Gespräch beendet hatten, blieb ich noch eine Weile sitzen und streichelte meinen Hund. Ich, stark? Ach, wenn es nur wahr wäre! Aber ich war stur, das allerdings, und verlor nicht mein Ziel aus den Augen. Ein Gefühl von Kapitulation hatte ich nie zugelassen. Selbsterhaltungstrieb.

Ich wusste, dass diese andere Frau, die ich nicht kannte, plötzlich meine Feindin war. Sie würde die Dinge verkehrt herum darstellen. Sie konnte uns schaden. Ich ärgerte mich darüber sehr. Aber ich würde ihre Vorwürfe zerschlagen, ihre Beleidigungen ignorieren. So dachte ich und spürte gleichzeitig verwundert, dass ich den Tränen nahe war. Woher kam diese plötzliche Schwäche? Ich kannte bereits die Antwort. Ich war nicht mehr jung, ich war erschöpft und müde. Ich sehnte mich nach einer Schulter, an die ich mich anlehnen konnte, sehnte mich nach Armen, die mich hielten. Ich sehnte mich nach Jeremy.

43. KAPITEL

Mrs Melissa Fraser
23, University Road
Greenwich

An das
Amtsgericht Münster
Gerichtsstraße 6
4400 Münster

5. November 1972
Beglaubigte Übersetzung

Betreff: Ihr Schreiben mit Datum vom 15.10.1972 – beglaubigt am 26.10.1972 und mir am 3.11.1972 zugegangen.

Sehr geehrte Herren,
betreffend des Antrags von Charlotte Anna Henke, mit dem sie nachträglich versucht, die Vaterschaft meines Ehemanns Jeremy Malcolm Fraser zu beanspruchen, möchte ich darauf hinweisen, dass ich meinen Ehemann erst 1959 geheiratet habe und in dieser Angelegenheit nicht persönlich betroffen bin. Dennoch will ich Ihnen die Fakten, sofern ich sie kenne, mitteilen.

Nun kann ich selbst bezeugen, dass mein Mann auch heute noch – nach einigen Jahren Ruhe – immer wieder Briefe von Charlotte Henkes Mutter Anna Teresia Henke erhielt, die einzig und allein das Ziel verfolgten, ihn zu einer Scheidung zu ermutigen. Wir waren seit 1959 glücklich verheiratet, und er hat zu keiner Zeit diese Angelegenheit mir gegenüber erwähnt. Er maß ihr wenig Bedeutung bei und betrachtete sie als längst erledigt. Und nun ist es Anna Henkes 25-jährige Tochter Charlotte, die ihm die Vaterschaft nachweisen will. Ein Teil der Beweismittel, die dem Gericht vorgelegt wurden, ist unwahr. Charlotte Henke hat behauptet, dass das Verhältnis von Anna Henke zu meinem Mann endete, weil er von der britischen Armee nach Kairo versetzt wurde. Sie hat auch behauptet, dass sie vor seiner Abreise keine Verbindung zu ihm hatte aufnehmen können. Dass er einen neuen Auftrag erhielt, entspricht den militärischen Gepflogenheiten. Und ich möchte darauf hinweisen, dass alle Briefe, die an ihn unter seiner Armee-Büroanschrift geschickt worden wären, von der Armee an ihn weitergeleitet worden wären.
Unter den gegebenen Umständen fehlt mir jedes Verständnis dafür, warum Fräulein Anna Henke diesen Vaterschaftsantrag nicht bereits vor 26 Jahren selbst gestellt hat. Wenn Anstrengungen gemacht worden wären, meinen Ehemann zu finden, hätte sich Fräulein Anna Henke längst an die deutsche Botschaft wenden können, die sie ja nun ohne Weiteres erreicht hat. Ich kann nur den Schluss daraus ziehen, dass der Versuch aus Gründen, die Fräulein Henke am besten weiß, nie gemacht wurde.
Die Tatsache, dass es – außer meinem Mann – noch viele Männer in Anna Henkes Leben gab, habe ich von der ersten Frau Fraser mitgeteilt erhalten. Sie hatte vertrauliche Informationen. Ich bedaure, jetzt von diesen Informationen Gebrauch machen zu müssen. Und ferner wäre ich Ihnen dankbar, wenn Sie alle interessierten Parteien informieren würden, dass mein Ehemann keinen erheblichen Nachlass in England zu erwarten hat.
Ich bin sicher, dass das Gericht verstehen wird, wenn ich hinzufüge,

dass mir das Wiederaufrühren dieser Angelegenheit aus der Vergangenheit meines Ehemannes großen Kummer bereitet.
Ich wäre Ihnen dankbar, wenn Sie mir die abschließende Entscheidung Ihres Gerichtes mitteilen würden.
Ihre sehr ergebene Melissa Fraser.

Das schrieb Melissa. Ich erhielt die Kopie ihres Briefes, der jetzt vor mir liegt. Und ich habe auch die Kopie meiner Antwort vor Augen. Beide Schreiben habe ich schon lange nicht mehr durchgelesen. Und ich wusste auch nicht mehr ganz genau, welche Argumente ich damals vorgebracht hatte. Es war – wie ich im Nachhinein feststellen musste – ein sehr emotionsgeladener Brief. Und ich frage mich heutzutage mit ziemlichem Entsetzen, wie ich überhaupt den Mut gefunden hatte, meine Gefühle so unbedacht vor einer Amtsstelle bloßzulegen. Ich musste nicht ganz bei Trost gewesen sein!

An das
Amtsgericht Münster
Gerichtsstraße 6
4400 Münster
                                        15. November 1972

Sehr geehrte Damen und Herren,
die Übersetzung des Schreibens von Frau Melissa Fraser wurde mir zur Stellungnahme übersandt.
Der ganze Brief ist einzig unter dem Aspekt geschrieben, zu kränken und zu verletzen. Das einzig Wahre in ihm ist, dass ich seit Juni dieses Jahres Jeremy Fraser tatsächlich viel geschrieben habe, weil ich ohne die geringste Schlüssigkeit fest überzeugt war, dass wir uns in nächster Zeit wiedersehen würden! Und als der Tag endlich kam, wo ich Nachricht von ihm hatte, wo der Kontakt wiederhergestellt war, fiel der ganze furchtbare Druck der vergangenen Jahre endlich von mir

ab, und ich konnte nichts anderes tun, als mich freizuschreiben.
»Sie hatte viele Männer«, schreibt Frau F. Nein, viele Männer habe ich nie gehabt! Bei mir gab es nur, wie bei jeder jungen Frau, einige Freundschaften ohne Belang. Glaubt Frau F. tatsächlich, dass ich einen Mann, der mein Leben bedeutete, von dem ich mit aller Liebe und Sehnsucht ein Kind bekommen habe, hintergangen hätte? Gerne würde ich zu den Beschuldigungen der Frau F. schweigen. Aber würde ich schweigen, könnte vermutet werden, Frau F. habe recht.
Jeder weiß, dass es vor der Wiederaufnahme der diplomatischen Beziehungen unmöglich war, eine Auskunft aus dem Ausland zu erhalten. Dazu kam, dass Jeremy Fraser Offizier im Secret Intelligence Service war. Ich habe vergeblich versucht, Jeremy Frasers Adresse von seinen Vorgesetzten zu bekommen. Schweigen überall. Daraufhin wandte ich mich direkt an den SIS und erklärte meine Situation. Man teilte mir eine Adresse mit, an die ich schreiben sollte. Die Briefe kamen zurück mit dem Vermerk »nicht zustellbar«. Daraufhin stellte ich meine Bemühungen einstweilen ein. Ich wollte vermeiden, dass Unannehmlichkeiten für Herrn Fraser entstehen könnten. Diese Briefe sind noch vorhanden, und ich füge sie als Beweis in Kopie bei. Bei unserem Wiedersehen in London im September erzählte ich Jeremy davon. Er sagte, dass es unmöglich sei, eine Adresse vom Secret Intelligence Service zu bekommen, nicht weil es seine war, sondern allgemein. Die Adresse war also falsch.
Zurück zu damals: Am 26. April 1946 sagte mir Jeremy Fraser, dass er ein Gesuch gestellt hätte, um in Deutschland bleiben zu können. Aber dann wurde er kurzfristig nach London beordert. Zur Sicherheit gab er mir die Anschrift seines Armee-Büros. Bald darauf merkte ich, dass ich schwanger war, und teilte es ihm sofort mit. Ich schrieb mehrere Briefe und telegrafierte, ohne dass ich jemals eine Antwort bekam.
Erst dieses Jahr erfuhr ich von Jeremy Fraser persönlich, dass er überraschend nach Kairo und später nach Rhodesien versetzt worden war.

Als es mir dieses Jahr endlich gelang, durch die deutsche Botschaft den Kontakt wiederherzustellen, machte Jeremy Fraser meiner Tochter Charlotte sofort das Angebot, die Vaterschaft anzuerkennen. Und er begann alles in die Wege zu leiten, um sich von Frau F. scheiden zu lassen, damit wir nach so viel verlorener Zeit endlich heiraten können. Möchte Frau F. ernsthaft glauben, dass ein Mann sich so verhält, wenn er sich nicht als Vater fühlt?
Mir selbst genügt – und das muss ich immer wieder betonen – die Tatsache, dass wir wieder zusammen sind.
Beiliegend die Geburtsurkunde meiner Tochter Charlotte Anna Henke sowie einige persönliche Briefe (fotokopiert, die Originale stehen zur Verfügung).
Es steht Ihnen frei, Frau F. diese Briefe und Unterlagen zu übermitteln. Ich danke Ihnen für Ihr Verständnis und Ihre Hilfe.
Hochachtungsvoll,
Anna Teresia Henke

44. KAPITEL

Und dann – eine Zeit lang – nichts mehr. Warten. Immer nur warten. Nun, ich hatte bereits über ein Vierteljahrhundert gewartet. Ein paar Wochen oder Monate mehr oder weniger, was machte das schon aus? Ich verbot mir, allzu intensiv darüber nachzudenken.

Jeremy rief jeden Abend und am Wochenende sogar zwei-, dreimal am Tag an. Er erzählte mir, dass er kaum arbeiten könne, da er mit seinen Gedanken gar nicht bei der Sache war. Immerhin durfte er seine Söhne endlich sehen und versuchte, ihnen die Lage zu schildern. Aber sie wurden von der Mutter beeinflusst und gegen ihn aufgehetzt. Er hatte ein weiches Herz, und im Grunde tat ihm Melissa leid. Er hätte ihr gerne erklären wollen, dass ihr Misstrauen unbegründet war. Sie aber wich nicht von ihrem Standpunkt ab, sondern stellte Forderungen, die er nicht erfüllen konnte. Sie war fest davon überzeugt, im Recht zu sein.

In seinen Briefen aus jener Zeit schrieb Jeremy über Dinge, die er mit sich schleppte, die ihn beschwerten, die an ihm hängen blieben.

Melissa schreckt vor nichts zurück. Sie geht so weit, dass sie mich als Landesverräter beschuldigt. Das ist auch heute noch ein schwerwiegender Vorwurf. Ich habe eine deutsche Frau im Krieg gehabt und ein Kind mit ihr gezeugt. Und jetzt – mitten im Kalten Krieg – habe ich mit meiner früheren Geliebten wieder Verbindung aufgenommen.

Sie kann es mir gerichtlich zur Last legen. Ich versuche, ihr eigenes Verhalten nicht in den Vordergrund zu stellen. Ich finde es so kleinlich! Diese Frau hat unser ganzes Leben, unser Glück in der Hand. Und inzwischen verstreicht die Zeit, und ich liebe dich mehr denn je. Weißt du, ich hatte schon eine Zeit lang das Gefühl, dass alle meine Pläne auf die eine oder die andere Art scheiterten. Trotz meines hohen Dienstgrades? Wohl eher deswegen. Und weil sich so viele neue Probleme aufdrängten, bat ich um ein Gespräch mit meinem Vorgesetzten B. (den vollen Namen darf ich hier nicht nennen). Ich hielt es für angebracht, ihm die Situation aus meiner Sicht zu schildern. B. zeigte Verständnis, allerdings mit Vorbehalt. Der SIS hatte nachgeforscht. Charlottes politische Gesinnung ist nicht lupenrein. Dass die Jugend weltweit das Kapital verdammt und dies lediglich ein Markstein in der Phase ihres Erwachsenwerdens ist, lässt B. nicht gelten. Er stört sich auch daran, dass Du in der Verwaltung arbeitest und Kontakte zu den Linken haben könntest. Ich versicherte ihm, dies sei nicht der Fall. Und anscheinend wird meine Post wieder durchgelesen. Es gibt Methoden, die Briefe zu öffnen und wieder zuzukleben, ohne dass der Empfänger es merkt. Aber ich kenne ja die Tricks. Ach, Anna! Wenn du wüsstest, was für ein Leben ich immer noch führen muss, würdest du mich verlassen! Manchmal kommt mir der Gedanke, ich bin kein Mann für Dich und würde auch ein schlechter Vater für Charlotte sein. Ich bin zynisch und verbraucht. Du verschwendest Deine Nachsicht mit mir.

Als ich diese Nachricht von ihm erhielt, rief ich ihn sofort an. Ich war fassungslos, dass Charlottes »Jugendsünden« ins Spiel gebracht wurden! Offenbar schien der Geheimdienst unser ganzes Leben zu durchleuchten!

»Das ist keine Nachsicht, das ist Liebe!«, sagte ich zu ihm an diesem Abend. »Mir ist es wurscht, wenn du mit Leuten zu tun hast, die ihren Namen hinter Anfangsbuchstaben verstecken und allseits finstere Machenschaften wittern. Und falls sie sich einbil-

den, dass ich im Katasteramt einen direkten Draht zum Kreml habe, würde es mir nichts ausmachen, schon morgen zu kündigen.«
Ich höre noch heute sein leises Lachen.
»Immer schön ruhig, Anna. Lass uns nichts überstürzen. Gib mir noch ein bisschen Zeit. In zwei Tagen werde ich eine Ausstellung besuchen, wo Industriemaschinen vorgeführt werden. Vielleicht gelingt es mir bei der Gelegenheit, einige Kontakte zu knüpfen. Ich werde mich melden, sobald ich etwas Neues erfahre.«

Ich wartete also, wurde dabei ruhelos und reizempfindlich. Aber Jeremy hat recht: Ich bin ein ungestümes Frauenzimmer! Und das Schlimme ist, dass ich mit keinem Menschen darüber sprechen kann. Was Zähigkeit anbelangt, ist Charlotte mir eigentlich ähnlich, aber sie geht methodischer vor, überlegt abwägend, bevor sie rasch und instinktsicher handelt. Das ist eindeutig gescheiter. Leider war Geduld schon immer ein Fremdwort.

Endlich, drei Tage später, kam die Nachricht von Jeremy, die er auf Tonband gesprochen hatte. Endlich ein Lichtblick! Jeremy war müde, aber glücklich und voller Zuversicht. Ich hörte es an seiner Stimme.

Liebste, ich war in der Ausstellung und habe Mr Wilson getroffen, Inhaber einer Firma, der neuartige Maschinen für die Metallindustrie herstellt. Mr Wilson hat seit einigen Jahren eine kleine Niederlassung in Wien, die allerdings schlecht arbeitet, weil der Maschinenexport in die Länder des Ostblocks verboten ist. Herr Wilson will jetzt in Berlin ausstellen und die Firma nach Deutschland verlegen. Er ist auf der Suche nach Teilhabern. Meine Deutschkenntnisse und meine zahlreichen Kontakte wären ihm dabei nützlich. Und gestern haben wir uns in Mr Wilsons Club getroffen und die Sache eingehend besprochen. Er hat mir ein interessantes Angebot gemacht. Im Vertrag soll festgehalten werden, dass ich – vorausgesetzt, die Geschäfte laufen gut – später in den Verwaltungsrat eintreten kann. Wobei der Verwaltungsrat vorläufig nur aus zwei Personen besteht: Mr Wilson selbst und seinem Vater, der ihm das Geld vorgestreckt hat. Mr Wilson teilt nicht die allgemeine Meinung, dass der Kalte Krieg sich verschlimmern wird. Er spekuliert darauf, dass die Russen mittelfristig vom Bedrohungszustand zum Frieden übergehen wollen. Und ich neige zur gleichen Ansicht. Ich spürte, dass mich die Sache lockte. Und auch, dass ich dem Secret Service nicht lebenslänglich zu Dank verpflichtet bin. Und somit schlug ich Mr Wilson vor, einige deutsche Firmen, die Interesse an diesen Maschinen haben, nach Berlin einzuladen. Daraufhin fragte mich Mr Wilson, ob ich unter gegebenen Umständen bereit wäre, meinen Wohnsitz nach Berlin zu verlegen, um die Firma zu leiten. Ich sagte, ich sei einverstanden. Entgegen des Rates meines Arztes fühle ich mich durchaus dazu in der Lage. Nur darf ich mich nicht aufregen.

Liebste, du kannst dir denken, wie erleichtert ich bin! Du hast mir neuen Mut gegeben. Hast du immer noch Lust zu kündigen? Und statt in Münster in Berlin zu wohnen? Wenn Melissa mir weiterhin die Scheidung verwehrt, könnten wir in Berlin zusammen leben, ohne verheiratet zu sein. Der Gedanke ist mir allerdings unsympathisch. Wie denkst du darüber?

Ja, und ich hätte es fast vergessen: Kürzlich traf ich zufällig meinen Studienfreund Oliver Taylor. Er hat mit mir in Münster gedient, erinnerst du dich? Wir hatten uns jahrelang aus den Augen verloren. Ich habe ihn fast nicht erkannt, er hat gewaltig zugenommen, und sein Haar ist jetzt schneeweiß. Er erzählte mir kurz, dass er sieben Jahre lang in Betschuanaland verbracht hatte, das ja seit 1885 britisches Protektorat war. Weder er noch ich hatten Zeit für ein längeres Gespräch. Aber wir werden uns bei Gelegenheit zu einem Whisky treffen.

So, das wär's für heute.

Schlaf gut, mein Schatz! Danke für deine Geduld und deine Liebe.

Dein Jeremy.

Aber natürlich entsann ich mich an den Kommandanten Oliver Taylor, diesen überheblichen Kerl! Jeremy fand ihn vermutlich recht nett, er wusste ja nicht, wie Taylor mich behandelt hatte. Ich hatte ihm nichts davon erzählt. Wozu auch? Es lag ja schon so weit zurück. Und ich konnte mir nicht vorstellen, dass Jeremy jemals das Gespräch auf mich gebracht hatte. Unsere Situation war ungewöhnlich. Und dazu die Scheidung, das ganze Theater! Wenn es um ihre *privacy* geht, können Engländer stumm wie Fische werden. Auch alten Freunden gegenüber. In diesem Fall umso besser!

Was ich zu seinem Vorschlag meinte? Ob verheiratet oder nicht, spielte für mich eine zweitrangige Rolle. Sicher wäre ich gerne seine Frau geworden, aber wenn es nicht ging, würde ich mich damit abfinden. Mir war alles egal, wenn er nur bei mir war! Ich lebte schon so lange außerhalb der Konvention.

Ich antwortete unverzüglich, wobei ich über Taylor kein einziges Wort verlor. Es war nicht der Augenblick, Jeremys Zuversicht mit einer Meckerei zu trüben.

Liebster, ich war ziemlich nervös, jetzt geht es mir besser. Ich sehe nicht gerne etwas Ungutes voraus, ich bin der Ansicht, dass es dann umso bestimmter eintritt. Verzeih mir! Ich denke so viel und so oft an dich, dass meine Gedanken sich nur mit der Frage beschäftigen, wann ich dich wiedersehe. Aber dass wir in Gedanken zusammen sind, ist für mich nicht genug. Und mein größter Wunsch und meine größte Freude wären tatsächlich, mit dir nach Berlin zu gehen, auch damit wir in Charlottes Nähe sind. Natürlich wird sich Charlotte »pro forma« sträuben. »Kommt mir nicht zu nahe!« Na ja, du kennst sie ja inzwischen. Und wir werden ja unser eigenes Leben haben. Und wenn sie uns besuchen will, um von dir zu hören, was du in deinem exotischen Knast alles erlebt hast, backe ich ihr gerne einen Streuselkuchen. Den hat sie nämlich am liebsten. Vielleicht werde ich mir in Berlin eine neue Stelle suchen, damit ich dir nicht zur Last falle. Aber eigentlich will ich nur deine Frau sein, neben dir einschlafen und neben dir aufwachen. Und wenn B. dich ins Ausland schickt, werde mich immer mit dem zufriedengeben, was du mir erzählen kannst, und dich nie nach dem fragen, was du mir verschweigen musst.

Meine Freude und Erleichterung konnte ich nur dem Tonband oder meinem Tagebuch anvertrauen. Das Tonband war für Jeremy bestimmt, aber in mein Tagebuch schrieb ich die kleinen Dinge des Alltags nieder, notierte, was mich bewegte, was ich sah und empfand, was mich glücklich oder traurig machte. Und gleichzeitig wurde mir klar, wie wenig von meinen Gefühlen nach außen sichtbar war. Ich trug Lippenstift und Nagellack, etwas Wimperntusche. Ich puderte mein Gesicht, nur eine ganz dünne Schicht, damit die rosige Haut durchschimmerte. Bei Wind und Wetter ging ich zu Fuß zum Dienst, außerdem musste der Hund ja noch raus. Ich ging nicht behutsam, sondern mit selbstbewussten Schritten und war fast so schlank und elastisch wie früher. Die Liebe – oder besser der Gedanke daran – ließ mich aufblühen. Blickte ich in den Spiegel, sah ich eine hübsche Frau.

Das war auch Ingeborg nicht entgangen.

»Gut siehst du aus«, sagte sie mir bei einem unserer Spaziergänge mit den Hunden.

»Danke.«

»Hast du Nachrichten von deinem Engländer?«

Ich gestand ihr zum ersten Mal, dass wir uns im September in London getroffen hatten.

»Mein Gott!«, rief Ingeborg. »Nach 26 Jahren! Wo habt ihr euch eigentlich kennengelernt?«

»In Münster, gleich nach Kriegsende.«

»Gehörte er zu den britischen Besatzungstruppen?«

»Ja. Ich war Dolmetscherin im Hauptentlassungslager für deutsche Kriegsgefangene.«

»Und warum habt ihr euch getrennt?«

»Er wurde nach Kairo versetzt.«

Ihre sonst etwas formelle Zurückhaltung verwandelte sich plötzlich in lebendige Aufmerksamkeit.

»Das war … lass mich nachrechnen, zwei Jahre vor der Beendigung des britischen Mandats in Palästina. Stimmt's?«

»Ich glaub schon. Dass du das noch so gut im Kopf hast …«

»Politik«, sagte sie. »Wir wurden drüben mit Politik gefüttert, bis wir sie auskotzten. Das fing schon in der Schule an.«

Ich dachte an meine eigene Schulzeit und konnte ihr nur beipflichten.

»Wenn ich unsere Dummheit als Erwachsene sehe, brauche ich mich nicht zu wundern, woher das kommt.«

Sie verstand die Anspielung sofort.

»Ja. Auch wir lernten früh, keine eigene Meinung zu haben. Wir glaubten, was uns gesagt wurde, nämlich, dass die Teilung Palästinas eine großartige Sache war. Dabei hatten die Briten alles falsch gemacht. Aber das brauche ich dir ja nicht zu sagen. Als dann der Krieg kam, unterstützten Sowjets und Amerikaner in gefühlsduseliger Eintracht die UN-Menschenrechts-Resolution. Du siehst, ich habe die Daten gut in Erinnerung. Und danach Waffenstillstand. Friede, Freundschaft, Eierkuchen. Alles nur Bluff. Entsinnst du dich an den Militärputsch, der Irans Premier Mohammed Mossadegh vom Teppich fegte? Weil Mossadegh die Verstaatlichung der Ölindustrie vorantrieb, was den Sowjets in die Hände spielte. Der CIA und dem britischen Geheimdienst passte das nicht in den Kram. Sie schoben dem Shah Reza Pahlawi den Pfauenthron unter den Hintern. Der Zugang zu den Ölquellen war gesichert, und von den Menschenrechten sprach kein Mensch mehr.«

Ihre gleichmütige, eindeutig zynische Art, die Dinge zu sehen und zu formulieren, erinnerte mich seltsam an Jeremy.

»Kennst du eine Regierung«, fragte ich, »die keine krummen Dinger dreht?«

Sie lachte kurz auf.

»Wenn dir eine einfällt, lass es mich wissen.«

Sie pfiff nach Max und nahm ihn an die Leine, bevor sie sagte: »Ich behaupte ja nicht, dass dein Engländer etwas mit der Sache zu tun hatte. Nein. Aber ich bezweifle ...«

Mir war auch aufgefallen, wie Ingeborg eine Situation zusammenfasste, stets mit einer neuen, allerdings bedeutsamen Variante, vor allem Leuten gegenüber, die daraufhin gesprächig wurden und sich in Kontroversen ereiferten. Aber sie hatte bei mir eine Grenze überschritten. Ich war ein empfindliches Krustentier und zog die Fühler ein.

»Ich weiß es nicht. Wir unterhalten uns kaum über Politik. Ich bin eine leichtgläubige Zuhörerin. Ich sage das offen, egal, wie idiotisch das klingt.«

»Das ist ein Luxus, den du dir leisten kannst, weil du im Westen lebst«, erwiderte Ingeborg. »Für uns war Politik eine konstante Belastung.«

———

4. Dezember 1972

Meine Liebste,
Wie unvergleichlich schöner London doch ist, wenn die Nebel sich lichten! Heute ist der Himmel klar, die Sonne scheint und sie leuchtet auch in meinem Herzen! Melissa hat endlich in die Scheidung eingewilligt! Nächste Woche haben wir einen Termin bei ihrem Rechtsanwalt. Sie hat vermutlich eingesehen, dass sie mit ihren Behauptungen nicht durchkommt. Trotzdem habe ich hart und lange mit ihr verhandeln müssen. Nun haben wir vereinbart, dass sie unsere Londoner Wohnung behalten kann. Ich ziehe mich zurück und überlasse ihr meinen Anteil an der Liegenschaft. Das ist ein kleines Opfer, das ich gerne bringe, weil ich weiß, dass wir jetzt endlich heiraten können. Als Konzession erhielt ich ein großzügiges Besuchsrecht für die Kinder. Das lag mir sehr am Herzen.
Liebste, endlich bin ich frei! Bald sind wir für immer zusammen.

Auch die Sache mit Charlotte scheint sich zu klären. B. hat Nachforschungen angeordnet. Offenbar liegt wenig gegen sie vor. Was ihren eventuellen Anteil an der Erbschaft betrifft, blieb Melissa allerdings unerbittlich: Für den Fall, dass Charlottes Gesuch angenommen wird, muss sie eine Verzichtserklärung mit Blick auf ihre Erbschaftsansprüche unterscheiben. Nun, es wird kaum gravierende Folgen haben: Ich bin ja für sie da!
Liebste, Du bist immer in meinen Gedanken. Wir haben gekämpft und verzichtet, wir haben Ungerechtigkeit und Schicksalsschläge einstecken müssen. Jetzt werden wir für die 26 Jahre belohnt, die wir einsam und mit Sehnsucht im Herzen erleben mussten. Wir wurden getrennt, aber jetzt sind wir wieder zusammen. Du bist immer in meinen Gedanken. Diese Worte habe ich nur einmal im Leben geschrieben und sie galten Dir. »Ich liebe Dich mit meinem ganzen Herzen.« Dein Bild steht hier auf dem Tisch, wo ich Dich immer sehen kann, und ich sehe Dich mit Glück und Liebe.
Für immer Dein Jeremy

---

9. Dezember 1972

Mein Liebster,
es ist Samstag. Und auch bei uns ist strahlend blauer Himmel, auf den Dächern liegt der erste Schnee, es funkelt und glitzert! Soeben habe ich Deinen Brief gelesen. Ich liege in der Helle des sonnigen Dezembermorgens, und mein Herz zittert in der Vorfreude einer Liebe, die endlich ihre Belohnung findet. Ein zartes, zaghaftes Versprechen des Schicksals ist aufgekeimt. Was ist geschehen? Was hat sich verschoben, was ist anders geworden? Warum ist auf einmal das Leben so gütig zu uns? Womit haben wir das verdient? Meine Gedanken suchen die Zeit, die war, als wir uns kennenlernten. Münster war ein Ruinenfeld. Und entsinnst Du Dich? Du hast Deinen Wagen angehalten, und wir sind durch den Schnee gewandert,

durch den wunderbaren frischen Schnee, der unter unseren Schritten knirschte. Und ich erinnere mich auch an den Mann, der mir, als ich mich, glühend vor Fieber, kaum auf den Beinen halten konnte, einen Stuhl bringen ließ. Und der mir später seinen Offiziersmantel, noch warm von der Wärme seines Körpers, über die Schultern legte. Ja, Jeremy, schon damals habe ich gespürt, dass Du eine Rolle in meinem Leben spielen würdest. Ich habe es dumpf geahnt, es nicht wahrhaben wollen, mich dagegen gesträubt, an die vielen Gründe gedacht, die gegen uns waren. Die äußeren Zwänge hätten unsere aufkeimende Liebe vernichten müssen, aber gerade die Tatsache, dass alles so aussichtslos erschien, hat diese Liebe gestärkt und wachsen lassen. Ich habe 26 Jahre lang nichts anderes mehr gewusst, außer dass ich Dich bis zur Unerträglichkeit liebte und verloren hatte.
Ich war nie gläubig, ich bin nicht so erzogen worden. Aber manchmal kommt das, was wir Gott nennen, uns nahe – ganz nahe.
Und weißt Du was, Jeremy? Das ist sehr verstörend.

45. KAPITEL

Am Montag ging ich ins Direktionsbüro und erklärte, dass ich zum Ende Januar kündigen würde. Ich hatte keinen Grund mehr, die Sache auf die lange Bank zu schieben. Herr Binder, der Leiter des Katasteramts, bedauerte es sehr. Er war ein kurzsichtiger Mann, grau in grau und mit rundem Rücken. Der gängige Beamtentyp, aber nicht stur, sondern gescheit und rücksichtsvoll.

Am folgenden Freitag, zwei Tage vor dem dritten Advent gab es eine kleine Weihnachtsfeier im Büro. Ich brachte selbst gebackene Plätzchen mit und Herr Binder eine gute Flasche Wein. Auf dem Tisch lag ein Adventskranz, und zwei Kerzen brannten. Es duftete nach Zimt, Honigkuchen und Tannenzweigen. Die Fenster waren geschlossen, Zigarettendunst erfüllte die Luft. Die Stimmung war ungezwungen und entspannt. Man freute sich auf die Feiertage. Ich nutzte die Gelegenheit, um den Kollegen mitzuteilen, dass ich gekündigt hatte. Allgemeines Staunen. Ja, warum denn? Und weil mir ein kleiner, angenehmer Schwips die Zunge löste, gestand ich, dass ich nach einem Vierteljahrhundert den Vater meiner Tochter wiedergesehen hatte und ihn heiraten würde! Das brachte die ganze Tischrunde in Fahrt. Beifallsrufe, Glückwünsche, Fragen. Wer hätte das gedacht und so weiter.

»Ja, wir alle werden Frau Henke vermissen«, meinte Herr Binder. »Aber sie hat sich durchgesetzt. Ich musste sie gehen lassen.«

Ich erwiderte, dass auch ich meinen Abschied bedauerte. Ich würde ja meine Stelle behalten, erklärte ich, wenn ich nicht bald Münster verlassen würde, um mit meinem Mann nach Berlin zu ziehen.

Ich fügte locker hinzu: »Es hat so lange gedauert, weil er zunächst seine Frau loswerden musste. Und da sie jetzt weg ist, wäre es ja blöde gewesen, wenn wir das am Ende nicht nutzen würden.«

Die Kollegen lachten. Und Renate, die mit mir das Büro teilte, drohte mir verschmitzt mit dem Finger.

»Und das hast du mir so lange verheimlicht!«

Helma aus dem Archiv wollte wissen, wie meine Tochter reagiert hatte. Sie hatte ja selbst eine und deswegen Erfahrung.

»Den Umständen entsprechend«, erwiderte ich unbestimmt und überließ es jedem, sich etwas darunter vorzustellen.

»Deine Plätzchen sind gut, du wirst ihn verwöhnen«, sagte Ingeborg, die neben mir saß. »Was macht er eigentlich?«, fragte sie mit vollem Mund.

»Er entwickelt Maschinen«, sagte ich, »und er wird eine englische Firma in Berlin leiten.«

»Warum ausgerechnet in Berlin?«

»Die Firma befand sich ursprünglich in Wien. Sie hatte dort ihre Niederlassung. Aber jetzt will sie ihren Sitz nach Berlin verlegen und in Deutschland expandieren.«

»Stört es ihn nicht, Dinge herzustellen, bei deren Produktion Kommunisten beschäftigt werden?«, fragte Ingeborg.

»Wie kommst du darauf?«, fragte ich überrascht. »Die Firma befindet sich doch im Westen.«

Ingeborg klopfte ein paar Krümel von ihrem Pullover.

»Na ja, er wird schon erkannt haben, wo sein Interesse liegt.«

Ich stutzte ein wenig. Was wollte sie damit sagen? Doch sie wechselte bereits das Thema.

»Max hat gestern etwas gefressen, was nicht gut für ihn war. Er hat sich übergeben.«

»Warst du beim Tierarzt?«
»Nein, nein, er ist wieder in Ordnung. Und wie geht es Anja?«
Inzwischen entkorkte Dieter, der mit Helma arbeitete, eine zweite Flasche Wein. Er schenkte großzügig nach, und wir stießen auf meine bevorstehende Hochzeit an.

Das Wetter blieb nur einige Tage schön. Als ich am Montag vor Weihnachten aus dem Büro kam, zogen bereits dicke Wolken auf, und ich spürte ein kaltes Rieseln gegen mein Gesicht. Die Temperatur sank, der Himmel sah dumpf und schwarz aus. Vermummt und vornübergebeugt stapften die Menschen dahin. Die Straßen wurden gesalzen, auf dem matschigen Schnee fuhren die Wagen langsam und mit schleifenden Geräuschen.

Ich liebte diese Stimmung, die Weihnachtsdekorationen überall in der Stadt, den Glanz der hellen Schaufenster. Konsumgesellschaft? Sollten die Leute doch froh sein! Das war ja auch Ingeborgs Ansicht. Wir beiden wussten noch allzu gut, wie es war, wenn man im eiskalten Winter einen zu dünnen Mantel trug und alte Schuhe mit abgewetzter Sohle. Aber ich hatte Schlimmeres erlebt: Frostbeulen an Händen und Füßen, Eisblumen an den Fenstern. Und kein Licht, kein Trinkwasser, kein Gemüse, kein Obst und keine Butter, auch nicht an Weihnachten.

Im Treppenhaus war es dunkel. Ich drückte auf den Lichtschalter, stieg die drei Stockwerke hoch. Der Aufzug wurde erst einige Jahre später eingebaut. Vor meiner Wohnung zog ich die Handschuhe aus, suchte meinen Schlüssel. Da ging die Tür der Nachbarin auf. Ilse trug eine Schürze, ihr Gesicht war gerötet. Sie lachte ein wenig verlegen. »Ich backe Plätzchen, aber ich habe dich im Treppenhaus gehört. Warte eben! Ich habe was für dich!«

Sie lief zurück, kam mit einem riesigen, noch eingewickelten Blumenstrauß wieder.

»Der wurde schon heute Morgen für dich abgegeben. Ich habe ihn so, wie er ist, in eine Vase gestellt. Pass auf, das Papier ist nass!«

»Du meine Güte, was für ein Strauß!«
»So langstielige Rosen habe ich selten gesehen«, sagte Ilse. »Hast du eine Vase, die groß genug ist? Sonst gebe ich dir meine!«
Ich bedankte mich lachend, wobei mir die Tränen kamen.
»Nein, ich habe noch eine von Mutter!«
»Also, tschüss dann! Sonst werden mir die Plätzchen zu dunkel!«
Ilse verschwand, und ich trug den Strauß in die Wohnung, wickelte das Seidenpapier auf. Zwölf dunkelrote Rosen, schimmernd wie purpurner Samt. Eine Weihnachtskarte war an den Strauß geheftet. Sie zeigte singende Chorknaben unter einem großen Adventskranz. Der Text war nur kurz: »*Happy Christmas und my best wishes for our New Year.*« Und darunter: seine Unterschrift.

Am nächsten Tag erhielt ich ein Tonband von ihm.

Liebste, ich werde Weihnachten mit den Zwillingen feiern. Melissa hat es mir erlaubt. Ich glaube, sie ist jetzt auch erleichtert, dass wir die Sache hinter uns haben. Sie kann es sich leisten, großzügig zu sein. Sie hat sogar den Weihnachtsbaum geschmückt. Wie viel lieber würde ich bei dir sein, aber es wird wohl das letzte Weihnachtsfest, das du alleine verbringen musst. In den Tagen nach Weihnachten werde ich mit Tante Celia einige Verwandte im Dorset besuchen. Auf dem Lande sind viele Straßen vereist, und sie traut sich nicht mehr, mit dem eigenen Wagen zu fahren. Wundere dich also nicht, wenn du ein paar Tage nichts von mir hörst. Aber zu Neujahr rufe ich dich an. Und am 10. Januar werde ich dann endgültig bei dir in Münster sein. Ich habe meinen Flug schon gebucht, meine Fahrkarten gekauft. Sobald die Behörden ihre Arbeit wieder aufnehmen, werden wir alle Papiere in Ordnung bringen. Jetzt wollen wir keine Zeit mehr verlieren! Spätestens im Februar sind wir verheiratet. Und dann gehen wir in Berlin auf Wohnungssuche. Und ich sage es noch einmal für dich: Ich liebe dich von ganzem Herzen.
Dein Jeremy.

Zwei Tage vor Weihnachten klingelte das Telefon.

»Was machst du während der Feiertage?«, fragte Charlotte im mürrischen Ton einer Tochter, die sich verpflichtet fühlt, in Hinblick auf das bevorstehende Weihnachtsfest die einsame Mutter anzurufen. Sozusagen prophylaktisch.

»Nichts Besonderes. Am Heiligen Abend Fernsehen. Am ersten Weihnachtstag Mittagessen bei Ilse und Werner.«

»Aufregendes Programm!«

»Ich weiß, dass du sie nicht für besonders spannend hältst, aber sie sind nett. Ilse macht einen Gänsebraten. Und an Silvester kommen beide zu mir. Ich backe eine Mokkatorte. Wir trinken eine Flasche Sekt und schauen uns das Feuerwerk vom Balkon aus an.«

»Dann brauche ich mich also nicht um dich zu kümmern«, sagte Charlotte zufrieden.

»Und du?«, fragte ich. »Was machst du?«

»Ich fahre mit Stefan und ein paar Leuten von der Filmakademie in die Provence. Wir wollten schon lange mal was zusammen unternehmen. Wir fahren mit einem VW-Bus und übernachten in Jugendherbergen. So kommen wir viel billiger weg.«

»Und wann kommst du nach Münster?«

»Erst im Januar, ich sage dir noch Bescheid. Und dann bringe ich vielleicht Stefan mit. Ich möchte, dass du ihn mal kennenlernst.«

»Von mir aus. Ich hoffe nur, dass er sich besser benimmt als deine Studentenfreunde, mit denen du Scheiben eingeworfen hast.«

»Stefans Eltern haben ihn gut erzogen! Deswegen will er ja auch nichts mit ihnen zu tun haben.«

»Ausgezeichnet. Das nennt man Konsequenz. Ab nächstem Monat wird sich auch bei mir vieles ändern. Ich habe nämlich gekündigt.«

»Gekündigt, bist du verrückt? Und wovon willst du leben?«

»Jeremy kommt am zehnten. Und ich hoffe, dass du dich freust. Jetzt, wo er offiziell dein Vater ist.«

»Doch nur, weil ich auf meine Erbschaft verzichtet habe.«

»Charlotte, Geld macht nicht glücklich.«

»Nein, aber es trägt dazu bei. Mal wieder die Gelegenheit verpasst, stinkreich zu werden.«

»Charlotte, sei nicht bissig.«

»Ich bin sanft wie ein Lamm. Und übrigens habe ich schon meinen Pass geändert. Ich heiße jetzt Charlotte Anna Fraser.«

»Gefällt dir dein neuer Name?«

»Besser jedenfalls als Henke.«

»Da bin ich aber froh. Und noch etwas: Wir heiraten Anfang Februar. Standesamtlich, natürlich.«

»So. Bin ich eingeladen?«

»Du kannst meine Brautschleppe tragen.«

Sie lachte hell auf. Ich hörte ihr Lachen sehr gerne.

»Toll! Brautjungfer zu sein war schon immer mein Ding!«

»Ich meinte es symbolisch.«

»Da enttäuschst du mich aber.«

»Und noch etwas, Charlotte: Wir werden nach Berlin ziehen. Jeremy wird dort eine Firma aufbauen, die Industriemaschinen entwickelt. Das interessiert dich doch, oder?«

»Um Himmels willen! Maschinen hin oder her, rück mir nicht auf die Pelle!«

»Charlotte, du hast Berlin nicht gepachtet. Du machst deinen Kram und wir den unsrigen, ja? Und wenn du Lust hast, kommst du uns besuchen.«

»Backst du mir dann Streuselkuchen?«

Ich verbiss mir ein Lachen.

»Ja, und Jeremy wird dir erzählen, was er hinter afrikanischen Gittern erlebt hat.«

»Cool«, sagte sie. »Da kommt mir gerade eine Filmidee: ›Der vierte Mann‹ oder etwas in dieser Richtung. Wie gefällt dir der Titel?«

»Charlotte, jetzt ist genug!«

Ich hörte ihren Seufzer am anderen Ende der Leitung.

»Dein Problem war schon immer, dass du keinen Sinn für Humor hast. Ich wünsche dir trotzdem frohe Festtage.«

»Danke, ich dir auch! Und trinke nicht zu viel Bier, das bekommt dir nicht.«

»Mutti, zu deiner Allgemeinbildung: In Frankreich trinkt man Rotwein.«

Die Rosen standen in einer wunderbaren alten Kristallvase, die Mutter aus unserer zerstörten Wohnung retten konnte. Jedes Mal, wenn ich mich über die Blumen beugte, den starken, betörenden Duft einatmete, erfasste mich eine Art glückliches Schwindelgefühl. Zündete ich die Adventskerzen an, tauchte das warme Licht der kleinen Flämmchen das Zimmer in flackerndes Gold. Hinter den Scheiben waren schneebedeckte Dächer zu sehen, und stärker als das Kerzenlicht leuchtete die dunkelrote Pracht der Rosen. Ach, wie glücklich ich doch war! Und wer über die Grenzen dieses Glücks hinaus vorstieß, konnte nicht mehr zurück. Jeremy und ich waren füreinander bestimmt. Nein, wir hatten nicht zu viel verlangt, nicht zu viel erhofft. Jetzt konnten wir endlich Atem holen, jetzt erlebten wir diese beglückende Müdigkeit, die Wanderer am Ende des Tages befällt, wenn sie ihren Weg gegangen sind und sich in Wärme und Geborgenheit entspannen.

Mir blieb nur wenig Zeit, um die vielen Dinge zu erledigen, die gemacht werden mussten. Aber ich würde es langsam angehen lassen. Ich brauchte zunächst eine Ruhepause.

Weihnachten und Neujahr verbrachte ich also mit den Nachbarn. Unser Zusammensein zu dritt war angenehm unaufgeregt, wohltuend routiniert. Wir schlugen uns den Bauch mit Gänsebraten, Rotkohl und Maronen voll, und Anja bekam auch ihren Teil. Und an Silvester standen wir, in Strickjacken eingewickelt, mit einem Sektglas in der Hand auf dem Balkon, sahen uns das Feuerwerk an und hörten sämtliche Kirchenglocken das neue Jahr – 1973 – einläuten. Diesmal hatte sich Anja im Schlafzimmer unter dem Bett verkrochen. Hunde mögen keine Knallerei, da hilft auch kein gutes Zureden.

Als alles vorbei war und Ilse und Werner sich verabschiedet hatten, kam Anja wieder hervor. Ich führte sie kurz in den Park, bevor ich mich in die Kissen begab. Anja lag neben mir auf der Bettdecke. Ich sprach eindringlich zu ihr, erzählte ihr von Jeremy, der bald hier sein würde. Anja spitzte die Ohren, starrte mich mit ihren Knopfaugen an, und ihre dunkle Schnauze bebte.

»Ach, Anja«, sagte ich, »weißt du was? Wir werden uns ein größeres Bett kaufen müssen! Sonst ist kein Platz mehr für uns drei. Du verstehst schon, was ich meine! Du verstehst ja immer alles …«

Sobald mich die Sehnsucht ergriff, hörte ich mir Jeremys Tonbänder an. Schloss ich die Augen, war er ganz nahe, aufwühlend und schwindelerregend nahe. Und auch nachts spürte ich seine Gegenwart, begehrte seinen langen, drahtigen Körper, sein leises Lachen, seinen starken, humorvollen Geist. So verging diese Zeit, aber die Sehnsucht blieb und nahm all mein Denken gefangen. Er hatte ja gesagt, dass er in der Weihnachtszeit von Verwandten in Beschlag genommen wurde. Am Neujahrstag würde er anrufen, hatte er versprochen, und Jeremy hielt immer sein Wort. Ich saß neben dem Telefon und wartete. Doch – merkwürdig – das Telefon blieb still. Aber das machte nichts. Er hatte mir ja die Rosen geschickt, die noch frisch waren, frisch wie am ersten Tag. Diese Rosen – Verkörperung seiner Liebe. Ich betrachtete sie, wunschlos und ohne mich zu rühren, ganz der Vorfreude hingegeben, diesem stetig wachsenden Wunder, das in mir entstand. Und wenn ich die Rosen bewunderte und an Jeremy dachte, indem ich immer wieder leise seinen Namen rief, war er für mich bereits hier.

Es war kurz nach Mitternacht, als ich mich zu Bett legte. Ich schlief unruhig und wachte früh auf. Es war der 2. Januar, und das Wetter war schön. Nach einem kurzen Spaziergang mit Anja setzte ich mich neben das Telefon, sah Fernsehen und wartete. Doch es kam wieder kein Anruf. Am 3. Januar auch nicht. Ein paarmal am Tag ging ich mit dem Hund rund ums Haus, das war alles. Ich schaute kein Fernsehen mehr und wartete nur noch. Inzwischen waren die Geschäfte wieder offen. Ich kaufte kurz ein, weil ich nichts mehr zu essen hatte. Dann setzte ich mich wieder neben das Telefon. Ich wartete und wartete und wartete. Nichts. Kein Anruf, kein Brief, kein Tonband. Ich saß unbeweglich, die Hände im Schoß und den Blick auf die Rosen gerichtet. Aber ich sah sie nicht mehr.

46. KAPITEL

Greenwich, den 7. Januar 1973
Liebe Frau Henke,
als Jeremys nächste Verwandte erlaube ich mir, Ihnen zu schreiben. Jeremy hat mir so viel von Ihnen erzählt, dass ich bisweilen den Eindruck habe, Sie zu kennen. Ich habe nun die traurige Pflicht, Ihnen mitzuteilen, dass mein Neffe Jeremy, der – wie er Ihnen vielleicht gesagt hat – vorübergehend in meinem Haus wohnte, in der Nacht vom 30. auf den 31. Dezember gegen 5 Uhr morgens einer Herzthrombose zum Opfer fiel.
Man ließ mich wissen, es befänden sich noch eine Anzahl Briefe in deutscher Sprache in seinem Büro, die Ihren Absender tragen. Möchten Sie, dass ich Ihnen diese Briefe zurückschicke? Jeremy wurde eingeäschert. Die Beisetzung der Urne fand gestern im Beisein seiner Familie statt. Jeremy wird auf dem Friedhof der St Alfege Church ruhen, wo sich bereits unsere Familiengräber befinden.
Er wird mir ebenso fehlen wie Ihnen. Ich erbiete Ihnen mein tiefes Beileid.
Hochachtungsvolle herzliche Grüße,
Celia Howells-Fraser

Die Telefonnummer stand auf dem Briefkopf. Ich entsinne mich nicht an das, was in mir vorging, entsinne mich auch nicht, wie ich es schaffte, den Hörer abzunehmen, die richtige Nummer zu wählen. Ich hatte kein Empfinden mehr für nichts. Ich handelte und sprach automatisch, in meinem Kopf war ein weißes Loch, in dem jedes Wort widerhallte, ein vielfaches Echo in beiden Gehirnhälften. Die lebendige, organische Form meines Lebens erstarrte. Mir war, als gefröre mir das Innerste zu Eis. Die Welt war für mich ausgelöscht. Nur das Entsetzen stand draußen, neben mir, wie mein eigener Geist.

Ich sprach. Sie antwortete. Eine alte, aber noch feste Stimme. Ich stellte Fragen wie in Trance. Fragen in englischer Sprache. Die alte Dame antwortete langsam und akkurat.

Ja, Jeremy hatte seit einiger Zeit bei ihr gewohnt. Nach Weihnachten hatten sie gemeinsam Familienbesuche gemacht und zweimal bei Verwandten übernachtet. Am 29. Dezember waren sie wieder zu Hause. Am Vortag zu Silvester hatte sich unerwartet Oliver Taylor, ein alter Freund aus der Militärzeit, bei ihrem Neffen gemeldet. Er hielt sich in diesen Tagen in Greenwich auf, wo er Bekannte hatte. Er wollte die Gelegenheit für einen kurzen Besuch nutzen. Mrs Howells lud ihn nach dem Abendessen zu einem Sherry ein. Jeremy und Oliver plauderten über dieses und jenes, bevor sich Mrs Howells zurückzog. Die beiden Herren tranken Whisky und unterhielten sich noch eine Zeit lang im Raucherzimmer. Aber es wurde nicht spät. Mrs Howells war noch nicht eingeschlafen, als sich der Besucher verabschiedete. Sie sah das Licht der Scheinwerfer und hörte den Wagen davonfahren. Es war knapp nach 23 Uhr. Danach hatte Jeremy alle Türen geschlossen und war ebenfalls schlafen gegangen. Gegen fünf Uhr morgens weckte sie ein lautes Geräusch. Sie rief das Hausmädchen, und beide begaben sich in Jeremys Zimmer. Ihr Neffe lag leblos neben dem Bett am Boden. Der schnell herbeigerufene Arzt konnte nur noch seinen Tod feststellen.

Jeremy hatte zuvor schon zwei Herzanfälle gehabt. Mrs Howells meinte, dass die Aufregungen der letzten Zeit wohl zu viel für ihn gewesen seien. Und zum Schluss sagte sie noch, dass gleich nach Jeremys Tod die geschiedene Frau Fraser alle Unterlagen aus seinem Büro an sich genommen hatte. Meine sämtlichen Briefe hatte sie Mrs Howells übergeben, die sie bereits auf die Post gebracht hatte.

Und das war alles.

Ich dankte ihr, legte den Hörer auf die Gabel und starrte die Rosen in der Kristallvase an. Sie welkten ganz langsam, ohne ihre Blätter zu verlieren, und ich dachte, ich muss ihnen frisches Wasser geben, damit sie noch lange halten. Aber ich rührte mich nicht. Ich starrte und starrte, bis meine Augen brannten. Nach einer Weile erhob ich mich. Eigentlich wollte ich den Rosen ja Wasser geben, aber ich schlurfte an der Vase vorbei in die Küche, wo ich aus dem Besteckkasten ein Brotmesser nahm, das lang und scharf war. Wozu brauchte ich das Messer? Ich wusste nur, dass es ohne nicht ging.

Mit dem Messer in der Hand setzte ich mich wieder auf den Stuhl neben das Telefon. Ich schaute nicht auf das Messer, nur auf die Rosen, als ich es an mein rechtes Handgelenk legte, drückte und langsam hin und her schob. Meine Augen waren unentwegt auf die Rosen gerichtet. Ich spürte etwas Nasses, bemerkte verschwommen, dass mein blaues Kleid dunkle Flecken hatte. Blut. Ich setzte das Messer an das linke Handgelenk, diesmal ging es schneller, weil ich geschickter geworden war. Ich bemerkte, dass das Blut eine hellere Farbe als die Rosen hatte. Die Rosen schimmerten purpurn, fast schwarz, da sie ja schon am Verwelken waren, aber das Blut hatte noch eine frische, lebendige Farbe. Meine Augen sprangen von einer Farbe zur anderen. Hell und dunkel, aber rot, immer nur rot. Mein Kleid war ganz nass, vor allem zwischen den Knien. Hell und dunkel, dunkel und hell. Ein seltsames Klopfen war in meinen Schläfen, das Herz pochte viel zu laut. Ich spürte, wie mir übel wurde. Das geht nicht, dachte ich, gleich kommt mir das Essen hoch, nein, das geht nicht mitten im Wohnzimmer. Ich ließ das Messer los, versuchte auf die Beine zu kommen, aber mir wurde schwindlig.

»Einen Augenblick, Jeremy«, sagte ich laut, »ich bin ja gleich da.« Ich sah ihn am Ende eines Tunnels wie in meinem Traum und beeilte mich, um schneller bei ihm zu sein. »Warte, Jeremy, warte doch! Ich komme …«

Ich machte ein paar taumelnde Schritte. Die Rosen bluteten, aber das bildete ich mir nur ein. Rosen bluten ja nicht.

Ich hörte, wie Anja bellte. Warum wohl? Ich sprach zu ihr. Meine Lippen formten mühsam jedes Wort: »Ruhig, Anja, ruhig. Sei ein braver Hund …« Ich wollte sie streicheln, aber sie sprang jaulend zurück. Das Zimmer begann zu schaukeln. Ich suchte die Stuhllehne und fand sie nicht mehr. Ich sah vor mir einen Rosenstrauß, der sich in schwarze Tropfen auflöste. Ich machte ein paar Schritte auf ihn zu, tastete über das Tischtuch, griff nach den Tropfen. Irgendwo klirrte Kristall, die Rosen fielen auf mich herab. Ich roch ihren warmen Duft, vermischt mit dem Geruch des Blutes. Das Zimmer war plötzlich zur Seite geneigt. Ich wollte mich am Tisch festhalten, doch der Tisch stand schräg. Ich verlor das Gleichgewicht, spürte den harten Aufprall meiner Stirn am Boden, aber nicht den geringsten Schmerz. Und dann spürte ich gar nichts mehr.

47. KAPITEL

Helles Licht. Schwäche. In einem Nebel erschien eine Frau, die eine weiße Haube trug. Ihr blasses Gesicht schwebte dicht über mir. Sie hielt eine Injektionsnadel in der Hand. Ich spürte ein Stechen am Oberarm und hörte die Frau halblaut mit mir sprechen.
»Es ist gleich vorbei.«
Sie murmelte noch etwas vor sich hin, das ich nicht verstand. Meine Lider waren schwer, bleischwer. Die Frau entfernte sich. Die Nebel sanken auf mich herab. Ich schloss die Augen.

Irgendwann schwebte über mir die Vision einer mit Blut gefüllten Flasche; der Anblick verursachte mir Übelkeit. Ich versuchte mich aufzurichten, konnte mich aber kaum auf die Arme stützen und sah verwundert auf meine verbundenen Handgelenke. Eine Stimme sagte: »Jetzt bleiben Sie mal ganz ruhig.«
Ich drehte die Augen seitwärts und sah die Frau mit der weißen Haube. Aha. Offenbar lag ich im Krankenhaus.
Ich fuhr mit der Zunge über meine ausgetrockneten Lippen.
»Warum ... warum bin ich hier?«
»Sie wollten sich das Leben nehmen.« Die Schwester hatte ein trübseliges Gesicht und eine verhalten vorwurfsvolle Stimme. »Aber Gott ließ es nicht zu. Jetzt sind Sie gerettet.«

Meine Gedanken kreisten mit den Nebeln, die in großer Höhe über mich hinwegschwebten.

»Ich erinnere mich nicht …«

»Sie haben viel Blut verloren. Zum Glück hat Sie Ihre Tochter rechtzeitig gefunden.«

»Meine Tochter? Ach so, Charlotte!«

Ein anderer Name stieg in meiner Erinnerung empor. Er war – wie mir schien – in einzelne Teilchen zerfallen, wie ein Puzzle. Ich bemühte mich, die Teilchen wieder zusammenzufügen, weil ich erst dann wissen würde, was geschehen war. Die Teilchen schwebten mit den Nebeln umher und fügten sich endlich zusammen.

»Jeremy«, flüsterte ich. »Jeremy ist tot. Und ich wollte auch tot sein. Aber daraus ist nichts geworden.«

»Bedeutet Ihnen Ihr Leben so wenig?«, fragte die Schwester mit sanftem Tadel.

»Es bedeutet mir gar nichts mehr.«

»Reden Sie keinen Unsinn«, sagte die Schwester missbilligend.

Ich schluckte würgend.

»Wie lange schon … Heute oder gestern?«

»Vorgestern.«

Mein Gesicht klebte vor Schweiß. Ich stammelte wirr.

»Ich glaubte doch, dass ich es geschafft hatte. Warum musste da ausgerechnet Charlotte vorbeikommen?«

Die Schwester zuckte leicht zusammen.

»Sie sollten Ihrer Tochter dankbar sein. Ach, übrigens, ich bin Schwester Martina. Ich werde Sie jetzt waschen und frisieren. Und gleich gibt es Mittagessen. Kartoffelbrei mit Spinat und Rindfleisch. Das wird Ihnen guttun.«

»Ich will nichts essen.«

»Sie müssen wieder zu Kräften kommen.«

»Wo ist Charlotte jetzt?«

»Sie ist gegangen, als sie wusste, dass alles in Ordnung war. Sie wird heute Nachmittag wiederkommen.«

Schwester Martina hob mich behutsam hoch und brachte mich aufs Klo gleich neben dem Zimmer im Flur. Als wir zurück waren, schüttelte sie die Kissen auf und reinigte mein Gesicht mit einem feuchten Waschlappen. Sie kämmte mich akkurat, steckte mein Haar mit Nadeln fest.

Die paar Schritte auf dem Flur und die wenigen Worte hatten mich ermüdet wie eine Schwerarbeit. Und kaum war ich wieder eingeschlummert, brachte mir die Schwester das Essen. Der Bratengeruch stieg mir in die Nase. Ich spürte Brechreiz, drehte das Gesicht zur anderen Seite.

»Lassen Sie mich in Ruhe!«

Schwester Martina schlurfte mit dem Teller davon. Ich schlief ein.

Abermals weckten mich Schritte und Stimmen. Ein vertrauter Zigarettengeruch, gemischt mit einem Duft nach Zahnpasta strich über mein Gesicht. Charlotte. Ich drehte mich schwerfällig auf die Seite, damit ich sie besser sehen konnte.

»Wie geht es dir, Mutti?«

Die Worte kamen ihr schwer über die Lippen. Jetzt sah ich ihr Gesicht ganz nahe. Die schwarzen Fransen, die nachgezogenen Augenbrauen, wie Balken über den dunklen Augen. Es war das Gesicht meiner Tochter, aber es waren Jeremys Augen, die mich anschauten.

»Wasser«, flüsterte ich.

Ein Glas und eine Karaffe standen auf dem Nachttisch. Charlotte goss Wasser ein, hielt ungeschickt meinen Kopf und half mir beim Trinken. Endlich konnte ich sprechen. Ich sagte: »Was hattest du bei mir zu suchen? Du warst doch in Südfrankreich.«

»Wir sind früher zurückgefahren. Bei dem Mistwetter! Es hat ja nur geregnet.«

»Dein Vater ist tot. Hast du den Brief gelesen?«

»Ja. Ich musste ihn entziffern. Er war ganz aufgeweicht.«

»Aufgeweicht?«

»Das Tischtuch war klatschnass. Du hast die Vase zerschlagen und eine große Sauerei gemacht. Überall Scherben und Blut. Den Teppich kannst du zur Reinigung bringen.«

Ich begann heftig zu zittern.

»Und die Rosen?«

»Einigen habe ich frisches Wasser gegeben und in die Küche gestellt. Alle, die welk waren, sind im Müll.«

Ich wollte schreien, brachte aber nur ein verzweifeltes Krächzen zustande.

»Nein! Die Rosen sind von deinem Vater. Ich will alle behalten! Alle!«

»Dann muss man sie eben aus dem Müll fischen«, sagte sie gleichmütig. »Und jetzt hör auf zu schreien, das tut dir nicht gut.«

Ich fiel schweißgebadet auf das Kissen zurück und stotterte wie im Fieber.

»Er wollte am 10. Januar kommen. Das Schreckliche ist, dass ich die Tage noch zählte, dass ich mich auf ihn noch freute, als er längst tot war. Kannst du das nicht verstehen, Charlotte?«

»Doch. Und ich finde es nett von seiner Tante, dass sie dich benachrichtigt hat. Sie hätte das nicht zu tun brauchen. Ich meine, … sie kennt dich ja gar nicht.«

Ich redete von mir wie von einer Irren.

»Stell dir mal vor, wenn sie mich ohne Nachricht gelassen hätte. Ich … ich weiß nicht, was ich dann gemacht hätte. Ich hatte es doch versprochen!«

»Wem hast du was versprochen?«

»Das hatte ich mir selbst versprochen, mir ganz fest vorgenommen. Wenn Jeremy stirbt, sterbe ich auch. Wir sterben zusammen.«

»Tja, daraus ist eben nichts geworden«, sagte Charlotte. »Finde dich damit ab.«

Ich röchelte vor Aufregung.

»26 Jahre, dass ich auf ihn warte! 26 Jahre, hast du überhaupt eine Ahnung, wie lange das ist? Und endlich sehen wir uns wieder, lieben uns wie am ersten Tag. Nein, noch viel inniger! Wir wollten heiraten. Er hat mir die Rosen geschickt und eine Weihnachtskarte.«

»Die habe ich auch gesehen. Mit Chorknaben und Weihnachtskranz. Nicht ganz mein Geschmack.«

Ich schrie ihr ins Gesicht.

»Ist das alles, was du zu sagen hast?«

Charlotte holte tief Luft. Mir war, dass sie innerlich bis zehn zählte, bevor sie ganz ruhig antwortete.

»Glaubst du eigentlich, dass mich das kaltlässt? Ich vermisse ihn ja auch. Merkst du das eigentlich nicht? Aber nein, du bist ja pausenlos nur mit dir selbst beschäftigt. Zugegeben, am Anfang fand ich es schon merkwürdig, dass ich plötzlich aus dem Nichts einen Vater haben sollte. Und dann, als wir uns kennenlernten, hatte ich das Gefühl, dass wir gute Freunde werden könnten. Und … und es tut mir ja leid, Mutti. Nicht nur für dich, auch für mich.«

Sie sah plötzlich verstört aus, schob ihren Stuhl hinter sich weg, griff nach ihrem Rucksack.

»Ich muss zurück nach Berlin. Ich fahre mit dem Nachtzug. Sei mir nicht böse, aber ich habe noch meinen Job. Ich muss morgen wieder im Studio sein. Ilse wird sich um dich kümmern. Sie soll die Rosen aus dem Müll nehmen, ich werde ihr das noch sagen. Und keine Dummheiten mehr, versprochen?«

Sie warf ihren Rucksack über die Schulter und ging zur Tür. Ich rief sie mit matter Stimme zurück.

»Charlotte, verzeih mir. Nimm es mir bitte nicht übel.«

»Schon gut. Werde jetzt erst mal normal.«

»Charlotte, ich … danke dir!«

»Keine Ursache!«

Sie winkte mir kurz zu und verließ rasch das Zimmer.

Sie zog sich zurück wie als Kind, wenn ihr etwas zu naheging. Damals verkroch sie sich in eine Zimmerecke, hinter einen Stuhl oder sogar in einen Schrank. Sie kehrte die Außenseite heraus, flüchtete in eine unverbindliche, unpersönliche Distanz. Es war ihre Art, sich zu schützen. Ich wusste, dass sie verletzlich war, aber auch, dass sie diese Empfindsamkeit gedämpft und tief unten hielt, wie einsame Menschen es sich angewöhnen. Ich war ja nicht viel anders, und ich gehörte jetzt auch dazu. Von jetzt an würde es immer so sein. Jeremy würde nicht wiederkommen. Niemals. Es verlangte mich, schmerzlich zu weinen. Aber mein Herz war zu müde. Lebensmüde. Ich flüchtete in den Schlaf.

48. KAPITEL

Noch zwei Tage blieb ich im Krankenhaus. Dann wurde ich entlassen. Ilse holte mich mit dem Taxi ab und brachte auch Anja mit, die mich trotz ihres stolzen Hundealters stürmisch begrüßte. In der Wohnung war alles sauber und aufgeräumt. Charlotte hatte Ordnung gemacht, alle Scherben eingesammelt und die Blutflecken aufgewischt. Und es stimmte schon, dass mein Teppich zur Reinigung musste. Ilse hatte für ein paar Tage eingekauft, und die Wäsche war in der Waschmaschine. Und alle zwölf Rosen standen auf meinem besten Tischtuch aus rosa Damast, in einer Vase von Ilse. Die Rosen gehörten zu der Sorte, die nicht schlaff werden, keine Blätter verlieren, sondern trocknen und zusammenschrumpfen. Nicht alle Stiele waren intakt; jene, die aus dem Müll kamen, waren zerknickt, aber das hatte jetzt keine Bedeutung mehr. Ilse schlug vor, bei mir auf dem Sofa zu übernachten, aber ich sagte, ich käme schon alleine zurecht. Ich brauchte nur zweimal am Tag ihre Hilfe, um die Verbände zu wechseln. In den ersten Tagen kochte sie auch für mich und führte Anja in den Park.

Und so ging das Leben weiter. In der ersten Zeit nahm ich Schlafmittel. Später stellte sich der natürliche Schlafrhythmus wieder ein. Und noch etwas später verschnürte ich die Rosen mit einem dunkelroten Band, wickelte sie in Zellophan ein und legte sie zusammen mit der Weihnachtskarte in die Vitrine. Die Uhr und den Ring trug ich ja schon lange. Sie waren mein einziger Schmuck. Und Jeremys Bild stellte ich auf meinen Nachttisch.

Was tat ich den ganzen Tag? Ich las etwas Zeitung, schaute Fernsehen, ging mit Anja am Aasee spazieren. Ingeborg traf ich nicht. Sie hatte wohl Ferien. Allmählich kam ich wieder zu Kräften. Aber mein Organismus erholte sich nur langsam. Ich stellte auch fest, dass ich eine Brille nötig hatte.

Sobald meine Wunden gut verkrustet waren, rief ich im Stadthaus an und bat um ein Gespräch mit Herrn Binder. Als ich zu ihm ins Büro kam, blickte er mich betroffen an. Er rückte mir den niedrigen Sessel neben seinem Schreibtisch zurecht und fragte, ob ich krank gewesen sei. Ich zog meine Pulloverärmel tief herunter und sprach langsam, unterbrach mich beim Sprechen immer wieder. Selten sah ich auf, sprach mit einfachen Worten und merkte, wie Herr Binder mir folgte. Schließlich fragte ich ihn, ob meine Stelle noch frei sei und ob ich die Kündigung rückgängig machen könnte. Herr Binder war freundlich und gut und voll Verständnis. Die Stelle war natürlich schon ausgeschrieben, aber ich hatte Glück. Da wir erst Ende Januar hatten, hatte sich noch keiner gemeldet. Ich konnte die Stelle ab dem 1. März wieder übernehmen.

»Ich bin umso froher«, setzte Herr Binder hinzu, »da wir erst kürzlich eine zweite Stelle ausschreiben mussten. Eine andere Mitarbeiterin hat uns verlassen.«

»Oh, wer denn?«, fragte ich neugierig.

»Frau Locher.«

»Ingeborg? Wann hat sie denn gekündigt?«

»Sie hat nicht gekündigt. Sie hat Skiferien in Österreich gemacht und schrieb mir aus Graz, nicht einmal per Einschreiben, sondern nur auf einer Postkarte – das müssen Sie sich mal vorstellen –, dass sie ihre Stelle nicht behalten wollte.«

»Hat sie einen Grund angegeben?«

»Nein. Es kam völlig überraschend für uns alle. Und dann stellte sich heraus, dass sie ihre Wohnung schon vor der Abreise aufgegeben hatte. Der Hund ist im Tierheim. Wir haben es der Polizei gemeldet. Heutzutage weiß man ja nie. Die österreichische Polizei hat ermittelt, aber von Frau Locher fehlt jede Spur.«

Herr Binder machte ein kummervolles Gesicht.

»Es tut mir wirklich leid, dass ich Ihnen das mitteilen muss. Ich glaube, Sie standen sich nahe …«

Ich blickte verwirrt auf.

»Eigentlich nicht. Aber ich danke Ihnen, dass Sie es mir gesagt haben. Es ist besser … dass ich es weiß. Diese Sache ist schon sehr … merkwürdig.«

Herr Binder bestätigte es mit einem Kopfnicken.

»Ja, recht sonderbar. Hoffentlich ist Frau Locher nichts Ernstes passiert.«

Es war mir zutiefst zuwider, mehr dazu zu sagen. Ihm offenbar auch. Und somit war die Sache erledigt. Nach einem Moment des gemeinsamen Schweigens standen wir beide auf, und er gab mir die Hand.

»Wir werden natürlich Ihren Vertrag erneuern. Ich werde alles vorbereiten.«

Ich bedankte mich und ging, kalt und verstummt in mich versunken. Ich ahnte, dass etwas geschehen war, das auch mich miteinbezog.

Das, was in mir vorging, hätte ich nicht in Worte fassen können. Eiseskälte hielt meine Seele im Griff. Ingeborg. Melissa. Oliver Taylor. Ich versuchte ruhig zu denken, einen klaren Kopf zu bewahren, aber ich wurde den furchtbaren Verdacht nicht los, dass ein Zusammenhang zwischen diesen drei Personen und Jeremys Tod bestand. Hatte man mich, ohne mein Wissen, für eine Sache benutzt, die ich nicht nachvollziehen konnte? Was würde ich entdecken, falls es mir gelingen sollte zu erfahren, wer die Drahtzieher waren? Aber jeder Versuch wäre sinnlos, ich würde gegen eine Wand rennen. Denn schließlich war ich unter Leute geraten, die unter Decknamen im Dunkel agierten und darauf spezialisiert waren, Dinge über einen Menschen herauszufinden, ohne dass man erkennen ließ, was man eigentlich herausfinden wollte und zu welchem Zweck. Und Ingeborg? Was hatte sie in ihr Notizheft eingetragen, wenn sie mit dem Fahrrad und dem kleinen Hund unterwegs gewesen war? Warum hatte sie meine Nähe gesucht, mir immer wieder Fragen gestellt? Fragen, die Jeremy betreffen? Was hatte ich gesagt oder getan, das ihm geschadet hatte? Oder war er fahrlässig geworden und hatte sich selbst Schaden zugefügt? Hatte er sich in einem Maschendraht verfangen, gelegt von jenen Leuten, von denen selbst er nicht gewusst hatte, wer sie wirklich waren? Und wollten diese Leute ihn loswerden, weil er selbst zu einem Sicherheitsrisiko geworden war? Weil er die Geheimniskrämerei satthatte und sich nach einem anderen Leben sehnte? Oder auch nur, weil er zu viel wusste? Und seine Maschinenfabrik! Ingeborg hatte die richtige Frage gestellt: Warum ausgerechnet in Berlin? Und ich erinnerte mich an das, was Charlotte mir auf dem Rückflug von London gesagt hatte: »Ich glaube, es ist schwierig, ihn richtig zu kennen.« Sie hatte tiefer in ihn geschaut als ich, und doch nicht tief genug. Nein, selbst als seine Frau hätte ich nicht vollständig erkannt, mit wem ich es zu tun hatte. Nur an seiner Liebe hätte ich nicht zu zweifeln gebraucht. Nie und nimmer. Unter keinen Umständen.

Ob wir es wollen oder nicht, ob wir es für gut und richtig halten oder nicht, wir alle sind nur Figuren auf dem politischen Schachbrett. Man zieht eine Figur aus dem Spiel, ersetzt sie durch eine andere. Nichts ist geschehen, nichts, worüber man sich entrüsten könnte. Es ist ja alles nur ein Spiel. Das Spiel der Machthaber, keine größeren Leute als wir, nur rücksichtsloser, nur brutaler. Sie lenken das Schicksal der Nationen, in der Vergangenheit ebenso wie in der glücklicherweise unvorhersehbaren Zukunft.

Aber welche Herabsetzung des Einzelnen, welche entsetzliche Verachtung und Demütigung!

Es hat keinen Sinn mehr, zu grübeln und zu mutmaßen, jetzt,

da es zu Ende ist. Das Herz muss brechen oder nach nichts mehr fragen. Besser, nach nichts mehr fragen. Und mein Herz ist ja bereits gebrochen.

Ich schrieb der deutschen Botschaft in London mit der Bitte, mir eine Sterbeurkunde zu beschaffen. Es war wichtig für Charlotte, für zukünftige rechtliche Fragen. Die Botschaft erhielt die Urkunde vom englischen General Register Office. Und somit erfuhr ich nun auch ganz offiziell, dass Jeremy Malcolm Fraser in der Nacht vom 30. auf den 31. Dezember einige Minuten vor 5 Uhr morgens an einem Myokardinfarkt gestorben war. Und das war alles.

Ach ja, noch dieses: als mein Leben wieder in geordneten Bahnen verlief, wollte ich Max aus dem Tierheim holen, aber ein netter alter Herr war vor mir da gewesen und hatte den kleinen Pinscher zu sich genommen, wie man mir erzählte.
Ich war froh für beide.

Linchen schrieb mir damals Folgendes:

Liebe Anna,
nach unserem Telefongespräch habe ich das Bedürfnis, Dir zu schreiben, um Dir noch einmal mein Beileid auszusprechen. Es ist eine Tragödie und ein unendlicher Verlust. Zum Glück hat Charlotte ausgesprochen vorbildlich gehandelt. Auf der anderen Seite – seien wir realistisch – hätte Eure Ehe eine Chance gehabt? Wäre das überhaupt gut gegangen?
Aber lassen wir das, es nützt nichts mehr, sich den Kopf darüber zu zerbrechen. Du sagst, dass es Dir jetzt besser geht, aber Du solltest Dich schonen: Ich denke, Du hast noch zu wenig Abstand zu Dir. Du hast doch noch ein paar Urlaubstage übrig. Warum kommst Du nicht für ein paar Tage zu mir? Das würde Dich auf andere Gedanken bringen. Und selbstverständlich kannst Du Anja mitbringen.

Ich habe ein bequemes Schlafsofa und genug Wolldecken. Das Wetter wird allmählich besser, es regnet nicht mehr so viel. Wir können schöne Spaziergänge am Genfer See machen. Hier blühen schon die Kamelien. Du musst doch wieder zu Kräften kommen. Denk mal darüber nach.

Ich dankte ihr für die Einladung, ließ sie jedoch wissen, dass ich lieber in meinen vier Wänden bleiben wollte. Wenn ich auf düstere Gedanken kam, hing ich meinen Erinnerungen nach und fand Trost in der Musik. Ich hatte mir ein Abonnement gekauft und besuchte klassische Konzerte. So kam ich auch ein bisschen unter die Leute.

Seitdem sind vierzehn Jahre vergangen. Ich arbeitete weiter im Katasteramt. Anja musste ich irgendwann einschläfern lassen. Ein zusätzlicher Schmerz, den ich nur mit Mühe verkraftete. Ich wartete ein paar Monate, dann holte ich Tina zu mir, gerade fünf Monate alt, quicklebendig, neugierig und voller Vertrauen.

Und was war mit mir? Nichts. Ich war für mich selbst kein Thema mehr. Ich lebte nur in der Gegenwart: ein Tag, noch ein Tag. Ich werde allmählich schrullig. Ich wachte frühmorgens auf, zog meinen Mantel über mein Nachthemd an. Mit unfrisierten Haaren wie eine alte Pennerin ging ich mit Tina in den Park. Leuten begegnete ich kaum, es war noch zu früh am Tag. Danach frühstückte ich, machte mich etwas zurecht, trug Lippenstift auf und ging zur Arbeit. Ich ließ immer die Balkontür auf, damit Tina nach draußen konnte. Im Katasteramt saß ich wie angenagelt auf meinem Stuhl und verrichtete meine Arbeit. Ausgenommen, man rief mich zum Schalter. Mittags aß ich die mitgebrachten Brote. Die Kollegen? Wir pflegten ein unpersönliches, freundliches Nebeneinander. Herr Binder ging irgendwann in Rente. Sein junger Nachfolger machte alles anders. Er kritisierte ständig an mir herum. Ich merkte, dass er mich loswerden wollte, und zwar lieber heute als morgen. Aber ich gehörte zum Inventar, und jeder wusste, dass ich in Kürze pensioniert wurde. Also Geduld. Die Alte verschwand ja bald.

Nach Feierabend machte ich mit Tina den obligaten Spaziergang am Aasee und brutzelte mir danach irgendetwas. Später saß ich im Wohnzimmer und las Jeremys Briefe, immer wieder die gleichen Briefe. Oder ich lauschte einem der Tonbänder. Und jeden Abend war Jeremy hier. Er saß mir gegenüber im Sessel, und wir sprachen miteinander in der Sprache der Liebenden. Schloss ich die Augen, sah ich ihn ganz nahe, hörte seine unvergleichliche Stimme, tief und etwas heiser, mit diesem ruhigen Klang. Seine Worte beschrieben Gefühle, Gedanken, das Steigen und Kreisen und Fallen der Leidenschaft, ihre unendlichen Möglichkeiten, eine Ekstase. Und irgendwann wurden meine Träume nicht mehr von meinem Unterscheidungsvermögen in Schranken gehalten und bedrängten mich wild und zügellos und wurden immer intensiver.

Wann merkte ich, dass ich einen Knacks hatte? Das war 1983, ein paar Monate nachdem ich in Rente gegangen war und Tag für Tag zu Hause saß und grübelte. An jenem Tag machte ich einige Besorgungen im Kaufhaus und sah unter den Zigarettenpäckchen in einem Regal vor der Kasse ausgerechnet jene englische Marke, die Jeremy früher zu rauchen pflegte. Ich wunderte mich, dass es die überhaupt noch gab.

Ich zögerte keine Sekunde und kaufte ein Päckchen. Es war wie eine Zwangshandlung. Ich rauchte ja schon lange nicht mehr.

Am Abend zündete ich eine dieser Zigaretten an. Und als ich den Rauch einatmete, war es, als zöge die Zeit sich zurück, als schwebte ich in einem Anderswo, undefinierbar und verschwommen. Der würzige Duft entfaltete eine neue, emotionale Dimension. Es machte mich unsagbar glücklich, dass ich noch etwas Konkretes mit Jeremy teilen konnte. Die Zigarette machte mich duselig. Mein Atem flog. Mein Blut kreiste schneller.

»Ich bin bei dir«, flüsterte Jeremy. »Komm, ich muss dich lieben!« Eingehüllt in seiner Umarmung überließ ich mich der Verzückung, trat in einen seltsam euphorischen Bewusstseinszustand ein. Wollüstige Erregung stieg in mir auf, breitete sich in Wellen aus. Ich hörte, wie ich sprach, ein wirres Gestammel. Jeremy störte sich nicht daran, gab besonnen Antwort. Und irgendwann spürte ich seine warmen Finger, die meine Hand streichelten. Und ich nahm seine Hand, drehte die Handfläche herum und küsste sie. Und plötzlich fuhr ich zusammen: Ein kleiner, stechenden Schmerz in meiner Handfläche brachte mich in die Wirklichkeit zurück. Etwas glühende Asche war von der Zigarette gefallen. Ich strich hastig die Asche fort und starrte fassungslos auf die frische Rötung. Da wurde mir klar, dass es meine eigene Hand war, die ich gedrückt und geküsst hatte. Und in diesem Augenblick packte mich die Angst. Niemals, selbst in der schlimmsten Zeit nach Jeremys Tod, hatte ich derart den Bezug zur Realität verloren. Eine Art Nervenzusammenbruch. Aber tatsächlich handelte es sich um eine viel tiefere Verwirrung. Ich hatte die Kontrolle über mich verloren. Mir drohte ein gefährliches Umkippen, es war lediglich eine Frage des Wie und des Wann. In meiner Einsamkeit und meinem Elend, in meinem steigenden Delirium war meine Seele dabei, sich im Dunkel aufzulösen. Und diese Erkenntnis war haarsträubend und niederschmetternd. Ich musste diesem Zustand ein Ende setzen. Purer Selbsterhaltungstrieb. Undenkbar, dass ich auf dem Sofa des Analytikers landete, Tabletten schluckte, bis ich Löcher im Magen hatte, und meine alten Tage in der Klapsmühle verbrachte! Und mein Hund in ein Tierheim musste wie der kleine Max? Auf keinen Fall!

Ich fasste einen Entschluss und schwor, mich daran zu halten. Er fiel mir so schwer, dass ich glaubte zu krepieren. Aber es musste sein. Es ging nicht anders.

49. KAPITEL

Meine Vergangenheit liegt vor mir auf den Tisch. Vier vollgekritzelte Hefte, alte Postkarten, alte Familienfotos, alte Notizen. Heute Abend will ich sie dem Vergessen anvertrauen. Ich habe ein paar alte Schuhschachteln gefunden, die sich gut eignen. Linchens Briefe, Manfreds Hirngespinste – weg damit, in die Schuhschachteln! Alles riecht modrig, sogar die Erinnerungen. Ich will keine mehr. Die Zeit ist weitergegangen. Ich will mir das alles aus dem Gedächtnis streichen. Wenn ich es vermag. Es wird schwierig werden. Was habe ich mir denn vorgestellt? Dass es leicht sein würde? De facto wird es mich unendlich viel Mühe kosten. Und ich werde mich dieser Mühe mit Hingabe widmen.

Da ist noch ein Tonband von Jeremy. Das letzte vor seinem Tod. Ein Tonband, das erst gelöscht werden kann, wenn ich gestorben bin. Das nicht gelöscht werden soll.

Liebste, es ist 23 Uhr 40. Bevor ich schlafen gehe, möchte ich dir noch einiges sagen. Dein Foto lag in deinem Brief, und du bist noch immer so hübsch wie damals. Nein, Liebste, du brauchst dich nicht zu bekümmern. Du bist nicht alt! In meinem Herzen bist du gerade 28 Jahre alt, oder 1000 Jahre, es ist unbedeutend. Ich liebe dich noch immer. Dass wir uns wiedergefunden haben, ist für mich das größte Glück auf Erden. Ohne Frage werden wir noch eine Zeit lang

Probleme haben. Sie hängen mit meinem Beruf zusammen. Aber wir werden auch diese Probleme überwinden.
Wenn du dieses Band abhörst, trennen uns nur wenige Tage, bevor wir endgültig zusammen sind. Dann werde ich auch deine Frage beantworten, wenn du mich fragst, ob ich dich noch so begehre wie damals. Liebste, für mich bist du immer noch so schön wie am ersten Tag. Du sollst auch nicht Kleider tragen, die mir Mühe machen, dich auszuziehen. Wie du am Telefon sagst, du kannst dich selbst schneller ausziehen als ich. Aber das macht ja keinen Spaß, oder? Warum sollen wir alles schnell auf den Boden schmeißen? Tu es ganz niedlich und langsam, dann gibt es viel mehr Spaß. Wir haben 26 Jahre gewartet, warum können wir nicht noch fünf Minuten warten? Wie alter Wein, der nur langsam getrunken wird.
Ich habe immer ein bisschen Angst, auf Tonband zu sprechen. Auf dem Tonband höre ich immer die Fehler in meinem Deutsch – zwar sagst du immer wieder, ich spreche fehlerlos, aber ich weiß doch, wie nachsichtig du bist! Und ich schäme mich, weil ich nicht mehr so gut Deutsch sprechen kann wie früher. Und ich muss dir sagen, Liebste, dass ich jetzt ein bisschen beschwipst bin. Aber ich habe nur eine Viertelflasche von deinem Wachholder getrunken, den du mir zu Weihnachten geschickt hast, und ein paar Schlückchen Whisky dazu. Aber es gefällt mir, beschwipst zu sein durch deine Hände. Und wenn ich trinke, habe ich immer so ein gemütliches Gefühl, weil ich mir sage, das hat Anna für mich gemacht. Das ist doch schön, oder? Alles, was ich dir sagen kann, ist, dass ich solche Sehnsucht nach dir habe. In Gedanken kannst du mich jetzt schon in deine Arme nehmen. Ich denke jede Nacht, wenn ich zu Bett gehe, an die kleine Zeichnung, die du für mich gemacht hast, von deiner Wohnung, auf der du mir zeigst, wo dein Bett ist. Und ich stelle mir vor, wie ich durch die Tür komme, mich ausziehe, mich in dein Bett lege, und dann kommst du zu mir ...
Wenn Liebe selbst eine Lösung ist, dann haben wir die Lösung schon gefunden. Körperliche Liebe brauche ich, und ich glaube, dass du sie

auch brauchst. Aber ohne eine tiefe innerliche Liebe und ohne Verständnis hat das alles keinen Wert. Aber wenn man seine innere, geistige Liebe mit körperlicher Liebe ausdrücken kann, dann kann es wie eine wunderschöne Symphonie sein.
Ich sehe immer in Gedanken dein Gesicht ganz nahe, wenn du in meinen Armen liegst. Dann fühle ich deinen Körper fest gegen mich, und ich streichle dich mit meinen Lippen und Händen und auch mit meinem Schnurrbart. Ich fühle wieder die kleinen Bewegungen von früher, wenn du mich an dich gezogen hast, Bewegungen von Erfüllung, wenn wir zur gleichen Zeit unseren Höhepunkt erreichten. Nachher küsse ich dich, leise und dankbar, weil ich so geliebt worden bin und in der Freude, dass wir wieder eins geworden sind und dass die vergangenen Jahre vorbei sind. Aber bei jedem Glück kommt zum Ausgleich auch die Traurigkeit, weil wir so viel Zeit verloren haben. Es gibt so viele Leute, die ihr Glück zum billigen Preis kaufen konnten. Aber für uns – dich und mich – ist das anders. Wir haben so viel Schmerzen erlebt, dass uns das Glück etwas schuldet. Und, Liebste, was immer auch in Zukunft passieren wird, du bist immer in meinen Armen und in meinen Träumen.

Das sind Jeremys letzte Worte, die er zu mir gesprochen hat. Es sind seine Worte und seine Stimme, die als Erinnerung an ihn verbleiben. Ich will die Worte und die Stimme am Leben erhalten, bis sie im Gestern verstummen. Bis die Erde sie vergessen hat und sie jede Bedeutung verlieren in der dahinfließenden Zeit. Aber ich habe sie heute Abend zum letzten Mal gehört.

Denn ich muss mich zusammennehmen. In Zukunft darf ich weder seine Briefe lesen noch seine Tonbänder hören. Auf keinen Fall! Die Vergangenheit wird dann so gegenwärtig, so pulsierend nahe, dass ich mich innerlich quäle, mich zerfleische, Tag für Tag. Und in meinem ureigenen Interesse muss ich unter diese Angelegenheit jetzt einen Schlussstrich ziehen. Jeremy ist meine Liebe, Jeremy ist mein Leben. Zwischen Jeremy und mir ist etwas, was ich nicht mit Worten beschreiben kann. Wir sind eine Verbindung, die man nicht lösen kann. Ich frage, wieso das so ist. Vom ersten Anblick an wusste ich, dass er mein Schicksal sein würde. Ein Funke sprang über und zündete uns an. Ich muss das vergessen, ich muss mit aller Kraft und allem Selbstwillen diese Sache innerlich beenden. Ich werde die Tonbänder in die elegante Schuhschachtel legen, in der die einzigen Abendschuhe meines Lebens verpackt waren. Sie waren aus ganz feinem Leder, silbern, mit einer kleinen Schleife. Ich hatte sie für unsere Hochzeit gekauft und habe sie nie getragen. Dort werde ich, verpackt in Seidenpapier, alle Briefe – seine und meine – die Tonbänder und mein Tagebuch ruhen lassen, so wie Jeremy seine Ruhe gefunden haben mag. Denn es würde Jeremy nicht glücklich machen, wenn er wüsste, wie ich unter der Trennung von ihm noch immer leide. Ich werde nur die Uhr und den Ring tragen, und vielleicht kommt die Zeit, in der ich nicht mehr wissen werde, warum sie so eng zu mir gehören. Jeremy ist und bleibt mein Glück, mein Leid, mein Leben. Und eines Tages werden wir allein bleiben, mein Liebster. Die Zeit ohne Ende wird kommen. Eine Zeit ohne Erinnerungen, eine Zeit hinter der Zeit …

Charlotte, meine liebe Tochter, ich bitte dich! Sollte ich mal nicht mehr da sein, vernichte nicht die Tonbänder und Briefe des Mannes, der dein Vater war. Bewahre alles auf. Und nun schließe ich diese letzte Seite meines imaginären Fotoalbums. Es ist vorbei.

Und ich will dir noch sagen – Charlotte –, dass mein ganzes Denken, mein ganzes Tun, auch für dich ist. Mein innigster Wunsch wird sein, dass Jeremys Tochter ein gesichertes und glückliches Leben führen kann. Und nun, meine Liebe, verabschiede ich mich. Ich war stets eine einsame Frau. An diese Einsamkeit habe ich mich gewöhnt. Wenn ich meinen Lebenskreis mit dem Umlauf einer Uhr vergleiche, bleiben mir – ungefähr – noch drei oder vier Minuten. Ich muss noch etwas durchhalten. Jeremy wartet, aber nicht mehr lange. Der Zeiger tickt. Bald bin ich bei ihm. Und wir werden nie wieder getrennt sein. Niemals mehr. Endlich.

EPILOG

Charlotte wollte schon lange wieder einmal nach Münster und Annas Grab besuchen. Immer kam etwas dazwischen. Aber der 31. Dezember war Daddys Todestag, und da sagte sie zu Stefan: »Es hört sich vielleicht merkwürdig an, aber ich denke, sie würde es schätzen, wenn wir sie an diesem Tag nicht allein lassen. Was meinst du?« Stefan konnte sie die Frage stellen, weil sie wusste, dass er solche Dinge verstand. Zwar würden eine Woche später die Dreharbeiten zu ihrem neuen Film »Die unbekannte Zauberflöte« beginnen. Aber Charlotte hatte sich monatelang mit Mozarts rätselhafter Oper beschäftigt. Sie hatte das Drehbuch geschrieben, das Storyboard verfasst und jede Aufnahme im Voraus minutiös skizziert. Und sie hatte gelernt, dass ein Film fürs Publikum gemacht wurde und auch ohne überkandidelte puristische Ansprüche auskommen konnte.

Ein kurzer Ausflug zu Silvester müsste also drin sein. Die Mauer gab es mittlerweile nicht mehr, und die Fahrt von Berlin nach Münster ging nun schneller. Auch das Wetter war gut. Sie erlebten eine Reihe klirrend kalter Wintertage, ohne Regen, ohne Schnee. Die Autobahn war trocken. Und Stefan sagte: »Wenn wir früh genug losfahren, kommen wir rechtzeitig vor Mitternacht zurück und können hier noch anstoßen.«

Sie fuhren mit Stefans Toyota. Charlottes eigener Wagen hatte einen Motorschaden und war in der Garage. Sie hatten den Wecker gestellt, waren losgefahren, als noch nicht zu viel Verkehr die Autobahn verstopfte. Sie hatten in einer Raststätte gefrühstückt, sich am Steuer abgewechselt und erreichten Münster ohne Zwischenfälle. Charlotte kannte sich in der Stadt gut aus und fuhr auf direktem Weg nach Hiltrup, zum Friedhof, wo sie gegen Mittag ankamen. Die grelle Wintersonne funkelte auf dem Raureif, der noch an den trockenen Gräsern klebte. Kein Mensch war weit und breit zu sehen. Viel zu kalt. Ihre Schritte knirschten auf dem Kies, und der Atem stand wie eine kleine weiße Wolke vor ihrem Gesicht. Seit Annas Bestattung war Charlotte nicht mehr hier gewesen, aber sie hatte sich die große Rotbuche unweit von ihrem Grab gut gemerkt.

Es war ein schmuckloses Grab, nur mit einem Holzkreuz versehen, auf dem »Anna Teresia Henke« stand. Im Herbst hatte es viel geregnet, das Holz war schon verwittert, die Buchstaben verblasst. Charlotte fiel auf, dass sich die aufgehäufte Erde gesenkt hatte. Einige Steinchen lagen verstreut herum.

Alles war still. Stefan entfernte sich ein paar Schritte, stampfte mit den Füßen und pustete in seine eisigen Hände. Charlotte stand alleine vor dem Grab und erinnerte sich, wie der Sarg in die lockere Erde hinabgelassen wurde.

»Hallo, Mutti«, sagte sie leise. »Ich trage deinen Ring und deine Uhr. Da, siehst du? Ich trage sie sogar nachts. Freut dich das?« Aber Anna gab keine Antwort.

»Mutti, hörst du mich?«, flüsterte Charlotte.

Anna blieb stumm. Charlotte kam plötzlich der Gedanke, dass sie vielleicht gar nicht mehr hier war, sondern bei Jeremy. Denn wo sind die Toten, wenn nicht überall dort, wo sie sein wollen? Ich hätte vorher daran denken sollen, überlegte Charlotte. Aber sie war trotzdem nicht umsonst gekommen. Es war nicht nur ihr Leben, das sie mit dem unsichtbaren Leben der Verstorbenen verband, sondern das, was aus dem tiefsten Winkel der Erinnerung kam. Der

Puls eines gemeinsamen Blutes. Und es tat ihr gut, diese Verbindung zu spüren.

»Hallo, Daddy!«

Charlotte wusste nicht, ob sie die Worte wirklich aussprach oder nur dachte. »Von heute an würde ich dich gerne Jeremy nennen, darf ich? Ich habe dir so viel zu erzählen! Und wo bist du überhaupt? Kannst du mir das nicht sagen?«

Auch der Vater schwieg. Charlotte hob leicht die Schultern.

»Eigentlich blöde, dass ich hier bin und mich mit euch unterhalte. Wenn ihr gar nicht mehr da seid. Egal. Ich habe euch etwas mitgebracht.«

Sie wickelte behutsam ein weißes Seidenpapier auf. Darin lag eine einzige dunkelrote Rose. Es war jene Rose, die sie damals aus der Vitrine genommen hatte, ohne eine Ahnung zu haben, zu welchem Zweck. Sie bückte sich, legte die Rose auf das Grab.

»Trotz allem, was war«, sagte sie halblaut, »danke für eure Nachsicht, Güte und euer Verständnis. Danke für alles!«

Und in diesem Augenblick vermeinte sie ganz deutlich Annas Stimme zu hören.

»Nichts zu danken.«

Charlotte lächelte. Dann wandte sie sich nach Stefan um und bezog ihn in ihr Lächeln ein. Er trat zu ihr, legte ihr leicht die Hand auf die Schulter. Beide betrachteten die Rose, ohne ein Wort. Sie war vertrocknet, geschrumpft, aber sie war nicht tot; sie führte nur einen Scheinkampf mit der Zeit. Sie lebte noch, sie war lebendig, so wie beide Eltern auch lebendig waren. Sie mochten nah oder fern sein, aber sie waren zusammen. So wie sie es sich immer gewünscht hatten. Und das Wunderbarste daran war, dass es für ihre Liebe jetzt nur noch ein einziges Wort gab: Ewigkeit.